"十三五"江苏省高等学校重点教材
编号：2017-1-050
江苏省"十二五"中国语言文学重点专业类建设项目资助

# 文史通识教程

（第二版）

主　编　丁富生　王育红
编　委　（按汉语拼音音序排）
　　　　陈春保　崔荣华　范建华
　　　　邵志华　徐静玉　徐　燕
　　　　张小芳

南京大学出版社

图书在版编目(CIP)数据

文史通识教程/丁富生,王育红主编. —2版.
—南京:南京大学出版社,2019.5
ISBN 978-7-305-22191-0

Ⅰ.①文… Ⅱ.①丁…②王… Ⅲ.①中国文学—文学史—高等学校—教材 Ⅳ.①I209

中国版本图书馆 CIP 数据核字(2019)第 088085 号

| | |
|---|---|
| 出版发行 | 南京大学出版社 |
| 社　　址 | 南京市汉口路 22 号　　邮编 210093 |
| 出版人 | 金鑫荣 |
| 书　　名 | 文史通识教程(第二版) |
| 主　　编 | 丁富生　王育红 |
| 责任编辑 | 严若城　蔡文彬　　　编辑热线 025-83686531 |
| 照　　排 | 南京南琳图文制作有限公司 |
| 印　　刷 | 南京人民印刷厂有限责任公司 |
| 开　　本 | 787×1092　1/16　印张 13.75　字数 310 千 |
| 版　　次 | 2019 年 5 月第 2 版　2019 年 5 月第 1 次印刷 |
| ISBN | 978-7-305-22191-0 |
| 定　　价 | 34.00 元 |

网址:http://www.njupco.com
官方微博:http://weibo.com/njupco
官方微信号:njupress
销售咨询热线:(025) 83594756

\* 版权所有,侵权必究
\* 凡购买南大版图书,如有印装质量问题,请与所购
　图书销售部门联系调换

# 目 录

绪 论 ·············································································· 1
 第一节　文史的同源互根 ·················································· 1
 第二节　文史的分合交织 ·················································· 3
 第三节　文史的现代分科 ·················································· 7

第一章　明道载道 ································································ 10
 第一节　文道关系的历史阐释 ············································ 10
 第二节　文道兼美的价值意蕴 ············································ 16

第二章　养心明志 ································································ 29
 第一节　文史因缘与心志"智慧" ········································ 29
 第二节　文史互彰与心志样态 ············································ 34
 第三节　信仰、传统与养心明志 ········································· 38

第三章　融通互证 ································································ 45
 第一节　文史名著融通的神采异貌 ······································· 45
 第二节　文史融通互证的基本方法 ······································· 54
 第三节　文史融通互证的一般路径 ······································· 57

第四章　虚实相生 ································································ 62
 第一节　看朱成碧思纷纷 ·················································· 63
 第二节　疏影横斜水清浅 ·················································· 66
 第三节　华严楼阁弹指现 ·················································· 70

第五章　经世致用 ································································ 75
 第一节　美刺：惟歌生民病，愿得天子知 ····························· 75
 第二节　资治：究天人之际，通古今之变 ····························· 81
 第三节　教化：不关风化体，纵好也徒然 ····························· 86

— 1 —

## 第六章　知人论世 ··· 91
### 第一节　读书修身之途径 ··· 91
### 第二节　文学批评理论之构建 ··· 96
### 第三节　阅读欣赏之方法 ··· 99

## 第七章　求真求实 ··· 106
### 第一节　西方文史求真之路 ··· 106
### 第二节　中国文史求真之路 ··· 113
### 第三节　文史求真求实之别 ··· 118

## 第八章　至善至美 ··· 124
### 第一节　美与善本质的历史溯源 ··· 124
### 第二节　中西文化中的美善相乐 ··· 129
### 第三节　美善相乐的实践互动 ··· 134

## 附录　精读文选及赏析 ··· 140
- 荀子·乐论 ··· 140
- 项羽本纪（节选） ··· 145
- 萧相国世家 ··· 153
- 太史公自序（节选） ··· 157
- 报任安书 ··· 160
- 刺世嫉邪赋 ··· 165
- 史通二则 ··· 168
- 金云翘传 ··· 171
- 三十自述 ··· 175
- 不朽——我的宗教 ··· 180
- 中国文化与文艺天地（节选） ··· 186
- "慢慢走，欣赏啊！" ··· 190
- 伯罗奔尼撒战争史（第一章节选） ··· 194
- 诗艺（节选） ··· 195
- 人格的世界 ··· 200
- 蓝色的还是带条的 ··· 211

## 第二版后记 ··· 215

# 绪 论

文史合一，由来尚矣。

一是脱胎于天地间大自然的人文混沌本源。远古的传说和神话为之作了最好的诠释，瞽史以其本能的记忆擅长成为最早的见证者，远古人类拓荒创业的成就，通过瞽史之口得以流传，"言"与"事"的相连融合，恰好披露出根源处浑然一体的精彩。"十口相传为古"，史迹之缘起罔不由是。传说和神话作为人类文化的土壤和母胎，再现了文史互根渊源的真实写照。

二是源发于人世间天人互动的终极关怀。拓荒时代的人类在与自然命运抗争的同时，既感激天地万物的自然厚赐，亦期望大地的风调雨顺，敬天祈神，占卜观象，伏羲始画八卦，仓颉初造书契，无不昭示着天人之间的互动。先祖奉天承运的鸿烈伟业，无不铭刻于人们的记忆之中。女娲补天、精卫填海、羿射九日、神农试百草、大禹治水等故事成为文史互根中的永恒话题，而"伯禹腹鲧""玄鸟生商""姜嫄践迹"等传说，则演绎着上帝之命的眷顾及部族兴亡继存的根系所在。

三是出自于人类精神意识中文化交融的共同追求。人类在生存和竞争中不断地碰撞，人类智慧在启蔽开合的互动中不断凝炼和升华，天人合一、体用互补、阴阳克谐的文化共体由此形成，文史互根的意识由此漫延。它们互为表里，相互结合，在根源上脉络相连，在精神上息息相通，成为文史合一的根之所系。

## 第一节　文史的同源互根

正因文史一源，先秦乃至汉代之前，文与史可谓浑然一体，彼此不分。从文字的产生来看，文与史从一开始便结下了不解之缘。许慎《说文解字》曰："文，错画也。象交文。"[1]清代段玉裁认为，文字是古代的史官仓颉根据客观事物的外在纹理或迹象，依形画象而创造了象形文字，即"依类象形，故谓之文"。[2] 刘勰也说："轩辕之世，史有仓颉，主文之职，其来久矣。"[3]孔颖达以为："古者伏牺氏之王天下也，始画八卦，造书契，以代

---

[1] 许慎撰，徐铉校定《说文解字》，中华书局，1963年，第185页。
[2] 许慎撰，段玉裁注《说文解字注》，中华书局，1988年2版，第425页。
[3] 周振甫著《文心雕龙今译》史传第十六，中华书局，1986年，第141页。

结绳之政,由是文籍生焉。"①总之,文字的产生,与史者、卜者之类的人有莫大的关系,故史者主文。甲骨文的"史"字,上面是放简策的容器,下面是手,合起来表示掌管文书记录。许慎曰:"史,记事者也。从又持中。"②史掌记录之职。《礼记·玉藻第十三》曰:"动则左史书之,言则右史书之。"《礼记·曲礼上第一》又曰:"史载笔,士载言。"③《周礼·天官冢宰第一》曰:"史,掌官书以赞治。"按《周礼》记载,西周时期,宫廷设置有掌管记事、文书、典籍、祭祀、星历、卜筮等职责的官吏,通称为史官,王宫之下所设置的六官之府,亦有众多的史官。惟当时的史官,非后代专职史臣,多为文书类之职官。

文字产生,乃出于现实生活的需要,因此,最初的文字记录往往多具实用功能。在形式上以言事为主,或系于时间,具有早期"文史"的性质。无论是记事的甲骨文、金文,还是记言的《尚书》《周书》,都有不同程度的对社会历史现象的直观反映,即便是早期的文学作品《诗经》,也被打上"史诗"的烙印。汉代之前,人们更为重视《诗经》的讽喻、教化、外交辞令、知识普及等实用功能,认为孔子取《诗》三千,去其重复,留下的主要是可"备王道"的礼义伦理篇章。近代学者梁启超认为"成文的"史自史诗始。④ 早期文字记录在突显"史"的意识功能和伦理道德功能的同时,并不反对对文采的追求,甚至以为无文不成史。春秋末期的孔子指出:"质胜文则野,文胜质则史。"战国后期的《韩非子·难言第三》曰:"捷敏辩给,繁于文采,则见以为史。"《仪礼》亦说:"辞多则史,少则不达。"⑤唐代刘知几也认为:"盖史者,当时之文也。"⑥这种自当文采斐然的观念,显然是对当时文字表述风格的概述。先秦史官深知"言之无文,行之不远"的道理,将对文辞生动的追求,看作是理所当然之事。

应该说,春秋之后,随着文献记录向史书方向的发展,文史合一的观念不仅没有削弱,反而更为浓烈,私人著述的出现,愈发增强了记言、记事、编年各体的互相渗透与综合。史家在述史、求实、蕴义的同时,极为注重文辞表述的生动飞扬。《春秋》《左传》《国语》《战国策》等一批作品,不仅预示着史学著述体例的渐趋完整和创新发展,同时也反映出史传文学的日渐丰富和趋向成熟。尤其是《左传》及《战国策》,语言精妙,堪称"文辞之最",求实与夸饰并存,述史与想象同在,波澜起伏的历史场景中蕴涵着丰富的情感认知,情节描述中寄寓着隽永的哲理体悟,文史结合,水乳交融,把先秦时期文史兼融的传统推至一个新的高度。至西汉司马迁《史记》横空出世,更是把文史合一的传统推至前无古人、后少来者的至高境界,司马迁亦被后世尊为"史界太祖"。《史记》之所以备受推崇,固然缘于司马迁发凡起例,创为新体,给人们呈现出一幅上起五帝下迄汉武的长篇历史画卷,同时也是因为《史记》以其娴熟自如的写作技巧,在述事和人物塑造方面表现出卓越而丰富的艺术感染力和创造力。观《史记》为文,笔随意走,文随情发,纵横古

---

① 孔颖达撰《尚书序》,《十三经注疏》本,中华书局,1980年。
② 许慎撰《说文解字》又部,江苏广陵古籍刻印社,1998年,第65页。
③ 孙希旦撰《礼记集解》,中华书局,1989年,第778、783页。
④ 梁启超著《中国历史研究法》,见《梁启超全集》第七册,北京出版社,1999年,第4091页。
⑤ 《仪礼·聘礼第八》,中华书局,1980年,第306页。
⑥ 刘知几撰,浦起龙释《史通通释》卷九《核才》,上海古籍出版社,2009年,第250页。

今,出入风骚,可谓文史浑然一体,深得文史融通之法。

## 第二节　文史的分合交织

### 一、文史渐离

  《史记》固然堪称文林经典,但它的问世,无疑推进了史学独立的趋势,同时为文史分野种下了萌芽的因子。尤其是司马迁标榜的"成一家之言",使史家独立意识不断加强,史学逐渐偏离文学而趋向纯史学的发展。实际上,从《汉书》伊始,班固就有意地去除史书中的文学色彩而突出史学品格。与《史记》相比,《汉书》更注重结构体裁的规范严谨,而在文学描写等方面已然不及《史记》。《汉书》史学品格的增强与文学特点的削弱,恰恰表现了文史由合一趋向分离的萌动与开始。而官修国史《东观汉记》的编纂,无疑也促进了史学地位的节节高升,史学隐然有分离文学的趋势。文史之别一旦启动,必然引发文史的各行其道,虽然这一过程颇显复杂漫长。西晋陈寿等史家继踵而起,顺承班固的作史之法,站在史家角度上,反对繁辞缛丽,追求文笔简洁,改描写为叙述,史书的文学色彩渐失光芒。清李慈铭说:"承祚固称良史,然其意务简洁,故裁制有余,文采不足;当时人物,不减秦汉之际,乃子长作《史记》,声色百倍,承祚此书,暗然无华,范蔚宗《后汉书》较为胜矣。"①范晔虽然笔势纵横、文采出众,但他"常耻作文士",担忧辞繁移意,"文患其事尽于形,情急于藻,义牵其旨,韵移其意"。②范晔对《后汉书》文辞的自许与其"耻作文士"的状态,实际上反映了六朝时期文史分途并进又互相影响的矛盾心理。与范晔对史书文辞的华美尚存割舍不忍之情相比,唐代刘知几对六朝史文靡丽之风的批评可谓态度明确而深恶痛绝。他一再重申史学的"著述之力"和劝善惩恶的功能,崇尚"简要"和"直笔",以为"时移世异,文之与史,较然异辙",③反对文士修史,尤为不满六朝时期重"文"轻"笔"的现象,对"世重文藻,词宗丽淫"的史坛文风,提出严厉批评,从一个侧面显现了古代文史分野的发展趋势。

  两汉及之后,在史学寻求独立发展的同时,文学同样探索着自我之路。客观地说,《史记》不仅引发了史家独立意识的觉醒,也同样触动了人们对文学功能的新思考。首先,《史记》本身对传记文学艺术形式的成功表现,把中国散体的叙事写人文学推向了一个新的高峰,从而为文学塑造典型人物形象及场景的描写打开了明晰而宽阔的思路,特别是其极具鲜明个性的奇思妙文,饱含着对人世间的万端感慨,曲折而深刻地传达着作者内心情感世界的波澜,无疑是对文学"抒情"之义的突显。其次,《史记》传记文学的艺术特征,虽然没有能在正史领域发扬光大,但在杂史杂传之中却得到更多的发展与延

---

① 李慈铭著《越缦堂日记》第二册"咸丰己未二月初三日",广陵书社,2004年,第917页。
② 沈约撰《宋书》卷六十九《范晔传》,中华书局,1974年,第1830页。
③ 刘知几撰,浦起龙释《史通通释》卷九《核才》,上海古籍出版社,1982年,第250页。

伸。从《越绝书》《吴越春秋》《列女传》等汉代的杂史杂传中不难看到,其文学色彩皆较经史之作更为浓郁,无论是人物性格的刻画、故事情节的铺设,还是创作手法的运用、情感意志的渲染等方面,皆不乏虚构、夸张及想象之处,其艺术特点,于发轫之期的汉代小说不无积极意义,直接孕育了魏晋六朝时期的志人小说、志怪小说,影响甚至延及唐代的传奇小说,可以说,"汉代杂史杂传是历史文学向小说过渡的桥梁"。①

同时两汉辞赋的繁兴对抒情性文学观念的形成,起到一定的促进作用。尽管汉赋有"润色鸿业"、②歌功颂德及"铺采摛文"、③炫博耀奇等不足,但其中不乏抒情言志、写景咏物、劝谏讽喻的短篇小赋和散体赋。韵散结合的汉赋作为两汉400年间文人创作的主要文学样式,以其丰富的词汇、凝炼的语言、夸饰的手法、高超的技巧,引动着文学自身的发展变化。中国韵文经西汉以来辞赋的繁荣,到东汉开始已出现初步把文学与一般学术区分开来的意识。西汉刘向、刘歆的《别录》《七略》及东汉班固的《汉书·艺文志》在"经传""诸子"类之外专列"诗赋"一类,首先在狭义的文章体系内对不同的文体进行了直接分类,文章的概念由此出现,集部形态得以确立。

汉魏之际,汉室倾颓,经学式微,世积乱离,风衰俗怨,社会无序,天下失范,必然激起各种离经叛道的思想观念纷至沓来,玄学思潮,蔚然而起,人们的个性意识,文士的创作欲望,得以大幅度提升,加之曹氏父子的身先示范和大力倡导,文学之途由此更加开阔,终于迎来建安时期我国古代文学繁荣的春天。建安文学既是时代社会的产物,更是文学展示个体生命精神的硕果。建安文学不仅追求艺术形式的精美,情感的寄托,"风骨"的体现,同时也注重对文学艺术自身的总结和反思,从而使人们对文学的基本特征的探讨和认知达到新的高度,文学由此而进入自觉的时代。作为我国现存最早的文论,曹丕的《典论·论文》足以代表建安时期文人对文学自身的反省,他肯定文章是"经国之大业,不朽之盛事",高举文学凸显自身价值和意义的大旗。他所提出的"文以气为主"和"不假良史之辞"的观点,从不同层面强调了文学作品应当体现作家的个性气质以及文学受经史束缚当求独立的时代精神。他的四科八体说第一次对各种文体的分类、特点、风格及其相互关系做了理论上的总结,他的"诗赋欲丽"的思想,已突破儒家"诗言志"的理论框架,标志着"文学的自觉时代"纯文艺观的萌芽。总之,《典论·论文》对文学主客体诸方面的评论与反思,体现了魏晋时期"人的自觉"的时代特征,也是文学意识趋向自我觉醒的深刻表现,文学的独立性首次得到文学界和时人的认同。

如果说,《典论·论文》重点在理论上对文体的类别和风格特征进行了概述,那么,南朝梁萧统的《文选》则在选文文本中对以往作品的文体进行了划分与收录。作为我国现存最早的通代文学总集,萧统《文选》选录的标准,强调文学的形式要具有"骈化"之美,把文学与经、史、诸子以及一般应用性言辞划分开来,文学的艺术性与审美观念更趋明晰。萧统《文选序》曰:"赞论之综辑辞采,序述之错比文华,事出于沉思,义归于翰藻,

---

① 杨树增《中国古代文史的分合》,《齐鲁学刊》,2003年第6期,第15页。
② 班固《两都赋序》,见《文选》卷一,上海古籍出版社,1986年,第2页。
③ 周振甫著《文心雕龙今译》诠赋第八,中华书局,1986年,第75页。

故与夫篇什,杂而集之。"①即将记事写人为主的史文,无论是纪传体还是编年体,一律排斥在文学大门之外,仅收录史著中具有文采的论赞序。同时指出:"记事之史,系年之书,所以褒贬是非,纪别异同,方之篇翰,亦已不同。"《文选》对记事系年史书的排斥,明显地表现出文史分家的倾向。可以说,曹丕《典论·论文》、陆机《文赋》、李充《翰林论》、任昉《文章缘起》、刘勰《文心雕龙》、萧统《文选》、颜之推《颜氏家训·文章第九》的相续而出,正是文学至此而独立的典籍印证。

## 二、文史两分

魏晋南北朝时期,文、史皆摆脱经学的禁锢而开始独立。大体说来,晋代经、史分离,南朝文、史分离。文献记载:魏明帝太和(227—233)年中,设置著作郎,这是我国历史上专司著史之官设置的最早记录。史独立为学,最早是在十六国后赵石勒元年(319),《晋书》卷105《石勒载记下》载:"署从事中郎裴宪、参军傅畅、杜嘏并领经学祭酒,参军续咸、庾景为律学祭酒,任播、崔睿为史学祭酒。"②史与经、律并立为学,"史学"一词,首次出现,经、史由此分离。南朝宋元嘉十五年(438)宋文帝征雷次宗至京师开馆,并建儒、玄、史、文四学,③作为培养、选拔和任用官吏的机构。至此,标志着在学术分化的大趋势下文与史的区别终于明确,也促成了萧统以专收文学作品为宗旨的《文选》这一文学范本的出现。虽然当时的所谓"文学""史学"与今天所说的含义不能完全等同,但文与史的划分与区别已得到官方及民间的认同,则是毫无疑义的。当代学者谢保成认为:"通常以为史学与经学分离后即告独立,如果把标准定得再苛刻些,或许可以说,只有到史学与文学也划清界限后,史学才真正获得了独立。"④

图书目录的分类情况也大体可以验证这一点。东汉班固承刘歆《七略》之例而创《艺文志》,著为六艺略、诸子略、诗赋略、兵书略、数术略和方技略,⑤史书录在"春秋家",归属六艺略,尚无史部的分类。魏晋之际,图书分类发生重大变化,晋荀勖《中经新簿》首先将群书分为甲、乙、丙、丁四部,史学被列入丙部,从此史学在目录学中开始有了单独的地位,并占据第三的位置。诗赋被列入丁部,虽说尚不能完全相当于后来的集部,但亦单独列为一部,位居第四。东晋初李充整理图书,又重新排列四部的顺序:"五经为甲部,史记为乙部,诸子为丙部,诗赋为丁部。"⑥史书跃置第二位,李充的这种分类法符合当时学术文化发展的大势,很快得到了官私目录的认可,"世相祖述",无所变革。南北朝时期,无论是四部分类法,还是七分法,都将文、史分而著录,如梁阮孝绪《七录》,分为经典录、记传录、子兵录、文集录、技术录、佛录、道录,前四录实际上也是经、史、子、集的排列次序。唐初开馆修史,《隋书·经籍志》以官方名义第一次正式用经、史、子、集

---

① 萧统《文选·序》,上海古籍出版社,1986年,第3页。
② 房玄龄等撰《晋书·载记第五》卷一〇五《石勒下》,中华书局,1974年,第2735页。
③ 沈约撰《宋书》卷九十三《隐逸·雷次宗传》,中华书局,1974年,第2293页。
④ 谢保成著《中国史学史》(一),商务印书馆,2006年,第462页。
⑤ 班固撰《汉书》卷三十《艺文志》,中华书局,1960年,第1701页。
⑥ 《文选》卷四十六《王文宪集序》,李善注引臧荣绪《晋书》,上海古籍出版社,1986年,第2075页。

概括各部类书籍的性质、内容,文、史独立门类,自此明定,而经、史、子、集四部分类法的主导地位也一直沿袭至清。

### 三、分而不离

文史各为门类,文史有别,已然得到社会的认同,但这并不代表文史各自一方,互不相关。事实上,中国古代的文史学家并无明显区别,他们也从不在实践中把文史截然分开。文史的同源性,使他们在作品的创作中自然而然地把文史结合在一起,文史处于分而不离的状态。公元5世纪初诞生的《文心雕龙》,可谓中国文学理论批评史上第一部有严密体系的理论专著,在全面论述文学要义的同时,作者刘勰并未强调文史的区别,而是将文史贯通起来,把经史辞章等各类文体都放置于广义的"文章"视域中进行考察,显示了较《典论》《文选》更为广阔的学术视野。其实,整个魏晋南北朝时期都处在高呼文史分离而又难以骤然分开的状态中。即使至唐代刘知几以崇史贬文的姿态号称"文史异辙",却依然摆脱不了实践中的文史不分,一部《史通》,名属论史,实则处处不离论文。对于叙事行文,刘知几力主简要为工,倡导真、朴、今之文,但《史通》却处处可见骈体之迹,文采毕现;对于史著优劣的比较,文学性的强弱、语言的生动,依然是他评判史著高低的重要标准;对于史书体例的划分,刘知几有着明确的类例意识,但他还是把许多有文学色彩的杂记、小说划于史部之中。由此可见,文史的分离谈何容易,同时也再次证明了文史互为依存的亲密关系。

同样,在唐宋众多文史学者及作品中,依然呈现着文史分而不离的景象。诗是唐代文学的代表,诗是唯美而浪漫的,也是现实而社会的,唐诗以从未有过的广阔深入到生活的各个层面,尤其是杜甫、张籍、元稹、白居易等人的作品,"篇篇无空文""惟歌生民病",①堪称"诗史",诗与史的结合从而达到了一个崭新的高度。唐宋的散文尤其是政论文中,文史的融合更为明显,古文运动的推进使经史哲学都成为文学正统,一篇篇明道、载道之文把历史、政治与文学高度结合起来,如韩愈的《张中丞传后序》,柳宗元的《与韩愈论史官书》《封建论》,苏洵的《管仲论》,苏辙的《六国论》《三国论》,欧阳修的《朋党论》《伶官传序》,王安石的《本朝百年无事札子》《答司马谏议书》,曾巩的《上欧阳舍人书》《上蔡学士书》等,无不具有文史结合、古今相鉴的特点。我们无法否认,浓烈的历史情感、历史意识总是时时地从那些关注国家、关注社会、关注人生的诗人作家的笔下流露出来,中国数千年历史的兴衰转变和文化沉淀,已成为一代代文学创作者无法舍去也不愿舍去的宝藏,他们总是情不自禁地从文学、诗歌、艺术的领域跨入史学天地或历史领域,寻找着文史所共有的意义与价值。

虽说唐宋以后史学著作在与文学联系的结合度上远远不及文学作品,但优秀的史家或史书仍然保持着文史兼融的传统,司马光的《资治通鉴》就是其中的杰出代表。《资治通鉴》一书,以编年的形式陈述了从三家分晋到后周世宗约1300多年间的中国历史,本来极为枯燥的编年叙事在司马光的笔下却精彩纷呈,除却体例上的灵活调适之外,更

---

① 白居易《寄唐生》,见朱金城笺注《白居易集笺注》卷一,上海古籍出版社,1988年,第43页。

明显的是司马光文学叙事方法的充分运用。毛泽东自称十七次批注过《资治通鉴》,他对《资治通鉴》的叙事生动赞不绝口:"《通鉴》里写战争,真是写得神采飞扬,传神得很,充满了辩证法。"①纵观全书,文史结合,浑然一体,人物形象,栩栩如生,有熔铸百家之功,得深入浅出之妙。《资治通鉴》虽然带有政治家释史的色彩,但依然不愧为一部杰出的文学名著。吴缜在史书评论中认为史的要义有三:"一曰事实,二曰褒贬,三曰文采。"②坚持事实为根本、文采以行史的文史兼具的观念。文史学者曾巩也认为"良史"应具备"明理""道用""智意""文情"③四者兼备的素养,这些主张都表明了当时的史家对文史相互结合的重视。

明清时代,文史作品琳琅满目,文学作品尤其是小说的繁荣,在某种意义上使文史的结合推至一个更广阔的境地。而大部分史学著作走向所谓"纯史学"的研究路径,注重史事的编排用例与考证辨误,少数具有批判精神的史家则愈来愈强调史学经世致用的社会意义,虽然不时也会出现一些具有特色的史学名著,但文史俱佳的史著却日渐稀少。不过,章学诚《文史通义》对文史的兼论,还是让我们看到了真正的史家对文史结合的重视和灼见。作为中国古代最杰出的史学理论著作,《文史通义》不仅从"六经皆史"的角度把文史归于一体,而且从"经世致用"的高度上揭示了文史创作的共同目标。章学诚固然以追求史意、考镜学术源流为己任,但他并没有忽视对文学尤其是对历史文学的评议,他在《又与朱少白书》中说:"尝谓百年而后,有能许《通义》文辞与老杜歌诗同其沉郁,是仆身后之桓谭也。"④可见他对文辞达意是颇为看重的。他在《史德》《文德》《文理》《文集》等篇中从不同角度论述了史学与文学的可通之义,主张"因文以求立言之质",反对空疏浮夸之文,大有"文质则史"的味道。其《史德》篇曰:"史所贵者义也,而所具者事也,所凭者文也。"⑤又曰"良史莫不工文"。显然,史义、史事、史文三者的结合,已成为《文史通义》论述的核心要义。章学诚特别重视著述者的品格素养,认为心术平正者才能写出"气昌而情挚"的天下至文,从而把情感、气量与品格、心境联系在一起,对文史作者提出了更高的要求。总之,章学诚文史并重、文史须与心术结合的思想,为古代文史有别而不可分离作了又一次明朗而重要的注脚。

## 第三节 文史的现代分科

我国古代的文、史分类虽然早自南北朝时期即已开始,但文、史划分在理论上的体系并未建立,文、史之间的界限也不明确,现代意义上学科体制的建立源自西方近代科学诞生之后的学科分类思想。近代西方的工业革命,直接导致了劳动分工与社会分化,

---

① 郭金荣著《毛泽东的晚年生活》,教育科学出版社,1993年,第85页。
② 吴缜撰《新唐书纠谬·序》,四部丛刊本。
③ 曾巩撰《南齐书目录序》,见张伯行编《唐宋八大家文钞》,上海古籍出版社,2007年,第275页。
④ 章学诚著《与朱少白书》,见《章氏遗书》卷二十九,文物出版社,1982年重印嘉业堂刻本。
⑤ 章学诚著,叶瑛校注《文史通义校注》卷三《史德》,中华书局,1985年,第219页。

而社会分工和职业分化也必然推进了知识的分化,文学、史学、哲学、经济学、管理学、法学、理学、工学、教育学等九大学科概念应运而生。从此,文学和史学各自独立,初步形成了自己的学科知识体系和理论体系,并随着社会经济、文化、教育发展的需要而走上了一条不断更新调整且高度细化的途径。时至今日,在人类知识总量的巨大增长和不断积累下,文、史学科的体系结构日益复杂,学科分化日益明显,分支学科、边缘学科、新兴学科越来越多,按照我国现代学科划分方法,历史学下属3个一级学科,15个二级学科,若干三级学科;文学下属4个一级学科、29个二级学科,若干三级学科。学科的高度细化,表明了文、史两科在知识建制上大步拓展,表现了学科认识视野的不断开阔,研究领域的渐趋深入,认识模式的具体微观化,这种发展变化与进步趋势是历史上从未有过的,预示着古老的人文学科在日新月异的新形势下的重大变革,其中既有光明的前景,但也不可避免地隐藏着一些忧患,存在着令我们不得不思考的问题。

　　文史分科独立不是文史分家,但现实情况却存在大量文史两科相互分离的观念和行为。文者不知史,史学远离文,文史各行其道,学科之间逐渐形成了有形无形但却巨大的鸿沟高墙,学科及专业之间的交流与渗透被严重忽视,教师队伍中存在不愿甚或是不能开设跨专业课程的现象,更少有人去了解和研究文、史两科的关系及差异与共性所在,种种现象虽属个人行为,但其普遍性的存在说明在观念上的非自觉认知和行为上的不作为。文史不相知、文史相分离,虽然不是直接由文史分科引起,却与强化文史分科及文史内部的分化有着莫大的关系,愈来愈细的文史分支学科的划分在体制上不可避免地造成了一定的局限。现今的文、史两科,涵盖四五十个二级学科,涉及二三百个专业,存在着过度专业化的倾向,块垒繁多,教学科研格局日见其小。文史各科、各专业画地为牢,专业化、职业化趋势日见加深。不少专家只是某个狭窄领域做局部研究的"工匠式"职业人,在自闭、有限的空间耕耘着一亩三分地,表面上看是专业高手,实际上已成畸形偏科之才,他们沉沦于所谓的专门领域中而不能自拔,对自己专业领域之外的其他学科或相关专业,已渐无兴趣,既无责任去多管"闲事",也无精力旁涉许多,搞中国史的不再关注世界史,搞文学的不知史学现状,此类情景绝非个别,人文科学那内在整体会通的学术精神和博大深邃的情怀与理想,已在专业化和功利化的不断削磨之中渐渐地消退并迷失。如此状态之下,社会只能产生大量的"一专"之家,而难以产生"全才"的学者,更不要说出现能在人文科学世界领域自由漫步的那种百科全书式的"人文学者"和学贯天地、才气磅礴、胸境高远的"学术大师"了。同时,分门另类的学科与专业早已成为当今高等教育课程的基本构成要素,各科教师只需按部就班地讲授本门课程的教学内容,学生也多以单纯的知识学习或专门技能的训练为目的,忙碌于各种职业资格证书的应试考级之中,学术人才的培养变成批量生产单一产品的流水线,无论是教师还是学生,学术旨趣与情感空间,越来越被这种学科界限、专业规则、职业趋向所束缚。学历走向高文凭,学业趋向专门化和职业化,而学术精神与情感世界却因为人为的细化与分割而支离破碎,并从而偏离了它的总体文化精神与本真属性。

　　文、史两科分立及学科的分化,固然为近代科学发展的一大突出特点,但切忌以科学二字自画牢笼,人为地营造偏科或分科的狭隘观念,更不可在学术视野中形成独见一木、不见森林的思维惯性。文史自古一体,本根相连,虽经"自然科学化"改造而各自形成庞大复杂的学科结构和条分缕析的分科体系,但其人文本质依旧,学术精神并未完全剥离,文史分家,还是"还家",已成为我们面临的艰难抉择。现代人文科学的倡导和兴起,未尝不是对学科划分过于专业化和学校教育过于职业化的一种修正。

20世纪初期几乎同时出现在美国很多知名大学中的"通识教育",就是针对教育过度专业化、职业化或市场化的问题而流行的一种教育观念和课程模式。哈佛大学专题报告《自由社会中的通识教育》指出:"单纯的知识学习或专门技能的训练,都不能使学生理解我们的文明得以源远流长的广阔基础是什么。没有人想要贬损'见多识广'的重要性,但是,即使在数学、物质科学和生命科学方面具有良好的基础,又有能力用几种外语读书和写作,仍然不能说可以为一个自由国家的公民提供一种足够有效的教育背景。因为这样的项目与作为个体的情感体验以及他作为群居动物的实践经验都缺乏联系。……这样的项目中没有历史,没有艺术,没有文化,没有哲学。除非在学生的第一个成长阶段,教育都与价值判断在其中具有优先意义的那些领域保持某种持续的联系,否则必定不可能实现通识教育的理想。"[①]其实,通识教育在强调知识的丰富性和多样性的同时,更注重学生人格和知识的内在统一,"通识教育的核心是对自由和人文传统的继承"。因此,今日的教育,不仅仅在于知识和文化空间的拓展,更在于科学与人文的统一,在于知识能力与价值判断能力的统一,注重在知识与学科的对话和统一之中重现心智和思想的灵性。融通文史,打破学科与专业块垒的坚壁,视人文学科为一体,保持人类精神文化世界的统一性和整体性,有利于我们从宏观的角度思考和把握对人类精神世界和自然世界最基本的普遍问题的理解,实现由单一学科教育模式向多科融合教育模式的推进,培养出不仅具有广博的人文知识同时也对人文精神理想有深切体会的现代人文学术人才。

### 思考练习题

1. 以先秦典籍为例,阐述文史同源的事实。
2. 试述汉魏时期文史逐渐分离的现象。
3. 如何看待文史学科的分科不分家?

---

[①] 哈佛大学专题报告《自由社会中的通识教育》,转自朱红文主编《人文社会科学导论》导言,教育科学出版社,2011年,第7页。

# 第一章 明道载道

中华文明灿烂炳焕，历史悠久；中国不仅是诗的国度，而且号称"文章大国"，先秦两汉的经史子学文章，魏晋南北朝"骈文"的创作潮流，唐宋"古文"的高度繁荣，明清的"义理辞章考据"，与其他古代事象共同汇聚成积淀深厚的中国传统文化。在几千年的文化传承中，文章始终发挥着无可替代的作用，可以说，文章是延续中华文明的命脉，至今仍然是我们取之不尽、用之不竭的宝贵财富和精神资源。

## 第一节 文道关系的历史阐释

中国的传统学术，学通天地人，文章浩如烟海，含包文史哲，体裁丰富多样。古代的文人十分讲究为文的"规矩绳墨"，就文气、文势、文体、文境、文法、章法、字法、句法、笔法、技法等文章写作理论与实用技巧进行深入探讨，而就文与道的关系也发表见解，"以文明道""文以载道""文与道一""史以明道"等命题，既是古文创作的共同准则，而且成为文章家的基本精神。这里的"文"，并不是今人所说的文学。在中国古代，文学与文章是两个概念范畴。文章只是文学的载体形态，而文学则以学术为核心，如汉朝人所谓文学，指的就是学术，特别是儒学。在古代文人的观念里，文学呈现为内容充实、足以表现学问的文章，这样的文学在古代有着崇高的地位。

### 一、唐代："文以明道"

荀子极其推崇"道"，荀子的"道"论包含天道——自然之道、人道——礼义之道，在《解蔽》《儒效》《正名》[①]等篇中，把"道"看作客观事物的规律，把"圣人"看作客观规律的体现者，总理天地万物的枢纽，因此要求文以明"道"。

刘勰在其《文心雕龙》开篇《原道》指出："道沿圣以垂文，圣因文以明道。"[②]意思是说，道呈现给了圣人，圣人则以文明之。这里"道""圣""文"之间的关系，是刘勰关于"天道"与"人道"、"天文"与"人文"的自然之道与儒家伦理之道的综合概括。刘勰所谓的"道"包含着事物普遍的自然规律、社会政治主张以及人伦秩序等。刘勰十分重视人，认

---

[①] 王先谦撰《荀子集解》，中华书局，1988年，第386、114、411页。
[②] 刘勰著，祖保泉解说《文心雕龙解说》，安徽教育出版社，1993年，第9页。

第一章 明道载道

为人与天地"是谓三才。为五行之秀,实天地之心。心生而言立,言立而文明,自然之道也"。黄侃先生解说:"盖人有思心,即有言语;既有言语,即有文章。言语以表思心,文章以代言语,惟圣人为能尽文之妙,所谓道者,如此而已。"①刘勰所说的文章也是包罗万象,"旁及万品,动植皆文"。《原道》篇之后的《征圣》《宗经》两篇所论,都是说明用经典来解决文章的问题。统而论之,圣人明道,后人宗经;只有作者明道,文章才能载道,载道以作者明道为前提。从理论上说,所有的文章都应该载道。

唐代经过安史之乱后,出现了藩镇割据、吏治腐败、宦官专权等一系列严峻的社会问题,中唐一部分怀有忧患意识的士人,奋起变革,以期王朝中兴。随之而来的便是儒学复兴思潮与永贞政治革新。在这样的背景下,迎来了文体文风的改革,韩愈、柳宗元倡导"文以明道",注重实用,将古文运动推向高峰。韩愈《争臣论》有云:"君子居其位,则思死其官;未得位,则思修其辞以明其道。我将以明道也,非以为直而加人也。"②韩愈在他的其他文章中还反复申说文道之关系:

　　愈之志在古道,又甚好其言辞。(《答陈生书》)
　　愈之所志于古者,不惟其辞之好,好其道焉尔。(《答李秀才书》)
　　愈之为古文,岂独取其句读不类于今者邪?思古人而不得见,学古道则欲兼通其辞;通其辞者,本志乎古道者也。(《题欧阳生哀辞后》)

这些表述,韩愈解释了他为什么喜好古文辞,声明创作古文的目的,是为了有志于古道。至于韩愈所说的"古道",在他的《原道》里有解说:

　　博爱之谓仁,行而宜之之谓义,由是而之焉之谓道,足乎己,无待于外之谓德。其文《诗》《书》《易》《春秋》,其法礼乐刑政,其民士农工贾,其位君臣、父子、师友、宾主、昆弟、夫妇,……斯道也,何道也?曰:"斯吾所谓道也,非向所谓老与佛之道也。尧以是传之舜,舜以是传之禹,禹以是传之汤,汤以是传之文、武、周公,文、武、周公传之孔子,孔子传之孟轲;轲之死,不得其传焉。"(《韩昌黎文集校注》卷一)

可见,韩愈以传承"道统"自许,越过西汉以后的经学而复归孔孟,他宣扬的"道"以儒家仁政为主,明君臣之义,是正统的儒家之道。韩愈在其《与孟尚书书》中说孔孟之道,"由愈而粗传,虽灭死万万无恨",信念坚定,态度坚决,可见一斑。其《师说》中还将"传道"作为师者的使命之首。韩愈一生执着于道,不遗余力,着眼点在于解救现实危难,他以此为宗旨写作古文,表现出"以文明道""以道弘文"的双重意蕴。韩愈重"道",却并不轻"文",朱熹说韩愈"其平生用力深处,终不离乎文字言语之工",③从侧面说明了韩愈为文的这一特点。

与韩愈同时,柳宗元对文道关系也自有其独特的认识,如其《与韦中立论师道书》所说:"始吾幼且少,为文章,以辞为工。及长,乃知文者以明道,是固不苟为炳炳烺烺,务

---

① 黄侃撰《文心雕龙札记·原道第一》,上海古籍出版社,2000年,第5页。
② 马其昶校注《韩昌黎文集校注》卷二,上海古籍出版社,1986年,第113页。
③ 朱熹撰《昌黎先生集考异》卷五,上海古籍出版社,2001年,第130页。

采色、夸声音而以为能也。"《报崔黯秀才论文书》说"圣人之言,期以明道","辞之传于世者,必由于书。道假辞而明,辞假书而传",①指出了文与道的辩证关系。

柳宗元所谓的"道"不同于韩愈,对此,前人已有评论。如宋人欧阳修《唐柳宗元般舟和尚碑》称韩柳"其为道不同犹夷、夏也"。② 王应麟亦云:"韩、柳并称而道不同。"③韩愈是以儒家"道统"的继承者自居,其《上宰相书》说自己"其业则读书著文歌颂尧舜之道","其所读皆圣人之书","其所著皆约六经之旨而成文",《答李翊书》亦云"始者非三代两汉之书不敢观,非圣人之志不敢存","行之乎仁义之途,游之乎《诗》《书》之源,无迷其途,无绝其源,终吾身而已矣"。④ 在这一方面,韩柳有共同之处。柳宗元的《与友人论为文书》谈及"古今号文章为难","非谓比兴之不足,恢拓之不远,钻砺之不工,颇颣之不除也。得之为难,知之愈难耳","得之为难"的根本即其《与杨京兆凭书》所说"直趋尧舜之道、孔氏之志,明而出之,又古之所难有也"。⑤ 其《寄许京兆孟容书》亦谓"唯以中正信义为志,以兴尧、舜、孔子之道,利安元元为务",《时令论上》说"圣人之道,不穷异以为神,不引天以为高,利于人,备于事,如斯而已矣",由其中的"利安元元为务"、"利于人,备于事",则可看出柳宗元能够面向现实,注重治世之道,他在《答吴武陵论非国语书》中还提出"意欲施之事实,以辅时及物为道"的观点,更反映了他对文章的社会作用的认识,所以说柳宗元对于文道关系的阐发,内容更为丰富,思想更为深刻。总之,一方面,写文章要有助于清明当时政治,符合时代潮流;另一方面,写文章须关心生民万物,有为而发,切合实际。⑥

此外,韩愈的弟子兼女婿李汉在《昌黎先生集序》云:"文者,贯道之器也。"李汉在这里提出的"文以贯道"之说即被后来者加以驳斥,如朱熹说:"这文皆是从道中流出,岂有文反能贯道之理?文是文,道是道,文只如吃饭时下饭耳。若以文贯道,却是把本为末。"⑦他强调的是以道为本。

## 二、宋代:"文以载道"

韩愈去世以后,"其言大行,学者仰之如泰山、北斗",⑧对于后来的中国文化、对宋代古文家都产生了深刻的影响。如欧阳修《记旧本韩文后》说"韩氏之文、之道,万世所共尊,天下所共传而有也",并且自欺为宋代的韩愈。苏轼推尊韩愈"文起八代之衰,而道济天下之溺",同时指出欧阳修乃"今之韩愈"。⑨ 而当苏轼去世后,米芾挽诗有云"道

---

① 柳宗元撰《柳宗元集》卷三十四,中华书局,1979年,第873、886页。
② 欧阳修著《欧阳修全集》卷一四一,中华书局,2001年,第2276页。
③ 王应麟撰《困学纪闻》卷十七,辽宁教育出版社,1998年,第323页。
④ 马其昶校注《韩昌黎文集校注》卷三,上海古籍出版社,1986年,第155、170页。
⑤ 《柳宗元集》,中华书局,1979年,第829、789页。
⑥ 柳海莉《永贞贬谪文人的"文以明道"思想》,《河北学刊》,2008年第2期,第132页。
⑦ 黎靖德编《朱子语类》卷一三九,中华书局,1994年,第3305页。
⑧ 欧阳修、宋祁撰《新唐书·韩愈传赞》卷一七六,中华书局,1975年,第5269页。
⑨ 苏轼《潮州韩文公庙碑》《六一居士集序》,见《苏轼文集》,中华书局,1986年,第509、316页。

如韩子频离世,文比欧公复并年",①从"道"与"文"两方面揭示出当时人又把苏轼视为韩愈、欧阳修的继承者。

关于文道关系,宋代古文家的观点大同而小异,基本都能做到文道并重,如欧阳修主张"文与道俱",苏洵以为"文几乎道",曾巩所谓"文当于理",苏轼强调"有道有艺",在注重道的内容丰富性的同时,都很注意文章的艺术技巧。然而,在宋代影响最大的则是理学家周敦颐提出的"文以载道"说:

> 文所以载道也。轮辕饰而人弗庸,徒饰也。况虚车乎?文辞,艺也;道德,实也。笃其实,而艺者书之,美则爱,爱则传焉。贤者得以学而至之,是为教。故曰:"言之无文,行之不远。"然不贤者,虽父兄临之,师保勉之,不学也;强之,不从也。不知务道德而第以文辞为能者,艺焉而已。(《周子通书·文辞第二十八》)

周敦颐以"载道"论文,将"文"与"道"分离,一如车载物,车是车,物是物,表现出重"道"轻"文"的倾向。与古文家不同,宋代理学家所说的"道"取消了自然之道,而杂有心性义理内容,目的在于用文章宣扬儒家的仁义道德和纲常伦理,因而"文"成了"道"的附庸,如周敦颐《周子通书·陋第三十四》说:"圣人之道,入乎耳,存乎心,蕴之为德行,行之为事业。彼以文辞而已者,陋矣!"②这样,评价文章的标准也发生了变化。周敦颐之后,程颢、程颐将重"道"轻"文"引到极端片面的方向,断言"作文害道","《书》云:'玩物丧志。'为文亦玩物也",③进一步把"文"与"道"对立起来。

到了南宋,理学家朱熹发现前人的说法都存在问题,他把"文"与"道"的关系表述得比较微妙:"道者,文之根本;文者,道之枝叶。惟其根本于道,所以发之于文,皆道也。三代圣贤文章,皆从此心写出,文便是道。"他批评苏轼"则是文自文而道自道,待作文时,旋去讨个道来入放里面"。④ 在《读唐志》里,朱熹还谈到韩愈、欧阳修等"裂道与文以为两物",认为"文"与"道"不可两分,提出了新的思考。又其《与汪尚书》说:"道外有物,固不足以为道;且文而无理,又安足以为文乎?盖道无适而不存者也,故即文以讲道,则文与道两得而一以贯之,否则亦将两失之矣。"⑤朱熹提出的"道外无物"、文与道"一以贯之"的观点,从哲学高度阐明了"文"与"道"不是两个本源,也不是两物,所以不可能分而为二。朱熹所谓的"道",实际是儒家的伦理之道,文道一体,意在强调天地间并没有一种存在于"道"之外的"文"。

朱熹之后,理学成了儒家的正统,成为官方思想,"文以载道"说流行,对后世产生了深远的影响。但反对理学的斗争也异常激烈,如李贽批判"假道学",黄宗羲、顾炎武等思想家说的"道"与理学家脱离实际、空谈心性的"道"不同。

---

① 米芾《苏东坡挽诗》,见《全宋诗》(18),北京大学出版社,1998年,第12249页。
② 周敦颐著《周子通书》,上海古籍出版社,2000年,第41页。
③ 程颢,程颐著《二程遗书》,上海古籍出版社,2000年,第290页。
④ 黎靖德编《朱子语类》卷一三九,中华书局,1994年,第3319页。
⑤ 《晦庵先生朱文公文集》卷三十,见《朱子全书》,上海古籍出版社,2002年,第1305页。

### 三、元代:"文与道一"

朱熹关于文道关系的哲学性思考,大大启发了后来者。元、明两代就有学人沿着这个方向寻找更为恰当的表述。如元初名儒郝经在其《原古录序》中指出"道即文"、"文即道","道非文不著,文非道不生"。① 与此相类,元代理学家吴澄在《陈文晖道一字说》有云:"人之践行者为道,道非物外幽隐之事也。道之著见者为文,文非纸上工巧之言也。明乎此,则知文之炳焕而晖,即道之贯彻而一也。"同时还批评"世之人论文则沦于卑近,论道则骛于高远,往往离文于道而二之"。② 文、道不可两分,大致成为部分学者的共识。

到元代中后期,终于找到"文与道一"这样的表述。就目前所见,最早使用的,是活跃于元文宗到顺帝前期的许有壬,③其《题欧阳文忠公告》云:"文与道一,而天下之治盛;文与道二,而天下之教衰。"④此说简洁明了,言简意赅。之后的学者围绕"文与道一"说,多有所阐发,如王祎《文原》说:"道与文不相离,妙而不可见之谓道,形而可见者之谓文。道非文,道无自而明;文非道,文不足以行也。是故文与道非二物也。"⑤强调文与道一,不相离,不可分割,非二物。由元入明的谢徽在其《侨吴集序》中说:"道之充乎中,而其发于外者无非文。如天之有气,则有日月星辰之光辉;如地之有形,则有山川草木之行列。文实道之显,不可歧而二之也。……文与道既一,而子游之所以为学者,亦在其中矣。"⑥需要指出的是,这段话的主要意思,就连其中所举之例,都是源于朱熹的《读唐志》,可见朱熹的启发之功;不同的是,谢徽用"文与道一"进行论说。对此,我们可表述为,文是道的外在表达,道是文的精神内核。自语言表达而言,谓之文,自内在精神言之,谓之道。没有"道",文不能独立存在;没有"文",道也无由表达。一篇文章,有"文"有"道",但又不能分成"文"和"道"。这就是"文"与"道"的一而二、二而一,这就是"文与道一"。⑦

"文与道一"这一科学表述,基于哲学一元思维,准确揭示出文与道的关系。以此方之于古今中外优秀的经典之作,无不体现出文道兼美的理想境界,那么,所谓的重道轻文,或重文轻道,都是对文道关系误读的结果,是文章写作的不良风气。"文"既非"贯道之器",亦非"道之枝叶","文"本身就是"道"。

### 四、清代:"史以明道"

中国古代学术到清代乾嘉时期出现两种弊端,宋学末流空谈心性义理,汉学则沉溺

---

① 郝经撰《郝文忠公陵川文集》卷二十九,山西古籍出版社,2006年,第399页。
② 吴澄《陈文晖道一字说》,见《全元文》(15),江苏古籍出版社,1999年,第19页。
③ 查洪德《论元人文论的"文与道一"说》,见《中国文论的经典与文体:古代文学理论研究(第33辑)》,华东师范大学出版社,2011年,第244页。
④ 许有壬《题欧阳文忠公告》,见《全元文》(38),凤凰出版社,2004年,第140页。
⑤ 王祎撰《王忠文集》卷二〇《文原》,影印文渊阁四库全书本。
⑥ 谢徽《侨吴集序》,见钱毅《吴都文粹续集补遗》卷下,丛书集成初编本。
⑦ 查洪德《文道合一:一个伪命题》,《中华读书报》文化周刊,2012年6月27日15版。

第一章 明道载道

于训诂考据，二者"必欲各分门户，交相讥议，则义理入于虚无，考证徒为糟粕，文章只为玩物"。①针对这种不良学风，章学诚提出了旨在经世的"史以明道"说，致力扭转学术时弊。就其治学理路来看，他首先将前人奉为圭臬的六经拉下圣坛，其《文史通义》开篇即谓："六经皆史也。古人不著书，古人未尝离事而言理，六经皆先王之政典也。"②他说六经是古人政教典章的记录，只是古史而已。因为古代并无经史之别，亦无文史之分，他认为"三代学术，知有史而不知有经"（《浙东学术》），"古之所谓经，乃三代盛时，典章法度，见于政教行事之实，而非圣人有意作为文字以传后世"（《经解》），"向病诸子言道，率多破碎；儒者又尊道太过，不免推而远之。……无怪前人诋文史之儒不足与议于道矣。余仅能议文史耳，非知道者也；然议文史而自拒文史于道外，则文史亦不成其为文史矣"（《姑孰夏课甲编小引》）。章学诚进而指出"六经皆器"，《原道中》云："道不离器，犹影不离形。后世服夫子之教者自六经，以谓六经载道之书也，而不知六经皆器也。"又云："盖以学者所习，不出官司典守，国家政教；而其为用，亦不出于人伦日用之常，……夫子述六经以训后世，亦谓先圣先王之道不可见，六经即其器之可见者也。后人不见先王，当据可守之器而思不可见之道。"③

六经既然是载道之器，又是史，"经史者，古人所以求道之资"，④因而可以"即器以明道"，由史而明道。章学诚《答客问上》曰："道之不明久矣。《六经》皆史也，形而上者谓之道，形而下者谓之器。孔子之作《春秋》也，盖曰：'我欲托之空言，不如见诸行事之深切著明。'然则典章事实，作者之所不敢忽，盖将即器而明道耳。"⑤章学诚在其《文史通义》中反复强调以史明道、经世：

夫六艺为文字之权舆，《论语》为圣言之荟粹，创新述故，未尝有所庸心，盖取足以明道而立教，而圣作明述，未尝分居立言之功也。（《言公上》）

学问所以经世，而文章期于明道，非为人士树名地也。（《说林》）

学问之事，非以为名，经经史纬，出入百家，途辙不同，同期于明道也。（《与朱沧湄中翰论学书》）

史家之书，非徒纪事，亦以明道也。（《永清县志前志列传序例》）

那么，章学诚所说的"道"指的是什么？其《原道上》有云："道者，万事万物之所以然，而非万事万物之当然也。人可得而见者，则其当然而已矣。"这里谈到自然之道，由上述引语可以看出，其所谓道，还有人伦日用、经济事功等多层含义，当然也包含维系封建统治秩序的等级制度与伦理道德等，这对于封建文人是在所难免的，如其《原学上》所说："盖天之生人，莫不赋之以仁义礼智之性，天德也；莫不纳之于君臣父子夫妇兄弟朋友之伦，天位也。"章学诚的明道往往和经世联系在一起，自有高于前人之处。他从史学家的高

---

① 章学诚《与族孙汝楠论学书》，见《章氏遗书》卷二十二，文物出版社，1985年，第224页。
② 章学诚《易教上》，见叶瑛校注《文史通义校注》卷一，中华书局，1994年，第1页。
③ 章学诚《原道中》，见叶瑛校注《文史通义校注》卷二，中华书局，1994年，第132页。
④ 章学诚《与朱沧湄中翰论学书》，见李春伶校《文史通义》卷九，辽宁教育出版社，1998年，第276页。
⑤ 章学诚《答客问上》，见叶瑛校注《文史通义校注》卷五，中华书局，1994年，第471页。

度提出"随时撰述以究大道",要求文章创作必须反映现实,阐述历史发展规律。在强调"道"的同时,章学诚十分重视"文",他说:"盖文固所以载理,文不备,则理不明也。且文亦自有理。"(《辨似》)并批评"陋儒"之"工文则害道"的错误认识。实则体现了章学诚"文与道一"的观点,他说:"文章之用,内不本于学问,外不关于世教,已失为文之质。"(《俗嫌》)其《原道下》认为"文章之用,或以述事,或以明理","文乃衷于道矣","文章之用,必无咏叹抑扬之致哉？但溺于文辞之末则害道矣",从正反两方面阐发了文与道的相辅相成、不可分离。

以上四种文道关系说,在其不同时代都起到过不同的作用,影响亦自不同。此外,查洪德先生查证,学术界普遍使用的"文道合一"说是一个伪命题,是20世纪的发明,在古代并不存在,也不符合中国古人一元论的哲学思维方式。①

20世纪初的"文学革命"中,也涉及文以载道问题。1917年1月《新青年》2卷5号发表胡适的《文学改良刍议》,认为:"吾国近世文学之大病,在于言之无物。今人徒知'言之无文,行之不远';而不知言之无物,又何用文为乎？吾所谓'物',非古人所谓'文以载道'之说也。"②紧随其后,陈独秀《文学革命论》也认为"文学本非为载道而设"。③其实,文学革命提倡白话文,反对文言文及其所载之道,即封建思想及伦理道德。但它并不反对载道本身,而是要载"思想启蒙"之道,即反封建思想文化、唤醒国民觉悟。强烈的功利主义倾向决定了"五四"文学革命只能以反载道始,以新载道终。新文学与旧文学载道性质并未改变,改变的只是所载之道而已。④

中国学术史上,关于文与道的关系问题,"文与道一"说颇具科学性,然而却少为人知。反而是二元论的"文以载道"说越来越流行,并且旁及其他领域,出现了诸如"物以载道""器以载道""乐以载道""戏以载道""艺以载道""画以载道""书以载道"之说,乃至于"课以载道""媒介载道""电影载道"等等,不胜枚举。

## 第二节 文道兼美的价值意蕴

在悠远绵长的中国历史长河中,文、道各自的演变进行着,文、道关系的阐释也继续着。需要指出的是,文道关系范畴的"文"不是文学,而是文章。"道"的本义,《说文解字》释为"所行道也",后引申为道理,在这个意义上,"道"的内涵和外延因时因人而异。在宇宙方面,称之为自然法则,即天道。在社会人生方面,称之为伦理法则,即人道,内在地包含着道德、正义、操守等。宋明以后,"道"成了社会秩序、礼法、伦理意义上的儒学之道。儒家主张做人的典范在于仁、义、礼、智、信,强调为文的道德教化意义。文章

---

① 查洪德《文道合一：一个伪命题》,《中华读书报》文化周刊,2012年6月27日15版。
② 胡适著《文学改良刍议》,见《胡适文集(二)》,北京大学出版社,1998年,第6页。
③ 陈独秀著《文学革命论》,见《独秀文存》,安徽人民出版社,1987年,第97页。
④ 林虹,刘凤山《以反载道始　以新载道终——"五四"文学革命之一解》,《河南师范大学学报(哲社版)》2001年第3期,第85页。

是为说明道理、弘扬精神的,目的在于以文化人。

## 一、衔华佩实,华实相副

传世的名篇名作,无疑是艺术形式与思想内容恰到好处的结合,是文与道一的典范。古人常以"华"喻文采,以"实"喻文章内容,刘勰《文心雕龙·征圣》云:"然则圣文之雅丽,固衔华而佩实者也。"①揭示了圣人文章写作华实并重,有文采有内容的优点。又如白居易《与元九书》云:"诗者,根情,苗言,华声,实义。"②亦复如此。华与实之喻,东汉张衡称"质以文美,实由华兴",③刘勰《文心雕龙·情采》谓"木质实而花萼振,文附质也。"处理好两者的关系,为人所重,如扬雄《法言·修身第三》曰:"实无华则野,华无实则贾,华实相副则礼。"汪荣宝注:"华实相副,然后合礼。文质彬彬,然后君子。"④

华与实,就文道关系来说,章学诚《文史通义·言公中》曰:"文,虚器也;道,实指也。文欲其工,犹弓矢欲其良也。弓矢可以御寇,亦可以为寇,非关弓矢之良与不良也。文可以明道,亦可以叛道,非关文之工与不工也。"文道兼美,应该是文章的更高境界,文之工,犹如弓矢之良;然而,文可以明道,也可以叛道,所以关键还在于道的内容正确,则文道并重。司马迁的不朽巨著《史记》,正是历史与文学两种语言艺术融通的典范,东汉班彪说司马迁"善述序事理,辩而不华,质而不野,文质相称,盖良史之才也",⑤班固《汉书》亦称司马迁"有良史之材","善序事理,辨而不华,质而不俚,其文直,其事核,不虚美,不隐恶,故谓之实录",⑥都是从文与质,或华与实两方面立论的,道出了《史记》之所以流芳千古的主要原因。

能做到"衔华佩实""华实相副"的作品,自是上品,这方面的道理和实例不胜枚举。而古人对华而不实,以浮华文辞掩盖作品内容空虚的批评也不绝于书,如唐代史家刘知几曾以华多实少为喻,其《史通·杂说》云"如二传之叙事也,榛芜溢句,疣赘满行,华多而少实,言拙而寡味",《言语》说"华而失实,过莫大焉";《载文》称"爰泊中叶,文体大变,树理者多以诡妄为本,饰辞者务以淫丽为宗。譬如女工之有绮縠,音乐之有郑卫",指出为史而载文,要"能拨浮华,采贞实"。⑦内容应该充实,而不"徒有其文,竟无其事",更不用说内容荒诞不经的记载。刘知几重视史文写作,其《史通·叙事》还批评滥用文体文辞:

> 昔夫子有云:"文胜质则史。"故知史之为务,必藉于文。自《五经》已降,《三史》而往,以文叙事,可得言焉。而今之所作,有异于是。其立言也,或虚加练饰,轻事雕彩;或体兼赋颂,词类俳优。文非文,史非史,譬夫乌孙造室,杂以汉仪,而刻鹄不

---

① 周振甫著《文心雕龙今译》,中华书局,1986年,第22页。
② 朱金城笺注《白居易集笺注》卷四十五,上海古籍出版社,1988年,第2790页。
③ 范晔撰《后汉书》卷五十九《张衡列传》,中华书局,1965年,第1899页。
④ 汪荣宝著《法言义疏》,中华书局,1987年,第97页。
⑤ 范晔撰《后汉书》卷四十上《班彪列传》,中华书局,1965年,第1325页。
⑥ 班固撰《汉书》卷六十二《司马迁传》,中华书局,1962年,第2738页。
⑦ 刘知几撰《史通》,中国戏剧出版社,1997年,第70、25、20页。

成,反类于鹜者也。

之所以会出现"文非文,史非史"的怪异现象,就在于对文史二体的混同。文史原本一体,如何看待文与史?刘知几《史通·核才》云:

> 昔尼父有言:"文胜质则史。"盖史者当时之文也,然朴散淳销,时移世异,文之与史,较然异辙。故以张衡之文,而不闲于史;以陈寿之史,而不习于文。其有赋述《两都》,诗裁《八咏》,而能编次汉册,勒成宋典。

刘知几区分文史,主要是为了避免史书写作受当时流行的骈俪文体的影响。他反对堆砌辞藻,却不忽视文辞之美,相反,十分重视语言的运用,他一再强调"文而不丽,质而非野"这种朴实无华的文风,《史通·叙事》指出"夫国史之美者,以叙事为工,而叙事之工者,以简要为主","文约而事丰,此述作之尤美者也",这也成为他写作追求的最高境界。刘知几说的"加以一字太详,减其一字太略",清人方苞则概括为"一字不可增减",并作为"文之极则"。①

中唐古文运动时,对文章写作的不良倾向也多有批评,如柳宗元《送豆卢膺秀才南游序》云:"无乎内而饰乎外,则是设覆为穽也,祸孰大焉;有乎内而不饰乎外,则是焚梓毁璞也,诟孰甚焉!于是有切磋琢磨、镞砺栝羽之道,圣人以为重。"单纯追求艺术形式,无异于其《与杨诲之第二书》所谓"弃大而录小,贱本而贵末,夸世而钓奇",这是强调文章内容的重要;而有了好的主题思想,也要用好的艺术形式来表达,否则即是"焚梓毁璞"。这也就是欧阳修《答吴充秀才书》所谓"大抵道胜者文不难而自至也"。柳宗元还指出剽窃抄袭、断章取义的不良风气,《与友人论为文书》云:"为文之士,亦多渔猎前作,戕贼文史,抉其意,抽其华,置齿牙间,遇事蠭起,金声玉耀,诳聋瞽之人,徼一时之声。虽终沦弃,而其夺朱乱雅,为害已甚。"②同时代的白居易在其《策林·议文章》论及文章之弊:"国家化天下以文明,奖多士以文学,二百余载,文章焕焉。然则述作之间,久而生弊。书事者罕闻于直笔,褒美者多观其虚辞。今欲去伪抑淫,芟芜划秽。黜华于枝叶,反实于根源。"③"直笔"少、"虚辞"多,是则华而不实。

宋人反对浮靡文风,柳开《答臧丙第二书》曰:"文取于古,则实而有华;文取于今,则华而无实。实有其华,则曰经纬人之文也,政在其中矣。华而无实,则非经纬人之文也,政亡其中矣。"④王安石《上邵学士书》云:"某尝患近世之文,辞弗顾于理,理弗顾于事,以襞积故实为有学,以雕绘语句为精新,譬之撷奇花之英,积而玩之,虽光华馨香,鲜媠可爱,求其根柢济用,则蔑如也。"⑤苏轼虽教人"文章以华采为末,而以体用为本"(《答乔舍人启》),却反对"贵华而贱实","务令文字华实相副,期于适用,乃佳"(《与侄孙元老

---

① 方苞《古文约选序例》,见《方苞集》,上海古籍出版社,2008年2版,第608页。
② 柳宗元《送豆卢膺秀才南游序》、《与杨诲之第二书》、《与友人论为文书》,见《柳宗元集》,中华书局,1979年,第607、854、829页。
③ 朱金城笺注《白居易集笺注》卷六十五,上海古籍出版社,1988年,第3546页。
④ 柳开著《河东先生集》卷六,四部丛刊本。
⑤ 唐武标校《王安石文集》,上海人民出版社,1974年,第38页。

四首》)。① 朱熹《读唐志》论前代作家,"战国之时,若申、商、孙、吴之术,苏、张、范、蔡之辩,列御寇、庄周、荀况之言,屈平之赋,以至秦汉之间,韩非、李斯、陆生、贾傅、董相、史迁、刘向、班固,下至严安、徐乐之流,犹皆先有其实,而后托之于言","及至宋玉、相如、王褒、扬雄之徒,则一以浮华为尚,而无实之可言矣","东京以降,讫于隋唐,数百年间,愈下愈衰,则其去道益远,而无实之文亦无足论"。②"言之无文,行而不远",正确对待华与实、文与道,作品才有可能流芳百世。

## 二、文之为用,其大矣哉

中国古代文人十分重视文的价值,常以"远""大"来概括,萧统《文选序》指出:"《易》曰:'观乎天文,以察时变;观乎人文,以化成天下。'文之时义远矣哉!"③《隋书·文学传序》有云:"文之为用,其大矣哉!上所以敷德教于下,下所以达情志于上,大则经纬天地,作训垂范,次则风谣歌颂,匡主和民。"④《晋书·文苑传序》谈及文的作用:"移风俗于王化,崇孝敬于人伦,经纬乾坤,弥纶中外,故知文之时义大哉远矣!"⑤刘知几《史通·载文第十六》也说:"夫观乎人文,以化成天下;观乎国风,以察兴亡。是知文之为用,远矣大矣。"总之,"文之为用,其大矣哉",几乎成为文史家的共识。这在文学家笔下也有很好的比喻,如苏轼引述"欧阳文忠公言,文章如精金美玉"(《答谢民师推官书》),自云"文章如金玉"(《答毛泽民》),"文章如金玉珠贝"(《答刘沔都曹书》)。⑥

古人对文看重如此,因为"圣达立言,化成天下,人文也;达幽显之情,明天人之际,其在文乎"。⑦ 这与中国人奉行的立言不朽相关,"三不朽"是儒家的生命观,是儒士人生追求的理想境界。《左传》鲁襄公二十四年载:"豹闻之:'太上有立德,其次有立功,其次有立言。'虽久不废,此之谓不朽。"⑧"三不朽"作为一种生命哲学,激励着儒士实现人生价值。"立言"使人不朽也成为著书立说的动力,司马迁的发愤之作《史记》,"网罗天下放失旧闻","稽其成败兴坏之理","立功名于天下","成一家之言","藏之名山,副在京师,俟后世圣人君子"(《太史公自序》)。班固《典引》里引述汉明帝诏曰"司马迁著书成一家之言,扬名后世"(见《文选》卷四十八)。立言与不朽,魏文帝曹丕说得很明白:

> 盖文章经国之大业,不朽之盛事。年寿有时而尽,荣乐止乎其身。二者必至之常期,未如文章之无穷。是以古之作者,寄身于翰墨,见意于篇籍,不假良史之辞,不托飞驰之势,而名声自传于后。(见《文选》卷五十二)

曹丕的人生不朽观又见其《与王朗书》:"生有七尺之形,死唯一棺之土,唯立德扬名,可

---

① 孔凡礼点校《苏轼文集》,中华书局,1986年,第1363、1842页。
② 《晦庵先生朱文公文集》卷七十,见《朱子全书》,上海古籍出版社,2002年,第3375页。
③ 萧统编,李善注《文选》,上海古籍出版社,1986年,第1页。
④ 魏征等撰《隋书·文学传序》卷七十六,中华书局,1973年,第1729页。
⑤ 房玄龄等撰《晋书·文苑传序》卷九十二,中华书局,1974年,第2369页。
⑥ 孔凡礼点校《苏轼文集》,中华书局,1986年,第1419、1571、1430页。
⑦ 李百药撰《北齐书·文苑传序》卷四十五,中华书局,1972年,第601页。
⑧ 杨伯峻编著《春秋左传注》,中华书局,1981年,第1088页。

以不朽,其次莫如著篇籍。"(《三国志·魏书·文帝纪》注引)曹丕之说对后世影响也大,初唐四杰中,王勃就深表赞同,其《平台秘略论十首·文艺》曰:"文章经国之大业,不朽之盛事。而君子所役心劳神,宜于大者远者;非缘情体物,雕虫小技而已。"①他认为"诗以见志",能够表达"大者远者"之文,才可以为"经国之大业",才可以不朽。在创作上,王勃强调文章"可以经纬天地",要有气势,能"气凌霄汉,字挟风霜"。又如唐人皇甫湜《答李生第二书》云:"以非常之文,通至正之理,是所以不朽也。"晚唐孙樵《与友人论文书》云:"古今所谓文者,辞必高然后为奇,意必深然后为工,焕然如日月之经天地也,炳然如虎豹之异犬羊也。是故以之明道,则显而微;以之扬名,则久而传。"②则将"明道"与"扬名",即"立言"与"不朽"相提并论。

然而,曹丕所谓"经国之大业,不朽之盛事"的文章,主要不是"诗赋",而是与治国平天下相关的实用文章,他的《典论·论文》分文体为四,"奏议宜雅,书论宜理,铭诔尚实,诗赋欲丽",前三个皆应用性文体,而"诗赋"居末。在曹丕眼里,建安七子的文学惟徐幹及其《中论》可以不朽,其《与吴质书》称徐幹"独怀文抱质,恬淡寡欲,有箕山之志,可谓彬彬君子者矣。著《中论》二十余篇,成一家之言,辞义典雅,足传于后,此子为不朽矣"。此外,曹植《与杨德祖书》认为"辞赋小道,固未足以揄扬大义,彰示来世",故"壮夫不为也"。

相对而言,涉及经国大业、带有政治色彩的奏议、书论等文体,较之诗赋,更受文史家重视。《旧唐书》陈子昂本传载其对奏议的认识:"况乎得非常之时,遇非常之主,言必获用,死亦何惊,千载之迹,将不朽于今日矣。"③正由于此,正史列传载文多有章、表、谏议、奏疏等,如《晋书》刘颂传载其上奏西晋武帝的奏疏全文,长达六千余言。又如《旧唐书》中魏征的《论时政疏》,《新唐书》中元结为唐肃宗所作的书论《时议三篇》,韩愈上呈唐宪宗的《论佛骨表》等。

著书立说,追求不朽,大而言之,经邦济世,如杜佑完成200卷巨著《通典》,贞元十七年,"自淮南使人诣阙献之",献表云:"臣闻太上立德,不可庶几;其次立功,遂行当代;其次立言,见志后学。由是往哲递相祖述,将施有政,用乂邦家。"④以期流芳百世之意甚明。小而言之,抒写个人情怀也是文章的应有之义。这两层意思且如《陈书·文学传序》所云:"自楚、汉以降,辞人世出,洛汭、江左,其流弥畅。莫不思侔造化,明并日月,大则宪章典谟,裨赞王道;小则文理清正,申纾性灵。至于经礼乐,综人伦,通古今,述美恶,莫尚乎此。"⑤

### 三、辞令褒贬,导扬讽谕

无论是从前人关于文章的理论还是创作的宗旨,我们都可看出文史所共有的彰善

---

① 蒋清翊注《王子安集注》,上海古籍出版社,1995年,第302页。
② 董诰等编《全唐文》卷六八五、卷九七四,中华书局,1983年,第7021、8325页。
③ 刘昫等撰《旧唐书·陈子昂传》卷一九〇,中华书局,1975年,第5018页。
④ 刘昫等撰《旧唐书·杜佑传》卷一四七,中华书局,1975年,第3983页。
⑤ 姚思廉撰《陈书·文学传序》卷三十三,中华书局,1972年,第453页。

第一章 明道载道

贬恶功能。此说由来已久,《左传》成公十四年载:"《春秋》之称,微而显,志而晦,婉而成章,尽而不汙,惩恶而劝善,非圣人,谁能修之?"按孟子之说,"孔子成《春秋》而乱臣贼子惧",即是惩恶的效果。司马迁《太史公自序》中进一步申论:"夫《春秋》,上明三王之道,下辨人事之纪,别嫌疑,明是非,定犹豫,善善恶恶,贤贤贱不肖,存亡国,继绝世,补敝起废,王道之大者也。"文章的这一功用,柳宗元概括为"辞令褒贬,导扬讽谕",并解释说:

> 文有二道:辞令褒贬,本乎著述者也;导扬讽谕,本乎比兴者也。著述者流,盖出于《书》之谟、训,《易》之象、系,《春秋》之笔、削。其要在于高壮广厚,词正而理备,谓宜藏于简策也。比兴者流,盖出于虞、夏之咏歌,殷、周之风雅,其要在于丽则清越,言畅而意美,谓宜流于谣诵也。①

柳宗元以为古文写作要针砭时弊,起褒贬、讽谕作用。事实上,他的创作也与此相合,如《捕蛇者说》感叹"赋敛之毒,有甚是蛇者乎!故为之说,以俟夫观人风者得焉",《种树郭橐驼传》旨在"传其事以为官戒",《贞符》反对皇权天授说,《非国语》批驳其中夹杂着的天命鬼神迷信思想,《封建论》论证推行郡县制的必然之"势",《起废答》讽刺朝廷用人不当,"能者休而愚者用",等等。

为文扬善惩恶,务求实用,这是中国作家的优良传统。东汉王充称赏文章"极笔墨之力,定善恶之实",反对"调墨弄笔,为美丽之观",文章要"载人之行,传人之名也。善人愿载,思勉为善;邪人恶载,力自禁裁",因此说"文人之笔,劝善惩恶也"。②唐人姚思廉《梁书·文学传序》认为"经礼乐而纬国家,通古今而述美恶,非文莫可也"。史家刘知几在其《史通》中反复强调彰善贬恶:

> 况史之为务,申以劝诫,树之风声。其有贼臣逆子,淫君乱主,苟直书其事,不掩其瑕,则秽迹彰于一朝,恶名被于千载。言之若是,吁可畏乎!(《直书篇》)
>
> 盖史之为用也,记功司过,彰善瘅恶,得失一朝,荣辱千载。(《曲笔篇》)
>
> 史之为务,厥途有三焉。何则?彰善贬恶,不避强御,若晋之董狐,齐之南史,此其上也。编次勒成,郁为不朽,若鲁之丘明,汉之子长,此其次也。高才博学,名重一时,若周之史佚,楚之倚相,此其下也。苟三者并阙,复何为者哉?(《辨职篇》)

元和年间,韩愈曾在史馆修《顺宗实录》。其《答刘秀才论史书》云:"凡史氏褒贬大法,《春秋》已备之矣。后之作者,在据事迹实录,则善恶自见。"因此韩愈能秉笔直书。同时代的白居易有讽谕诗《新乐府》五十首、《秦中吟》十首,"华而不艳,美而有度",能体现其"文章合为时而著,歌诗合为事而作"的主张;他向朝廷建议"采诗以补察时政",而且在《策林·议文章》中说得更全面透彻:

> 凡今秉笔之徒,率尔而言者有矣,斐然成章者有矣。故歌咏诗赋碑碣赞咏之制,往往有虚美者矣,有愧辞者矣。若行于时,则诬善恶而惑当代;若传于后,则混

---

① 柳宗元《杨评事文集后序》,见《柳宗元集》卷二十一,中华书局,1979年,第579页。
② 黄晖撰《论衡校释·佚文篇》,中华书局,1990年,第868-869页。

真伪而疑将来。……且古之为文者,上以纫王教,系国风;下以存炯戒,通讽喻。故惩劝善恶之柄,执于文士褒贬之际焉;补察得失之端,操于诗人美刺之间焉。今褒贬之文无核实,则惩劝之道缺矣;美刺之诗不稽政,则补察之义废矣。虽雕章镂句,将焉用之?①

惩恶劝善与反映现实关联,欧阳修《与黄校书论文章书》说文章"中于时病而不为空言",《荐布衣苏洵状》说"文章不为空言而期于有用",《赠杜默》云"子盍引其吭,发声通下情。上闻天子聪,次使宰相听",这与白居易《读张籍古乐府》何其相似:"为诗意如何?六艺互铺陈。风雅比兴外,未尝著空文……上可裨教化,舒之济万民。下可理情性,卷之善一身。"苏轼主张有为而作,"言必中当世之过,凿凿乎如五谷必可以疗饥,断断乎如药石必可以伐病"(《凫绎先生诗集叙》),《乞郡劄子》说自己的诗文"寓物托讽,庶几流传上达,感悟圣意"。

中国诗学向来有"美刺"传统,将赞美功德与怨刺上政并举,诗的社会功能如《毛诗序》所谓"经夫妇,成孝敬,厚人伦,美教化,移风俗","上以风化下,下以风刺上,主文而谲谏,言之者无罪,闻之者足以戒",②诗人作诗道说天下事,为民代言,讽谕之作,层出不穷,不胜枚举。晚唐吴融《禅月集序》云:"夫诗之作者,善善则咏颂之,恶恶则风刺之。苟不能本此二者,韵虽甚切,犹土木偶不生于气血,何所尚哉?"因李白诗"气骨高举,不失颂咏风刺之道",白居易"讽谏五十篇,亦一时之奇逸极言"(《全唐文》卷八二〇),故而得到吴融盛赞。

即使以娱乐为主的唐代小说也受到正史列传的影响,含带着明显的褒贬意识。如陈鸿《长恨歌传》说:"乐天因为《长恨歌》。意者不但感其事,亦欲惩尤物,窒乱阶,垂于将来者也。"白行简《李娃传》云:"嗟乎,倡荡之姬,节行如是,虽古先烈女,不能逾也。焉得不为之叹息哉!"③

## 四、疏通知远,贻鉴将来

刘知几《史通·忤时篇》云:"古者刊定一史,纂成一家。体统各殊,指归咸别。夫《尚书》之教也,以疏通知远为主;《春秋》之义也,以惩恶劝善为先。《史记》则退处士而进奸雄,《汉书》则抑忠臣而饰主阙。"这里将"疏通知远"与"惩恶劝善"并提,指出史书的两大功能。对孔子所说的"疏通知远,《书》教也",唐孔颖达疏:"书录帝王言诰,举其大纲,事非繁密,是疏通上知帝皇之世,是知远也。"④元吴澄说"书载古先帝王之事,使人心识明彻,上知久远",⑤清孙希旦曰:"疏通,谓通达于政事;知远,言能知帝王之事也。"⑥也就是考古验今,通过对历史上治乱安危兴废存亡的认识,使人思想开通。如李

---

① 朱金城笺注《白居易集笺注》卷六十五,上海古籍出版社,1988年,第3547页。
② 《十三经注疏·毛诗正义》卷一,北京大学出版社,1999年,第10-13页。
③ 汪辟疆校录《唐人小说》,上海古籍出版社,1978年,第119、106页。
④ 《十三经注疏·礼记正义》卷五十,北京大学出版社,2000年,第1598页。
⑤ 吴澄撰《礼记纂言》卷二十七《经解》,文渊阁四库全书本。
⑥ 孙希旦撰《礼记集解》,中华书局,1989年,第1255页。

斯以《谏逐客书》促使秦王收回成命,复李斯官,就是这个道理。其中从秦穆公称霸西戎讲到统一六国,列举事秦而"不产于秦"的由余、百里奚、蹇叔、丕豹、公孙支、商鞅、张仪、范雎等人所做的贡献,使秦王认识到逐客是错误的决策。

前事之不忘,后事之师也。王夫之说:"所贵乎史者,述往以为来者师也。"①史可以为师,能为后人提供经世之大略和可以效法的得失之枢机,鉴往知来,中国自古就强调以史为鉴,《诗经·大雅·荡》曰:"殷鉴不远,在夏后之世。"郑玄笺云:"此言殷之明镜不远也,近在夏后之世,谓汤诛桀也。后武王诛纣。今之王者,何以不用为戒!"②历史具有鉴戒作用,历来为人所重,如贾谊的《过秦论》重点指出曾经一个威震四海的强大秦国为什么会在短时间覆亡的内因,作为前车之鉴,他提醒汉代统治者勿重蹈覆辙。后来唐人朱敬则的《陈后主论》、权德舆的《两汉辨亡论》等文,作意也是这样。史能使人增益智慧,可以明道,龚自珍《尊史》云:"出乎史,入乎道,欲知大道,必先为史。"③因此古人非常重视修史,以唐代为例,高祖武德五年,令狐德棻奏言高祖尽早修撰前代史,其理由是"如更十数年后,恐事迹湮没","如文史不存,何以贻鉴今古"。高祖欣然接受,下诏修前代史,诏书开篇说"司典序言,史官记事,考论得失,究尽变通,所以裁成义类,惩恶劝善,多识前古,贻鉴将来"(《旧唐书·令狐德棻传》),指明了修史的目的,并与"惩恶劝善"相联系。又如唐太宗重视史书疏通知远的功效,贞观二十年的《修晋书诏》表彰陈寿《三国志》、沈约《宋书》等正史"莫不彰善瘅恶,激一代之清芬;褒吉惩凶,备百王之令典"。《晋书·陈寿传》还提到陈寿去世后,范頵等上表说《三国志》"辞多劝诫,明乎得失,有益风化"。

唐太宗"以隋为鉴"的理念十分明显,也是太宗朝君臣最常议论的话题,这在吴兢的《贞观政要》中有集中描述,该书以对话方式,集录太宗君臣的言论,十卷四十篇,每篇都有一个中心,即君道、政体、任贤、求谏、纳谏、君臣鉴戒、择官、封建等论题。如贞观九年,太宗谓侍臣曰:"往昔初平京师,宫中美女珍玩,无院不满。炀帝意犹不足,征求无已,兼东西征讨,穷兵黩武,百姓不堪,遂致亡灭。此皆朕所目见。"贞观十年,魏征上疏曰"且我之所代,实在有隋,隋氏乱亡之源,圣明之所临照"④云云,皆以隋为鉴的显例,这在《贞观政要》中还有很多。至于编撰此书的动机,吴兢自序说得很清楚:

> 太宗时政化,良足可观,振古而来,未之有也。至于垂世立教之美,典谟谏奏之词,可以弘阐大猷,增崇至道者,爰命不才,备加甄录,体制大略,咸发成规。于是缀集所闻,参详旧史,撮其指要,举其宏纲,词兼质文,义在惩劝,人伦之纪备矣,军国之政存焉。庶乎有国有家者克遵前轨,择善而从,则可久之业益彰矣,可大之功尤著矣。

---

① 王夫之著《读通鉴论》卷六,中华书局,1975年,第156页。
② 《十三经注疏·毛诗正义》卷十八,北京大学出版社,1999年,第1161页。
③ 龚自珍著《龚自珍全集》第一辑,上海人民出版社,1975年,第81页。
④ 吴兢编著《贞观政要》,上海古籍出版社,1978年,第22、247页。

吴兢在实践中真正贯彻了直书原则,刘知几则从理论上对"直书"与"曲笔"作了总结。① 刘知几《史通·自叙篇》说"其书虽以史为主,而余波所及,上穷王道,下掞人伦,总括万殊,包吞千有","其为义也,有与夺焉,有褒贬焉,有鉴诫焉,有讽刺焉"。二人既为知己,则殊途同归。

再如宋代司马光等编成《资治通鉴》,宋神宗赐书名,并序云"《诗》、《书》、《春秋》,皆所以明乎得失之迹,存王道之正,垂鉴戒于后世者也","《诗》云:'商鉴不远,在夏后之世。'故赐其书名曰《资治通鉴》,以著朕之志焉耳"。司马光《进书表》则谓该书"专取国家盛衰,系生民休戚,善可为法,恶可为戒者,为编年一书",旨在"鉴前世之兴衰,考当今之得失,嘉善矜恶,取是舍非,足以懋稽古之盛德,跻无前之至治,俾四海群生,咸蒙其福",②这也就是《资治通鉴》之所以不朽、影响深远的原因。疏通知远、贻鉴将来与经世致用密切相连,文学作品这方面的功能是比较间接、含蓄的,虽然中国人喜欢通过诗歌、散文、话本、戏剧、传说、演义、小说等文学样式关心历史、了解历史、议论历史。

**五、成人之道,以文化人**

"明道"也好,"载道"也好,最终归于教化,即以文化人。《易》曰:"观乎人文,以化成天下。""人文"虽不专指文章,但文章却是学术文化、礼乐法度等的载体,因而历来为人重视,唐代吕温专门写了一篇《人文化成论》进行阐述,李华则将文章写作与作者的立身扬名、品德以及国家安危存亡联系起来,他说:"文章本乎作者,而哀乐系乎时。本乎作者,六经之志也;系乎时者,乐文武而哀幽厉也。立身扬名,有国有家,化人成俗,安危存亡,于是乎观之,宣于志者曰言,饰而成之曰文。有德之文信,无德之文诈。"③

文对于社会的重大作用,文风与世风的交互影响,唐代古文家论说颇多,如梁肃《秘书监包府君集序》云:"文章之道,与政通矣。世教之污崇,人风之薄厚,与立言立事者邪正臧否皆在焉。"其《补阙李君前集序》复云:"文之作,上所以发扬道德,正性命之纪;次所以财成典礼,厚人伦之义;又其次所以昭显义类,立天下之中。"(《全唐文》卷五一八)由此可见古人为何重道,主要在于文章的思想内容,刘勰《文心雕龙·原道篇》说"辞之所以能鼓天下者,乃道之文也",就揭示了这个道理。又如顾炎武主张"文须有益于天下",说:"文之不可绝于天地间者,曰明道也,纪政事也,察民隐也,乐道人之善也。若此者有益于天下,有益于将来,多一篇,多一篇之益矣。若夫怪力乱神之事,无稽之言,剿袭之说,谀佞之文,若此者,有损于己,无益于人,多一篇,多一篇之损矣。"④

文与道一,不可割裂,前文我们谈了文道兼美,这里重点论说"道"的方面。唐代柳冕《答衢州郑史君论文书》认为,"盖言教化发乎性情,系乎国风者谓之道。故君子之文,必有其道。道有深浅,故文有崇替"(《全唐文》卷五二七)。这里的道无疑是儒家之道,影响了中国人的行为品格、社会规范数千年,它要解决的社会关系如义利、责任等问题,

---

① 瞿东林著《唐代史学论稿》,北京师范大学出版社,1989年,第203页。
② 司马光编著,胡三省音注《资治通鉴》,中华书局,1956年,卷首、第9607页。
③ 李华《赠礼部尚书清河孝公崔沔集序》,《全唐文》卷三一五,中华书局,1983年,第3196页。
④ 顾炎武著,黄汝成集释《日知录集释》卷十九,岳麓书社,1994年,第674页。

第一章 明道载道

也一直持续着。正是儒家精神培育了一代又一代人的社会责任感、使命感和人的良知，以天下为己任，积极入世；中国人普遍具有忧患意识，也与《论语·卫灵公》"人无远虑，必有近忧"、《孟子·告子》"生于忧患而死于安乐"等语不无关系。居安思危，体现出博大的儒家情怀和崇高的人文关怀，宋代范仲淹欲"先天下之忧而忧，后天下之乐而乐"，故而成为人格典范。理学家张载主张儒者的使命"为天地立心，为生民立命，为往圣继绝学，为万世开太平"，冯友兰先生以为，这就是"吾一切先哲著书立说之宗旨"。① 因此古人把为文当成一项庄严的事业，柳宗元《答韦中立论师道书》中说自己"每为文章"，连用了四个"未尝敢"——未尝敢以轻心掉之、未尝敢以怠心易之、未尝敢以昏气出之、未尝敢以矜气作之——表明写作态度的严谨。

古人把文看作是达道和抒情的工具，袁枚《答友人论文第二书》云："文人学士，必有所挟持以佔地步，故一则曰'明道'，再则曰'明道'，直是文章家习气如此。而推究作者之心，都是道其所道，未必果文王、周公、孔子之道也。"②可以说揭示出为文之真谛，文可以明道，表达思想，也可抒发感情。因为"文章之作，本乎情性"（《周书·王褒庾信传论》），"文之所起，情发于中"（《北齐书·文苑传序》）。生活万状，作者际遇不同，或怀才不遇，或抑郁不乐；不平则鸣，发而为文。但无论如何，总要言之有物，章学诚《文史通义·文理》曰："立言之要，在于有物。古人著为文章，皆本于中之所见。"以此方之20世纪的反载道思潮，可见前人认识之通达。胡适反对"文以载道"也只是个幌子，其《文学改良刍议》认为文学"须言之有物"，这物"约有二事"，一是情感，二是思想。其实并没有多少新意，前人早已说过。作为思想启蒙者，周作人反载道、倡言志，终其一生，反对韩愈，即是明证，作品有如《谈韩退之与桐城派》《谈韩文》《文学史的教训》《坏文章之二》《古文的不通》《反对韩文公》等，他说："我对于韩退之整个的觉得不喜欢，器识文章都无可取。……讲到韩文我压根儿不能懂得他的好处。"③又说"我们对于韩退之实在不能宽恕"。谭正璧《中国文学史大纲》说："韩愈倡'文以载道'之说，视'文'只为哲学家发表他思想的工具，意义既偏狭，而又显然忽视了'文'的本身的特长。于是真正的文学作品，如唐之传奇，宋之词令，元明戏曲，明清小说，均为纯正的学者所歧视，而都不能在当时有所立足。韩愈真是中国文学史上的大罪人啊！"④这可解释周作人为什么不喜韩愈，也可见当时批韩愈"流毒"甚烈。然而韩愈并无"文以载道"这样的主张，实在是文学史上的一个误会。新中国建立以来，仍然用"文以载道"这个不甚正确的观念评价文学作品，如冰心的《怎样欣赏中国文学》谈中国旧文学之特性，"第二个特点就是中国的旧文学，从古以来，以'文以载道'——以文章来维持道义——为目的。文章应当为宣传伦理思想而写的。不载道的文章，不能说是正派的。换言之，中国古人写文章，是以维持世道人心为目的。当然作者想写的东西不一定都是'载道'的东西。可是为了这种传统，想写的都不敢写出来，写出来的不得已而用匿名"，又说："文学本来是应该用来抒发

---

① 冯友兰著《中国哲学史》，中华书局，1961年新1版，自序二。
② 《袁枚全集·小仓山房文集》卷十九，江苏古籍出版社，1993年，第322页。
③ 周作人《谈韩退之与桐城派》，《周作人文类编·千百年眼》，湖南文艺出版社，1998年，第667页。
④ 引自刘真伦《从明道到载道——论唐宋文道关系理论的变迁》，《文学遗产》，2005年第5期，第60页。

各种感情,假使压迫了某一方面,不使它发泄,那是很不好的。这'文以载道'就埋没了多少好的文章。在中国民间有许多好的小说。比如《水浒传》《红楼梦》这些杰作。可是当时的腐儒,都说这些书'诲盗'、'诲淫',加以禁止。提到小说稗官,根本就看不起这类文字,因此压迫了多少作家,埋没了多少好的文章。"①显然失之偏颇。

尽管郁达夫先生的《小说论》指出,"至于社会价值及伦理的价值,作者在创作的时候,尽可以不管",但他又说"小说在艺术上的价值可以真和美的两条件来决定。若一本小说写得真,写得美,那这小说的目的就达到了"。② 由于艺术的"真"和"美"成了作者追求的对象,其作品的价值也就不言自明。鲁迅先生的认识更深刻,他把文学的功能归结为"改造国民性",因为优秀的作品"显示着灵魂的深,所以一读那些作品,便令人发生精神的变化"。③

文章不仅是写给自己看,既然传播于众,就要文责自负,考虑到社会影响。早在1998年,马光就曾探讨"为文之魂",列举出许多为文之旨的不良倾向,如"专在赢利。只要能赚钱,什么乌七八糟的文章都肯写,什么凶杀、艳情、迷信的书都敢出";"专在功名。是为了扩大知名度,是为了评职称,是为了吓唬人";"专意迎合低级趣味。大写别人的隐私,甚尔也公开自己的隐私,津津乐道于自己的性心理、性经历,以丑为美,以病态心理为美"等等,他认为,精神产品也需要打假。文字作品写出发表,是供人阅读的。一经出版流传,就具有社会性,就成了传递某种思想的载体,客观上就有了某种目的和影响。④ 文以弘道,道借文传,作者所写、所传播的,实有关于天下,所以不是什么都可以写的。比如南朝梁时,轻浅靡丽的"宫体诗"大行,带来恶劣的社会影响,也招致后人批评不断,魏征视其为"亡国之音",清代吴乔说"宫体淫哇,齐梁至唐初之魔鬼也"。⑤

文章千古,寸心自知。吸引人的不仅仅是文章本身,更含有作者的人格魅力和道德情操。明李贽说:"世未有其人不能卓立而能文章垂不朽者。"⑥清章学诚《文史通义·史德》说:"读其书者,先不信其人,其患未至于甚也。"道德文章,作者德行的修养优先于文章本身的修养,也是古人一贯的主张。孔子说"有德者必有言",可理解为人品决定文品,发自内心、真诚的作品只能出于真诚的作者,反之亦然。唐代古文家很重视道德修养,韩愈要作者"无望其速成,无诱于势利。养其根而竢其实,加其膏而希其光。根之茂者其实遂,膏之沃者其光晔。仁义之人,其言蔼如也"(《答李翊书》)。他告诫作者"若与世沉浮,不自树立,虽不为当时所怪,亦必无后世之传"(《答刘正夫书》)。又如清代纪昀说,诗歌"千变万化,而终以人品、心术为根柢。人品高,则诗格高;心术正,则诗体正"。⑦

---

① 《冰心全集》第三卷,海峡文艺出版社,1994年,第466页。
② 《郁达夫文集》第五卷,花城出版社,1982年,第17页。
③ 鲁迅《〈穷人〉小引》,见《鲁迅全集》第七卷《集外集》,人民文学出版社,1981年,第105页。
④ 马光《为文之魂——文以载道的当代意义》,《中国社会科学院研究生院学报》,1998年第3期,第60页。
⑤ 吴乔撰《围炉诗话》卷一,见《清诗话续编》,上海古籍出版社,1983年,第472页。
⑥ 李贽撰《复焦弱侯》,见《李氏焚书》卷二,岳麓书社,1990年,第47页。
⑦ 纪昀撰《诗教堂诗集序》,见《纪晓岚文集》第一册,河北教育出版社,1995年,第209页。

第一章 明道载道

文如其人,道德与文章、人品与文品统一。对人物的品评常与作品结合,如隋代王通由文观文人之行:"谢灵运小人哉!其文傲,君子则谨;沈休文小人哉!其文冶,君子则典;鲍昭、江淹,古之狷者也,其文急以怨;吴筠、孔稚珪,古之狂者也,其文怪以怒;谢庄、王融,古之纤人也,其文碎;徐陵、庾信,古之夸人也,其文诞。"他推崇颜延之、王俭、任昉,说三人"有君子之心焉,其文约以则"。① 明代方孝孺也是如此评价人品与文品,择其要者如次:

> 荀卿恭敬好礼,故其文敦厚而严正,如大儒老师衣冠伟然,揖让进退,具有法度。韩非李斯峭刻酷虐,故其文缴绕深切,排拼纠缠,比辞联类如法吏议狱,务尽其意,使人无所措手。司马迁豪迈不羁,宽大易直。故其文崒乎如恒华,浩乎如江河,曲尽周密,如家人父子语,不尚藻饰而终不可学。司马相如有侠客美丈夫之容,故其文绮曼姱都,如清歌绕梁,中节可听。贾谊少年意气慷慨,思建事功而不得遂。故其文深笃有谋,悲壮矫讦。扬雄龊龊自信,木讷少风节。故其文拘束悫愿,模拟窥窃,謇涩不畅,用心虽劳,而去道实远。……永叔厚重渊洁,故其文委曲平和,不为斩绝诡怪之状,而穆穆有余韵。子瞻魁梧宏博,气高力雄,故其文常惊绝一世,不为婉昵细语。介甫狭中少容,简默有裁制,故其文能以约胜。子固佁尔儒者,故其文粹白纯正,出入礼乐法度中。②

正直这种品格最为人所贵,刘知几以之为"君子之德",要做到"直书",史家必须首先正直,"宁为兰摧玉折,不作瓦砾长存。若南董之仗气直书,不避强御;韦崔之肆情奋笔,无所阿容"(《史通·直书篇》),其遗芳余烈,千古传扬。"但古来唯闻以直笔见诛,不闻以曲词获罪"(《曲笔篇》),对于曲笔诬书,刘知几也鞭挞甚烈。因此他对于史家的个人修养尤为重视,提出"三长"之说:

> 礼部尚书郑惟忠尝问子玄曰:"自古已来,文士多而史才少,何也?"对曰:"史才须有三长,世无其人,故史才少也。三长:谓才也,学也,识也。……犹须好是正直,善恶必书,使骄主贼臣,所以知惧,此则为虎傅翼,善无可加,所向无敌者矣。脱苟非其才,不可叨居史任。自敻古已来,能应斯目者,罕见其人。"(《旧唐书·刘子玄传》)

正因身兼三长之才的良史"罕见其人",刘知几一再感叹文人易得而史家难求。清代,章学诚又增加"史德"一条,成为"史家四长",《文史通义·史德》明确指出,"德者何?谓著书者之心术也",欲为良史,必须有"善善而恶恶"的心术。龚自珍感叹道"智者受三千年史氏之书,则能以良史之忧忧天下"(《乙丙之际箸议第九》),反映了读者受益于史的一般心理。"良史之忧"是史家的品格,读其书者,被感染心生共鸣,从而能像作者一样忧天下,关心国家民族的命运。

文与道一,文道兼美,作者只有心怀浩然,充实以道,才能发为道德文章,表现真善

---

① 王通撰《中说·事君篇》,辽宁教育出版社,2001年,第12页。
② 方孝孺《张彦辉文集序》,见《逊志斋集》卷十二,宁波出版社,2000年2版,第402页。

美,启迪人、引导人、鼓舞人、激励人,使读者有文采方面的审美享受,又有塑造人格方面的思想收获。唐代吕温描述这样的作品所达到的效果应该是——"仁者见之,遁世而无忧;智者见之,爱身而有待。暖乎若冬阳之煦,油乎若春泽之浸,其诱人也易,其感人也深,卒不知其所以终也"。①

## 思考练习题

1. 为什么说中国不仅是诗的国度也是文章大国?
2. 如何阐释中国古代文道关系的演变?
3. 为什么说"文与道一"是更为科学的表述?
4. 中国古代为什么特别看重文章写作?
5. 文道兼美具体表现在哪些方面?

---

① 吕温《裴氏海昏集序》,《吕衡州集》卷三,上海古籍出版社,1993年,第28页。

# 第二章 养心明志

顾名思义,在"养心明志"一词中,"心""志"是具有确切而不可移易内涵的关键词。"心"在甲骨文中作"❤",像人心脏的轮廓形,此为其本字之形。引申表示人的心情,如甲骨刻辞中有"✦✦"。① "志"小篆为"✦",形声字,下"心"为形,上"之"为声兼表义,后来"之"讹为"士"而有今形。《说文解字》释"志"为"意也"。《孟子·告子上》说:"心之官则思,思则得之,不思则不得也。"② 此为述"心"之功能。《尚书·尧典》说:"诗言志",《毛诗序》:"诗者,志之所之也。在心为志,发言为诗。"③ 此为绘"志"之常态。本诸古语,"心"、"志"之义既如前,而今"心"、"志"相连,是人的心胸、气质、度量、灵魂、意志、德行、思想等人文内涵的高度概括,明了此点,方可谓既通于古语又畅于今义。

循名责实,养心明志是文学与史学借以实现其价值的重要途径。自其同者言之,文学若究事实则无异于历史,历史若有兴味则无异于文学;自其异者言之,历史是人的"自我建构"的过程,文学是人的"自我展示"的过程,两者与"人"同在而异趣,同出于"文"而异形。文学与历史学同属"人文",心、志与这两者的亲密关系是根本性、原发性的。

## 第一节 文史因缘与心志"智慧"

### 一、文史与学科分化

在关于中国文化史的叙述中,每每为论者所艳称不已的"文史哲不分",是早期中国文化的真实面貌。至迟从所谓魏晋南北朝的"文化自觉"开始,中国的人文学术开始出现不同学术门类的"分离独立",最典型的例子就是文、史、哲三家。现代学术与大学制度确立以来,随着"分科教学"在高等学校的推广,知识就处于不同的谱系,学科之间的割裂早已是"命中注定"的历史必然。古代百科全书式的学者在现代已经不可能复现,通人智慧成为稀缺罕见的古董。创新也是分门别类,不同的知识体系包含着不同的创新,文学与历史学当然也未能幸免,只是两者在表现形态上稍有小异而已。

---

① 即"王心若",其中"若"一般释为"顺"。另外,在甲骨刻辞中,"心"还借音用为"沁水"之"沁"字。
② 阮元校刻本《十三经注疏》之《孟子注疏》,中华书局,1980年影印本,第2753页。
③ 阮元校刻本《十三经注疏》之《尚书正义》,第131页,《毛诗正义》,第269页。

在现代语境下,有所谓"历史科学"(尽管"科学"这一概念用在此处与"人文性"有部分的冲突)。马克思、恩格斯在《德意志意识形态》手稿中曾说:"我们仅仅知道一门唯一的科学,即历史科学。历史可以从两方面来考察,可以把它划分为自然史和人类史。但这两方面是不可分割的;只要人存在,自然史和人类史就彼此相互制约。"①这段话后来被作者删除。这里的"历史科学"并不是流俗所阐释的与自然科学相对且以自然科学为榜样的含义,而是包括了我们现在所说的自然科学、社会科学和人文科学。梁启超1922年11月10日在东南大学史地学会作演讲曾论述过"历史统计学",其中谈道:"历史统计学,是用统计学的法则,拿数目字来整理史料推论史迹。……确信他是研究历史一种好方法,而且在中国史学界尤为相宜。我们正在那里陆续试验,成绩很是不坏。"②梁氏所谓"历史统计学"是受现代科学方法影响而形成的观念,其研究必与"数据"相关,而大凡科学都是以"数据"为基本单元展开的研究。所谓历史真相,显然是有圈层的。台面上的人和事虽是"实相",却未必是"真相";个案或虽为"真相",却未必是"实相"。最"保险"的办法是将所有人物和事件"一网打尽""竭泽而渔",当然这永远是一个不可能完成的任务。然而只有从"共相"中才能研究出"实相"与"真相",这就需要相当范围内的相当数量的数据来支撑,关于数据的抽样调查就是历史研究经常不得不采用的方法。当然,在学术的视域中,不可能只有"一门唯一的科学",如此论述毕竟相当不周延。与历史学不同,文学从来没有被冠以"科学"之名,而往往被称为"学科",其原因似乎是不言自明的。

学术界又有"历史审美"一说,其实对于历史来说,也只是研究者的"理想境界",而对于文学来说,"审美"则是其常态。只有文学拥有的想象、联想与灵光乍现,让"一沙一世界,一花一天堂,一树一菩提,一叶一如来"成为可能,对事实有着苛责般要求的科学及历史都是不太可能的。文学从来都是人文文化的一部分,其主要任务是"承担感觉的生产和积累。在这里,'感觉'是与理智、知识、思想相对的概念。但是这种相对,并不是绝对的,感觉与理智其实是互相缠绕和渗透的",③感觉是处于我们的"理性的思维"之外的,这东西看得不太分明却能真切地感受到的,肤受之、耳闻之、浸润之、心动之而未必能准确传递之。与之相反的东西,则属于"理智"。文学作品固然也能讲道理、不排斥讲道理,但是铺排出一个场子来,由文学大讲特讲做人的道理、做事的原则及改造社会的理想等,却并不是文学之所愿。哲学、经济学、社会学、政治学在这方面无疑更胜一筹。"那么文学是干什么的呢?在我看来,它主要是提供感觉,是生产和积累感觉,作用于社会的潜意识层面。"④如此文学家的夫子自道,确为见道之言,这与历史学的摆事实、说规律也大异其趣。

尽管对"诗"的理解有些许差异,但早期的学者都以"诗"作为文学的代称,中、外都有其例。亚里士多德《诗学》第九章说:"与其说诗人是格律文的制作者,倒不如说应是

---

① 《马克思恩格斯选集》第一卷,人民出版社,1995年,第66页。
② 梁启超著《中国历史研究法补编》(附录一《历史统计学》),中华书局,2010年,第216-228页。
③ 韩少功《寻根、历史与文学》,《椰城》,2009年第5期,第4-7页。
④ 韩少功《寻根、历史与文学》,《椰城》,2009年第5期,第4-7页。

情节的编制者。"第二十三章说:"史诗诗人也应编制戏剧化的情节,即着意于一个完整划一、有起始、中段和结尾的行动。"①在西方,史诗的叙事传统强大,"作为文学"的诗与"作为历史"的叙事巧妙相融,历史表现的逻辑意义与文学具有的修辞意义结合在一起。历史是人的"历史",文学是"人学"。从学科发生的根基来说,文学要形象地描写人和事,历史要如实地记载人和事;文学要告诉我们如何艺术地叙述人和事,历史要告诉我们辩证地看待人和事。关注人和事都是文学和历史的任务,但是在形式上两者又不无差别,文学以审美状态来"装饰"人和事,历史以所谓"规律"来"揭示"人和事。

心、志是"人之为人"的"智慧"的表现。心、志的形态,或至大或至微,或至刚或至柔,或至显或至幽;近取于身形手足,远观于瀚海浩渺;上穷碧落下黄泉,志通"天听"心著地;俗语说"有志不在年高,无志空活百岁",其实世间既不乏性态坚韧大器晚成的老者,又多有愚顽潦倒悠游卒岁的青年。甘罗十二岁拜为上卿,心、志何其高广;冯唐耄耋未得一官,心、志非不远大;曹操蛰于乡间精舍读书,胸怀天下安危之势;陶潜高唱"归去来"回归田园,思于大化之中"纵浪"一生;谢安隐居东山而心犹不甘,郝隆借一物二名作喻,"处则为远志,出则为小草",②正譬成谢公出、处之意。心、志之相得益彰与相反相成无施不可,心、志之广大无边无所不包,心、志之至微至幽无往而不显,涵于文、史虽无所轩轾无隐不见,然而两者又颇有异样的姿态故不得不厘为二学。

## 二、文史"叙事"的异同

《尚书·泰誓》说:"惟天地万物父母,惟人万物之灵。"③人之所以有"灵",是因为人有异于其他生物的心、志要素及其独特结构。文与史都提供了人之心、志纵横驰骋的天地,又表现出其旨同归、其形异趣的悖论。古代中国"诗"立有"教",是发于民间的文学"庙堂化"的呈现,这既是其"风化"所及官方不得不倚重的情势,又是在政治无往而不周覆的势力之下"诗"的"求仁得仁"。《礼记·经解》云:"孔子曰:'入其国,其教可知也。其为人也温柔敦厚,《诗》教也'。"④文学的教化作用,主要是通过诗句、诗词的吟咏讽诵感发人心,涵养性情,熏陶出温柔敦厚的善性。诗歌之兴、观、群、怨的价值,王廷借以考察政治得失、民风演变的意图,都是文学叙事可以作用于人之"心、志"的表现。"诗"立于"教",无疑有强烈的官方政治与教化色彩。所谓"性情",无不与"心、志"相关,无不与作用于个体精神而产生的"向外的动能"有关,而这些正是"人文之根"。

人文现象当然也是据人而分化、分层的。人类学有"大传统"(great tradition)与"小传统"(little tradition)的说法,⑤分别用来指称上层知识分子创造的文化与下层一般平民创造的文化。"大传统"是指一个社会中占优势尤其是上层知识分子创设的文化

---

① [古希腊]亚里士多德著,陈中梅译注《诗学》,商务印书馆,2011年,第82、163页。
② 南朝宋刘义庆著,南朝梁刘孝标注,余嘉锡笺疏《世说新语笺疏》,上海古籍出版社,1993年,第803页。
③ 阮元校刻本《十三经注疏》之《尚书正义》,第180页。
④ 阮元校刻本《十三经注疏》之《礼记正义》,第1609页。
⑤ 美国人类学家罗伯特·雷德菲尔德最早在其《乡民社会与文化》一书提出这两个概念,而今在使用上已超出人类学的范围。

模式。"小传统"是相对于大传统而言的,指以复杂社会中具有地方社区和地域性特色由下层平民创设的文化模式。这种阶层文化的划分,其浅层的标准固然可以多种多样,但其潜在的标准则无法摆脱政治的影响。

古代中国的"史"很早即立于"官",早期的史官还是世家传承的"专业",其官方色彩的强烈在各门学问中是少有的,中国古代的重史传统正是与政治紧密相关。古往今来,政治从来都是各种社会因素中最强大的力量,为世道人心计者不能不瞩目于此,舍此而欲求证古代文化的价值建构、阐扬与发挥都将是不得其法的枉自徒劳,舍此而欲求继承中国文明的伟大、延续与创新也都将是难入其门的茫然无措,舍此而欲求中华民族的伟大复兴与民众的生生福祉,轻则事倍功半,重则缘木求鱼。古希腊哲人亚里士多德断言,"人类在本性上,也正是一个政治动物"。① 尽管这种表述能够解释"史立于官"的某些义涵,但这句话并不完全适用于生活中、文学中与历史中的每一个个体,中国古代史官参与政治活动所彰显出的古代人文的政治性并不周延。站在历史上,生与死,兴与衰,成功与失败不计其数。尤其历史上盖棺定论的人物,不同的人物往往被贴上成功或失败的标签。但是成功与失败的诡异之处在于"不以成败论英雄",失败或许令失败者变得更加可亲可敬了。"失败"的项羽似乎比"成功"的刘邦受到更多人的尊敬。以《史记》为代表的史书所记载的众多底层人士,甚至比身居政治顶层的帝王将相受到更多人的追忆与肯定,这就是历史的辩证法。

对于历史和文学来说,都关注着由"人"到"社会"的共同灵魂与整体精神。"心"居方寸之地,"志"则言出而为"诗",养"心"之大无所不涵,明"志"之愿无微不显,文、史的命运于此链接在一起。史增厚文之"里",文饰美史之"表";历史以事实教人智慧,文学以形象教人智慧;历史在事实中展现其逻辑价值,文学在事实中展现其艺术价值;文学需要理性的激情,历史则需要激情的理性;伟大的文学家从来都需要历史来助阵,伟大的史学家从来都不拒绝展现文学的才情。"养心、明志"在这两者中都可以找到自己的立足之地。文学是运用语言的艺术,这艺术不仅仅是"技艺",仅有技艺就变成了开铺"售卖"语言,它需要在形象的基础上的精神内涵的参与;历史是需要时间的艺术,是关于时间的纵贯线,没有时间不能形成一定的叙述之流,没有叙述之流历史将失去其根基——事实,但也不止于"事实判断"。文学与史学两者都需要"价值判断",而这"价值"必须来源于人的"心、志"。文学与史学能将彼岸精神与此岸享受融为一体,在形象与事实中体现价值。哲学有其理论自足性,这使其可以不必完全依附于具体事实而有独立的价值。文、史则与此不同,二者尽管属于不同的学科,但对事实的依赖成为两者不可或缺的要素。马克思在《关于费尔巴哈的提纲》中说:"哲学家只是用不同的方式解释世界,而问题在于改造世界。"② 对"改造世界"这个问题,文学家和史学家或许有更好的方案,因为他们能用最形象与真实的方式改造世界之魂——"人"。

---

① [古希腊]亚里士多德著,吴寿彭译《政治学》,商务印书馆,2011年,第7页。按,在古希腊的语境中,此处的"人类"及《政治学》中的"人",往往是奴隶主富有阶层的代称,甚至经常仅仅指称奴隶主阶级中的中上层。可与参照的是早期儒家文献如《论语》中"人""民"析言,"人"仅指士大夫阶层以上的"人"。

② 《马克思恩格斯选集》第一卷,人民出版社,1995年,第57页。

文学上站着无数人物形象,同样或为英雄,或为失败者,读者更为关注的是作家如何使这些形象为我们所关注。政治活动是高光聚焦的社会现象,无论是文学还是史学,都不能回避政治活动对"人"的建构。务实是历史的"宿命",但对史学来说,研究者也经常杂取真实史料、稗官野史与民间故事。所谓"六经皆史",那当然包括了我们现在视为"真正的文学作品"的《诗经》。对文学来说,务虚似乎是其天职,但此"虚"中何尝无"实",无"实",文学将不再是"文学"。不同时代的文学是在特定的历史条件下发生和发展的,它的兴衰、演变都与历史的进程密切相关。相对于历史进程来说,文学发展并非纯粹被动地受制于前者,文学能动的历史价值在于参与建构社会文化。由于政治是中国社会中最为巨大的现实力量,所以在通常意义的"历史"中,政治史影响着、甚至在相当大的程度上决定着文学史。所以在"文化史"的意义上,我们不得不说,历史在某种意义上创造了文学,文学也在相应的意义上创造了历史,文学与历史两者是互相成就的。总之,"史"为"文"之"心","文"为"史"之"衣"。

### 三、"三驾马车"的分镳

文、史、哲是人文学科的"三驾马车",在其源头上,三者同出而渐渐异形。与一般意义上的哲学表现方式不同,文学与历史往往以具象的方式表现人情事理。现代哲学家以纯粹的逻辑形态的语言作用于人的心、志,无形之中令常人都有"陌生"的感觉,这是哲学的一般面目,也是与文、史明显的不同。

中国古代文、史的发达并没有淹没"思想-哲学"的发达,但哲学思维的独特之处,却令域外的学者生出不同于我们的"哲学确认的困惑":"儒家传统基本上一直满足于这样一种形成中国民族性的叙述:它似乎不依赖任何一种关于世界根源的思辨。这就是说,儒家传统不需要从某种超越的根源寻找一种最初的开始。……中国传统的特点是情境高于使然作用,作用者总是处于一个世界中,因此,他是根据那些构成这个世界的关系来加以规定的,这些关系确定了他的地位。这样一种出发点否定了诸如本质的同一性这样一些熟悉的观念。中国传统一般总是将每一个情境的关系型式的独特性作为其基本前提,它从根本上说是美学传统,因而,阐释这样一个传统,分析不是适当的方法。"①所谓"分析不是适当的方法",这完全是从西方中心论出发的西方知识体系语境。中国文、史、哲情境运用的特点有最切于中国人心、志表现的"身段",或者我们无意去争夺所谓"话语权",更不消去批驳所谓"欧洲中心论"的偏谬,但是面对中国的历史与文学,我们至少应该也可以采用某种"中国模式"来解读与体验。

中国传统秉性的强烈的现实性,使中国人的心、志处于"最真实"而不可幻化、不可虚拟与不可"深耕"的境地中,当然超越世界的真实性也一并受到智识阶层乃至普通大众的怀疑,在关于中国本土宗教信仰之有无的论争中,无论持何种西方宗教观念,都不能圆满地解释中国现象,正佐证了这一点。马克思在《关于费尔巴哈的提纲》中所论:

---

① [美]郝大维、安乐哲著,施忠连译《汉哲学思维的文化探源》,江苏人民出版社,1999年,《汉人:叙述的理解——中文版作者自序》。

"费尔巴哈把宗教的本质归结于人的本质。但是,人的本质并不是单个人所固有的抽象物。在其现实性上,它是一切社会关系的总和。"①而《论语·颜渊第十二》所论"君君,臣臣,父父,子子"正是对所谓中国式"一切社会关系的总和"的集中概括,如此"孤明先发"正表现了中国哲学,尤其是政治哲学也曾经不可避免地成为"形象与事实的领地"。作为时代精神精华的哲学,如此重视"形象与事实",当然可以成为人生养心、明志的重要资源。

在当代意义上,文学、史学与哲学在表现形态上,虽然并非简单的二元对立模式,但在追寻和建构精神价值的方法上确实存在着差异。在其最高目标上,文学追求艺术形式上的终极审美,史学追求事理载录的终极规律,哲学追求价值理念的终极依据。文学与史学对艺术形式与事理形式的追求有其共同点,其中对人之为人的灵与肉的表现与记载都有感官上的追求。莱布尼茨是17世纪德国科学家与哲学家,科学上与牛顿齐名,哲学上与康德齐名,是亚里士多德之后少见的百科全书式的学者,布洛赫曾说:"伟大的莱布尼茨曾向我们透露这样的看法:当他从抽象的数学思辨或神学思考中走出来,转而解读德意志帝国的古老宪章和纪年作品时,他像我们一样,体验到了'认识独特事物的乐趣'。"②诚如斯言,文、史于心、志正在于其中含有"认识独特事物的乐趣",在文学形象运用、历史叙事甚至档案的字里行间都有灵与肉的相融和谐、冲突对决,无论是著者还是读者都无法以价值中立(value free)的"第三者的态度"观望这一切而无动于衷。

## 第二节 文史互彰与心志样态

### 一、诗意的历史价值

文学从来都不是纯粹的审美客体,即使是接近纯粹的审美客体也不能脱离时代,而时代就是随着时光变迁的历史。一部《三国演义》对普通读者了解汉末三国的历史、一部《水浒传》对普通读者了解北宋末年的历史所起的作用未必弱于所谓"史书",从历史认知的角度评论文学叙事的价值,或许会令历史学家有些许不自在。在对历史的认知之余,揣摩玩味史事人情,心、志的磨砺、领悟、滋养、调适、怡息与激发、澄明、立定、抒泄自然是毋庸多言的。青铜器铭文对祖先功德的追述,《诗经》对周民族历史的缕陈,汉赋对地域文化事象史脉的铺排,如此等等都无不彰显着文学的历史价值。

《诗经》既是古代所说的"经",又是今天所说的"文学"作品,朱熹关于《诗经》的看法对文学的心、志之缘有很好的说明。朱熹论《诗经》虽然还未脱于经学的框范,但已然与汉儒说《诗》大异其趣,而能以文学之眼观照与研读《诗经》。在《诗经》阅读中,朱熹强调

---

① 《马克思恩格斯选集》第一卷,人民出版社,1995年,第57页。
② [法]马克·布洛赫著,黄艳红译《历史学家的技艺》,中国人民大学出版社,2011年2版,第34页。

对《诗经》的"熟读"、"涵泳",认为这是获得《诗》之本义的不二法门。诗为心中志之所发,"情动于中而形于言",欲发"诗"中之"志",当逆其所"形"而求之于"言"。对不同时代的读者来说,以文学作品来养心明志,也唯有"熟读"、"涵泳"才能得其大略。暂时撇开朱熹所说"理""气""心"等概念的时代之蔽,他的关于阅读《诗经》的"技术路线"着实可供参考:"读《诗》之法,只是熟读涵味,自然和气从胸中流出,其妙处不可得而言。不待安排措置,务自立说,只恁平读着,意思自足。须是打叠得这心光荡荡地,不立一个字,只管虚心读他。少间推来推去,自然推出那个道理。所以说'以此洗心',便是以这道理尽洗出那心里物事,浑然都是道理。……看来书只是要读,读得熟时,道理自见,切忌先自布置立说"①,如此玩理、养心确实不无玄虚微妙,但若能深入其中,也是简单、纯粹、可操作的过程。这是因为朱熹将《诗经》文本视为一个独立自足的系统,从诗篇内容的整体性出发,他强调《诗》中的"情性"因素,以及诗歌艺术表现手法的特殊性。对朱熹来说,《诗》不是简单的文学审美对象,学《诗》的重要目的是"即其词而玩其理以养心";同时,《诗》作为"先圣之教",囊括自然、天道与人事,是修身齐家、平治天下之"理"的体现,读者应通过涵泳文本,体味其"理",以兴起感发自己的"善意",怡心养性。尽管在朱熹的《诗》学体系中,他的"以理养心"的"理"是"诚""敬""天理人欲"之类的唯心观念,但其中对《诗经》内涵阐发表现的"人入文,理入人"的养心模式则无疑有其积极意义。

傅斯年先生的《诗经讲义稿》有这样的话:"'诗三百篇'自是一代文辞之盛,抑之者以为不过椎轮,扬之者以为超越李杜,皆非其实。文学无所谓进步,成一种有机体之发展则有之。故一诗之美,可以超脱时间,并非后来居上;而一体之成,由少而壮,既壮则老,文学亦不免此形役也。"②社会发展的历史也不是一直进步,而是有反复,这样的历史规律于文学也是适用的。文学的艺术性也不是一直前进的,所谓"一诗之美,可以超脱时间"正表明文学史演变的这一通则。明了此点,对文学读者来说至关重要,否则单纯的审美的心、志或许将受文学史必然起伏的负面影响;明了此点,也能对当代的文学发展抱以乐观与淡然的观赏姿态,毕竟历史是有其不可抗拒的规律的。

## 二、历史的诗意事实

从司马迁在《史记》中不仅仅是为帝王将相立传,而且为一般人立传起,历史著作已将关注中心由"神"转变到"人"。《史记》"太史公曰"评议文字所表达出的司马迁对人和事的鲜明态度,是不同于官方意见的"民间立场"(尽管后来获得了官方的认可),是外在于正统观念的诗性洋溢,其中尤其表现了作者对不同的"人"的价值的偏好与厌恶。当今愈演愈烈的碎片化的历史考证式事实研究的弊端已经表现出对人的心、志的漠视,与人文精神的价值追求更是背道而驰。研读历史,当有情思与古人相通,对古人的人情世态有足够的了解,不是自以为地以后来者自居"历史制高点"而睥睨一切古人,如此方有可能保有对待历史的诗意。历史研究要注重求真,也要悉心保存历史的诗意;在对历

---

① 黎靖德编《朱子语类》,中华书局,1986年,第2086页。
② 傅斯年著《诗经讲义稿》(含《中国古代文学史讲义》),中国人民大学出版社,2004年,叙语。

史进行体悟的同时,要善于从历史遗迹中找寻历史的脉络,由古知今,由今知古,力求通古今之变,提升历史学习与研究的境界,更可涵泳人心情志。

还是马克·布洛赫说得好:"历史学的独特对象是人类的活动,这一活动场景比任何其他东西都更能吸引人的想象力。尤为重要的是,当这一场景在遥远的时间或空间中展开时,它便具有一种奇特而微妙的迷人之处。……我们切不可抽离学术中的诗意成分。我们尤其不要为此感到难为情——让我吃惊的是,某些人就有这种想法。为了让感性蒙受如此激烈的控诉,就必须认为它不能有效地满足我们的理解力:这真是个奇怪的谬论。"①读史可以明智,是因为历史事实中包含着可以发覆的人生与社会的智慧,尤其是教人以历史纵深感的深邃眼光去看待过去、现在、将来,而不囿于眼前的局促时地。能在既牵系、维持与捍卫历史规律,又回应时代呼声的基础上,对既有的历史事实做出新的解释,为当代人借鉴,才是史之大者。历史的诗意事实经常在于事实自然已经是不能改变的了,但人们关于历史的阐释则经常处于变化之中,这种历史的变化性与文学的诗意灵动有着深广意境上的契合,人的所谓"诗意栖居"也经常能够借助历史阅读中的这种契合达成所愿。

在后现代历史学看来,"历史首先是一种写作,一种修辞的灵活运用,一种语言结构的叙事构型。这样,历史就不仅仅是对史实面貌的再现,它还是一种埋藏在历史学家内心深处的想象性建构,而这种建构总是有意无意地遵循着一个时代的特有的深层结构","历史修撰中最重要的不是内容,而是文本形式。而形式说到底就是语言。因此,历史是以叙事散文话语为形式的语言结构"。②此论当然不无可商之处。事实当然是历史修撰的基石,舍此"史将不史",但后现代历史学家如此强调"形式的语言结构"是试图说明"重构历史"时"文学的语境"的重要性。法国学者于连指出:"在叙述事件的记录中,没有任何东西是偶然的或微不足道的,伦理评价的标志在词的范围中或凭借不在场的词的空白在每一个词上显露出来。同样,从精神分析的观点看,最微小的口误也被看作一种揭示,而编年史中最细微的细节被看作为包含有丰富的指示。……'春王正月戊申朔,陨石于宋五'(《左传·僖公十六年》),只这一个例子就使我们明白,儒家传统为什么始终远离神话,并且贬责虚构:在此,句子的次序看来与过程的进展相联系,再造过程的每一个阶段。"③典型的历史著作都是以"语言"呈现出来的,文学是语言的艺术,如此重视语言形式的历史研究将几乎与文学研究无异,这固然有"矫枉过正"的嫌疑,却正道出中国古代历史著作的重要特征。

文学对史学的价值是多重的。"鸿门宴"上你来我往的刀光剑影、斗智斗勇,令读者身临其境,其中必定有司马迁的"想象",但那些栩栩如生的场景是一种"事实补充性想象",是在事实基础上的合理编排与推演,这种想象充分影响了后代小说,如《三国演义》的"七分事实,三分虚构"特质的形成,当然与现代意义上纯文学作品的"虚构性想象"显

---

① [法]马克·布洛赫著《历史学家的技艺》,中国人民大学出版社,2011年2版,第33页。
② [美]海登·怀特著,陈永国、张万娟译《后现代历史叙事学》,中国社会科学出版社,2003年,序。
③ [法]弗朗索瓦·于连著,杜小真译《迂回与进入》,生活·读书·新知三联书店,1998年,第100页。

然是大异其趣的。因为历史是残酷的,史学家有时无法回避"惨淡的人生",在陈述历史事件的过程中,在展示人性向上的力量的过程中,必须连带着展示其反面。但是伟大的史学著作,能够以文学家的匠心和笔法选择语词、剪裁事实与"创造"历史。殷商甲骨刻辞是早期中国史官的作品,在这些卜辞记录中,使用牺牲是高频事件,牲祭词相当常见。在甲骨卜辞中,表示杀牲、用牲的牲祭词约有三类,第一类是表示明确杀牲法的动词,如"伐""卯""陷""沉"等特指词;第二类是并不明确表示杀牲之法,而是表示供给、陈列、进献等对牺牲的使用情况,如"用""以""登"等;第三类是用祭法词表示使用牺牲,如"告""虫""刚"等,后两类即泛指词。无论是用人牲还是用物牲,杀戮场景总是血腥的,比较来看,泛指词能避免对"恶的事实"的"纯直播式"的"实录"。分析《甲骨文合集》物牲、人牲用词五期的情况,可以看到,特指词在总体上呈现缩减趋势,而泛指词逐渐增多。泛指词的广泛使用表现出卜辞记录者并不是一味地奉"实录"为圭臬,而是在记录中表现对"善性之实"的叙事境界的追求。同样,在《史记·项羽本纪》中,垓下之围中,项羽为向部下证明"天亡我,非战之罪","表演"了"斩将、溃围、刈旗"三场战斗。战斗十分惨烈,项羽斩杀"数十百人"。在冷兵器时代近距离搏杀之后,项羽的全身势必裹在浓浓的"血衣"之中,而唯有其动作及眼睛的转动表明其时项羽为一个"活着的人",但司马迁并未详细刻画激战之后的鲜血淋漓的项羽形象。任何叙事都是一种有选择的行为,即对素材、人物、场景的选择,但类似甲骨刻辞的用词选择和《项羽本纪》的详略剪裁,与历史对史实内容"选择性叙事"显然有所不同。司马迁用文学之笔,既表现了项羽英雄末路的悲歌慷慨,又略去了可能导致读者"不快的观感"的血腥场面,或者说正是文学在弥补着"史学的不足",同时也正是历史的"诗意"之所在。观史至此,每个人都会为司马迁这个史学家的"文学选择"击节赞叹。史家在叙史时,既要肯定英雄人物的伟大,又要展现英雄人物的全貌,还要确保不至于引起读者"众生"的痛苦而给英雄人物的伟大"打了折扣"。史家的这种"叙事选择"正在于这种对人性中至善之"心"的维护,对人群中英雄之"志"的激励。

### 三、"历史更高处"与心、志成熟

"科学"固然可以用不同学科探索自然物理、宏观世界与微观"镜像",甚至人类自身的种种现象,但要对社会人生的真伪、善恶与美丑一探究竟,还得依靠"人文"学科。德国哲学家伽达默尔《真理与方法》一书曾有如下的夫子自道:"本书探究的出发点在于这样一种对抗,即在现代科学范围内抵制对科学方法的普遍要求。因此本书所关注的是,在经验所及并且可以追问其合法性的一切地方,去探寻那种超出科学方法论范围的对真理的经验。这样,精神科学就向那些处于科学之外的种种经验方式接近了,所有这些都是那些不能用科学方法论手段加以证实的真理借以显示其自身的经验方式。"① 在德

---

① [德]汉斯-格奥尔格·伽达默尔著,洪汉鼎译《诠释学Ⅰ真理与方法——哲学诠释学的基本特征》(修订译本),商务印书馆,2007年,第3-4页。

文中"精神科学"对应的单词为"Geisteswissenschaften",该词或译为"人文科学"。[①] 上述伽达默尔的话道出了"精神科学"、人文现象的独特价值,那就是,总有科学的阳光照不到的地方,而那正是人文精神发光发热的地方。历史和文学是人世间无数人文现象中令人瞩目的两大门类,对这两类现象的研究几乎已经成为人文学科的重要基础。当然,强调历史和文学的"人文性",也不是要简单地排斥两者所具有的科学性。在"大数据"渐行渐近的当今时代,科学手段和方法对人文学科的渗透已然达到登峰造极的境地,尤其是在研究材料取用上的"无所不用其竭"的状态,然而究其根本,文学、历史学总是与人的文化属性、观念世界与精神空间直接相关的,两者既源于人的需要,又以人的需要为依归。

当"市场化"成为当今"热词"时,其弊端也日渐显现,其中最大的问题是"社会的市场化"。经济的市场化是可行的,但社会的市场化则会导致众多的社会问题,使得社会的生产力与生产关系都遭到相当程度的破坏。文学与史学几乎没有直接的市场价值,但有着较高的"职业价值"及"社会价值"。由于文学与史学都在相当程度上整合了相关学科的知识,为人才的专业性和复合性的有机辩证统一提供了可能,为人才的多种生涯发展预留出大量的"扩展口",也为社会人的和谐发展在心、志上打开了更多的"可能之门"。

人文学科具有内在的整体性,被分解为一个个的单独部门不是事物的本质决定的,而是由于人类认识问题的能力局限性、专业教育教学的操作现实性与日益加剧的社会分工决定的。任何成功的人生、学科与教育发展,往往都是在多条不同学科的交叉点上获得的。中国传统文化教育历来注重"文史不分家"的思维与理念,文、史在道德涵养、人文情怀、品格操守等问题上有共同的追求。随着国家和社会越来越重视文化建设,对历史文化的重视也已经达到相当的程度,对文、史的理解与掌握反映着"为人"基本的人文素质,也是公民历史责任感、社会责任感的文化与历史资源之所在。在文学的各专门研究中,如在中国文学史、中国现当代文学史、汉语史、语言学史、中国文学批评史、中国秘书史等的专门研究中,从历史通性角度来说都属于专门史、学科史与学术史的范畴,都有其历史发展中的特定定位,从"历史更高处"审视某一专门史,有利于我们形成正确的历史观、人生观与价值观,成熟的心、志当然包含在其中。

## 第三节 信仰、传统与养心明志

### 一、道德失范与"对话"的拯救

是什么使得生活值得过？是什么使生命具有意义？有学者呼吁"精神之贵"的必要

---

[①] 在德语中,与 Naturwissenschaften 相对的,是 Geisteswissenschaften,即人文科学或精神科学。这一习惯用法,在当今的德语中可谓司空见惯。详见陈立新《历史唯物主义与"历史科学"》,《中国社会科学报》,2013年12月13日第A06版。

性,对真理、人性、正义、自由以及美等进行重新探索,以此来重视和培养人生最可贵的财富——精神,否则一个"好的社会"的建立将永远是镜花水月,人民的福祉也不可能得到实现,一个公正、真实和美丽的世界也不可能到来。虚无主义只是诸弊之一,心、志失范已经成为现在这个世界和社会的重要问题。

这种心、志失范已经成了一种社会病,而病根在文化。欲解决此问题,文学与史学负有相当的使命。当代文学与史学对于现实社会的影响,只是在社会生活的表面现象和简单的问题上运行,缺乏深层的思想情感和精神参与,也没有了思想上的高度的哲学追求,没有了对崇高价值的渴望,没有了对人生和社会大美的探求,尽管他们有条件和力量能动地参与到社会变革和文明发展中来。所以,应主张和鼓励文学、史学承担起其历史与社会责任来。

社会是由"人与人的相遇"构成的,而道德是"人与人相遇"的先导。心、志失范具体就表现在道德规范的缺位、道德观念的滑坡与道德行为的背离。为挽救此种不振之象,纯粹的道德说教当然事倍功半,只有具有"对话性的道德教化"过程才能够发挥作用,历史与文学文本的对话及时提供了这种可能。

"对话"已成为时代常用热词,但是今人探求对话之源往往"言必称希腊",将对话上溯至《柏拉图对话集》。一本文体学辞典写道:"在文学中,对话是对明显的严肃谈话的复制,这种体裁可以上溯到 Plato 的 Dialogues(公元前 4 世纪)——由问与答构成。"① "柏拉图将自己的写作以对话体的形式发表,而不是采用说理的论文形式。在这一点上,他对文体的发展是有贡献的。""从比较文化学的角度看,我国的《论语》和屈原的《天问》都具有接近对话体的某些表现形式。"② 这些观点都忽略了中国早期巨量的对话资源。

朱光潜先生《谈对话体》一文在中外比较视野中研究先秦对话足可参考。他认为:"从历史上看,对话最盛的时代,往往也就是思想最焕发的时代。……对话体的衰落是一件极可惜的事。近代思想派别比从前更多,各派入主出奴的风气更甚;如果多用对话体写说理文,同时也多用对话体的思路去权衡各派不同的见解,也许思想和文章都可望再达到一个高潮。"③ 与历史和文学文本的对话相比,其他多种形式的道德宣传属于"独白",而"独白原则最大限度地否认在自身之外还存在着他人的平等的以及平等且有回应的意识,还存在着另一个平等的我(或你)。在独白方法中(极端的或纯粹的独白),他人只能完全地作为意识的客体,而不是另一个意识"。④ 而对话则不是如此,"意义的产生即使完全无目的,甚至纯粹用于自身或出于消愁解闷的需要,本质上也趋向于对话,

---

① 王守元、张德禄主编《文体学辞典》,山东教育出版社,1996 年,第 51 页。
② 胡壮麟编著《理论文体学》,外语教学与研究出版社,2000 年,第 21 页。
③ 朱光潜著《朱光潜全集》第九卷,安徽教育出版社,1993 年,第 459-467 页。按,《谈对话体》原载《文学杂志》第 2 期,1948 年 7 月。
④ [俄]巴赫金著,白春仁等译《诗学与访谈》,河北教育出版社,1998 年,第 386 页。

也就是社会生活。"①所谓本质上"趋向对话",表明支持"意义的产生"的各种行为方式都以对话为趋势和归宿,而文本从来都是行为方式的结果;在对话思想家眼中,甚至认为"人类行为是一种潜在文本,是思想科学。思想(我和其他人的一样)不能被看作是一种事物(如自然科学中的直接客体),只能通过一种符号的表达,依靠'文本'来实现,只对自身和他人有价值"。②当人的存在属于一种"文本"语境时,人的存在"被文本化",人的各种行为方式只有与各种对象沟通、交流、对话时才有其价值。这种言论固然在无形之中夸大了"对话"的价值,但其对"文本"的重视,却使我们可以看到文学和史学作品作为一种"文本"的巨大价值,或者可以说"作为文本的对话"和"作为对话的文本",都是将人的"心、志"举得很高、看得很重的正向价值建构过程中不可或缺的要素。文学是语言组织的艺术,历史的典型样态亦离不开语言组织,两者都经常表现为一种"文本",因为"对话"意味着两个"平等的个体"在"文本"内外的多重交流。尤其是文学和史学文本具有其他多种文本所不具有的可读性、可亲性与可感性,这对于个体心、志的复苏,社会心、志的养成与人类心、志的成熟,都具有不可估量的正面价值,哪怕一种形式上的平等都可以在相当程度上抚平失衡的心、志。

苏轼说:"古之立大事者,不惟有超世之才,亦必有坚忍不拔之志。昔禹之治水,凿龙门,决大河而放之海。方其功之未成也,盖亦有溃冒冲突可畏之患;惟能前知其当然,事至不惧,而徐为之图,是以得至于成功。"③苏轼所论"大事者……超世之才……坚忍不拔之志",这显然是一种"寡头的不朽论"式的成功(按,语出胡适《不朽——我的宗教》),不是针对每个人的,也不是每个人都能有的。由于人的受教育程度、各种能力、环境机遇与人生缘分,成功都是因人而异的。更何况,成功从来都是有等级的,幸福则无此苛求。包括历史、文学在内的人文学科,以人为本,其最终目的在于为人的幸福着想。历史、文学作品内涵的阐释经常具有包容性,而不是排他性。马克思在《关于费尔巴哈的提纲》中说:"人应该在实践中证明自己思维的真理性,即自己思维的现实性和力量,亦即自己思维的此岸性。"④历史和文学为几乎每一个人的心、志提供了无数实现的可能。试读《离骚》开篇,只有理解了屈原的忧国忧民情怀,作者出身追溯的历史悠远才不可能被误读为自美自炫;只有理解屈原"贵族精神"中的历史使命感与社会责任感,才能对其不同凡响出生的自我介绍有合情合理的认识,⑤唯有如此,才能对屈原的"心""志"的内涵有辩证的认识。

## 二、信仰问题与"和而不同"

对传统道德教化做出积极的反思和扬弃是时代的命题,也是历史的命题,而信仰应

---

① [法]海然热著,张祖建译《语言人:论语言学对人文科学的贡献》,生活·读书·新知三联书店,1999年,第191-192页。
② [法]托多罗夫著,蒋子华译《巴赫金、对话理论及其他》,百花文艺出版社,2001年,第197页。
③ 苏轼《晁错论》,见《全宋文》,上海辞书出版社,2006年,第九册第72页。
④ 《马克思恩格斯选集》第一卷,人民出版社,1995年,第55页。
⑤ 英语中有一句话,或可与此参读:"Noblesse oblige"(贵人行为理应高尚)。

当是这个命题中的重要一环。即以宗教而论,汤用彤说:"宗教情绪,深存人心,往往以莫须有之史实为象征,发挥神妙的作用。"①此种神妙作用当然是从人的心、志出发的,信仰甚至可谓心、志发展的最高形态。

关于中国人是否有"宗教""信仰"的问题,中、外不同人士实际上一直是在一个"鸡同鸭讲"的伪命题中打转。因为关于"宗教""信仰"的概念还处于无定之中。黑格尔在《东方世界·中国》中曾经如此评论古代中国的宗教:"中国的宗教,不是我们所谓的宗教。因为我们所谓宗教,是指'精神'退回到了自身之内,专事想象它自己的主要的性质,它自己的最内在的'存在'。在这种场合,人便从他和国家的关系中抽身而出,终究能够在这种退隐中,使得他自己从世俗政府的权力下解放出来。但是在中国就不是如此,宗教并没有发达到这种程度,因为真正的信仰,只有潜退自修的个人、能够独立生存而不依赖任何外界的强迫权力的个人,才能具有。"②(按,引文中着重点为黑格尔原书所有)黑格尔"以己观人",是典型的欧洲中心论语调,所谓"中国……宗教并没有发达到这种程度"显然是带有话语霸权色彩的"颐指气使",自然不值得大费周章地驳斥其无理之极。自古以来,无数中国人将自体精神安顿稳妥,当然不能没有某种心志空间,"信仰"在中国自然是不曾缺位的,而是一直"在场"。

其实无论哪一种文化,无论文化有多少多元的面目,作为"一群社会的整体的人"都不可能没有某种共同的信仰。这种共同信仰,当然不仅要超出个人,而且要超出时代。有了这样的共同信仰,才能在流移的历史大潮中,凝聚成多彩的社会文化。暂时撇开关于"宗教"概念的中外差异的纠纷,显然不是只有宗教才"有信仰",也不是只有某种宗教才能称为"信仰",一定要将"信仰"与某种宗教捆绑在一起,看似表现出了宗教的虔诚,其实实在是世人固守的诸"执"之一,有违诸教本义。所以不妨宽容以待,因为"人类信仰是多元的。对一个人而言,也可能除了宗教信仰、文化信仰外,还有科学信仰、政治信仰,乃至生活信仰。""中华民族生生不息、延绵至今,一个重要原因就在于我们有文化信仰。""宗教信仰在世界许多地方培育了人们的道德,建立了生活秩序,凝结了人群,固然是人类文明进程中的重要现象。但没有宗教信仰绝不等于没有信仰。信仰具有多种形态,文化信仰也是一种坚定的信仰,而且它不排斥宗教信仰,具有极大的共融性。"③以"文明的冲突"为理论基础,以人权为借口发动战争、殖民固然罪不可逭,在信仰问题上实施排异,也是社会心、志缺乏稳定性甚至失范的表现。成熟的社会都是包容的,善于欣赏"异量之美"的,成熟的心、志也是如此。

关于"文化"的概念此处不能一一缕述,关于文化的信仰是多元的。讨论这个问题尤其不能离开不同的环境。中国的国土面积约与整个欧洲差不多大,人口约是欧洲的一倍半还多;澳大利亚的人口约不到三千万,国土面积则约为中国的五分之四,所以显然既不能用欧洲某国的标准,也不能用澳大利亚来衡量中国的历史与文化。当然,也绝

---

① 汤用彤著《汉魏两晋南北朝佛教史·跋》,中华书局,1983年,第634页。
② [德]黑格尔著,王造时译《历史哲学》,上海书店出版社,1999年,第137页。
③ 赵启正《珍视我们自己的信仰》,《人民日报》,2013年5月14日第5版。

文史通识教程

不能套用"美国梦"来对待中国人,中国人自有其"梦"。生活价值与人生希望、社会理想与人生理想、国家形象与政治模式都有中国的独特性之所在。国家如此,作为个体的人也是如此。"为天地立心,为生民立命,为往圣继绝学,为万世开太平"是北宋儒学家张载的名言。冯友兰将其称作"横渠四句",其中体现人之为人的不同层次的价值与追求。正如美国人类学家罗伯特·F·莫非指出的那样:"有些社会身份是先天赋予的,或至少是出生时就可以预测的。另外的身份是后天获得的。……天赋身份几乎是不可逃避的,包括人的性别、家庭、亲属。"对人而言,"天赋身份是有限的,而且因社会而异。但获得身份却是无限的。"①人都有"天赋身份",这是不可抗拒的,而"获得身份"则与后天的努力有极大的关系。在所有"获得身份"中最重要、最显著的就是"文化身份",这是外在的东西,其内在的东西则是"信仰"。信仰与文化是"孪生兄弟",而不必非"宗教""在场"不可,已然能够展现出不同的心、志内涵。

  中国是具有悠久历史的文明古国,古代文明的历史是我们的重要标签,社会价值的多元化,已经是时代不可抗拒的潮流,企图用单一的观念框范所有人是不可能的。这种情况下,我们需要"和而不同"。古代的文、史著作对此多有揭示。在《左传·昭公二十年》中,晏子以"和""同"之异论君臣关系、政治与道德。其中说到:"和如羹焉,水、火、醯、醢、盐、梅,以烹鱼肉,燀之以薪,宰夫和之,齐之以味,济其不及,以泄其过。君子食之,以平其心。……若以水济水,谁能食之? 若琴瑟之专壹,谁能听之? 同之不可也如是。"②他说,"和"好比烹鱼肉用的水、火及各种调料。若将鱼、肉和醋、酱、盐、梅等按一定配比放在一起烹煮,会是一锅五味调和的肉汤,如此会产生一种新滋味,这便是"和"。反之,如果仅将水和水放在一起,而不添加其他东西,生成的还是水,当然就不会有新的味道。这就是"同"的乏味。孔子在《论语·子路篇》中也说过:"君子和而不同,小人同而不和。"③求"和"意味着承认差异的存在,并需要保持差异之物的融合。李泽厚认为:"和的前提是承认、赞成、允许彼此有差异、有区别、有分歧,然后使这些差异、区别、分歧调整、配置、处理到某种适当的地位、情况、结构中,于是各得其所,而后整体便有'和'。"④任何个体或群体的求"和"的过程都是"克己复礼"的过程,其中必定意味着某种程度上的让步,尤其是个体对群体的让步甚至牺牲,这就需要个体在心、志上的调适。

### 三、文史传统与现实人生

  传统中国是所谓"礼乐之邦",这个礼乐之邦当然是等级制度下的生活,但这是一种生活的诗意化与德行化的结合的状态。《荀子·乐论》说:"乐(yuè)者,乐(lè)也。君子乐得其道,小人乐得其欲。以道制欲,则乐而不乱;以欲忘道,则惑而不乐;故乐者,所以道乐也。金石丝竹,所以道德也。乐行而民向方矣。故乐者,治人之盛者也,而《墨子》非之。且乐也者,和之不可变者也;礼也者,理之不可易者也。乐合同,礼别异。礼乐之

---

① [美]罗伯特·F·莫非著,吴玫译《文化和社会人类学》,中国文联出版公司,1988年,第44页。
② 阮元校刻本《十三经注疏》之《春秋左传正义》,第2093-2094页。
③ 阮元校刻本《十三经注疏》之《论语注疏》,第2508页。
④ 李泽厚著《论语今读》,安徽文艺出版社,1998年,第319页。

统,管乎人心矣。"①在社会的普遍规则之下人的活动才可能是自由的,心、志的指向是现实人生,心、志当然也须受到一定的约束,《论语》所说"克己复礼"为"仁",正是从正反两面来论证的。人都活在当下,当代文学和史学当然责无旁贷地要承担起使命。"任何一个有抱负的作家,都应该努力赋予自己的作品以温暖人心和激励人心的'力量',都应该明白这样一个道理:没有理想之光的照亮,就不会有'力量的文学'"。② 不过当下毕竟是短暂的,文学与史学作为我们取之不尽、用之不竭的思想、文化之源,更多的资源还可到"过去时"中去寻找。

传统的中国文学与历史学是中国重要的人文传统。在中国悠久历史的语境中,"人文"在很大程度指的就是中华民族的文化传统,是一种贯通至今的中国质素。当然,随着时代变迁,"人文"也日新月异地发展着,一个时代自然也有一个时代的新的"人文"。中国悠远强大的文、史传统为我们提供了大量鲜明形象的"对话"的"平等"文本、信仰的"源头活水"与心志的"君子镜鉴"。许嘉璐先生认为,中国传统文化传承"主力在民间、引导在政府、供给在学者、普及在教师",③如果从具体内容来说,还可再加上"资源在文史,核心在哲学"来补足。

我们都处在历史与将来的关节点中,这个关节点被称为现在。传统文化就是身处"现在"的我们必须承受的万有引力之"天"。传统文化是我们与生俱来、不可卸下的包袱。取用有别,这个包袱或许是一台能量充足的发动机,推动时代物质与精神文化的前行;或许是一件迟滞前进的拦阻器,妨碍着社会发展与文明进步。"认识你自己",一道伟大的历史命题与现世要求,是人之为人勉力前行的智识之根。认识之法千差万别,但反观自身的传统文化则是可供优选的必由之路。为了让心、志更上一层楼,我们完全可以借助传统文化之"势能",在传统文化中淘取正能量。"向前看"让我们的心、志保持鲜活的一个人的当下特征,"回头看"让我们的心、志保持我们作为"一群人"的认同。

古代的文学,兼具着哲学的深彻与渊浩,佛学的美妙与悟性,建筑的精致与气度;古代的史学,承载着荣光与国民梦想,驻留着民族精神的生命回响,回应着为政以德的治政理想,民为邦本的治政纲常。管子论财以轻重,孔子愿执鞭以为业,屈原痛楚君之不悟,贾谊痛哭流涕于数事,杜甫老病有孤舟,龚自珍吁求不拘一格降人才,曹雪芹呕心沥血著《红楼》,诸子立身行事虽似无一定之规,然其要旨则不外乎修身齐家治国平天下的经世济民之志。世势如洪水汤汤,人流熙熙攘攘,聚变成先驱们的入世理想,成就一即一切的人生远航。灿若繁星的歌者与画者,率性坦然的魏晋风度,静心向佛的低眉慈目,唱念做打身眼手法的国剧之艺,足以化解对凤愿的孜孜以求而不得的生生之苦。历史高标古今一统,陶潜菊与酒中的廉退从容,李白月与酒中的狂狷从容,苏轼水与酒中的旷达从容,"古之学者为己,今之学者为人",乐起古贤以追从,此心可与白鸥盟,收敛离尘出世之痛,再向心路寻踪。文化是中华民族复兴道路上非解决不可的问题,我们的

---

① 王先谦撰《荀子集解》,中华书局,第382页。
② 李建军《理想主义造就有力量的文学》,《中国社会科学报》,2010年10月13日第5版。
③ 许嘉璐《传统文化与当今世界》,"中国优秀传统文化讲座",北京师范大学,2014年4月29日。

凝聚力来源于文化；然而，"道心惟微，人心惟危"，文化还得在"人心处"用力，惟有健全的"心、志"才有健全的文化。

历史事实与文学形象都具有维护历史认知、开启人生智慧的价值。人之活当有灿然之心，人之态当有淡然之味；遇不平之事，当有金刚怒目之心，若非己力之可为，亦当有超然之怀；遇可悲之事，当有菩萨低眉之怀，若非不得已，亦止于所当止，生活的诗意当然得由自己营构。譬如读书，真正的学者，他们的阅读不像积累知识、堆积数据那样简单，也不像翻阅报纸、杂志那样简化，他们的读书过程已然按照古典的世界不断地重塑自己的精神，并因此成为文明进步的化身或代言人。

黑格尔在《东方世界·中国》中说："以上所述，便是中国人民族性的各方面。它的显著的特色就是，凡是属于'精神'的一切——在实际上和理论上，绝对没有束缚的伦常、道德、情绪、内在的'宗教''科学'和真正的'艺术'——一概都离他们很远。"①这位伟大学者在人文领域对中国的隔膜如此之深，很是在我们的意料之外，这更加说明了人文现象沟通的重要性。宋儒宣扬道统，将《尚书·大禹谟》中"人心惟危，道心惟微，惟精惟一，允执厥中"十六字视为尧舜禹传授的心法，称之为真正的道统，称为十六字心传。后来佛教禅宗称不立文字，不依经卷，以心传心，惟以师徒心心相印，默契配合，递相授受为心传。如此固然不无虚幻，但实在是参透了人心之后的"真相"。人有千千万，心有种种异，人各有志，志存于心，更当形于体而见于行，文学与历史都以叙事呈现种种"异形"，通过价值判断培养独特的"这一个"的理性之心。这是中国人文的重要传统。

人类需要历史，因为人类需要记忆；人类需要文学，因为人类有苦难。不论何种时地，文、史都不可或缺。鲁迅先生提出"立人"的思想，这对于文学来说再切合不过，而历史则在于"立国"，立一国一域之品性。

大千世界，知识无限，智慧无穷，创新无极。"人文"，因"人"而立"文"，假"文"而"成人"。文学与历史学完全可以作为探求人类"心、志"的重要材料媒介与依托，两者相伴而行，相得益彰。

### 思考练习题

1. 请谈谈"心、志"在本章中的具体内涵。
2. 文学是如何对个体的心、志发生作用的？
3. 常言道"读史使人明智"，请从心、志角度谈谈你的理解。
4. 中国传统文史如何参与当代公民心、志文化的建设？
5. 如何从心、志与信仰的关系出发，构建当代人的精神空间？

---

① [德]黑格尔著《历史哲学》，上海书店出版社，1999年，第143页。

# 第三章 融通互证

纵观中外古今的名著,大都皆具有"文史结合"的特征,我国有"华夏五千年,文史不分家"之说,西方文史学界又何尝不是如此？作品是作家对社会人生的反映与体验,承载着千百年来人类对文明发展与自身生存价值的认知与探索。一部作品的成功,既在于它的内容,又在于它的形式;既在于它的思想,又在于它的表述,是内容与形式、思想与表述的统一。总的说来,多数名家巨作,无不因兼具文史品质而名垂青史、传扬至今。文史融通互证,也自有其方法、途径。

## 第一节 文史名著融通的神采异貌

### 一、古典时期：文史合一

古典时期,无论中外,文史作品之间并无明显区别,文即史,史即文,亦文亦史,文史品质浑然一体。就我国情况而言,无论是作为史学体裁的《尚书》《春秋》《左传》《国语》《战国策》《史记》《汉书》等著作,还是作为文学体裁的《诗经》《山海经》《离骚》及汉赋等作品,皆具文之情,史之境,既有文的风采,又有史的品质,可谓文史交融、你我共存。《左传》一书,为编年体裁的史学名著,于春秋之史做了大量的史实疏证,从而奠定了我国编年体史书的基本范例。同时它也是我国古代的文学名著,具有极高的艺术成就。它对篇章结构多样而精密的设计,对文学语言婉而有致的灵活运用,尤其是对人物特征的形象描绘,于历史散文的推进有着极其明显的意义。我们不难从王孙满对楚子、烛之武退秦师、吕相绝秦的对话中看到娓娓动听的外交辞令;从晋楚城濮之战、秦晋殽之战、晋楚鄢陵之战中看到作者对战争情景独具匠心的铺垫;也可以从郑庄公的阴险虚伪、宋华元的勇而无谋、陈成子的毒辣凶狠中看到鲜明多异的人物性格;从晋公子重耳流亡国外、赵盾劝谏晋灵公、齐襄公见公子彭生的情节中体会到人物内心世界的跳荡。作者通过文采表现倾向,达到深化主题、感染读者的效果。如果抽去那些所谓"富而艳"的"浮夸"之语,《左传》还能具有如今的艺术感染力吗？又如《离骚》,乃《楚辞》代表作,是诗人屈原的抒情自叙诗,在文学史上极具深远影响,为汉魏辞赋之祖。《离骚》以诗赋之体喻志抒情,语言夸张,文采瑰丽,想象丰富,情感炽烈,其艺术成就卓绝一世,后代诗人"难与并能"。然屈原诗赋内容之中,同样蕴涵着大量史的品质。我们不难发现,屈原的作品大多是浪漫主义色彩与现实主义情怀相融于一体的佳作,既富有艺术性,又富有思想性,不仅具有极高的文学价值,同时也具有一定的史料价值。从整体上来讲,《离骚》叙事抒情是典型的古典"以诗为史"模式。《孟子·离娄下》曰:"王者之迹熄而《诗》作,《诗》亡然后《春秋》作。"①中国古典诗歌从"诗三百"开始就有了写实性的文学传统,"诗即史"的观念古已有之,《离骚》是屈原有感于自己的不平遭遇与残酷的社会现实而作的,他的自叙、诉说,是对现实遭遇的一种直接反映,因而具有史的性质,成为我们了解屈原、屈原时代的楚国以及屈原与楚国的关系所不可忽视的文献史料。至于《离骚》"上称帝喾,下道齐桓,中述汤武,以刺世事"②的史事引用,亦是诗歌中常见的借史叙事喻志的表现。《离骚》结束语"既莫足与为美政兮,吾将从彭咸之所居"的描述,恰恰印证了屈原自沉汨罗江,以身殉故国、殉理想的客观事实,同样给我们带来了文采史质的启示。上述事例,只是从不同侧面说明我国先秦典籍文史融通的特征,其他典籍,或文质史品,或史质文品,至《史记》,文史合一的传统达到极致化境,其出神入化的描写与波澜壮阔的历史画卷及璀璨多彩的人生情怀完美地融合于一体,彰显出感人肺腑的艺术生命力和创造力。司马迁是个兼具史学气质、文学气质、诗人气质的作家,在重史实的前提下,同时讲文采,讲夸张,讲想象,爆发式地写出了一部既是历史又是文学的千古杰作。

与中国古代作品一样,西方古典时期的大多数文史作品同样具有文史交相融合的品质与风采。如《荷马史诗》、维吉尔《埃涅阿斯纪》、希罗多德《历史》、修昔底德《伯罗奔尼撒战争史》、色诺芬《长征记》、凯撒《高卢战记》、李维《建城以来史》、塔西陀《编年史》、普鲁塔克《希腊罗马名人传》等等,无一不是兼具文史特质的名篇大作。就拿举世闻名的《荷马史诗》来说,这部人类童年时代的艺术创作,毫无争议地成为古希腊和西方文学中最伟大的作品。两千多年来,西方人一直坚持认为它是古代世界文明中最伟大的史诗。诗人荷马是一位功底深厚、想象丰富、善于创新的语言大师,被称为欧洲四大史诗诗人之一或之首。不仅如此,《荷马史诗》还在历史、地理、考古学和民俗学等方面具有不可忽视的文化价值,它是研究公元前11世纪到公元前9世纪的古希腊社会和迈锡尼文明的唯一文字史料。同样,享有"史学之父""散文学之父"双称号的古希腊学者希罗多德,其代表作《历史》以宏大的气势展开了对希波战争史的描述,芸芸众生如国王、大臣、政治家、祭司、学者、士兵、行商、译员等各类人物,在他的笔下无不性格鲜明、栩栩如生,巧妙的对比手法给人以深刻的印象,仅寥寥数笔就刻画出一个聪颖智慧的梭伦和一个鼠目寸光的克洛伊索斯。这部史学名著常常被认为是欧洲文学史上第一部著名的散文作品,其华美流畅的文笔和充满睿智哲理的语言,总是使人流连忘返,苏联学者卢里叶做了如此这般的描述:"希罗多德的风格是淳朴、轻快和活泼的,……特别是当作者的语言有这样多令人愉快的东西和力量,以至竟然会掩盖了他的一切……缺点。"③而古希腊历史学家修昔底德则代表了另一种撰史风格,其特点是文笔冷峻,遣词造句无不精

---

① 焦循撰《孟子正义》,中华书局,1987年,第572页。
② 司马迁撰《史记》卷八十四《屈原列传》,中华书局,1959年,第2482页。
③ [苏]卢里叶著《希罗多德论》,商务印书馆,1959年。

益求精,他的《伯罗奔尼撒战争史》以严谨的结构,把长达27年的伯罗奔尼撒战争史生动而真实地呈现给读者,全书文字简洁而精炼,占全书约四分之一的演说辞被作者以巧妙的手法融入了相应的历史场景之中,并成为脍炙人口的散文名篇。作者总是能用不多的笔墨渲染、烘托出应有的环境与氛围,使人如临其境,甚至使读者与之共呼吸。两种风格并行不悖,于后世皆有影响,罗马史家李维继承希罗多德的风格,文辞华美,叙事畅达;塔西陀则步修昔底德的后尘,以文约事丰与言简意远而享誉后世。总之,西方古典的史学名著在语言风格上较之中国古代的史著亦毫不逊色,文史作品之丰富多彩,也是不争的事实。

## 二、中世纪:文史兼容

中世纪的西方文史充满着浓烈的宗教色彩,文学、史学成为神学的附庸,与中国文史学术的群芳争妍、多途发展不可同日而语。即便如此,我们依然不能否认,西方文史著作中同样出现了不少文史并茂的传世作品。众多英雄史诗、骑士文学、城市文学作品及史学著作依然传承并发扬着文史并进、交相融合的优良传统。即使是属于教会史学的一些作品,同样也有文史结合得较好的,如《盎格鲁撒克逊编年史》,正是这部编年史的大成之作,使英国成为中世纪历史研究资料最丰富的国家之一。它对方言的运用极具特色,其朴素而富有诗意的文字,使其作品在古英语散文中占有一席之地。尤其值得一提的是,这一时期晚期出现了一批具有现实主义色彩的文史作品,其对社会生活及其本质的揭示,闪现出人文主义的理性之光。史学作品如马基雅维里的《佛罗伦萨史》、科曼的《回忆录》、莫尔的《理查三世传》、弗兰克的《世界史》和《德国史》等,文学作品如但丁的《神曲》、乔叟的《坎特伯雷故事集》、法国的《列那狐的故事》和《玫瑰传奇》,维庸的《歌集》和《遗言集》、罗哈斯的《塞莱斯蒂娜》等皆不同程度地反映了新时代文化的发展趋势,成为文史俱佳的传世之作,其中尤以但丁的《神曲》最具代表性。

但丁,被称为"中世纪的最后一位诗人,同时又是新时代的最初一位诗人"。其作品《神曲》代表了中世纪文学的最高成就,这是一部充满隐喻性、象征性,同时又洋溢着鲜明的现实性、倾向性的作品。全文由《地狱》《炼狱》《天堂》三大境界九层结构100首歌组成,以诗的语言把现实、历史、神话传说融合在一起,集文韵、史意、思想之光于一体。《神曲》的艺术特色首先表现为它的博大精深。作者采用梦幻手法将时间、空间跨度都很大的历史与现实世界联系起来,横贯前世、今世与来世,对政治、历史、哲学、科学、神学、艺术等方面的问题皆有不同程度的阐述与总结,其蕴含内容之丰富、用典之巧妙,已经使作品本身达到一种被拒读的程度。而艺术表现手法的精湛也是其引人入胜的重要原因。不仅全篇布局严整而巧妙,地狱、炼狱和天堂三大部分各自独立又联为一体,而且极其善于用梦幻与隐喻的手法展开联想,产生了超出现实主义手法的现实主义效果,再加上对语言娴熟的运用,使其人物及情景的描写愈发生动而形象。更重要的是作品蕴意深远,站在时代的基点,评古论今,体现出理性精神。其历史价值就在于,它以极其广阔的画面和视野,通过对上百个各种类型人物的刻画与描写,反映出意大利从中世纪向近代过渡这一转折时期的现实生活和各个领域发生的社会、政治变革,隐约透露出文

艺复兴时期人文主义思想的曙光。无可否认,《神曲》这部伟大的作品,它不仅具有思想性、艺术性,也同时具有历史性,是一部反映历史、映照现实、传播思想,带有"百科全书"性质的鸿篇巨制。其意义之所在,早已超越中古,超越文史,超越意大利,因而具有划时代的里程碑意义。

　　与西方相比,魏晋以来中国古代文史步入多途呈现、繁荣发展的轨道。文史分离的趋势反而推进了各自的发展,文、史、诗歌、小说各自演绎,不同体裁的文史作品蜂出并见,诞生了一大批文史兼容的优秀作品。史著如《三国志》《后汉书》《水经注》《洛阳伽蓝记》《资治通鉴》等,皆具史之质、文之品。从文学的角度来说,《三国志》叙事简约,文字精练,善于把握对人物形象特征的描述;《后汉书》论赞极具"奇情壮采",语言骈俪有韵感,情节描写细致入微,人物形象鲜明突出;《水经注》文笔清丽简约极具动感,写景则情景交融,状物则绘声绘色,叙事则使人如同亲历,堪称散文典范。《洛阳伽蓝记》文词浓丽隽秀,叙事似散而实通,注重上下前后的呼应与对比,以不断复现的手法,深化情节,树立人物形象,与《水经注》并称为北朝文学的双璧。《资治通鉴》更是我国历史文学的经典之作,其中一些章节如赤壁之战、淝水之战、李愬雪夜入蔡州等早已成为文史绝唱而留芳青史,把编年史写得如此精美生动,堪称不朽。除此之外,其他正史、杂史、编年、政书等大量史籍,都不同程度地体现出文史结合的特征,即使像《史通》《文史通义》这类史学评论专著,我们亦不难从中看到作者对语言运用的精炼、准确,体现出严谨、纯正的文风,保持着文史兼顾的传统。

　　与历史著述一样,文学作品在坚持艺术风格的同时,同样重视对历史题材的运用,重视对史学体例的借鉴,重视与历史品质的融合,显示出文史共通、本根相连的本质特性。诗歌如汉魏乐府、唐诗宋词、元明清戏曲,小说如六朝志怪小说、唐宋传奇小说、明清章回小说,以至数不胜数的历代文集、文选,不知有多少脍炙人口、传承千古的名篇佳作,在彰显着文史共融、相通、互补的精义。就拿易于虚构的小说来说,无论是它的起源、形成、成熟以至高峰的各个发展时期,众多作品皆体现出与史学千丝万缕的联系。小说源于神话、诸子、史传,至魏晋时期初具规模。早期魏晋南北朝小说以《搜神记》《世说新语》为代表,一为志怪小说,一为志人小说。《世说新语》以记录人物的逸闻趣事为主,故与历史叙事相近。全书所录1500多位人物(含刘孝标注),多为有名有姓的真实人物,可与正史印证互补。其所记之事,如王恺石崇斗富,曹丕兄弟争权,刘伶沉湎于酒,曹植七步成诗等,颇能反映汉末至东晋时期的社会现实与时代风尚,所谓"魏晋风度""名士风流",在这里的体现毫不逊色于正史的记载。与其说《世说新语》是小说,莫如说是笔记,直可作别史来阅读。另一部小说《搜神记》以记录神灵鬼怪为主,看似与历史关联甚小,其实不尽然。从渊源上来说,《搜神记》类的志怪小说,来源于古代神话,如《山海经》《穆天子传》,已然与古史相连。从性质上来看,鬼怪神魔虽多为象征,但实于古人意念中存之,当为一种"鬼神信仰"现象,与山川祭祀、祖先祭祀并列,故也不能全盘否定其事实成分。从内容上来讲,志怪小说同样可以反映出一定的社会风俗及现象,如"盘瓠神话",与古时蛮族始祖起源有关;如"蚕马神话",涉及古代蚕丝生产的情景;如野猴盗人美妻,一如一些古部落的抢亲风俗等等。至于《搜神记》"六卷,七卷,全录两汉书五行志",①仅此处所录,我们直可视其为史料了。其实,就干宝撰集《搜神记》的原因来看,却是为了"发明鬼神之不诬"而作的,言外之意乃是史书的补充。在《搜神记》身上,总是带着浓浓的史的印记。事实上,早期小说与史的亲缘关系颇为明显,甚至可以说,小说创作依然笼罩在史学的阴影之下。

如果说六朝志怪尚处于我国小说的形成阶段,那么唐宋传奇的出现则标志着小说创作成熟时期的到来。传奇与志怪小说的最大差别是洗去了其宗教神话色彩,打上了鲜明的消遣娱乐印记,作品的艺术性与内容的丰富性,都是六朝小说所无可比拟的。代表作品如《长恨歌传》《莺莺传》《霍小玉传》《柳毅传》等,如《玄怪录》《集异记》《枕中记》《南柯太守传》等。前几部为志人类传奇,这类作品内容往往以生活中的人、事为原形,加以艺术提炼,形成作品。似虚存实,因而不可避免带有更多的历史影像与信息。如《莺莺传》即以现实生活中的爱情悲剧为映照,描绘了张生与莺莺私会相悦相恋至相弃相怨相恨的情景。故事生动凄美,情节虚构夸张,但不妨碍其中所包含的历史信息的透露,最起码它反映出唐代男女自由交往、恋爱,风气大开的社会风尚,同时也让我们看到唐人婚姻观中伦理道德的一面,即白居易《井底引银瓶》所说的"聘则为妻奔是妾"。在唐人心目中,糟糠之妻不下堂,而妾则可随机取舍,这就是张生能"始乱终弃"的时代背景,由此也映照出唐人所谓大丈夫当立功万里、不当溺于儿女私情的时代气度。至于《长恨歌传》,直叙当朝皇帝与杨贵妃的一段生死恋情,更为接近现实,虽难比之于真史,亦可侧身于野史,有助于我们对唐王室及唐代婚姻观的了解。同样,其他志人传奇,亦多可作史料视之。至于志怪类传奇,也一样隐含着不少的历史信息,在唐传奇中我们至少可以看到佛、道畅行于世的宗教情景,看到唐人"作意好奇"的思维习性,看到唐后期以"张皇鬼神,称道灵异"来消磨"立功"使命感的消极态度。在唐人志怪传奇中,一些看似超凡虚幻的情节描述,并不缺乏对现实生活共性的折射,如张鷟的《游仙窟》,作者把自己置身于神仙窟,与美艳娇娘诗书酬应,歌舞宴饮,好不快意。实则乃是一幅初唐文人狎妓的生活写照,由此而印证出唐代生活中士大夫好与娼妓交游来往的事实。刘知几曾言笔记小说"能与正史参行",②毫不讳言小说所记事实和信息,可用来证史、补史,一语道出小说与史的相互关系。

明清为我国古代小说高峰时期,章回小说大放光彩,名著叠出,历史小说《三国演义》、神魔小说《西游记》、侠义小说《水浒传》、写实小说《儒林外史》《红楼梦》、言情小说《金瓶梅》等皆为杰出代表。史与小说的结合在明清长篇小说中反映得尤为明显,从宋元而兴的世情小说的写实风格深深印入了明清小说家的作品之中,上述所列六大作品无不带着浓浓的史的信息、史的色彩,尤其是作品中对现实生活多角度的艺术化描述,展现给我们一幅幅活生生的社会生活史的画面。如《三国演义》取材于历史,把讲史与正史融会贯通、提炼升华,历史色彩格外浓厚,作者辩证地处理了艺术虚构与历史事实的关系,不仅塑造的人物大多来自历史,而且情节的发展与结局也与历史进程相符,在

---

① 永瑢、纪昀编《四库全书总目》卷一四二《小说家类三》,中华书局,1983年,1207页。
② 刘知几著,浦起龙释《史通通释》卷十《杂述》,上海古籍出版社,1982年,第273页。

一些重大事件如围剿黄巾、讨伐董卓、三让徐州、赤壁大战、白帝托孤、六出祁山的处理上，基本保持了历史原貌，即使一些虚构的情节如刘备三顾茅庐、苦肉计、火烧连营等，也可在正史中找到相应的文字记载，从而使小说具有厚重的历史感，三国历史也借此深入人心。史借文增色，文借史拓展，文史交融，给人以历史真实与艺术真实双重体验，《三国演义》给我们做了一个完美的示范。《水浒传》虽然在纪实性描写方面不如《三国演义》，但它同样借群英聚义水泊梁山大反官兵的历史题材，生动再现了宋朝中期"官逼民反"、官民对立的历史事实，给后世类似作品《说唐》《杨家将》《说岳》等极大影响，与之共同构成了中国小说的"英雄史诗"。而作为一部神怪小说，《西游记》的纪实性描写往往点到即止，作者借说部艺术化的虚相来影射暗寓现实，我们只有透过妖魔鬼怪等幻象，才能看到历史运行的真相。在作者眼中，天府犹如人世，神妖亦有人性。妖魔作怪有神佛撑腰，貌似人世间官官相护，上下勾结；唐太宗魂游地狱，判官改判生死簿，如同人世赂贿公行、生死逆转；仙界不能"察能授官"，仅授孙悟空弼马温，与明代授官独重进士、举贡无以上进何其相似。诸如此类，在台湾学者萨孟武《〈西游记〉与中国古代政治》一书中皆多涉及。如果我们仅把《西游记》当作大众娱乐作品来看，那自然就无法理解《西游记》表象背后的历史智慧了。吴承恩撰此作品，大凡涉及书中人物官职，都采用明朝的官制，亦可见他实有喻世之心，《西游记》以虚显实、出文入史的方法，已然不同于纪实性小说中的文史结合，因此它所反映出来的事，不是具体的史实，而是一种抽象的历史现象或共性的东西。与《西游记》暗寓现实不同，《金瓶梅》《儒林外史》《红楼梦》等作品都是直面生活，艺术地再现历史，把历史优先原则和美学本位原则完美融合在一起。三部作品从三个不同的角度反映了不同时期社会的黑暗与政治的腐败，所述情节，虽非历史，但又不悖于历史，使人不知不觉之间仿佛又回到过去的历史情境之中，艺术性与真实性的完美结合，使作品极具艺术感染力和历史感。撇开这些作品的虚构成分不说，《金瓶梅》对日常生活细节如实般的白描，当为一部生动的市井生活风俗史；《儒林外史》对科举桎梏下文人士大夫一心求中举的种种行为的揭露，不失为一部科举士人百态史；《红楼梦》对贾府荣衰兴败的描述，犹如一部封建旧家族走向末世的衰亡史。历史的内容以艺术化的手法提炼之后，复成为当时社会的缩影，文史的结合也因而在自己的路径上愈发从容自如。

大体说来，无论是小说，还是诗歌、戏剧等艺术作品，皆源于生活而总结生活，与"史乃人生"同质共义。无论是直面生活，亦或是超越现实，总离不开历史与时代的制约，总是带有时代背景的痕迹，即使是现代的科幻作品，它亦如古代神话一样，绝非空穴来风、随意编造，而是时代赋予人类的想象翅膀，是思维的张力延伸。那些神话、想象、梦境，亦或科幻，虽然不似真实发生的历史那样清晰、客观，却依旧是人类历史不可分割的组成部分。犹如你不得不承认人类的思想、观念、宗教意识也是历史的一部分一样，这些神话、想象、梦境、科幻，其实都与特定时期的人和时代紧密相连，是人的意识存在，现代学者钱钟书以为："作品在作者所处的历史环境里产生，在他生活的现实里生根立脚"，当然能够"反映这些情况和表示这个背景。"①由此,我们总能找到隐匿在文学作品深处的历史信息,发现它们之间的联系。当然,这并不是说作品等同于历史,而是指它们内在的不可分离的关系。所谓历史研究,不仅仅是要叙述已知的事实,也要研究那些未知的或隐藏在背后的内容,从虚处发现实相,从隐处显出明了,同样是一种高明的研究手法。而艺术作品更多的是提炼生活,它不会刻意追求情节或细节是否与真实生活完全相同,而是以自己的艺术形式去反映生活、揭示人类社会的本质或真相。正因为这种反映是一种本质意义上对人类的揭示,因而它能更真实地从人类的共性上体现历史。理解和把握艺术是从共性上反映人类生活这一特性,是我们认识文学作品与历史作品中文史关系的关键所在。从此出发,我们在探求文学作品与史的融通关系时,就不会简单地把这种融通仅视为对史的素材运用或对史的补证,而会站在更高的层次上理解文学作品是如何在共性及整体性上反映人类历史及生活的。例如说,小说是直面人生的,但它并不是要正面刻画出一个人具体的人生历程,而是通过某种细节或过程的刻画描述,去追寻、去发现、去表现人或社会的共性问题,即通过正面的情节描写去反映所蕴含的社会及历史的人文内涵,于是我们看到《金瓶梅》"混账恶人"西门庆放荡色欲后面明朝中晚期人性的裂变蜕化和末世情绪,看到《西游记》叛逆者孙悟空斩妖除魔背后天界如同世俗般的不平、虚伪、腐败以及与黑暗势力不屈不挠、顽强斗争的精神,看到《水浒传》群英聚义、呼啸山林背后"官逼民反"所体现的社会矛盾的激化和招安致败背后农民起义本身所不可避免的局限性,看到《红楼梦》贾府兴衰背后的世俗黑暗、人性真伪及封建盛世走向中衰而不可挽回的趋势。现代学者指出:"现代小说也是现代历史学,它直面现实人生,绾结'古民神思',挖掘民族生命中那源远流长、绵延无尽的'灵觉'、神性。这是抽象的历史。这也是新历史。"②这无疑是对小说历史性的一种认同。我们要注意的是,文学的真实不等同于历史的真实,我们要做的是,在这两者之间找到一个平衡点或切入点,即抓住文学作品所体现的社会共性,从而把文、史有机地结合起来。

### 三、近现代:文史结合

近现代文史作品大都一如既往地保持着文史结合的优良传统,尽管社会变化剧烈,世界格局不断转变,各种思潮与学派蜂出叠现,众家学说异彩纷呈,作品之多令人目不暇接,尽管现代学科分化之势不可阻挡,专业细化程度愈演愈深,各种现代技术手段的运用更加广泛,但我们依然可以清晰地体会到,文史学科各自大发展的同时,文史之间的融会互通依旧生机勃勃,一大批优秀的作家、史家以各自的方式把文史融通的精义发挥得淋漓尽致,一部部文史并茂的著作深入民心,倍受读者喜爱而广为流传。由于文史作品多层次、多形式的大量聚集与呈现,限于篇幅,只能以近现代中外史学名著为例,略述文史结合的一些情况。

近现代西方史学发端于16世纪欧洲文艺复兴时代,并伴随着社会变迁与时代思潮

---

① 钱钟书选注《宋诗选注》,人民文学出版社,2005年,序。
② 钱雯著《小说文化学理论与实践》,安徽教育出版社,2008年,导论第13-14页。

的推动而不断发展,自人文主义史学崛起之后,理性主义史学、浪漫主义史学、实证主义史学、历史主义史学、马克思主义史学及新史学派、年鉴派史学等相继而出,各种史学代表作品争奇斗艳,许多史著在阐述历史、表达新观念的同时,于文史的兼容同样呈现出别样的风采。西方文化史研究先驱伏尔泰的名著《路易十四时代》,不仅从宏观的角度考察人类文明史,把哲学或理性精神运用到历史研究之中,而且用其如椽大笔,优美而生动地描绘了体现人类智慧的文明和精神面貌。学者称赞《路易十四时代》"每一章都是一篇明晰畅达和才思充溢的杰作。他把许多材料缩写成短小精悍的故事,引人入胜"。以至于差不多每一部法国文学史都要提到它。[①] 而吉朋的《罗马帝国衰亡史》一出,更是惊艳英伦三岛,甚至成为仕女梳妆台上的物品。这部使欧洲历史写作从"博学式的经典考据"转化为"近代的历史叙述"的作品,固然有其博大思精的特色,但其细腻的构思与卓越的文采绝不容小觑,华美的文笔、生动的语言与罗马衰亡的悲壮历史融为一体,成为雅俗共赏的文学与史学经典,即使与1902年获诺贝尔奖的德国莫姆森《罗马史》相比,也不遑多让。文史兼融的优良作风已深入欧洲叙事史家的骨头里,对外声称自己的著作"根绝任何想象"、仅"限于陈述事实"的实证史家兰克,一直高举"如实直书"的信条,并将史学的研究范围定在政治和军事领域,随着兰克学派的形成,史学才真正成为一门独立学科而走向专业化。他的代表作《教皇史》虽有过于强调史料的倾向,但书中对教皇等重要人物的刻画,笔调细腻,描写精确简洁,叙事生动自然,同样堪称文史并灿的经典之作。而法国浪漫主义史学则把浪漫激情和诗人般的想象融入了历史撰述之中,所谓"历史即复活",就是说历史学家要站在历史内部的角度去切身体会、理解和完整地复活过去。因此,"在米什莱的历史里,我们看到的是一连串的画面,情感和语言的狂热和激情的爆发,或歌唱或诅咒,或感叹或愤怒,或爱抚或哀悼,就像在听一支热烈而充满激情的小提琴曲。他卓越的天才和写作技巧,使他成为历史领域里的维克多·雨果。"[②]实证主义史学强调客观性,浪漫主义史学强调主体性,但都不影响他们作品的精彩生动、文史交融。

与兰克史学的狭隘性不同,新史学派主张史学的综合研究,注意史学与其他学科之间的有机联系,开启了西方新旧史学之间全面抗衡的前奏。20世纪50年代年鉴派史学发展成为现代最有影响的史学流派,西方史学由此发生了"重新定向"的深刻变化,如叙述史转向分析体,社会史、计量史学、心理史学、影视史学、比较史学均作为叙述史的对立面应运而生,社会科学尤其是行为科学向史学全面渗透,研究手段则现代化。但年鉴派史学却因此牺牲了作品的可读性,史学成果表述走向数理模式化,语言的精美和流畅的表述不再被史家重视,历史学中有血有肉的人和事消失了,历史著作变得枯燥乏味,并陷入技术主义和唯科学主义的泥潭。这种现象同样引起年鉴派学者的自省,马克·布洛克曾发出这样一个警告:"我们要警惕,不要让历史学失去诗意。"[③]在这种情

---

[①] 郭圣明、王少如编《西方史学名著介绍》,华东师范大学出版社,1996年。
[②] 王利红《"历史即复活"——试论米什莱的浪漫主义史学思想》,《历史教学》,2008年第6期,第55页。
[③] [法]马克·布洛克著,张和声译《历史学家的技艺》,北京师范大学出版社,2014年,第24页。

况下,自70年代以来,出现了"新叙述史"复兴的现象,但这并不是向传统史学的简单回归,而是把叙事体、可读性与科学分析和理论概括相结合。美国学者布尔斯廷的作品《美国人》,堪称这一理念的代表作。作为一位文学派史家,布尔斯廷以优美的文字生动形象地描绘了一幅美国各个历史时期社会嬗变的宏伟图景,从而使不同阶段的美国人形象、美国历史演变的本质特征,跃然纸上。全书笔法流畅,见解独到,是一部对于历史学家和一般读者来说同样激动人心的文史并茂的佳作。尽管随着新史学的兴起,一些历史著作的叙事性和艺术性有所削弱,但归根到底,文史内在的血脉关系、文史的本质意义及作品的普及意义,都会不同程度地推进文史融合的进一步发展。

近现代中国史学同样发生着翻来覆去的变化,中国历史进程的剧烈变动从根本上影响到史学发展的面貌与走向。与西方史学发展不同的是,中国史学在伴随社会变化的同时,深受西方文化思潮及学术流派的影响。在内外合力的共同作用下,新史学在旧史学的裂变中破土而出,迎风而长。伴随着马克思主义理论的指引,中国史学很快步入现代史学多元发展的途径。尽管中国近现代史学的发展尚不够充分圆满,但依然掩盖不了它绚丽多彩的风姿,史学名家辈出,各种史学方法的呈现及史学理论的实践运用,直接引发了各种体裁史著的诞生,其中不乏文史兼融、脍炙人口的作品,如梁启超《饮冰室合集》堪称文史典范。饮冰文语言通俗生动,文言、白话、俚语、韵语掺杂而用,浓烈的情感蕴含于文字之中,平易畅达之中不乏飞动飘逸,使其文章自有一种魔力,读之者无不怦然心动,深受感染。即使是学术论著如《清代学术概论》等,也是文辞灵动而富神采,绝非一般学术类文章那样的烦琐枯燥。伴随着白话文运动的兴起及史学专业化的发展,中国近现代史学著作大都力求平实舒缓、文顺意达,以客观阐述为己任,而不以文字优美为追求,与西方史著相比,不免严肃性有余而生动性不足。当然,中国近现代史学文史结合的表现不仅仅在于叙事语言的艺术描写上,同时也表现在研究领域、作品体裁、学术方法的相互渗透、互为结合上。与梁启超一样,许多史学大师都是学贯中西、兼通文史,甚至旁通多种学科知识的博学之士,如王国维对甲骨文、金文、红学及唐宋元戏曲的研究,无不具开拓性意义;章太炎《国故论衡》对汉语言文字学、经学、文学及哲学、心理学的现代化研究,彰显了其国学大师的现代风范;洋博士胡适光博士帽就戴了36顶,在文学、哲学、史学、考据学、教育学、伦理学、红学等诸多领域都有深入研究,1939年还获得诺贝尔文学奖的提名;清华导师陈寅恪通晓20余种语言,学识之渊博堪称"教授中的教授",吴宓曾称誉道:"合中西新旧各种学问而统论之,吾必以寅恪为全中国最博学之人。"① 尤其是陈寅恪妙解诗文,于诗史互证学术法式的确立居功甚伟;现代著名史学家郭沫若,同时还是文学家、剧作家、中国新诗奠基人,并翻译了大量外国小说、诗集及部分理论专著,此外,在甲骨学研究方面亦颇有建树,与王国维、罗振玉、董作宾并称甲骨四堂,可谓文史兼长、学通古今。其余如陈垣、顾颉刚、钱穆、范文澜、吕振羽、翦伯赞、侯外庐等老一辈史学家,无一不是文史功底深厚、学用结合完美的楷模,他们的史学代表作之所以能历久弥香,不仅是因为这些著作保留了珍贵的文献资料,运用了科学

---

① 季羡林《回忆吴宓先生》,载《我们这一代读书人》,湖南人民出版社,2013年。

客观的方法,表达了新颖独特的见解,也是因为它们有着宏大或精致的结构,细腻或深厚的情感,流畅或凝练的叙事,华美或质朴的文字,这些凝聚并体现着作者人文思想意识、理想追求、精神品格的著作,无疑是我们弥足珍贵的学术财富和精神宝藏。

## 第二节 文史融通互证的基本方法

文史学科都是从人的实践活动中探索和揭示人的主体精神和价值世界的,这里无意从方法论和认识论层面讨论它们是否具有科学理性与艺术灵性、客体对象与主体自觉、古典精神与现代气质互动统一的本质特性,但我们应该明白文、史的本质是相同的,文、史的内在是相融的。以史证文,以文证史,文史互证,可谓文史融通互证方法的三种基本形式,无论是从文的角度,还是从史的角度,亦或是从文史双向的角度,我们都能看到它们相互依傍、渗透、交融、互补的一面,看到人文学科守望心灵故乡、重建精神家园、探索人生意义的品格境界。

### 一、以史证文

以史证文是指通过历史事实来印证文学作品,即从史学角度对文学作品的作者、背景、内容等史实关系进行考察,从而更准确地解读和理解作品。以史证文,并不仅限于对文学作品及背景文献的搜索记录,而在于深入考证作品中的时事或背景文献,以推断作品创作的真实意蕴。"以史证诗"可视为其中最显著的一种表现形式。先秦时期史官采诗以观风,诗史之间有着一种天然联系,孔子"诗可以观"及孟子"知人论世"的观念被后人诠释成诗歌与史内在关系的论述,诗教观及诗的纪实性,为史与诗的不期而遇奠定了坚实基础,并进而成为"以史证诗"的渊薮。后世学者对此亦多有阐述并进行了实践探索,刘勰即认为"文变染乎世情,兴废系乎时序",他对建安文学特殊风格分析时也指出:"观其时文,雅好慷慨,良由世积乱离,风衰俗怨,并志深而笔长,故梗概而多气也。"[①]这是从历史背景来谈论文学创作,强调文风与时势之间的呼应关系。白居易更是直言文学创作与历史的关系:"始知文章合为时而著,歌诗合为事而作。"[②]并作《秦中吟》《新乐府》等,对中唐社会事件做诗性的记录。后世学者如王世贞、胡应麟、李贽、顾炎武等纷纷倡导"六经皆史"之说,于诗史相通齐言共识。唐宋文人笔记对以史证诗多有阐发,《西清诗话》记载:"元献初罢政事,守亳社,每叹士风凋落。一日,营妓曰刘苏哥,有约终身而寒盟者,方春物喧妍,驰骏马出郊,登高冢旷望,长恸遂卒。元献谓士大夫受人眄睐,随燥湿变渝如翻覆手,曾狂女子不若。为序其事,以诗吊之云:'苏哥风味逼天真,恐是文君向上人。何日九原芳草绿,大家携酒哭青春。'"[③]就作者而言,这是以

---

① 周振甫著《文心雕龙今译·时序第四十五》,中华书局,1986年,第404、399页。
② 白居易《与元九书》,《白居易全集》卷四十五,上海古籍出版社,1988年,第2792页。
③ 胡仔撰《苕溪渔隐丛话》前集卷二十六《晏元献》,人民文学出版社,1981年,第177页。

传奇笔法写文人生活,在唐宋笔记中颇为普遍。就形式而言,前半部写一红尘女子之殉情,后半部由此引出一首诗。显然,前面所叙之事,为后面所引诗之本事,即产生缘起,这可视为以史证诗的早期范例。而周密《齐东野语》对刘贡父《咏史》诗的诠释更是包含了以诗证史和以史证诗两个方面,"刘贡父《咏史》诗云:'自古边功缘底事,多因嬖倖欲封侯,不如直与黄金印,惜取沙场万髑髅。'其意盖指当时王韶、李宪辈耳。而其说则出于温公论李广利曰:'武帝欲侯宠姬李氏,而使广利将兵伐宛。其意以为非有功不侯,不欲负高帝之约也。夫军旅大事,国之安危,民之生死系焉。苟为不择贤愚,欲徼倖咫尺之功,借以为名,而私其所爱,不若无功而侯之为愈也。然则武帝有见于封国,无见于置将,谓之能守先帝之约,臣曰过矣!'盖全用之。"①前半部是以诗证史,即刘贡父《咏史》诗是隐指现实生活中王韶等人之事;后半部是以史证诗,即刘诗内容是受司马光有关史论影响而来的。此则记录,融以诗证史和以史证诗于一体,已具诗史互证的性质。

## 二、以文证史

以文证史是指通过文学作品来考证历史,即借助于文学文本中的相关资料来考史之正误或补史之缺漏。尤其是文学文本中的写实性作品,常具有时、地、人、事的描述,以及作品中对社会、对人世本质真相的揭示,皆可以用来印证历史。以文证史大体可分为直接证史与间接证史两类。

直接证史是指直接运用文学作品中的资料来佐证、补充、纠正史实。如裴松之注《三国志》,"颇采小说故事以补之";司马光撰《资治通鉴》,采用大量文集、小说以佐正史;中国古代大量的"咏史诗"皆可为以文证史提供众多的例证。司马迁著《史记》,援诗入史、证诗成史,为后世"以诗证史"打开一条通道,唐宋以后渐至高峰,但理论上的"以诗证史"观念则是由清初黄宗羲率先提出。近代学者王国维可以说是研究与体悟"以诗证史"的先行者。他在研究宋元之际遗民诗人汪元量作品《湖山类稿》时,发现汪诗对南宋灭亡之景的记载蕴含着大量的纪实信息,称其为"宋亡之诗史"。对于南宋帝后北狩后事,他认为"《宋史》不详,惟汪水云《湖山类稿》尚记一二,足补史乘之阙"。②并以《湖山类稿》为照,纠正了《元史》等典籍记载中的史实错误。此外,创作《咏史二十首》《颐和园词》《张小帆中丞索咏南皮张氏二烈女诗》等作品,对"以诗证史"进行了实践体悟。其言其行,受到同仁认同并得以继承。

间接证史是指通过文学作品所述譬象或寓意来印证一些具体史事或历史真相。如陈寅恪《元白诗笺证稿》中以唐诗证唐史以述唐代社会风俗,拿白居易诗《长恨歌》"云鬓花颜金步摇,芙蓉帐暖度春宵"一句为例,陈寅恪对之做了以下的论证:"依安禄山事迹下及新唐书叁肆五行志所述,天宝初妇人时世妆有步摇钗。杨妃本以开元季年入宫,其时间与姚欧所言者连接。然则乐天此句不仅为词人藻饰之韵语,亦是史家纪事之实录

---

① 周密撰《齐东野语》卷一,中华书局,1983年,第8页。
② 王国维著《观堂集林》卷二十一,中华书局,1984年,第1057页。

也。"①这是对诗之"步摇"与史之"步摇"不同层面的文史融通的解释。尤其是小说在反映社会背景及共性、通性问题时,往往具有间接证史的性质。如《金瓶梅》对世俗民情的描绘,虽未可凭以考信于史,然与社会本象相接近,与历史事实相去不远,此种文章足以补史之阙,当可为间接证史的一种情况。梁启超以为"善为史者","能于(小说)非事实中觅出实事。例如《水浒传》中'鲁智深醉打山门',固非事实也。然元、明间犯罪之人得一度牒即可以借佛门作遁逃薮,此却为一事实。"②如此之类,颇难申论,难免不招牵强附会之讥。不过,清代学者浦起龙《读杜心解》的一段话,也许能够帮助我们更好地理解上述论断。浦起龙指出:"代宗朝时,(杜诗)有与国史不相似者:史不言河北多事,子美日日忧之;史不言朝廷轻儒,诗中每每见之。可见史家只载得一事迹,诗家直显出一时气运。诗之妙,正在史笔不到处。"③史载事迹,诗显气运,小说恰处于两者之间,既能载事,又能显运,与诗一样,以自己特殊的方法切入历史,为史笔所不到,实具补史之阙的作用。

### 三、文史互证

文史互证实际上包括了以文证史和以史证文两个方面,是指将互相关联的文学文本与历史文本互相进行印证,或借以考辨两种文本各自的正误,或借以说明文学作品的旨意和历史事实。其中,"诗史互证"即为其典型范式。清初学者钱谦益的《钱注杜诗》,就是以一种典型的"诗史互证"方法沟通文学和历史。钱谦益一方面继承并发展宋代"千家注杜"以杜诗解唐史的传统,探究杜诗所蕴之史实,以补证史乘;一方面又从史学视角入手,援引唐史等文献所述史实,补证杜诗,以揭示杜诗所述内容的真实意蕴。如钱谦益由文入史、以史释诗,对杜诗《杜鹃行》"虽同君臣有旧礼,骨肉满眼身羁孤"二句进行以下诠释:"上元元年七月,上皇迁居西内。高力士流巫州,置如仙媛于归州,玉真公主出居玉真观,上皇不怿,因不茹荤、辟谷,浸以成疾。诗云'骨肉满眼身羁孤',盖谓此也。移仗之日,上皇惊,欲坠马数四。高力士跃马厉声曰:'五十年太平天子,李辅国,汝旧臣,不宜无礼!'又令辅国拢马,护侍至西内。故曰'虽同君臣有旧礼',盖谓此也。"钱谦益以诸多史实,补证充实了杜甫《杜鹃行》诗句的劝谏之意,绝非"牵合时事",符合杜甫对玄宗、肃宗父子矛盾的伤感之情和对肃宗的期望之义。钱谦益同时还注意深入地挖掘和推绎杜诗中所包含的史实,据诗考史、以诗证史,如发现杜诗《越王楼歌》有述唐太宗第八子越王贞为绵州刺史一事,即"绵州州府何磊落,显庆年中越王作"之句,而新旧唐书"本传不载,盖史阙也",④复查考《绵州图经》和李倚诗,确有相关证明,遂据此论裁定正史失载,也由此申论了杜诗述事的真实性,彰显出杜诗文史兼具的巨大价值。这种方法,跨越文史而融通了文史,诗史相互印证,互为补充,为杜诗诠释学开创了一个新的时代。

---

① 陈寅恪著《元白诗笺证稿》,三联书店,2001年,第24页。
② 梁启超著《中国历史研究法》,见《梁启超全集》第七册,北京出版社,1999年,第4113页。
③ 浦起龙著《读杜心解》,中华书局,1961年,卷首《读杜提纲》。
④ 钱谦益撰《钱注杜诗》,上海古籍出版社,2009年,第117、135页。

现代学者陈寅恪受钱谦益影响,运用诗史互证之法写下了《元白诗笺证稿》《柳如是别传》等典范之作,把文史互证的方法推到了更高的境界。陈寅恪晚年近百万字的巨著《柳如是别传》,就是通过大量史料和史实,对柳如是、钱谦益二人的诗文重新加以释证,在考证本事的基础上准确地解读了诗文所蕴藏的内涵,从而揭示出柳、钱二人隐匿于姻缘诗中的"孤怀遗恨",同时又从遭受残阙禁毁之余的诗文篇章之中,辨析出被"讳饰诋诬"了的柳如是身世,以及明末清初一系列重大历史事件的详细始末。"诗史互证"之法经陈寅恪的全力推演与发扬光大,最终形成一种新的学术体式。清华国学院弟子浦江清受导师陈寅恪、王国维影响,在词学研究中采用"以史证诗,以诗证史"的方法,对花蕊夫人《宫词》的作者及其真伪问题做了令人信服的考证,解答了诗歌史上的"千年之惑"。① "诗史互证"之法充分地将诗歌的文学性因素与其孕育的历史性因素相互结合,文史互为推进,不仅成为中国诗学诠释的新体系,也是史学研究得以拓展的一种新途径。这一研究方法的形成,并非是钱谦益、陈寅恪等人偶然的发现,而是中国传统文学与史学观念水到渠成的产物,是时代的必然性与学术发展的需求相结合的结果,也是功力深厚、知识博洽的学者对文史互通本质的理解不断深化、不断实践的体现。

## 第三节　文史融通互证的一般路径

文史的先天同源与后天的相通互补,毫无疑义地为我们融通文史、进行文史互证奠定了良好的基础。但文史融通方法的运用,同样要求解释者必须具备既知文又通史即文史兼通的学术素养和沟通能力。现代学科发展已经愈来愈显示出多学科沟通、相互渗透的趋势,如何在更为广阔的学术视野中,突破传统思维习惯,拓展学术领域,提升学术能力,已成为摆在我们面前的重大课题。文史融通互证已取得的巨大成就,为我们指明了一条通往彼岸的思路。但是,现代学科的不断分化同样给我们设置了一条条障碍,事实上也造成了一些颇为严重的学科隔膜现象。当然,文学、史学各有领域,提倡文史融通绝非回到文史不分家的老路上去。范文澜先生告诫我们:"过去文史是不分家的","近代文史分家是应该的","但也不可分得太截然"。② 承认文、史学科的发展变化,绝不意味可以忽视文史之间难以割舍的内在关联,切不可因文史分科而因噎废食地切断两者互为表里的血肉亲情。让文史哲回归人文学科的主张愈来愈成为现代学者的共同期盼,这既是时代赋予文史学科人文精神的召唤,也是千百年来文史融通精义追求的体现。就文史融通问题来说,我们有必要在学科层面、专业层面及心理层面改变思路,寻找途径,形成共识。

### 一、学科层面的融通化阈

从学科层面来说,文史融通是人文科学内在灵魂和整体精神的体现。现代人文科

---

① 浦江清《花蕊夫人宫词考证》,见《浦江清文录》,人民文学出版社,1989年2版,第47-101页。
② 范文澜著《历史研究中的几个问题》,见《范文澜全集》,河北教育出版社,2002年。

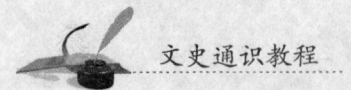

学研究者认为,人文科学不同于自然科学,也不同于社会科学,而是具有自我独特的内在品格与精神魂韵的人文世界。这个世界的内在灵魂和根本使命,就是"以一份理想主义的人间情怀,一份温馨的人性情感,来关爱人类的心灵世界,来守护人类的精神世界"。① 而且,这种内在精神与灵魂只有有机地统一于一种整体性的状态下才更有生命力。虽然人文科学在形式上可以分成文学、史学、哲学、美学等不同学科,体现出有所不同的文学情感、历史意识、哲学智慧、审美情怀等层面,但人文科学内在的统一灵魂和整体性精神气质,是不可能在孤立存在、相互割裂的文史哲各学科内生长起来的。只有贯通文史哲等学科,才能从整体上把握它的内在灵魂和统一精神,而相互孤立、封闭、隔绝的文史哲诸学科,必然导致其内在灵魂与精神的失落与消散。《史记》之所以精妙绝伦,于千古之世独放异彩,是因为司马迁借助于史学体裁,把诗人的细腻情感、史家的宏达视野、哲人的智慧睿思以及自我生命体验全部融合进去,在几千年人类历史长河之中沉淀凝练,是穷究天地人追问生命意义与存在价值的精神探索,是古典意义上的人文社会学科的大融合。因此,司马迁能出于历史而超越历史,这是对历史本真的昭示,也是其人文精神的绽放。后世史家难察其义,以至失其神髓,徒具形貌,追逐历史而陷入历史之中,封闭了历史学广阔的人文意义,从而使史学成为孤芳自赏、自以为学的史料堆砌,或成为统治者彰显统绪、歌功颂德的御用工具,历史本真荡然无存,人文情怀消失殆尽。由此,兼具文之情、史之境、诗之艺、哲之思、美之韵的著作,复难再现,往往留下的是一本本失去灵魂、毫无生气的流水账,史学滑入了重视术而忽视学的泥潭之中。中国古代典籍体裁不可谓不丰富,体例不可谓不齐全,然如《史记》那样穷究天人、贯通古今而又形神兼备、文史交融的著作却不多见。时迁境移,《史记》之作再难出现,但《史记》的神韵精髓不应丢掉,文史哲融通映照的学术传统与精神品格亟须发扬光大。今天,至少在学科层面上,我们当继承先贤宏观映照、融通化阖的境界,跨越文史哲等学科之间人为构筑的界限,疏通脉络,重建学科间内在的有机联系,使文史哲等人文学科重新回归到它作为人类精神家园和心灵故乡守望者的本真意义上来。以文、史学科而论,自古以来文史之间就有着一种难以分解的内在联系,犹如并蒂莲花,同枝相连,近代学科的独立或多或少扩大了文史两科的距离,人为制造了许多隔绝。从人文学科整体性蕴义出发,我们应该主动拆除文史隔离的藩篱,打破各自为学、划域设区的封闭状态,以恢宏大体、原始察终、补偏救弊的觉悟兼融文史、解茧化蚕,方能达到学术层面的开阖自如、随物变化。古人云:"文备众体,变化开阖,因物命意,各极其工。"②

文章诸体,诗文也好,史著也罢,只不过是作者表达思想情感的载体形式而已,只要你能因情设文、形随意走,必然能够收放自如而致化境。相反,如果你画地为牢,把自己局限在某个学科、某个专业,则必然格局缩小、思路不开、臻境难求。因此,一个优秀的史学家,不仅要有深厚的史学功底,同时还应该具备较深的文学艺术素养,并善于且自觉地把文史的结合融化到史学研究里去,内在地交融于历史思考之中,史学如此,文学

---

① 刘鸿武著《文史哲与人生》,云南大学出版社,2010年,第86页。
② 吴充《欧阳公行状》,见《欧阳修全集》附录卷三,中华书局,2001年,第2693页。

亦然。文科科研基地的建设无疑是打通文史哲诸学科的重要举措和主要路径,作为人文学术重镇,文科科研基地应以人文本真为根本点,立足于互通有无的学术需求,求道重德,体现人文精神和品格,执着于内在之学的彰显,切忌术先而学后、道末而器前。文史学科之间,也应该本着融通化阁之义,主动交流,相互结合,取长补短,携手共进。非如此,人文精神不足以返本求源,文史学科不足以发扬光大。

### 二、专业层面的圆宏周转

从专业层面来说,文史融通是学术并美、圆宏周转的内在需求。学科分化、教育培养、社会需求,衍生出众多专业领域和专门人才,专业人才和专家的职业化趋势已成为当今世界的普遍现象。但这种带有功利性色彩的发展模式,并不利于社会的健康发展,同时也加速了学术分离的趋势,学术倾向于学业,工具取代了理想,术高学浅、有术无学成为文教事业的心腹之患,价值的偏离导致了学术本真的淡化和学术品位的降低。事实上所谓的专才仅仅是社会和教育片面化的集中表现,通才通识才是人文本真的根基,学术并美方显专家的真正风范。人文本真彰显的是学术兼备、知行合一,时代需求的是德才兼备的复合型人才。我们无须否认专门、专业、专才的实际效果,但我们必须明白其中的局限性甚或不合理性,唯有如此,方能对症下药、矫枉就正。就现实而言,文教机制疯狂运转,标准化、通用化、模式化、职业化趋势愈演愈烈。一方面,量化标准深入体制,教授博导依船下篙,学生弟子照葫画瓢,劣质复制、剽窃抄袭屡禁不止,低质滥伪之作层出不穷,人才培养机制由此陷入泥潭而日显其窘。另一方面,学术浮躁之气漫延扩张,专业界垒之分日趋森严,功利意识占尽先机,独立精神日渐萎缩,学术环境污染严重,人文本真日见损害,人文事业由此受到极大的威胁。何以正本清源?何以疏通脉络?何以返璞归真?体制层面的破冰是其根本,思想层面的转变是其关键,专业层面的学术并美与周转是其隐栝。就拿专业来说,今天的所谓专业,实际上都是过去所谓非专业的边缘处派生而来的,专业的产生及分合本已蕴含着通变之道,专业的划分绝不是知识的切割,切不可由此而陷入功利的怪圈。学术并美引喻着精神品格和知识才能的兼尚,学术周转显示出知行开阖之间的恢宏,这才是专业应循的路径。无论文学,还是史学,它所陶铸的并非是什么专业作家或史家,而是风骨质实、才学兼备的文化人;文史所追求的,也并非是固守己业、不通旁类的专家,而是善于周转求变、圆宏观照的学者。只有化感通变,学业修为才能日显其深;只有德才优美,学人才能方显其重。人文学术最怕所谓的"专家",专家一出,势必分门另类,治学则务求其专业性,"再不融通体会",①专业化的狭窄领域使"当时文化社会各方面之间的有机联系便不容易看出来了"。② 因此,真正的人文学者,绝不会自陷于专业牢笼,而是"观古今于须臾,抚四海于一瞬",尽情遨游在人文领域的广阔天地中,"思接千载""视通万里",体验生命,彰显个性。古代学子如孔、老、庄、孟等人,谁不是文史兼容、学贯天人之辈;近代大师如王国维、梁启超、

---

① 钱穆著《现代中国学术论衡》,九州出版社,2012年。
② 张光直著《中国青铜时代》1982年前言,三联书店,2013年,第3页。

胡适、陈垣等人,哪一个不是学贯中西、识通百学之流。他们身上,无不彰显出开阔古今、有容乃大的境界与情怀。学术本为求真,专业原有分合,文史专业并非一成不变,单纯的"专业领域"、单纯的"知识视域",只会束缚我们自己的手脚,学者理应求变,知识结构适时调整,身份角色亦可转化,学术的周转方为圆宏,文史的渗透更显自然,人文本真的根基才会愈加牢固。本真不失,灵魂即存;精神不灭,形式在我。或文或史,或专或通,相辅助而开显,相化合而发挥。文学因史学更显醇厚深远,史学因文学益加生动形象。正所谓学术天地任我行,谈笑之间融文史,专业壁垒何所惧,人文情怀代代传。

### 三、心理层面的自我超越

从心理层面来说,文史融通是天人交合、超越自我情怀的显露。文史同源互根的种子永远具有人化自然的类特征,在根源处显现出天人合一、学术共和的本真。文史融合所追求的是一种精神上的统一,灵魂上的共鸣,是天人之际的交合,是自我情怀的超越。"出文入史"亦或"由史入文",绝不仅仅是文史在形式上、方法上的结合,更重要的是精神层面的联系与沟通,是将文学之情、文学之景、文学之美,与史学之真、史学之实、史学之智相互化感交融,而提升到一个更高远、更旷达、更深邃的境界上去。历史上那些在文坛史界久久留下身影并影响后世文史走向的杰出作家与作品,往往都是一些将文史结合起来的典范。如唐宋八大家的作品总是以历史眼光、历史情感、历史智慧为底蕴,这才得以不仅流传一时,更感动后世。八大家虽以文章名天下,但同样学通经史、文涉百家,往往既是诗词文赋之大家,也是政治家、思想家、史学家、书画家等,而且胸怀天下,常常借古喻今,以文明道。一般来说,一个文学家如果没有史学涵养,缺乏那种看待事物的深刻眼光、宏观视野、整体意识,不具备历史学的那种理性、智慧、超越,就会过多地沉湎于个人感情化的世界里,他的这份情感就难以上升到超越自我的广阔境界。而一个史学家如果缺乏文学修养、艺术熏陶,缺乏对人类情感和灵魂的深刻感知,他的史学可能会少了一份感动人心的情感蕴涵,也无法达到天人合一的至善至美境界。从精神境界和心灵结构上来看,文史之间必须互为根基,互为底蕴,互为依存,彼此共鸣,彼此响应,彼此交融,成为一个名副其实的思想隐栝和文化共体。只有在理想、灵魂、精神、意义、价值这样的层面把文史结合于一体,才能舍弃自我、超越形式,于反思中求真,于扬弃中升华,在天人交合中得道明道而化于自然。龚自珍曾提出"出乎史,入乎道,欲知大道,必先为史"[①]的卓越见解,实际上,史学如此,文学亦如此,文史交相融合,于道愈为近矣。文史在彰显自我、体现个性的同时,更应该恢宏大义、涵蕴万古,寻找人类共同的理想和价值,唯有如此,才能超越自我,穷究天人。从这个意义上说,文史融通,其用大矣。

---

① 龚自珍《尊史》,《龚自珍全集》第一辑,上海人民出版社,1975年,第81页。

### 思考练习题

1. 以文学作品为例,阐述其中所蕴含的史之品质。
2. 以史学作品为例,阐述其中所蕴含的艺术价值。
3. 收集梳理唐、宋、元、明、清学者所述文史融通的言论。
4. 试述钱谦益《钱注杜诗》中"诗史互证"的基本方式。
5. 如何从人文科学的层面理解文史融通的深刻内涵?

## 第四章 虚实相生

元代李淦《文章精义》云:"庄子文章善用虚,以其虚而虚天下之实;太史公文字善用实,以其实而实天下之虚。"庄子在"天下为沉浊,不可与庄语"(《庄子·天下》)的时代,用夸大曼衍、奇诡机变的论说方式,寓真实于玄诞,达到了对高妙的哲理之境的揭示,亦隐含了对历史真相的喻指。如果要说精神道德的深广自由,还有什么比"肌肤若冰雪,绰约若处子;不食五谷,吸风饮露。乘云气,御飞龙,而游乎四海之外"①的藐姑射山神人更令人神往呢?如果要说艺术人格的放恣潇洒,还有什么比徜徉而来、受命拜揖后旁若无人地返回画室、解衣般礴的"赢画"者(《庄子·田子方》)更令人赞叹呢?国家征兵的时候,身体残疾、"颐隐于脐,肩高于顶,会撮指天,五管在上,两髀为胁"(《庄子·人间世》)的支离疏,捋袖扬臂、大摇大摆地走在行列中,却没有人向他看上一眼。如果要说对战争和强权之残酷的隐斥,还有什么比庄子对"支离"之人和德的推许更为有力呢?如果要说对保全生命的渴望和保全后的寂寞无聊,还有什么比"其大本拥肿而不中绳墨,其小枝卷曲而不中规矩"、独立于无何有之乡、广漠之野的大樗树(《庄子·逍遥游》)的形象更加耐人寻味呢?至于《史记》写作的特色和目标,也就是司马迁本人所说的"究天人之际,通古今之变,成一家之言"(《报任安书》)。因此其撰作,往往能够超越实际的事功,不仅仅以成败得失为意,而由古今人事的变迁,上达对宇宙人生终极意义之思考。如《刺客列传》写豫让不惜残身苦形为智伯报仇。朋友劝他投靠襄子,以自己的才干取得襄子信任后,再乘机刺杀襄子。他回答说:"既已委质臣事人,而求杀之,是怀二心以事其君也。且吾所为者极难耳,然所以为此者,将以愧天下后世之为人臣怀二心以事其君者也。"当行刺不成被执后,襄子责备他说:"子不尝事范、中行氏乎?智伯尽灭之,而子不为报仇,而反委质臣于智伯。智伯亦已死矣,而子独何以为之报仇之深也?"豫让回答说:"臣事范、中行氏,范、中行氏皆众人遇我,我故众人报之。至于智伯,国士遇我,我故国士报之。"②身当乱世,盛衰迭变,豫让在复杂困顿的处境中,求不可为之事而为之,且不失道德境界之明澈和正大。时至今日,当我们读到他的这些回答时,仍不由悲感起立,不能自已。至于读荆轲传,见其"日与狗屠及高渐离饮于燕市,酒酣以往,高渐离击筑,荆轲和而歌于市中,相乐也,已而相泣,旁若无人者"③,既已倾倒于其慷慨盛气、睥

---

① 李淦撰《文章精义》,见王水照编《历代文话》第二册,复旦大学出版社,2007年,第1162页。
② 司马迁撰《史记·刺客列传》卷八十六,中华书局,1959年,第2521页。
③ 司马迁撰《史记·刺客列传》卷八十六,中华书局,1959年,第2528页。

睨四海之风采,后又见其渐渐消磨折损于尘眸俗眼,至易水一歌,往而不返,几令人不能卒篇。凡此种种,岂是世俗之成或不成所能论定的呢?而司马迁文字背后的感慨和针砭,又是何等的深切与锐利啊!

李淦对《庄子》《史记》的评价,也可以扩而言之,移用于我们今日所云之文学和历史。读文学,要善读其虚中之实;读历史,要善读其实中之虚。而且这虚与实,又不可局限于事实之有和无、真和幻,还可以指向中华民族独有的思维方式,指向独特审美境界的追求,甚至是一种韧性战斗的精神和手段。如此,则文学和历史中均有虚有实,虚实之相生转化,无处不在。我们一旦把握了虚和实这一组范畴的关系和真义,对文学的欣赏和对历史的研读,则或如入庐山胜境,横看成岭侧成峰;或如听江上琵琶,此时无声胜有声,可从有限中领略无限,从凝练和缺省中体会简洁的深邃和静默的丰富。

## 第一节　看朱成碧思纷纷
—— 历史中的虚和实

"孔氏著《春秋》,隐、桓之间则章,至定、哀之际则微。"①"章"即"彰明";"微"是"隐示"。"微",作为撰史之例范,"实史家之悬鹄,非《春秋》所树范",②不仅是《春秋》专有的笔法,实为中国传统历史著作之共有;尤其是在记录当代之事、有所贬斥,或述古鉴今、影射时事时,往往以隐晦之笔曲现之。读史者当由表及里,由有而无,由显达隐,读出文字背后的真相和深意。

如明末清初杰出的思想家、史学家顾炎武指出:"古人作史,有不待论断,而于序事之中即见其指者,惟太史公能之。《平准书》末载卜式语,《王翦传》末载客语,《荆轲传》末载鲁句践语,《晁错传》末载邓公与景帝语,《武安侯田蚡传》末载武帝语,皆史家于序事中寓论断法也。"③《史记·平准书》末云:"是岁小旱,上令官求雨,卜式言曰:'县官当食租衣税而已,今弘羊令吏坐市列肆,贩物求利。亨弘羊,天乃雨。'"桑弘羊赞成和推行盐铁、平准等经济政策,能令"民不益赋而天下用饶",而卜式以朴忠义勇著称,司马迁借卜式的话表示对桑弘羊"令吏坐市列肆,贩物求利"的批评,自然是意味深长。其实,撰史者这种不动声色的褒贬,其方法是多样的,"不一定是放在篇末,而往往是在篇中;不只是借着一个人的话来评论,而有时是借着好几个人来评论;不一定用正面的话,也用侧面的或反面的话;不是光用别人的话,更重要的是联系典型的事例"。④ 即以《平准书》为例,当西汉对匈奴用兵,卜式欲输财助边时,汉武帝派人前来讯问,有一段精彩对话:

---

① 司马迁撰《史记·匈奴列传》卷一百十,中华书局,1959年,第2919页。
② 钱钟书撰《管锥编(一)·左传正义》,三联书店,2014年,第268页。
③ 顾炎武著,黄汝成集释《日知录集释》,花山文艺出版社,1990年,第1114页。
④ 白寿彝著《史学遗产六讲》,北京出版社,2004年,第210页。

> 天子使使问式:"欲官乎?"式曰:"臣少牧,不习仕宦,不愿也。"使问曰:"家岂有冤,欲言事乎?"式曰:"臣生与人无分争。式邑人贫者贷之,不善者教顺之,所居人皆从式,式何故见冤于人!无所欲言也。"使者曰:"苟如此,子何欲而然?"式曰:"天子诛匈奴,愚以为贤者宜死节于边,有财者宜输委,如此而匈奴可灭也。"

使者之三问,连用三"欲"字,则武帝之境界、武帝之心思,不言而见矣;卜式之得用与不得用,其命运也早已能预知了。此后,当武帝为了政治需要,不得不尊显卜式以"风"百姓时,我们看到"天子既下缗钱令而尊卜式,百姓终莫分财佐县官"之记录;当南越反,卜式上书愿父子死国事,武帝又赐其爵关内侯,"布告天下",但"天下莫应"。一以"欲"揣度天下之帝王,其治下无勇于分忧赴义之百姓,是极为自然的。但司马迁并不直接评论,而是以史实的记录,寓教训于叙事之中。

白寿彝先生亦曾以《叔孙通传》为例,说明司马迁的这一笔法。叔孙通"所事者且十主,皆面谀以得亲贵"。司马迁只写其事迹,评断则往往借他人之议论发之。其中以记朝仪的场面最为冷峭可思:

> 于是皇帝辇出房,百官执职传警,引诸侯王以下至吏六百石,以次奉贺。自诸侯王以下,莫不振恐肃敬。至礼毕,复置法酒。诸侍坐殿上,皆伏,抑首。以尊卑次起,上寿。觞九行,谒者言"罢酒"。御史执法,举不如仪者辄引去。竟朝置酒,无敢喧哗失礼者。于是高帝曰:"吾乃今日知为皇帝之贵也。"

汉定天下后,群臣以从龙之故,饮酒争功,醉或妄呼,拔剑击柱,刘邦心中厌且患之。叔孙通揣知上意,于是起礼乐、定朝仪。其在"天下初定,死者未葬,伤者未起"之时,为了讨好刘邦,以大量人力、物力的消耗,以人为的礼仪的制定和区隔,达到上下尊卑凛然无犯的效果,以此彰显帝王的尊贵和威严。刘邦由此"学"做皇帝,食髓知味,司马迁借其忘形之语,从侧面批评叔孙通,只寥寥数笔,而银钩铁勒,勾魂摄魄,刘邦惊喜无赖的神情与叔孙通曲阿主上的用心,齐现纸上。

文学家、史学家张岱"看出了史书中存在着许多缺而不完的事实,但又发现即使如此人们还是有可能求得历史的真相",①于是发愿写《史阙》。序言以"太宗怀鹞"为例,说明史书之不赅不尽云:

> 余又尝读正史,太宗之敬礼魏征,备极形至。使后世之拙笔为之,累千百言不能尽者。只以"鹞死怀中"四字尽之,则是千百言阙,而四字不阙也。读史者由此四字求之,则书陈中有全史在焉。奚阙哉?②

"太宗怀鹞"事见唐刘𫗧《隋唐嘉话》,《资治通鉴》卷第一九三采入。云李世民曾得一鹞鹰,神骏异常,臂之把玩时,望见魏征,乃藏鹞于怀。魏征徐察其状,于是援引历代帝王耽于逸乐、丧志亡国事讽谏之。李世民担心鹞鹰被捂死,但因一向敬畏魏征,不敢明言,

---

① 黄裳著《黄裳文集卷五·张岱的〈史阙〉》,上海书店出版社,1998年,第110页。
② 张岱撰《琅嬛文集》卷之一《史阙序》,《张岱诗文集》,上海古籍出版社,1991年,第103页。

只暗示魏征早点说完。魏征佯作不知,语无尽时,终于鹞死怀中。黄裳先生把张岱这种略形求神的史学趣味,归结到其文学家的特质,指出"张岱是历史学家,但更重要的是文学家。他对历史著作的要求不只是真,而且要美。而终极的目的还是高度的历史真实","他是懂得运用细节的真实求得整体的真实的道理的"。诚然,张岱之上下古今,搜集异书,往往关注那些能够使传主形象为之生动、历史真相为之活现的细节,文学趣味时时上掩史学目标,且来源庞杂,"不收正史,专收杂书",糟粕时见,对此我们要加以警惕。但正如清代史学家王鸣盛所云:"采小说未必皆非,依实录未必皆是。"①邓之诚也有"正史讳尊亲,野史挟恩怨"②之论。陈寅恪先生还提出以官史与私著参读的研究方法:"通论吾国史料,大抵私家纂述易流于诬妄,而官修之书,其病又在多所讳饰。考史事之本末者,苟能于官书及私著等量齐观,详辨而慎取之,则庶几得其真相,而无诬讳之失矣。"③则张岱以别史、野史补阙之方法,当有可取之处。且"史蕴诗心",史书之"事欲如其文",而非"文欲如其事",在不违背基本史实的前提下求传主之神情生气,亦无可厚非。张岱把史书之"不书而书"的隐微阙疑现象比拟为"月食",认为"月食而阙,其魄未始阙也。从魄而求之,则其全月见矣"。在其看来,《唐书》类百千言记录太宗之敬礼魏征,尚不如"鹞死怀中"这四字之传神写照。方苞云:"古之良史,于千百事不书,而所书一二事,则必具其首尾,并所为旁见侧出者而悉著之,故千百世后,其事之表里可按,而如见其人。"④太宗只此一事,已足以为后世帝王提供镜鉴了。即使本纪正传全部缺失,后世由此一事,也不难想见其为君之道。故此一例,实能得以少见多之妙义。

另外,史书中之存疑,有的是有意为之,有的则由于传远之后,为当时所惯知熟视的现象却变成了谜团,这也需要读史者善于求索。如黄裳先生就称赞张岱对"焚书坑儒"之"坑法"的解释言之成理:

> 昔人云,坑法不传。盖咸阳伊洛间多山谷,一入数十里,皆峭壁悬崖,陡绝不能上。以丸泥塞谷口,则数万之生灵俱束手就毙矣。今视秦政之坑儒,乃知白起、项羽之坑降卒多至四十万者,其坑法的如此。

在文献之海中爬罗剔抉,拾遗补缺,本身也可见史家之识见,且中国传统之史学本有"信信疑疑"与"善善恶恶"并举的精神,张岱此说,实在是一条以"信信疑疑"的精神而达"善善恶恶"之效果的好例证。其价值不仅在于提供了一种基于地形特征的合理解释,而且由此阐释,曾经在中国历史上发生的这些惨绝人寰的事实,突然鲜活起来。数十万生命被弃置于不能攀援而上的谷底,经历了怎样漫长而惨烈的身体和心理的折磨,而终于化为死寂。其情其景,令人不敢想象。

由此可见,善于读史者,往往能将史书由薄读厚;历史撰作独有的隐微笔法,也使读史具有了不易和兴味兼有的特点。如《左传》"隐公三年"记载宋穆公病危之时属命大臣

---

① 王鸣盛撰《十七史商榷》卷九十三《欧史喜采小说薛史多本实录》,上海书店出版社,2005年,第867页。
② 邓之诚著《中华二千年史》卷一,中华书局,1983年,叙录。
③ 陈寅恪著《顺宗实录与续玄怪录》,见《金明馆丛稿二编》,三联书店,2001年,第81页。
④ 方苞撰《书汉书霍光传后》,《方苞集》卷二,上海古籍出版社,2008年,第62页。

传位于殇公:

> 宋穆公疾,召大司马孔父而属殇公焉,曰:"先君舍与夷而立寡人,寡人弗敢忘。若以大夫之灵,得保首领以没,先君若问与夷,其将何辞以对?请子奉之,以主社稷,寡人虽死,亦无悔焉。"对曰:"群臣愿奉冯也。"公曰:"不可。先君以寡人为贤,使主社稷,若弃德不让,是废先君之举也。岂曰能贤?光昭先君之令德,可不务乎?吾子其无废先君之功。"使公子冯出居于郑。八月庚辰,宋穆公卒。殇公即位。
>
> 君子曰:"宋宣公可谓知人矣。立穆公,其子飨之,命以义夫。《商颂》曰:'殷受命咸宜,百禄是荷。'其是之谓乎!"①

此篇本为穆公作传,但其背后却有一宣公隐现其间。有国者谁不愿意将王位传给自己的儿子呢?但宣公病笃之时,却遗命立其弟穆公而不属殇公(与夷)。其苦心孤诣,可从穆公卒时命传位殇公而不属己子冯见出。宣公立穆公,则其子飨之;但若当时不舍与夷,则恶知弑与夷而夺之国者之非即穆公耶?因此此篇正面写穆公之不负宣公、归位殇公,其文字缝隙中却隐藏一知人善任的宣公。难怪清初杰出的评点家金圣叹要感慨:"(此篇)若作穆公传读,则止一行耳;苟作宣公传读,便得两行。而其间虚实影现之妙,乃至不可言喻","看他一篇文字,从穆公写,从宣公处结,使读者看朱成碧思纷纷矣"。②金圣叹又云:"汉昭烈便窃用此意,谓诸葛曰:'可辅则辅之,如其不才,君可自取。'便亦得亮之死心塌地,然较此便露枭雄之色矣。"可谓善于举一反三、由此及彼。刘备托孤于诸葛亮,以退为进、拖泥带水,毕竟不能如宣公之信而不疑、爽豁直截。圣叹从字缝中读出刘备阴鸷狐疑之心思,故称之为"枭雄",可谓诛心之论。我们在当下读史,也不能仅注目其实处,还要注目其虚处,方不负良史之心;以"看朱成碧"的眼光进入历史长河,撰史者之特见卓识,才能为我们所发现。

## 第二节 疏影横斜水清浅
### ——文学中的虚和实

龙应台曾将文学比作"白杨树的湖中倒影":

> 假想有一个湖,湖里当然有水,湖岸上有一排白杨树,这一排白杨树当然是实体的世界,你可以用手去摸,感觉到它树干的凹凸的质地。这就是我们平常理性的现实的世界,但事实上有另外一个世界,我们不称它为"实",甚至不注意到它的存在。水边的白杨树,不可能没有倒影,只要白杨树长在水边就有倒影。而这个倒影,你摸不到它的树干,而且它那么虚幻无常:风吹起的时候,或者今天有云,下小雨,或者满月的月光浮动,或者水波如镜面,而使得白杨树的倒影永远以不同的形

---

① 杨伯峻注《春秋左传注》,中华书局,1981年,第28-30页。
② 金圣叹撰《唱经堂左传释》,陆林辑校《金圣叹全集(五)》,凤凰出版社,2008年,第30页。

状,不同的深浅,不同的质感出现,它是破碎的,它是回旋的,它是若有若无的。但是你说,到底岸上的白杨树才是唯一的现实,还是水里的白杨树,才是唯一的现实?事实上没有一个是完全的现实,两者必须相互映照、同时存在,没有一个孤立的现实。然而在生活里,我们通常只活在一个现实里头,就是岸上的白杨树那个层面,手可以摸到、眼睛可以看到的层面,而往往忽略了水里头那个"空"的,那个随时千变万化的,那个与我们的心灵直接观照的倒影的层面。

　　文学,只不过就是提醒我们:除了岸上的白杨树外,有另外一个世界可能更真实存在,就是湖水里头那白杨树的倒影。①

龙应台认为,文学之意义就在于使我们看到现实的倒影,"使看不见的东西被看见"。这个比喻所使用的意象模式,恰巧跟中国诗歌中一众所周知的意境具有同构性,即宋代诗人林逋《山园小梅》之"疏影横斜水清浅"也。我们在本章所讲的文学中的虚和实,正可以从这两个角度来认识。前者指文学作为生活之投影的本质特性,以虚化处理后的艺术世界达到心灵观照的真实。后者指文学创作中一种独有的审美追求,即通过有限的实体呈现无穷的虚境。其在创作手法上,表现为虚实组合;在审美效果上,体现为虚实相生。在具体呈现形态上,言说为实,则无言为虚;有限为实,则无限为虚;景为实,则情为虚;形为实,则神为虚;象为实,则境为虚。

　　戚蓼生序《红楼梦》,赞其用笔"一声也而两歌,一手也而二牍",注彼而写此,目送而手挥,似谲而正,似则而淫,如《春秋》之有微词、史家之多曲笔。"写闺房则极其雍肃也,而艳冶已满纸矣;状阀阅则极其丰整也,而式微已盈睫矣;写宝玉之淫而痴也,而多情善悟,不减历下琅琊;写黛玉之妒而尖也,而笃爱深怜,不啻桑娥石女。他如摹绘玉钗金屋,刻画芳泽罗襦,靡靡焉几令读者心荡神怡矣,而欲求其一字一句之粗鄙猥亵,不可得也。盖声止一声,手只一手,而淫佚贞静,悲戚欢愉,不啻双管之齐下也。"《红楼梦》文字一笔多意、若往若还,是其令人百读不厌、常读常新的魅力所在。仅以"写闺房则极其雍肃也,而艳冶已满纸矣"而言,如第六回写贾蓉在凤姐房中说话,"那凤姐只管慢慢的吃茶,出了半日的神"。这一句描写,淡染浅抹,蕴藉高华,恰如"美人有言,玉齿将粲",②包含了无穷的意味,其用墨之曼妙入神,几乎令人屏息顶礼。另如第四十五回写林黛玉吟罢《秋窗风雨夕》、宝玉来访一段,也能典型地体现曹雪芹言此意彼、虚实相生之妙笔:

　　丫鬟报说:"宝二爷来了。"一语未完,只见宝玉头上戴着大箬笠,身上披着蓑衣。黛玉不觉笑了:"那里来的渔翁!"宝玉忙问:"今儿好些?吃了药没有?今儿一日吃了多少饭?"一面说,一面摘了笠,脱了蓑衣,忙一手举起灯来,一手遮住灯光,向黛玉脸上照了一照,觑着眼细瞧了一瞧,笑道:"今儿气色好了些。"

　　黛玉看脱了蓑衣,里面只穿半旧红绫短袄,系着绿汗巾子,膝下露出油绿绸撒花裤子,底下是掐金满绣的棉纱袜子,靸着蝴蝶落花鞋。黛玉问道:"上头怕雨,底

---

① 龙应台著《在迷宫中仰望星斗——政治人的人文素养》,南海出版公司,2000年,第4页。
② 郭麐撰《词品》,陈良运主编《中国历代词学论著选》,百花洲文艺出版社,1998年,第490页。

下这鞋袜子是不怕雨的？也倒干净。"宝玉笑道："我这一套是全的。有一双棠木屐，才穿了来，脱在廊檐上了。"黛玉又看那蓑衣斗笠不是寻常市卖的，十分细致轻巧，因说道："是什么草编的？怪道穿上不象那刺猬似的。"宝玉道："这三样都是北静王送的。他闲了下雨时在家里也是这样。你喜欢这个，我也弄一套来送你。别的都罢了，惟有这斗笠有趣，竟是活的。上头的这个顶儿是活的，冬天下雪，带上帽子，就把竹信子抽了，去下顶子来，只剩了这圈子。下雪时男女都带得，我送你一顶，冬天下雪带。"黛玉笑道："我不要他。带上那个，成个画儿上的和戏上扮的渔婆了。"及说了出来，方想起话未忖夺，与方才说宝玉的话相连，后悔不及，羞的脸飞红，便伏在桌上嗽个不住。

宝玉进门未落座，先问吃药了没有、吃了多少饭，又持灯观察黛玉气色，作者以此琐细之笔，写其痴情入骨，已称传神写照。然最妙却在黛玉"渔翁、渔婆"一语。《红楼梦》庚辰本批语云："妙极之文。使黛玉自己直说出夫妻来，却又云'画的'、'扮的'。本是闲谈，却是暗隐不吉之兆，所谓'画儿中爱宠'是也。"王实甫《西厢记》写老夫人赖婚后，莺莺心事成空，《听琴》折【越调·斗鹌鹑】曲有"他做了影儿里的情郎，我做了画儿里的爱宠"一句唱词，抒发将成终败、几得而失的怨怅情怀。此后，明代戏曲家汤显祖在《牡丹亭》中又借此句之境界，敷衍出《玩真》一出，亦是刻画梦幻中的情缘。黛玉说出"渔婆"来，恰与其说宝玉是"渔翁"相配，此为其心心念念之事，自然立刻联想起来，故后悔羞惭。宝黛之共读《西厢》，正值落英成阵、春色烂漫之时，至此处心思逗露，已是秋深。曹雪芹只在黛玉之言上轻轻加上一"画"一"戏"，以暗合《西厢记》唱词、《牡丹亭》关目之意，即有秘响旁通、义生文外的效果。读者由此已预料二人悲剧结局之必然，又何庸待宝玉泣念《芙蓉女儿诔》之时呢？戚蓼生有言，读《红楼梦》，即使作者有两意，"读者当具一心"；作者"一声两歌"，读者则应多多关注其弦外之音，"如捉水月，只挹清辉；如雨天花，但闻香气"，方可称善读书者。即如《红楼梦》此一回中，薛林之争似有缓解，宝黛之情亦至无言相照之境界，然文字之中，却秋意弥漫，闲闲一句，即动心惊耳。倘若只注目于文字表层的"和谐"之声，不能听出弦外的萧杀之意，就难免要写出如《续红楼梦》黛玉返魂、薛林共事宝玉这样糊涂透顶的书来了。

另如读《水浒传》"浔阳楼宋江吟反诗"，宋江在浔阳楼上喝酒赏景，"一樽'蓝桥风月'美酒，摆下菜蔬、时新果品、按酒，列几般肥羊、嫩鸡、酿鹅、精肉，尽使朱红盘碟"。宋江看了，暗夸："整整肴馔、济楚器皿，端的是好个江州！"读者看到这里，心中已隐隐觉得不妙。《水浒传》中写英雄宴席，潦倒如阮氏兄弟，一桶小鱼、十斤肥牛肉款待吴用，固然不论；就是曾称霸快活林的施恩，请武松吃酒，也不过是"一大镟酒，一盘肉，一盘子面，又是一大碗汁"而已。作者在此处却有这一段大书特书之笔，写出宋江颇类《红楼梦》里的妙玉喝茶要分好几种茶器一样，一再露出"美食要有美器"的细腻趣味（第一次和戴宗、李逵喝酒，已经露出一次），这样的人与大碗喝酒、以手至鱼汤中捞鱼大嚼的李逵之流，怎么可能是一条道上的人呢？此回之后，宋江纠结众人上山，其精神领袖的地位已然确立，而作者偏于此处用此特笔，其隐含着对宋江必然"背叛革命"的喻示，也就不言而明了。

## 第四章 虚实相生

读书要能读出实外之虚,因这"虚"方是真正了解作者精神的关键点,是文字之命脉所在。就作者而言,在创作中由实及虚,由此及彼,以有限而达无限,也就成了自觉追求的艺术境界。中国文学史上,即有不少关于这一美学命题的讨论。如林逋写梅花,千载传诵"疏影横斜水清浅,暗香浮动月黄昏"二句,诗家至有"千秋万古梅花树,直到咸平始受知"①之说。咸平,宋真宗年号,也即林逋生活的时代。当然,也有批评者,相应地,又出现了辩护者,由此形成了一些有趣的争论。如元代方回《瀛奎律髓》卷二十有云:

> "疏影"、"暗香"之联,初以欧阳文忠公极赏之,天下无异辞。王晋卿尝谓此两句杏与桃、李皆可用也,苏东坡云:"可则可,但恐杏、桃、李不敢承当耳。"予谓彼杏、桃、李者,影能疏乎? 香能暗乎? 繁秾之花,又与"月黄昏"、"水清浅"有何交涉? ②

表面看来,方回此语似属无理蛮横:繁秾之花,就不能享受月辉波光了吗? 而从诗歌意境构造的艺术规律而言,却颇可取:桃、李、杏花,花繁色秾,意态娇婉近人,与孤高之月、清冷之波,的确在气质上不能调和。林逋之咏梅诗的突出之处在于:一,舍花色花容,取花枝花影,奠定了梅花幽雅疏淡的美感风姿。"梅花花容淡小,极不起眼,而其枝影形态丰富,是其特色所在。林逋的诗句把梅枝推到了前沿,林逋之后人们艺梅赏梅、咏梅画梅无不着意梅枝,尽情揭美。梅花的枝影虽然只是一个形象因素,但'形式意味'特殊,其线型为主的视觉效果与以颜色为主的花卉相比气质特立,林逋'疏影横斜'一语极其简练地透现着难以言表的形象神韵,后世所谓梅花的品格风姿很大部分来自这种'疏影横斜'的视觉感受。在后来的中国画中,墨枝枯干更是成了最重要的'形象语汇'。"二,水月交辉,衬托渲染。"写照乍分清浅水,传神初付黄昏月",林逋以同样幽冷的水、月来渲染梅枝之疏淡、暗香之幽深,为梅花寻找到了与之韵味谐和的独特意象,以构造一遗世独立、不取媚世人的审美境界。③ 而王诜(晋卿,北宋词人)之所以会认为此二句用来形容桃李杏亦可,在于其没有读出这疏影暗香、月洁水清之景所寄托的逸世高蹈的人格精神。林逋已遗形取神了,王诜仍执实求形。在这首诗中,疏影、暗香等意象,以虚入神,远胜正面实写。

与林逋咏梅话题相类似的,还有关于咏白莲花的争论,可彼此参看:

> 余谓陆鲁望(龟蒙字)"无情有恨何人见? 月白风清欲堕时"二语恰是咏白莲诗,移用不得;而俗人议之,以为咏白牡丹、白芍药亦可。此真盲人道黑白。在广陵,有《题露筋祠》绝句云:"翠羽明珰尚俨然,湖云祠树碧于烟。行人系缆月初堕,门外野风开白莲。"正拟其意。一后辈好雌黄,亦驳之云:"安知此女非嫫母,而辄云翠羽明珰耶?"余闻之,一笑而已。④

陆龟蒙诗,也是避实就虚,未实写花之蕊香色相,因此后人有可移用于白牡丹、白芍药之

---

① 舒岳祥《题王任所藏林逋索句图》,《阆风集》卷八,文渊阁四库全书本。
② 方回选评,李庆甲集评《瀛奎律髓汇评》卷二十,上海古籍出版社,2005年,第786页。
③ 参见程杰著《中国梅花审美文化研究》,巴蜀书社,2008年,第52页。
④ 王士禛撰《渔洋诗话》卷上,见《清诗话》,上海古籍出版社,1999年,第173页。

说。但其以月白风清衬染花之愁怨寂寞,营造了似花似人、惆怅幽渺的氛围。富贵热闹如牡丹、芍药,又怎么能耐得住这种清冷呢?也只有出尘静雅的白莲,能与这氛围相得益彰吧。王士禛论诗好讲神韵,以清远为尚。《题露筋祠》以白莲喻贞女,全诗于咏颂之对象,只以"翠羽明珰"略作点缀,即荡笔写湖云碧树、晓月野风,而以境界之清幽,暗示贞女之美好高洁,用的是不写而写,离形得神的手法。

文学创作中虚实结合,可以达到情景、形神、表里、有无之相生无穷的效果,是文学家在写作过程中通过特有的艺术逻辑和手法,突破语言表达局限的表现。在中国文学史上,因此也形成了对文学虚灵之境的欣赏推崇。张岱即云:"诗以空灵,才为妙诗。可以入画之诗尚是眼中金屑也。"可以入画之诗,往往不能不有实形外相;而必有手不能摹其状之虚灵神韵、形于文字,为诗人所得之于心者,方能令诗境生生无穷,令人拟想天外,赞叹不止。如王维《山中》:"荆溪白石出,天寒红叶稀。山路元无雨,空翠湿人衣。"白石、红叶尚可摹状,湿人衣的"空翠"却是弥漫的、无形的、不可捉搦的。或者如杜甫《七月一日题终明府水楼》"楚江巫峡半云雨,清簟疏帘看弈棋"句。在这两句诗里,"大自然的动荡景象为宾,小屋子里的幽闲人事为主,不是'对弈棋',而是'看弈棋','看'字是句中之眼,那个旁观的第三者更是主中之主。写入画里,很容易使动荡的大自然盖过了幽闲的小屋子,或使幽闲的小屋子超脱了动荡的大自然,即使宾主二者烘托得当,那个'看棋'人的旁观而又特出的地位也是'画不就'的。"①看棋者的旁观而又特出的地位,之所以画不就,正因为其地位,正是诗人注目所在,也是诗境溢出画外,寄托遥深之处。一个"看"字,就将对坐弈棋者,从实景变成了"演出",以观看与被观看的构局,达到了景中景、镜中镜的效果;以看人厮杀者,暗示了诗人超脱闲旷的情怀志趣。

## 第三节　华严楼阁弹指现
### ——虚实与文史精神

老子云:"三十辐共一毂,当其无,有车之用;埏埴以为器,当其无,有器之用;凿户牖以为室,当其无,有室之用。故有之以为利,无之以为用。"这句话如果指向哲学思维之外的现实世界,自有其意味深长之处。所谓无之以为用,也可以视为以退为进的韧性战斗的方式。

秉笔直书,可以彰人之恶,使乱臣贼子惧,但也易因曝君主之昏庸、奸佞之丑恶而为当时所忌讳,甚至因此受到诋毁和迫害。如司马迁直言汉君臣之非,即被认为"是非颇谬于圣人"(班固语),有"谤书"之讥(王允语)。《三国志·魏书·王肃传》记载了魏明帝与王肃之间的对话:

> 帝又问:"司马迁以受刑之故,内怀隐切,著《史记》非贬孝武,令人切齿。"对曰:

---

① 钱钟书著《七缀集·读〈拉奥孔〉》,上海古籍出版社,1994年2版,第38-39页。

# 第四章 虚实相生

> "司马迁记事,不虚美,不隐恶。刘向、扬雄服其善叙事,有良史之才,谓之实录。汉武帝闻其述《史记》,取孝景及己本纪览之,于是大怒,削而投之。于今此两纪有录无书。后遭李陵事,遂下迁蚕室。此为隐切在孝武,而不在于史迁也。"

此载王肃语之真伪,说法不一,但这段对话已足以显示史官坚持直录之使命和精神,在面对当权者的威势时的艰险。另如《旧唐书·路随传》云:"韩愈撰《顺宗实录》,说禁中事颇切直,内官恶之,往往于上前言其不实,累朝有诏改修。及(路)随进《宪宗实录》后,文宗复令改正永贞时事。"① 唐代自贞观以来,"累朝实录有经重撰",路随虽云"史册之作,劝诫所存,事有当书,理宜归实。匹夫美恶尚不可诬,人君得失无容虚载",终于还是修改了《宪宗实录》。明代《太祖实录》凡经三修,当时开国功臣,壮猷伟略,稍不为靖难归伏诸公所喜者,俱被划削。建文帝一朝四年,荡灭无遗。② 至于清代之改《实录》,"乃累世视为家法"。③ 以上所引几例,均可见出史书撰作过程中,坚持直书无隐之难,以及以别一笔法曲折地达到"直书"目的之必要。正如张高评先生所言:"太史公书号称实录,所谓'文直事核',并非指开门见山、单刀直入、坦率明快、正面直截的'直笔',也不是淋漓尽致地揭露,更不是毫无隐讳地表达。司马迁最习惯运用的'直书'方式,即是顾炎武所谓'《史记》于序事中寓论断'的手法。"④ 张氏将史书"于序事中寓论断"的方法,视为兼顾"尊贤隐讳"和"直书"实录精神的折中之道,其言良是。换言之,则史书之虚实结合的手法,并非无意义、无必要地玩弄文法和修辞,而是中国史学精神的一种体现,是史官在面对强权时采用的独特的抗争手段。

如关于班固指责《史记》"论大道则先黄老而后六经"(《汉书·司马迁传》)的问题。朱熹云:"太史公列孔子于《世家》,而以老子与韩非同传,岂不有微意焉?"(《朱文公集》卷七二《杂学辨》)清代陈祖范发挥其意云:"若果'先黄老',不应列老子与申、韩,而进孔子于《世家》;称老子不过'古之隐者',而称孔子为'至圣',至今用为庙号。"所论最为详切。其意有二。一云《史记》之首黄帝,非其本意:"观《五帝本纪·论》及《自序》,再参之《封禅书》,可以知之。一再称'尧以来'、'陶唐以来',明乎删《书》断自唐虞,前此宜置勿论。"二云《史记》之不得不首黄帝的原因:"然汉自高帝起,有祠黄帝于沛庭;《外戚世家》言窦太后好黄老;孝、景、武帝皆读其书,武帝用李少君说至有'吾诚得如黄帝,一视妻子如脱躧'之叹;《封禅书》所载巡狩、改历诸事,无一不托诸黄帝;公孙卿'黄帝且战且学仙'一语,尤足为武帝穷极兵力之缘饰。盖当代天子祖述宪章之帝也";"太史公之父自恨不得从封太山;作史之年适当太初元年明堂改建、诸神从祀之时,正用黄帝迎日推策法"。由其述可见司马迁当日处身之难,"不首黄帝,失臣、子将顺之道";首黄帝,则违背圣人直书之义,故不得已"寓规于颂",以达到"文微义严"的效果。即无论是朱熹、陈祖范所云进孔子于《世家》、抑老子于《列传》的撰述体例,还是周广业所云以《黄帝本纪》与

---

① 刘昫等撰《旧唐书·路随传》卷一五九,中华书局,1975年,第4192页。
② 沈德符撰《万历野获编》卷二"实录难据"条,中华书局,1959年,第61页。
③ 孟森著《清世宗入承大统考实》,见《明清史论著集刊》,中华书局,1959年,第520页。
④ 张高评著《春秋书法与左传学史》,上海古籍出版社,2005年,第71页。

《封禅书》"互见"的写作手法,都是司马迁在不得已的情况下,以文外虚笔而求得"直笔"之用的体现。①

另如,《史记·循吏列传》共收五人,均为春秋、战国时人,梁玉绳《史记志疑》卷三十五"循吏列传"因有"史公传循吏无汉以下,传酷吏无秦以前,深所难晓"之感慨。方苞则认为,司马迁写循吏传,故意只列古代人物以反照汉代但有酷吏,"然酷吏恣睢实由武帝侈心,不能自克,而倚以集事",所以《循吏列传》是史公对汉武帝的"侈心"表示一种深刻的批评。②这些言论均以史书撰写笔法必然包含了"微言大义"为当然的前提。

诗、史同源,历史与文学在以虚用实方面,体现了高度的一致性。就文学而言,胡晓明指出,理解儒家诗学"主文谲谏"说,须由汉代士子之"道"与政权之"势"的相争中求一了解。"汉代的皇帝终于承认儒教的正统地位与其说是由于儒教有利于专制统治,毋宁说是政治权威最后不得不向文化力量妥协",但汉代士子经秦王以政治淫威消解士所依凭之"道"以来,也有了一种深重的政治压力感。故汉儒所云"主文谲谏"之方法,可视为"透出政治感受而创造的一种批评政治之方式"。它有使君王易于接受的特点,但也是士人始终未曾放弃以"道"抗"势"的使命的曲折体现。③传统诗文创作中强调隐深含蓄之艺术境界和温柔敦厚的美感,可由此得到解释。如杜甫《哀江头》诗有"昭阳殿里第一人,同辇随君侍君侧"句。《汉书·外戚传》"班婕妤"传云:"成帝游于后庭,尝欲与婕妤同辇载,婕妤辞曰:'观古图画,贤圣之君皆有名臣在侧,三代末主乃有嬖女,今欲同辇,得无近似之乎?'上善其言而止。"天宝之乱,造成唐室大厄,杜甫身事明皇,既不可直陈,又不敢曲讳,故借"同辇"之典,暗讽玄宗之昏庸和杨妃之逾分。此诗半露半含,浅深合宜,可谓得体。

小说创作中,亦可看到这种以文为谏精神的隐晦表现。如《水浒传》第一回写"王教头私走延安府,九纹龙大闹史家村",金圣叹总评云:

> 一部大书七十回,将写一百八人也。乃开书未写一百八人,而先写高俅者,盖不写高俅,便写一百八人,则是乱自下生也;不写一百八人,先写高俅,则是乱自上作也。乱自下生,不可训也,作者之所必避也;乱自上作,不可长也,作者之所深惧也。一部大书七十回,而开书先写高俅,有以也。④

《水浒传》为梁山泊一百零八人"作传",但在小说第一回,却首先写了一位不在一百八人之列的王进,以孝慈儒雅之笔写其孝顺老母、保身避祸,又写高俅如何迫害王进,而高俅之发迹,又是由于得到昔日端王、当下天子的提携宠信的结果,则宋朝之天下可知。因此,在金圣叹看来,《水浒传》在第一回写这一个与后来主干情节没有关联的人物,显然出自讽喻的目的。《水浒传》立乎元,指乎宋,其中很多看似闲笔冷笔,其实对宋代之政治制度多有隐射。如宋江吟反诗一段情节,挑起事端、步步紧逼者为黄文炳,此人为一

---

① 钱钟书著《管锥编(一)·史记会注考证》,三联书店,2014年,第413页。
② 参见余英时《士与中国文化》,上海人民出版社,2003年,第153页。
③ 胡晓明著《中国诗学之精神》,江西人民出版社,2001年,第27页。
④ 金圣叹著《第五才子书施耐庵水浒传》,《金圣叹全集(三)》,凤凰出版社,2008年,第58页。

"闲通判"。这个官职大有意味。"宋朝严格执行中央集权的政策,对地方官不放心,要派通判去监州,和唐末用太监监军的手段差不多"。通判既非副手,又非属官,因此常和知州争权,其流弊可知。苏东坡《金门寺中》诗"欲问君王乞符竹,但忧无蟹有监州"之语,所指即此。①《水浒传》中逼反宋江,使其纠结各路英雄,壮大梁山声势,促成白龙庙小聚义的,正是这个闲极无聊、无事生非的黄通判,施耐庵对这个人物身份的安排,应该不是无意为之的。

清代乾隆中期以后,八股文与试帖诗同一重要。故读书人无不殚竭心力,专攻此二体。其威力之强大,在《红楼梦》中亦有投影。陈寅恪先生指出:

> 如戚本《石头记》第一八回"庆元宵贾元春归省,助情人林黛玉传诗"中林黛玉代倩作弊,为其情人贾宝玉所作《杏帘在望》五律诗,其结语云"盛世无饥馁,何须耕织忙",及第五十回"芦雪庵争联即景诗,暖香坞雅制春灯谜"中李纹李绮所联《即景联句》五言排律诗,其结语云"欲志今朝乐,凭诗祝舜尧"等即是其例。又悼红轩主人极力摹写潇湘妃子,高逸迈俗,鄙视科举,而一时失检,使之赋此腐句,颂圣终篇。若取与燕北闲人《儿女英雄传》第三十回"开菊宴双美激新郎,聆兰言一心攻旧业"中渴慕金花琼林宴及诰封夫人,而行酒令之十三妹比观,不禁为林妹妹放声一哭也。②

在《胡中藻〈坚磨生诗抄〉案》中,乾隆给胡中藻定的罪名是:"胡中藻与鄂昌往复酬咏,自谓殊似晋人,是已为王法所必诛",并进一步归罪于"汉人":"近来多效汉人习气,往往稍解章句,即妄为诗歌。"③而乾隆为沈德潜《国朝诗别裁集》作序,又提出"且诗者何? 忠孝而已耳。离忠孝而为诗,吾不知其为诗也"的观点。一方面是将"诗歌"与"汉人习气"联系起来,示以轻蔑的态度,另一方面又提倡以忠孝为诗。以颂今圣作结的试帖诗的盛行,未尝不是统治者对朝野士风引导和约束的结果。陈寅恪先生目光犀利,所提取的这一现象极为典型。不管林黛玉所作试帖诗是作者之一时失检,还是有意刺谬,都可见出文学家所刻画的这倒影中的世界,比之真实世界,多了很多难言的意味。而且,即使在文字狱的恐怖高压之下,曹雪芹也并没有完全磨去锋芒。其"写秦可卿之丧时,贾蓉捐了个御前侍御龙禁尉,这虽然是个清代所无的名色,但御前侍御却是触眼的,很容易与清代实官相混"。但同时,其文中与五品龙禁尉并提的则是"秦氏恭人",而非"宜人"。黄裳认为,这并非是错误,而是作者采取的"避实就虚、闪展腾挪"之意,以规避风险。

正因文史著述有"不言而言"、无声之论的手法,历代统治者神经过敏,甚至无中生有。如清代统治者之忌讳"明"字,文人甚至有因诗集取名"忆鸣",以"鸣"与"明"同音而得罪的。④ 阿Q因有癞疮疤,因而讳说"癞"以及一切近于"赖"的音,后来推而广之,"光"也讳,"亮"也讳,再后来,连"灯""烛"都讳了。与文字狱之加罪于人,事异而实同,

---

① 黄裳著《黄裳文集卷五·东坡二题》,上海书店出版社,1998年,第391页。
② 陈寅恪著《论再生缘》,《陈寅恪集·寒柳堂集》,三联书店,2001年,第53页。
③ 原北平故宫博物院文献馆编《清代文字狱档》,上海书店,1986年,第61页。
④ 黄裳著《笔祸史谈丛》,北京出版社,2004年,第25页。

令人可笑又可悲！而在这样的情况下，作者之"避实就虚、闪展腾挪"就显得更为必要了。《带经堂诗话》卷三云："释氏言，羚羊挂角，无迹可求。古言云，羚羊无些子气味，虎豹再寻他不着。九渊潜龙，千仞翔凤乎！此是前言注脚，不独喻诗，亦可为士君子居身涉世之法。"①王士禛仕朝四十年圣眷不衰，应是深得"无迹可求"的处身之道了。此语用心虽可讥，其言颇可节取。施闰章言王士禛论诗"如华严楼阁，弹指即现，又如仙人五城十二楼，缥缈俱在天际"，如移用于形容文史精神，也很恰当。文史家以虚虚实实之法著述行文，既不枉道事人，又能保命全身。其内在精神境界之庄严华好，一丝不苟，隐约天外，一旦遭遇有识者，一弹指间而亭台楼阁位置井然，褒贬臧否历历不爽。

### 思考练习题

1. 什么是"虚实相生"？在历史著述和文学作品中主要体现在哪些方面？

2. 为什么史家书写形成了所谓"春秋笔法"？试结合中国古代的"史官"制度阐释之。

3. 如何理解顾炎武所谓《史记》"于序事中寓论断"的手法？试从《史记》中选择典型的例证说明之。

4. 刘献廷《广阳杂记》云："偶与紫庭论诗，诵魏武《观沧海》诗'水何澹澹，山岛竦峙。草木丛生，洪波涌起'，紫庭曰：'只平平写景，而横绝宇宙之胸襟眼界，百世之下，犹将见之。汉魏诗皆然也。唐以后人，极力作大声壮语以自铺张，不能及其万一也。'"你是怎么理解这段话的？

5. 从你读过的中国古代小说中选择几个例子谈谈"虚实相生"写法的好处。

---

① 王士禛著，张宗柟纂集《带经堂诗话》卷三，人民文学出版社，1963年，第83页。

# 第五章 经世致用

"经世"一词,最早见于《庄子·齐物论》:"春秋经世,先王之志,圣人议而不辩。"清人王先谦注曰:"春秋经世,谓有年时以经纬世事,非孔子所作《春秋》也。"①则此处"经"是"经纬"之义,"经世"即"经纬世事"。

东汉许慎《说文解字》曰:"经,织,从(纵)丝。"清代段玉裁《说文解字注》曰:"织之纵丝谓之经,必先有经,而后有纬。"②实际上,在先秦典籍中,"经"的原初意义——"经纬",多作为动词使用,具有"治理""统治"的意思,如《周礼》"以经邦国""体国经野";《左传》"经国家,定社稷""有事而无业,事则不经,有业而无礼,经则不序""经纬天地曰文""以经纬其民"等。因之,所谓"经世""经纬世事",应当指统治国家、治理社会。《后汉书·西羌传》云:"计日用之权宜,忘经世之远略。"③晋代葛洪《抱朴子·审举》:"故披《洪范》而知箕子有经世之器,览九术而见范生怀治国之略。"④以"日用"与"经世"对举,"治国"与"经世"并举,亦见"经世"即"治国"。

"致用"一词,意为"尽其功用",最早见于《易·系辞上》:"备物致用,立成器以为天下利,莫大乎圣人。"⑤

"经世""致用"合用,始于梁启超《清代学术概论》和《中国近三百年学术史》,不脱"尽其功用于治理天下"的意思。"经世致用"的内核是面向现实,注重实效。"经世致用"既是对文史功能的要求,是对文史价值判断的依据,也是中国文学、史学的传统精神表现为通过美刺、讽谏的方式,不懈追求资治、教化等现实功用。

## 第一节 美刺:惟歌生民病,愿得天子知

"美"与"刺"是文学、史学对时代政治发挥社会作用的两种方式。简单来说,"美"就是赞颂、揄扬美好事物,"刺"就是讽刺、批判丑恶世象,其目的都是为了促进社会政治状况的改善。

---

① 王先谦撰《庄子集解》卷一,中华书局,1987年,第20-21页。
② 许慎撰,段玉裁注《说文解字注》卷十三篇上,上海古籍出版社,1988年2版,第644页。
③ 范晔撰《后汉书》卷八十七《西羌传》,中华书局,1965年,第2901页。
④ 杨照明校笺《抱朴子外篇校笺》,中华书局,1991年,上册第407页。
⑤ 《十三经注疏·周易正义》卷七,北京大学出版社,2000年,第340页。

"美刺"传统在我国源远流长。原始社会时期,艺术以诗、乐、舞三位一体的状态出现。其中,诗是语言的艺术,是"志之所之也,在心为志,发言为诗"。诗歌中所言之志,是诗人对社会生活的感受,流露出的喜怒哀乐之情,爱憎好恶之感,是"美刺"的主要内容。赋、比、兴等艺术表现手法是诗人通过诗歌达到"美刺"目的的主要手段。在美颂的时候,诗人多以"敷陈其事而直言之"的赋的形式来表达,在讥刺、批判的时候,则多用"以彼物比此物"的比的形式和"先言他物以引起所咏之辞"的兴的形式,原因在于"自书契之兴,朴略尚质,面称不为谄,目谏不为谤。君臣之接如朋友然,在于恳诚而已。斯道稍衰,奸伪以生,上下相犯。及其制礼,尊君卑臣,君道刚严,臣道柔顺,于是箴谏者希,情志不通,故作诗者以诵其美而讥其过"。①

在我国现存最早的诗歌总集《诗经》中,就有不少的诗篇具有"美刺"精神,如"吉甫作诵,穆如清风,仲山甫永怀,以慰其心"(《大雅·烝民》),"吉甫作诵,其诗孔硕,其风肆好,以赠申伯"(《大雅·崧高》),都明确表明了作诗目的和态度是美颂。综观《诗经》全篇,"美",一是赞美贵族阶级的美德与容仪,因为在周人的文化观念里,治国需从修身做起,道德的践履是政治实践的基础,而君子之美,不仅表现为内怀德性之美,也表现在外在的仪容上,故描写君子外在仪容,也是美颂诗的常见内容。二是赞颂贵族阶级政治代表人物的政绩。《大雅·烝民》是其中最杰出的一首,是周宣王大臣尹吉甫为樊侯仲山甫受王命赴齐筑城一事而作。诗共八章。首章赞美天降贤人仲山甫。第二章颂扬仲山甫人格之美,既内见于守礼修德,又外显于形态威仪。三四两章颂扬仲山甫秉德为政的赫赫政绩。五六两章具体称颂仲山甫的美德。最后两章先写仲山甫离京出行"城彼东方"的威仪,再写怀思其人。诗歌以赋的手法,既展现出一位政治家外在的威仪风采,又显示了他"柔嘉维则"的人格之美,为当世宣传并树立了榜样。

"刺"具体包含三个方面的特征,一是"怨",是对统治者或者社会黑暗现象的怨怼之情,如孔子就指出"《诗》,可以兴,可以观,可以群,可以怨",淮南王刘安称赞《诗经》"小雅怨诽而不乱";②二是"讽"或者"刺",这是"美刺"传统最核心的表现,是诗人有感于炎凉世态和社会陋象,以婉曲的方式予以揭露批判,使统治者能知民心向背、王政得失,《毛诗序》有云:"国史明乎得失之迹,伤人伦之废,哀刑政之苛,吟咏情性,以风其上,达于事变而怀其旧俗者也。"郑玄《诗谱序》更把此说发挥得淋漓尽致:"论功颂德,所以将顺其美;刺过讥失,所以匡救其恶。各于其党,则为法者彰显,为戒者著明。"③三是"谏"。有时候,仅仅对一些丑恶嘴脸和现象进行揭露是远远不够的,还必须给人以积极的建设性建议,以达到振聋发聩、发人深省的规谏效用。《诗经》中的"心之忧矣,我歌且谣"(《魏风·园有桃》),"君子作歌,维以告哀"(《小雅·四月》),"啸歌伤怀,念彼硕人"(《小雅·白华》),"是用作歌,将母来谂"(《小雅·四牡》),"维是褊心,是以为刺"(《魏风·葛屦》),"夫也不良,歌以讯之"(《陈风·墓门》),"王欲玉女,是用大谏"(《大雅·民

---

① 《十三经注疏·毛诗正义》,北京大学出版社,2000年,卷首《诗谱序》。
② 此语最早见于汉代淮南王刘安的《离骚传》,但原作已佚,为《史记·屈原贾生列传》所引用。
③ 《十三经注疏·毛诗正义》,北京大学出版社,2000年,第15页、卷首《诗谱序》。

劳》),"犹之未远,是用大谏"(《大雅·板》)等,均明确表明作诗的目的是"怨刺""讽谏",是表达对某些生活现象或政治情况的态度,具有以诗歌参与社会政治、干预社会生活的意识。《板》是代表性的诗篇,相传为周厉王时的老臣凡伯所作,共八章。第一章由天道变化、人民遭难说起,这一切都是由于王道无常造成,所以诗人要进行讽谏。第二章进一步揭示天降灾难,原因在于政教败坏,规谏厉王勿以天下重任为儿戏。第三章责备同僚不听诗人忠言。第四章言同僚拒绝忠言无可救药,实际是刺厉王不听忠谏。第五章劝谏厉王要正视天的愤怒,要关心民生疾苦。第六章告诉厉王正确的治民之方是为政和谐,并且告诫厉王:百姓生出邪辟之事,主要是由于当政者做出了坏榜样。第七章告诉厉王为政之方,要正确认识天子与臣民、诸侯宗族间的关系,以德治人。最后一章再次告诫厉王要敬畏天怒,不要再荒嬉放荡。整首诗以一个旧臣老者的身份,直赋其事,赋中又注意曲折,借"天"而言人事,并运用比喻、对比的手法,反复向厉王陈说,促其猛醒。诗歌通过怨刺、讽谏的方式,成为辅政的有力工具。

汉代显赫的大赋作为文人自觉创作活动的产物,以其华丽的辞藻、极尽的夸张和铺张扬厉的描写,再现了大汉帝国的宏伟气象和帝王的显赫声威,对汉帝国空前的繁荣统一、国势强盛、社会太平极尽歌颂。这样"润色鸿业",满足了汉代帝王好大喜功的精神需求,加强了统治者治理国家的政治信心。大赋的另一主旨是"讽谏",讽刺帝王生活奢侈,行为乖张,劝谏帝王应以仁惠治世。尽管这种"讽谏"的实际效果甚微,往往"劝百讽一",但它表明,作者创作有鲜明的"经世"意识。

其实,所谓"美",原本只是《毛诗序》作者对《诗经》中《颂》诗的评论,因为《颂》诗是《诗经》中重要的一类,这部分诗以歌颂周王朝统治者的"盛德"为主。在实际创作中,以歌颂帝王之德为主要内容的作品不是主流,除了为统治者"润色鸿业"的汉代大赋是有较高价值的美颂文学外,像一些御用文人为封建帝王歌功颂德的奉召应制之作,大都价值不高。在社会政治上发挥实际功用的文学,以"刺",即揭露、批判、劝谏性的文学为主。《毛诗序》以后,历代论说虽仍以"美""刺"并举,但实际创作更重视"刺"。

汉乐府诗"感于哀乐,缘事而发",①内容比较深刻,全面反映了当时的民间疾苦、社会生活。《战城南》以构思奇特的人鸟对话,极写战争的残酷,充满了对时局动荡的忧患和对牺牲者的同情,并对黑暗现实发出了愤怒的责问。其他如《十五从军征》《饮马长城窟》《古歌》等,均反映战争、徭役给人民带来深重苦难。《妇病行》以病妇临终托孤、父求与孤买饵、孤啼索母抱几个细节,深刻表现汉代劳动人民在残酷的剥削压榨下的生活惨相。其他如《平陵东》《东门行》《陌上桑》等,也都反映人民的悲苦与反抗。

建安诗人身经离乱,感慨时事,屡有吟咏。曹操《薤露行》《蒿里行》《苦寒行》等,把人的愿望和社会乱离作为基本矛盾,直接摄取现实生活景象,或叙丧乱,或伤人生艰难,或伤时言志,沉厚郁勃,成为动荡社会生活的生动写照。其间所发"白骨露于野,千里无鸡鸣。生民百遗一,念之断人肠"(《蒿里行》)的悲凉歌吟,更把批判锋芒直指造成惨剧的军阀,在当时并不多见。曹植《野田黄雀行》反映统治阶级内部骨肉相残的矛盾斗争,

---

① 班固撰《汉书》卷三十《艺文志》,中华书局,1962年,第1756页。

揭露当时残酷黑暗的社会现实,抒发对恶势力的憎恨和对友人遇难无能为力的悲愤,寄托诗人的理想和反抗精神。《赠白马王彪》亦然。王粲《七哀诗》真实描绘汉末军阀混战所造成的惨景,"出门无所见,白骨蔽平原"的概括描写和饥妇弃子的特写场面,使人触目惊心,深切表达出对军阀的斥责和对人民的同情。蔡琰《悲愤诗》通过自身不幸遭遇的叙述,揭露军阀混战的罪恶和胡兵的残暴,反映广大民众妻离子散的悲惨生活,从而展现汉末动乱的社会面貌,具有强烈的时代精神。

唐代,杜甫以如椽巨笔"辨人事"、"明是非"、"存褒贬",直面现实,描写广阔的时代风云。他的《兵车行》、前后《出塞》等,谴责胡汉统治者的穷兵黩武,真诚希望民族和睦。他的"三吏""三别"等,怒责叛军烧杀劫掠,劝慰人民、勉励朋辈杀敌靖乱报国。他的《自京赴奉先县咏怀五百字》《岁晏行》等,不仅反映封建社会贫富阶级对立的基本事实,而且客观揭露阶级压迫是百姓贫穷的根源。他的《塞芦子》《闻官军收河南河北》等反映战事的变化,王嗣奭评《塞芦子》:"此篇直作筹时条议,剀切敷陈,灼见情势,真可运筹决胜。若徒以诗词目之,则犹文人之见也。"①白居易一方面从理论上大声疾呼"美刺"的重要社会政治功用,提出"补察得失之端,操于诗人美刺之间焉"(《策林六十八·议文章》),要求统治者"先向歌诗求讽刺"(《新乐府·采诗官》),认为诗歌应"补察时政"、"泄导人情"(《与元九书》);②一方面,创作了大量讽刺批判现实黑暗,揭露社会矛盾,反映社会下层人们苦难的作品,如《新乐府》《秦中吟》等。这些作品产生了重大的社会效果,使"权豪贵近者相目而变色","执政柄者扼腕","握军要者切齿"。恰如余冠英先生所言:"中国诗史上有两个突出的时代,一是建安到黄初,二是天宝到元和。也就是曹植、王粲的时代和杜甫、白居易的时代。董卓之乱和安史之乱使这两个时代的人饱经忧患。在文学上这两个时代有各自的特色,也有共同的特色。一个主要的共同特色就是'为时而著,为事而作'的现实主义精神。"③"为时""为事"正是对《诗经》的"饥者歌其食,劳者歌其事"、汉乐府的"感于哀乐,缘事而发"的最好概括,它正是《诗经》所开创的美刺讽谏现实主义的内在核心,决定了这一传统的创作本质及其创作特征。

儒家诗学的"美刺"说,诗歌创作的现实主义传统,在晚唐五代绵延不绝,宋初得到新的激扬。梅尧臣自觉发扬《诗经》《离骚》以来的美刺比兴传统,"讥嘲刺讥托于诗"。④欧阳修在《与黄校书论文章书》中说:"见其弊而识其所以革之者,才识兼通,然后其文博辩而深切,中于时病而不为空言",⑤主张文章针砭时弊,有用于现实政治改革。以他的《朋党论》为例,该篇政论文写于庆历四年。当时范仲淹等执政,实行了一些改革措施,遭到保守派阻挠及攻击。保守派以封建皇帝最忌讳的"朋党"罪名来诬陷打击范仲淹等人,欧阳修于是写下《朋党论》针锋相对。文章首先并不直接为妄加在范仲淹等人头上的"朋党"罪名辩护,而是出人意料地承认"朋党"是"自古有之"的;紧接着笔锋直入,指

---

① 仇兆鳌撰《杜诗详注》卷四引,中华书局,1979年,第329页。
② 朱金城笺注《白居易集笺注》,上海古籍出版社,1988年,第3547、262、2970页。
③ 余冠英编选《乐府诗选序》,见《汉魏六朝诗论丛》,商务印书馆,2010年,第11页。
④ 脱脱撰《宋史》卷四四三《文苑五》,中华书局,1985年,第13092页。
⑤ 曾枣庄、刘琳主编《全宋文》第17册,巴蜀书社,1991年,第78页。

出"朋党"有君子与小人之分,治理国家必须"退小人之伪朋,用君子之真朋",并历数不用君子之党而招致灭亡、用君子之党而获得大治的历史事例,反复说明君主不应该害怕朋党,而在于分辨贤愚;劝谏宋仁宗用君子,退小人。苏洵苏轼父子提出"有为而作","言必中当世之过"(《凫绎先生诗集叙》),并在创作实践中贯彻这一主张,如苏洵《六国论》以类比的方法讽刺北宋当局对辽和西夏屈辱求和、苟且偷安的政策,希望接受六国灭亡的历史教训,团结一致,抵御外侮,以维护和巩固宋王朝的统治;苏轼更因其诗文创作的现实批判性,直接导致他的政治挫折。

南宋及其后三代,民族矛盾日益成为社会主要矛盾,文学的"美刺"便产生新的时代内容。南宋诗文创作已表现鼓吹民族气节,抨击投降主义,抗击外来侵略的时代特点。以陆游《关山月》为例,诗歌以关山月为背景,假托一位老兵之口,集中而全面揭露议和的恶果以及投降派的文恬武嬉,痛斥统治者的苟且偷生,表达爱国将士的满腔悲愤。

明清易代,钱谦益说:"夫文章者,天地之元气也。忠臣志士之文章,与日月争光,与天地俱磨灭。然其出也,往往在阳九百六、沦亡颠覆之时。宇宙偏沴之运,与人心愤盈之气,相与轧磨薄射,而忠臣志士之文章出焉。"① 实际是肯定一种抨击黑暗、抵御篡统、扭转乾坤、伸张正义的政治精神,是"美刺"说的进一步发展演化。晚清时期,面对海外列强的入侵,黄遵宪的《感怀》《杂感》《日本杂事诗》《赠梁任父同年》等批判陈腐事物,赞赏派遣留学生以及日本明治维新等新事物,鼓吹讴歌变法维新;南社更是以诗歌作为宣传民主思想,进行政治革命的武器,高旭《愿无尽庐诗话》号召诗文"鼓吹人权,排斥专制,唤起人民独立思想,增进人民种族观念"②,要求文学发挥关切时政,抨击弊政,唤醒民众的作用,服务于时代的主旋律和大问题,将文学"美刺"经世的精神提到新的高度。

作为一种源远流长的传统,"美刺"从未在中国文化发展的长河中中断过,在某种程度上,甚至可以说"美刺"尤其"刺",已内化为一种精神资源或者一种潜在的文化心理,总是影响着作家的思维,不仅在诗文,而且在小说、戏曲创作中都历久弥坚。以小说为例,早在发轫之初的魏晋,邯郸淳的《笑林》、干宝的《搜神记》中就有不少讽刺小说;在小说特别是通俗长篇小说发展的鼎盛阶段——明清时期,《西游记》《聊斋志异》等都以其浓厚的揶揄讽刺意味而著称于时,更出现了杰出的讽刺小说《儒林外史》,进而发展演变产生"谴责小说",《老残游记》《二十年目睹之怪现状》《孽海花》《官场现形记》等,都以嬉笑怒骂、冷嘲热讽的艺术风格对社会各个黑暗角落进行无情的揭露,以达到惊醒和感悟世人的目的。

即便是史著的编撰,也蕴涵对美颂、怨刺、讽谏的自觉追求。中国现存最早的编年体史书《春秋》已如此。《孟子·离娄下》曰:"王者之迹熄而《诗》亡。《诗》亡,然后《春秋》作。"《孟子·滕文公下》曰:"世衰道微,邪说暴行有作,臣弑其君者有之,子弑其父者有之。孔子惧,作《春秋》。《春秋》,天子之事也;是故孔子曰:'知我者,其惟《春秋》乎!

---

① 钱谦益撰《纯师集序》,见《牧斋初学集》卷四十,上海古籍出版社,1985年,第1085页。
② 高旭《愿无尽斋诗话》,见《民国诗话丛编》第五册,上海书店出版社,2002年,第198页。

罪我者,其惟《春秋》乎!'……孔子成《春秋》而乱臣贼子惧。"①孟子大约是说,春秋以来,世道式微,社会悖伦行为严重,采诗献诗的事已经衰废,诗歌美刺经世的功能消亡,孔子因而作《春秋》褒贬是非,接替《诗经》担负起社会政治责任。由于孔子以布衣之身而代天子警诫乱臣贼子,所以他认为"知我""罪我","其惟《春秋》"。

司马迁在《报任安书》中,把《诗经》《离骚》《春秋》等归结为"大抵皆圣贤发愤之所为作也。此人皆意有所郁结,不得通其道也,故述往事,思来者",②由此提出了"发愤著书"之说,上承儒家诗学"怨刺讽谏"之说,下启韩愈"不平则鸣"说。他把身受"李陵之祸"的满腔羞愤,都灌注在历史人物身上,借记述千载历史人物,抒发对高尚人格的礼赞,对明君贤臣、仁德之士的崇敬之情,对美好政治理想的追求,对黑暗社会尔虞我诈、互相倾轧的憎恶之情以及对士人怀才不遇、英雄失路的郁愤之情。《太史公自序》明确表明,他作《史记》有"继《春秋》""绍明世"的目的,并援引司马谈说《尚书》歌颂尧舜的盛业,《诗》歌颂汤武的隆兴,《春秋》也不只是刺讥礼坏乐崩,也歌颂周代的盛德,教导他治史应歌颂盛世圣德,把"绍明世"的含义说得更透彻;指出汉兴以来,形势大好,假如史官不称颂当今的宏德伟业,违背父辈的教导,是极大的罪过,明确提出治史的任务有载"圣德"、述"功臣世家贤大夫之业",也就是歌颂宣传,树立表率,维护世道人心。《史记》既有颂扬汉代帝王"丰功""圣德"的,也有称颂功臣、英雄人物的,如颂扬汉高祖"子羽暴虐,汉行功德;愤发蜀汉,还定三秦;诛籍业帝,天下惟宁,改制易俗。作《高祖本纪》第八","汉兴,承敝易变,使人不倦,得天统矣";称颂萧何"楚人围我荥阳,相守三年;萧何填抚山西,推计踵兵,给粮食不绝,使百姓爱汉,不乐为楚。作《萧相国世家》第二十三"。另一方面,怨刺讽谏,是司马迁作《史记》的又一重要目的。《鲁周公世家》言:

> 周公归,恐成王壮,治有所淫佚,乃作《多士》,作《毋逸》。《毋逸》称:"为人父母,为业至长久,子孙骄奢忘之,以亡其家,为人子可不慎乎!故昔在殷王中宗,严恭敬畏天命,自度治民,震惧不敢荒宁,故中宗享国七十五年。其在高宗,久劳于外,为与小人,作其即位,乃有亮闇,三年不言,言乃讙,不敢荒宁,密靖殷国,至于小大无怨,故高宗享国五十五年。其在祖甲,不义惟王,久为小人于外,知小人之依,能保施小民,不侮鳏寡,故祖甲享国三十三年。"《多士》称曰:"自汤至于帝乙,无不率祀明德,帝无不配天者。在今后嗣王纣,诞淫厥佚,不顾天及民之从也。其民皆可诛。"(周多士)"文王日中昃不暇食,享国五十年。"作此以诫成王。(《史记》卷三十三)

指出周公作《多士》《毋逸》,实际是叙述历史经验教训,以谏诫成王,反映司马迁对史著讥刺箴谏统治者的功用有清楚认识。《史记》不少地方就是特意训诫帝王的,如《晋世家》"灵公既弑,其后成、景致严,至厉大刻,大夫惧诛,祸作。悼公以后日衰,六卿专权。故君道之御其臣下,固不易哉",《楚世家》"楚灵王方会诸侯于申,诛齐庆封,作章华台,求周九鼎之时,志小天下;及饿死于申亥之家,为天下笑。操行之不得,悲夫"等。

---

① 张以文译注《四书全译·孟子》,湖南大学出版社,1989年,第415、381页。
② 萧统编,李善注《文选》卷四十一,上海古籍出版社,1986年,第1865页。

每当时艰世颓、国运危殆之际，史学尤瞩目现实，以晚清最为典型。嘉庆、道光以至咸丰、同治、光绪诸朝，朝政窳败，外夷扰攘，有识之士的目光纷纷由远古转向近古以至当代，冲进清廷设置的史学禁苑，展开对明史特别是南明史以至清史的研究，借史学来讥议朝政，改革时弊，抵御外侮。魏源最先冒险犯难，著《书明史稿一》《书明史稿二》。徐鼒《小腆纪年附考》《小腆纪传》同时用编年、纪传二体书南明史事，处处以明亡教训刺诫晚清君臣。鸦片战后，魏源愤于国事日非，著《圣武记》，以纪事本末体追颂有清以来的盛世武功。后四卷专事论议，详述个人对于练兵、筹饷、作战、应敌的方略，从中推求致治之理、御侮之策，提出"以彼长技，御彼长技"的主张。其他如魏源《道光洋艘征抚记》、梁廷枏《夷氛闻记》、夏燮《中西纪事》、七弦河上钓叟《英吉利广东入城始末》、赘漫野叟《庚申夷氛纪略》等，也多以纪事本末体对鸦片战争的起因和经过做详细记述，对不畏强暴、坚决抗击外来侵略的民族英雄和人民群众进行热情歌颂，对颟顸朽腐、妥协投降、卖国求荣的清廷权贵作无情贬斥，比较正确地指出战争起源及其侵略性质，揭露外国侵略军的暴行，分析清廷失败遭辱的原因，阐发"师夷长技""以夷制夷"的思想。

咸同年间，太平天国成为研究热点，出现了一批体例多样、观点纷呈的史著。除官修的几部平定粤匪、捻匪、回匪、苗匪的《方略》和一批由清军将领、幕僚所著的戡乱武功记录外，私撰的尚有夏燮《粤氛纪事》、王韬《粤逆崖略》、王闿运《湘军志》、王定安《湘军记》、李滨《中兴别记》、朱孔彰《中兴将帅别传》等。这些著述或着眼全国，或取材一隅，叙述太平天国的兴败，记载满汉勾结、中外联合共同镇压各族人民起义，颂扬清朝统治的"中兴"，盛赞曾国藩、左宗棠、僧格林沁、李鸿章等"中兴"名臣的功绩。这些史书的作者虽然对于造成农民起义原因的分析有时接近于事实，也暴露了统治集团的腐朽凶残，然而都是站在封建统治阶级的立场上来总结经验教训，自诩中兴业绩，以图再造宏谟，挽救垂危的封建统治，是封建主义正统史学中的"经世"观念的一次复活。

## 第二节　资治：究天人之际，通古今之变

在"美刺"传统精神的鼓舞下，中国文化漫长的演进史上，出现了一大批以改造社会为己任的优秀作家，创作出无数以反映民生疾苦，表达人民呼声为内容的优秀作品。这一类作品对后世的影响很大，其中最突出的表现有两个方面：一是围绕"美刺"传统形成了具有现实主义精神的文学批评理论；一是引起了统治阶级对文学的注意，以至形成某些制度和某些文学运动的发生。中国古代一直有收集民歌民谣以观世风之变的制度。《尚书·夏书》："遒人以木铎徇于路。官师相规，工执艺事以谏。"①《说文·亍部》："古之遒人，以木铎记诗言。"遒人职责之一就是去民间采诗。《礼记·王制篇》载，天子巡守，"命大师陈诗以观民风"。郑玄注："陈诗，谓采其诗而视之。"《汉书》也记载"孟春之日，群居者将散，行人振木铎徇于路以采诗，献之大师，比其音律，以闻于天子"（《食货

---

① 《十三经注疏·尚书正义》卷七，北京大学出版社，1999年，第217页。

志》),"古有采诗之官,王者所以观风俗、知得失,自考正也"(《艺文志》),采诗官将从民间采集的诗歌献给天子,于是"王者不窥牖户而知天下"(《食货志》)。此外,古籍上还有献诗的记载,可视为采诗任务的补充。《国语·周语上》载:"故天子听政,使公卿至于列士献诗。"《国语·晋语》:"古之王者,政德既成,又听于民,于是乎使工诵谏于朝,在列者献诗使勿兜。"①又如《左传·昭公十二年》:"臣尝问焉,昔穆王欲肆其心,周行天下,将皆必有车辙马迹焉。祭公谋父作《祈招》之诗以止王心,王是以获没于祇宫。"

虽然关于采诗者、献诗者以及采诗的具体过程等,典籍中有不同的说法,但是,总体来说,采诗是将在民间口头传播的诗歌采集整理后,上达天子;至于公卿列士献诗,可能有一部分诗是遒人、太师、行人等从民间采来的,一部分是官吏、文人的作品。国家鼓励采诗、献诗,以开拓王者眼界,帮助王者了解吏治政情民俗人心,进而改正弊端,以维护国家的长治久安。

诗是统治者经国治世不可缺少的工具,不但能使统治者了解本国国情,而且能"使于四方",知晓他国政治,并根据他国情况来确定对策,以维护本国的利益和安全,如《左传·昭公二十七年》记载吴王欲趁楚国国丧之机攻打楚国,于是先派季札"聘于晋,以观诸侯",了解其他国家态度,以便做出正确决策,而了解他国政治态度,主要是在交际场合、宴会席间,通过分析相互酬答时对方所赋的诗,来判断他国的政治意图。

统治者可以通过诗而知施政得失及他国政治状况,这是因为,中国古代诗歌在产生之初就与"志"有不解之缘。诗是"言志"的,"志"是诗人对人生及所生活的社会环境的感触和评价,是社会政治状况的产物,社会政治状况不同,诗所言之"志"亦不同,如《毛诗序》所云"治世之音安以乐,其政和;乱世之音怨以怒,其政乖;亡国之音哀以思,其民困","王道衰,礼义废,政教失,国异政,家殊俗,而变风、变雅作矣"。柳冕在《与滑州卢大夫论文书》中说得更透彻:

> 文生于情,情生于哀乐,哀乐生于治乱。故君子感哀乐而为文章,以知治乱之本。(《全唐文》卷五二七)

社会政治状况决定着诗人情志,诗人情志决定着诗歌,诗歌最终决定于社会政治。通过诗歌了解社会政治,辅助干预社会政治,乃是自然而然的了。《左传·襄公二十九年》季札在鲁国观乐的记载,很清楚地说明中国古代观诗而知政的情况:

> 吴公子札来聘……请观于周乐。使工为之歌《周南》《召南》,曰:"美哉!始基之矣,犹未也。然勤而不怨矣。"为之歌《邶》《鄘》《卫》,曰:"美哉,渊乎!忧而不困者也。吾闻卫康叔、武公之德如是,是其《卫风》乎?"为之歌《王》,曰:"美哉!思而不惧,其周之东乎?"为之歌《郑》,曰:"美哉!其细已甚,民弗堪也,是其先亡乎?"为之歌《齐》,曰:"美哉,泱泱乎,大风也哉!表东海者,其大公乎?国未可量也。"为之歌《豳》,曰:"美哉,荡乎!乐而不淫,其周公之东乎?"……(《左传杜林合注》卷三十二)

可见,季札是从各国诗乐的特征中推测出各国政治盛衰的状况。

---

① 《国语》,上海古籍出版社,1998年,第7、410页。

# 第五章 经世致用

春秋战国时期的社会大变动中,百家争鸣,诸子散文为文学史所道。然而老聃、孔子、墨翟、庄周之志,本不在彪炳文学史,而在医治社会,他们也都有治理社会的方针,原也想与统治者合作,只是由于他们不为时所用,才关起门来著书立说,希望自己的治世学说即使现时没人用,日后也能够有人用。史家之志,往往在于入古出今,通过述往昔,辨人事,稽查历代治乱得失,以历史的经验教训为当世之鉴戒,服务现实统治。司马迁撰《史记》,公开宣称是要"究天人之际,通古今之变,成一家之言"(《报任安书》)。所谓"通古今之变",是从古往今来的历史事实变化和相互联系中,寻找出一些因果关系作为现实统治的借鉴。他运用"原始察终,见盛观衰"的方法,采用前所未有的通史体裁,将上古迄汉武帝,上下数千年的人类历史贯串在一起,阐述各个历史时期的历史特点和礼法制度的损益因革,探讨不同历史时期不同统治者为政的成败得失,通过对具体历史事实的勾勒、排比、论述,昭示出很多有益的经验和教训,如他告诫统治者说"君子用而小人退",国家就会兴盛,"贤人隐,乱臣贵",国家必然灭亡。

唐代修史取得了很大的成绩,二十四史中,唐代修成的有八史。唐代修史所以取得丰硕成果,和以史为鉴,尤其以隋为鉴的实用目的有很大关系。早在唐高祖武德五年(622),唐高祖就颁布《命萧瑀等修六代史诏》,提出"多识前古,贻鉴将来"①。唐太宗一再要大臣们"常宜为朕思炀帝之亡"②,把"监前代成败,以为元龟"③作为修史宗旨。魏征监修"五代史"时,曾对唐太宗讲:"鉴国之安危,必取于亡国……臣愿当今之动静,必思隋氏以为殷鉴,则存亡治乱,可得而知。若能思其所以危,则安矣;思其所以乱,则治矣;思其所以亡,则存矣。"④概括说出修史如何从亡国取鉴资治的思想,修史与取鉴资治更加紧密、有机地结合在一起,史学更成为巩固封建统治的一项重要手段。以唐修"五代史"为例,将亡国之君的行径作为当朝统治者"取鉴"的基本内容,全面、具体、深刻地总结前五代的经验教训,提供一整套可资取鉴的治国方略,包括强调人事,否定天命,如《陈书》总结陈亡的原因是"后主生深宫之中,长妇人之手,既属邦国殄瘁,不知稼穑艰难","昵近群小","无骨鲠之臣","政刑日紊,尸素盈朝"⑤等情况造成的;重视民生荣枯与政权兴衰的关系,如《隋书》不仅详述农民起义经过、规模等,而且探究起义的背景和原因,"会兴辽东之役,百姓失业","山东饥馑,百姓相聚为盗"⑥等记载,揭示出人民生活难以为继的情况,而隋炀帝采取高压政策,"无辜无罪,横受夷戮者,不可胜纪。政刑弛紊,贿货公行,莫敢正言,道路以目。六军不息,百役繁兴,行者不归,居者失业……","于是相聚萑蒲,蝟毛而起"(《隋书·炀帝下》),因此,民困则反,君暴则乱,是统治者应当鉴戒的重要内容;强调君臣相辅,如《隋书》针对炀帝"我性不欲人谏",以致"左右之人,皆为敌国",最后成为"孤家寡人"的教训,提出:"大厦云构,非一木之枝,帝王之功,

---

① 宋敏求编《唐大诏令集》卷八十一,商务印书馆,1959年,第466页。
② 司马光著,胡三省音注《资治通鉴》卷一九四,中华书局,1956年,第6100页。
③ 欧阳修、宋祁等撰《新唐书》卷一百五《褚遂良传》,中华书局,1975年,第4025页。
④ 吴兢撰《贞观政要》,上海古籍出版社,1978年,第247页。
⑤ 姚思廉撰《陈书》,中华书局,1999年,第80页。
⑥ 魏征、令狐德棻撰《隋书》卷七十一《列传第三十六》,中华书局,1973年,第1645、1647页。

非一士之略。长短殊用,大小异宜,榱桷栋梁,莫可弃也。"(《隋书·列传第三十一论赞》)诸如此类,故而"五代史"撰成后,深得唐太宗嘉许,以为"在身之龟镜"。

唐代史学的成就还在于创立了许多新的史书体裁,如杜佑《通典》,是我国第一部典章制度专史。杜佑在《进〈通典〉表》中阐述他的撰述旨趣,着重指出两点:一是《孝经》《尚书》等儒家经典,多是记言之作,"罕存法制",使人不得要领;二是历代前贤论著,大多是指陈"紊失之弊",往往缺少"匡拯之方"。因此,他主张不能仅仅停留在对最高统治者的"规谏"上,要"理道不录空言","探讨礼法刑政",①为执政者治理国家、安定社会、重建皇朝权威提供历史治政经验和制度借鉴方面的参考。故而《通典》不设正史书志常置首位的"天文",亦无"律历""五行""艺文"之类的篇目,而以《食货典》为首,以下依次是《选举典》《职官典》《礼典》《乐典》《兵典》《刑典》《州郡典》《边防典》,每典又分若干子目,综论历代政治制度、经济措施、州郡设置以及边防政令等,略古详今,显示杜佑编纂唯从施政治国的要务考虑,唯以国计民生、秩序安定,政权机制的运转正常为关注点。"天文"遥远,"五行"怪异,摒弃不顾,自具特见,而"律历""艺文",因"事非经世纬俗程制,亦所不录"。《通典》问世后,时人就认为其所载"语备而理尽,例明而事中,举而措之,如指诸掌"②。

北宋经中唐以来的长期混乱之后实现国家统一,但同时,内政多弊,御戎不力,积贫积弱,局势不稳。司马光主张"鉴前世之兴衰,考当今之得失,嘉善矜恶,取是舍非",所以他"删削冗长,举撮机要,专取关国家盛衰,系生民休戚,善可为法,恶可为戒者,为编年一书",③以便皇帝闲暇时阅读,从中汲取历史的经验教训,进而更好地治理国家,这是主要目的。此外,就是申述自己的主张,与革新变法派辩论。司马光认为"祖宗之法不可变",他把自己维持旧法、反对新政的主张,借助这部编年史的史评,淋漓尽致地抒发出来。宋神宗以这部史书"鉴于往事,有资于治道",赐名《资治通鉴》。《资治通鉴》记载上起周威烈王二十三年,下迄后周世宗显德六年,共1362年历史。内容以政治、军事和民族关系为主,兼及经济、文化和历史人物评价。按时间顺序,年经事纬的结构,展现中国封建社会前半期的治乱成败,对于重大历史事件的前因后果,与各方面的关联都交代清楚,得出很多经验教训,作为当世的鉴戒。宋人普遍视其"如桑麻谷粟,不可一日废"。

中国古代一直把取鉴资治作为史学最大的经世功能而一再强调,元明清概莫能外。如明朝末年,面对当时的社会危机,顾炎武大声疾呼"夫史书之作,鉴往所以训今"④。他撰著《天下郡国利病书》,目的就在于通过学术活动与探讨古今历史相结合的途径,从社会现状和国计民生方面来了解明末致衰的原因,以便针对时弊进行改革,挽救垂亡的明政权。顾炎武《日知录》凡三十六卷,分论政事、世风、礼制、科举、史法、外国事等,

---

① 王应麟撰《玉海》卷五十一《唐通典·理道要诀(杜佑)》,景印文渊阁四库全书第944册,第381页。
② 李翰《通典序》,见杜佑《通典》,中华书局,1988年,卷首。
③ 司马光撰《进资治通鉴表》,见《资治通鉴》,中华书局,1956年,第9607页。
④ 顾炎武《答徐甥公肃书》,见《顾亭林诗文集》卷六,中华书局,1983年2版,第138页。

"意在拨乱涤污,法古用夏,启多闻于来学,待一治于后王"①。

近代以来,人们对史学经世功用要求越来越高、越来越多,以至提出"史以救国"的要求。这样,史学的功能便由原来的镜鉴既往以资于封建帝王之治,变成取鉴古今中外,特别倡导学习西方,维新变革,直接为救亡图存服务。外国史地研究应时而起,林则徐、魏源开启端绪。林则徐早在鸦片战争期间,出于防范和抗击英寇的急切需要,就组织编译《四洲志》,介绍30多个国家的历史地理概况。

鸦片战争后,基于洞悉"夷情",在反侵略斗争中知己知彼,师夷制夷以抗敌制胜的实用功利目的,更多有识之士广泛采辑中外资料特别是西人著述,编纂外国史地志书,如魏源《海国图志》、徐继畬《瀛环志略》、梁廷柟《海国四说》、姚莹《康辅纪行》等,比较全面地介绍世界各国各地的历史和地理概况,重点介绍侵略中国最为凶狠的英、俄、美诸国的政治、经济、文化、宗教、军事、外交、殖民等方面的情况,并特别讲述印度、安南、缅甸等国遭受西方侵凌和反抗殖民斗争的情况。在文字叙述中附绘相应的地图与表格,又将资料编纂与时事评述结合起来,在研究外国史地的同时观照中国的社会现实。

随着洋务运动的展开,因出使、游历、留学而走出封闭的国门,出现一批撰述,如王韬《法国志略》和《普法战纪》、薛福成《续瀛环志略》、黄遵宪《日本国志》、徐建寅《德国合盟纪事》等,综合本人的观感见闻以及在国外搜集的资料研究东西各国史地,并且略远详近,主要介绍法、德、日等国近代历史及其现状;注意专、精,除着重介绍西方的舟车、枪械、电报、采矿、制器等近代物质文明和先进科技工艺之外,还深入资本主义社会的内部,把资产阶级的民主政治制度视为西方富强的根本而大加称引,对镜中外,找到彼强我弱的原因所在,主张"借法自强",把学习西方、师夷长技的思想付诸实践。黄遵宪《日本国志》自叙"凡牵涉西法,尤其详备,期适用也"②。

戊戌年间,救亡图存已刻不容缓,变法维新成为当务之急,以康有为、梁启超为首的维新人士,一面译介近代各国变法的著述,梁启超《大同译书局叙例》称"本局首译各国变法之事,及将变未变之际一切情形之书,以备今日取法"③;一面大力编写相关的外国史著,如康有为《日本变政考》《俄大彼得变政记》《突厥削弱记》,梁启超《波兰灭亡记》,唐才常《最古各国政学兴衰考》《日本宽永以来大事略述》,康同薇《日本变法由游侠义愤考》等,大力介绍变法而富强的日、俄诸国和不变而衰亡的波兰、印度等国,宣传变法救亡的政治主张,评述日、俄变法的过程与措施,作为中国维新的远近之鉴,为变法提供直接的参考。因此,即使如梁启超力主"为历史而历史"的研究方法,但他还是不能不承认史学对经邦治国具有积极作用,说"史学者,学问之最博大而最切要者也,国民之明镜也,爱国心之源泉也。今日欧洲民族主义所以发达,列国所以日进文明,史学之功居其半焉"④。

---

① 顾炎武《与杨雪臣书》,见《顾亭林诗文集》卷六,中华书局,1983年2版,第139页。
② 黄遵宪著《日本国志》,天津人民出版社,2005年,卷首《日本国志叙》。
③ 郑振铎著《晚清文选》,中国社会科学出版社,2002年,第82页。
④ 梁启超著《中国之旧史》,见《梁启超文选》,百花文艺出版社,2006年,第53页。

文史通识教程

## 第三节 教化：不关风化体，纵好也徒然

《毛诗序》曰"风者，讽也，上以风化下，下以风刺上"，似乎表明讽谏的对象主要是封建统治阶级，是上政；至于广大百姓，是教化的主要对象。文学、史学"经世致用"的一个重要方面就是施行教化。文学作品、史学著述寓事物普遍的自然规律、人伦秩序等于其中，教育和感化人，使人的言行符合伦理纲常，以维护社会稳定和统治稳固。

早在孔子，就明确提出"迩之事父，远之事君"，"兴于诗，立于礼，成于乐"的命题，实际是强调诗的教化功用。"事父"是尽孝，"事君"是尽忠，通过学诗而"事父""事君"，说明诗具有道德伦理教育的作用，能够把人教育成尽孝尽忠的人，使人成为符合封建政治要求的人才，在家庭可以维护家庭的正常伦理秩序，在社会可以维护正常的封建君臣关系。孔子又把诗、乐与礼并举，认为诗感发意志，在艺术感化中促使个体向善求仁的自觉，"礼"的实现靠具有"仁"的思想品格的人，诗对于"礼"的实现有重要作用。

汉代，《毛诗序》云：

> 《关雎》，后妃之德也，风之始也，所以风天下而正夫妇也，故用之乡人焉，用之邦国焉。风，风也，教也；风以动之，教以化之……故正得失，动天地，感鬼神，莫近于诗。先王以是经夫妇，成孝敬，厚人伦，美教化，移风俗。

指出诗歌具有教育感化人的作用，使夫妇关系正常化，成就孝敬，使人伦关系淳厚，家庭关系稳定，改变社会的风气习俗，是地方和诸侯国的行政管理的有效工具。春秋战国时期，《诗经》作为少年子弟思想政治、道德伦理教育的教科书而流行各诸侯国，《论语·季氏》载："鲤趋而过庭。曰：学诗乎？对曰：未也。曰：不学诗，无以言。鲤退而学诗。"

"教化"的核心是"教"，是以具有政治、伦理等内容的作品对人进行伦理道德教育。作品只有以纲常伦理为思想内容，才能完成"教以化之"的使命，否则，"教化"就是一句空话。文论家因而提出"文以明道""文以载道"等命题。《荀子·正名》云：

> 辨说也者，心之象道也。心也者，道之工宰也。道也者，治之经理也。心合于道，说合于心，辞合于说，正明而期，质请而喻。辨异而不过，推类而不悖，听则合文，辨则尽故。以正道而辨奸，犹引绳以持曲直，是故邪说不能乱，百家无所窜。①

荀子的"道"是自然之道、礼义之道。"道"是"治之经理"，文辞以"正道"为思想内容，就能对人的思想道德有规范作用，如同"引绳以持曲直"那样。因此，文学作为"道"的载体与彰显，实现了"经世致用"。

南朝梁刘勰提出文学的"明道"观。他所谓的"道"包括事物普遍的自然规律、社会政治主张、人伦秩序等。其《文心雕龙》开篇指出："道沿圣以垂文，圣因文而明道。""道"制约、决定着"文"，"文"以"明道"为其功能。刘勰说"辞之所以能鼓天下"，是因为是"道

---

① 王先谦撰《荀子集解》卷十六，中华书局，1988年，第423页。

之文也"。刘勰的"明道"说为后世"文以载道"、教化致用的理论奠定了基础。在《征圣》篇,刘勰进一步提出"政化贵文"、"事迹(即外交、宴会辞令)贵文"和"修身贵文",实际是对包括教化在内的文学"经世致用"的系统阐释发挥。

隋唐以降,文人一再强调"文"对"道""义""理"的关涉。李谔《上隋高祖革文华书》提出一切文章必须"褒德序贤,明勋证理。苟非惩劝,义不徒然"①。王通认为诗歌应"上明三纲,下达五常",倘若"言政而不及化,是天下无礼也;言声而不及雅,是天下无乐也;言文而不及理,是天下无文也"②,即诗文应表现圣人之道义,关乎政教人伦。时至韩愈、柳宗元,"文以明道"观的道统意味越来越淡,现实性越来越强。韩愈所倡言的"道",是尧、舜、禹、汤至孔、孟的儒家之道,既包括圣人所制定的礼乐刑政制度和伦理关系,也包含古圣人所教的相生相养之道,即生产、医药、荐才、为师、用兵等,大至国家政治,小至交友为人,具有丰富的现实内容,是关切世道的圣道,也是体现着圣道的世道。以文"明"此"道",必然具有政治教化的功用。柳宗元所论之"道",是运用古代圣贤所阐明的道理,分析现实问题所得出的主张,正如他在《答吴武陵论非国语书》中所说"仆之为文","意欲施之事实,以辅时及物为道"(《全唐文》卷五七四);"文以明道"是为"尊王攘夷""尊儒排佛"的现实斗争宣传鼓吹,为挽救中唐政治危机和文化危机发挥作用,则文学的经世致用包含教化又远超教化。

自韩愈、柳宗元确立"文以明道"观念,"明道""载道"一直被视为文学的最高楷范和宗旨,其根本目的不外政治教化以及服务现实政治斗争,如魏源所说:"文之用,源于道德而委于政事。"③黄遵宪要求"诗以言志为体,以感人为用",④他从日本明治维新的经验中看到诗歌的舆论宣传作用,"文章巨蟹横行日,世变群龙见首时",⑤希望借助诗歌的宣传功能,开启民智,改造社会,并坚信"诗至小道,然欧洲诗人出其文明之笔,竟有左右世界之力"。即使五四时期的"新文化运动",以抛弃旧传统,开展文学革新为旨,但革命者高高举起的旗帜,仍然是"为人生而艺术",这正是来自源远流长的政教传统。

有别于传统的诗文,小说、戏曲向来被视作不能登大雅之堂的末流小技,但其以曲折的情节、生动的人物和易于接受的通俗性而受到普遍欢迎。小说、戏曲自身的优长使其可比诗文具有更普遍的政教功能,其能够为儒家学者文人所接受,也是因可资其明"道"教化。晋代干宝明言其撰写《搜神记》的目的是"明神道之不诬也"(《搜神记》序)。处于中国文化正统地位的儒家思想本"不语怪、力、乱、神",说神谈鬼的小说是与之相悖的,但儒家又有"以神道设教"之说,以此为前提,正统文人把佛道及志怪也纳入了其封建教化的轨道,明代可一居士《〈醒世恒言〉叙》中就说:"崇儒之代,不废二教,亦谓导愚适俗,或有籍焉。以二教为儒之辅可也。"⑥清代学者焦循则要求小说家把"忠孝节义之

---

① 陈良运编选《中国历代文章学论著选》,百花洲文艺出版社,2003年,第297页。
② 郑春颖撰《文中子中说译注》卷一,黑龙江人民出版社,2003年,第9页。
③ 魏源著《古微堂集·内集》卷一"默觚上",见《魏源全集》第12册,岳麓书社,2005年,第8页。
④ 黄遵宪《致梁启超书》,见《中国哲学》第八期,三联书店,1982年,第383页。
⑤ 黄遵宪《酬曾重伯编修》,见钱仲联《人境庐诗草笺注》卷八,上海古籍出版社,1981年,第762页。
⑥ 可一居士《〈醒世恒言〉叙》,见冯梦龙《醒世恒言》,海南出版社,1993年,卷首。

训,寓于诙谐鬼怪之中",①意即为了教化目的,儒家不仅可借佛道为辅助,还宁肯与神怪妥协。唐代,小说家李公佐声称其写作目的是"儆天下逆道乱常之心","观天下贞夫孝妇之节"。②

宋元明以降,白话小说的兴盛使小说创作出现了前所未有的高潮,小说的群众性更为广泛。明人开始将小说、经、史相提并论,着眼点恰在于三者皆可资教化。蒋大器《〈三国志通俗演义〉序》认为《三国演义》"文不甚深,言不甚俗,事纪其实,亦庶几乎史,盖欲读诵者,人人得而知之,若《诗》所谓里巷歌谣之义也",人"若读到古人忠处,便思自己忠与不忠;孝处,便思自己孝与不孝。至于善恶可否,皆当如是"。③ 与蒋大器所见略同,林瀚在《〈隋唐志传通俗演义〉序》中说其取舍标准是"遍阅隋唐诸书所载英君名将忠臣义士凡有关于风化者悉为编入"。④ 张尚德则主张小说应在"了然于心目之下,裨益风教",还批评轻视小说的旧说:"孰谓稗官小说不足为世道重轻哉"(《三国志通俗演义引》)。作为通俗小说理论家和实践家,冯梦龙把小说提高到有超儒家经典的地位,他说:"虽小诵《孝经》《论语》,其感人未必如是捷且深也"(《古今小说叙》)。在《〈警世通言〉序》中,他又提出小说与经史一样,目的是"令人为忠臣、为孝子、为贤牧、为良友、为义夫、为节妇、为树德之士、为积善之家"。他把所编小说冠以"警世"、"醒世"、"喻世",本身就流露一种教化意味。明清两代学步者如《醉醒石》《清夜钟》《歧路灯》《娱目醒心篇》等,也都是如此。

尤其俞万春,花 20 年时间创作了《荡寇志》。他愤慨于《水浒传》"续貂著集行于世,我道贤奸太不分!只有朝廷除巨寇,那堪盗贼统官军"(《荡寇志》结子),认为"既是忠义,必不做强盗;既是强盗,必不算忠义"(《荡寇志》引言),因此做翻案文章,让强盗们获得应有的下场,不准他们僭踞"忠义"的名分。《荡寇志》的创作不无俞万春镇压瑶民起义的体会,也不无教化世人、维护封建统治的动机。当时士大夫阶层接受《荡寇志》,也是基于教化经世目的。他们肯定《荡寇志》,因为它"以尊王灭寇为主,而使天下后世,晓然于盗贼之终无不败,忠义之不容假借混朦,庶几尊君亲上之心,油然而生矣"(徐佩珂《〈荡寇志〉序》)。咸丰年间,农民起义如火如荼,士大夫在镇压起义时,常常乞灵于《荡寇志》。钱湘《续刻〈荡寇志〉序》云:"咸丰三年,五岭以南,萑苻四起,以绛帕蒙首,号曰红兵。蜂屯蚁聚,跨邑连郡。于斯时也,檄枪晓碧,烽火昼红,惟佗城巍然独存,危于累卵。当道诸公,急以袖珍版,刻播是书于乡邑间,以资劝惩,厥后,渐臻治安,谓非是书之力也,其谁信之哉!"⑤此时南京、苏州等地的地方当局,也一改清代奉行"禁毁小说"的做法,与广州地方当局一样,由官方出资大量印行《荡寇志》,以帮助镇压农民起义。清政府借助《荡寇志》究竟在多大程度上瓦解了农民起义,今天已不可考。不过事实真相如何在这里并不重要,重要的是士大夫上层已经承认小说具有教化经世的功能,可以被

---

① 焦循《易馀籥录》卷二十《斥绝稗官小说》,新文丰出版公司,1989 年影印本,第 406 页。
② 李公佐撰《谢小娥传》,见汪辟疆校录《唐人小说》,上海古籍出版社,1978 年,第 95 页。
③ 蒋大器《〈三国志通俗演义〉序》,见《三国志通俗演义》,上海古籍出版社,1980 年,卷首。
④ 黄霖、韩同文编选《中国历代小说论著选》,江西人民出版社,2000 年,第 113 页。
⑤ 俞万春著《荡寇志》,世界书局,1935 年,卷首。

政治所利用;小说作家们自觉不自觉地把政教当作创作的本分,以至一些格调低下的淫秽之作,也打着"教化"的金字招牌,如《觉后禅》《循环报》等。

至于戏曲,高明要求以"风化"为根本。《琵琶记》第一段提出:"不关风化体,纵好也徒然。"邱濬《五伦全备忠孝记》第一出云:"若于伦理无关紧,纵是新奇不足传。"李开先《改定元贤传奇后序》亦指出:"要之激劝人心,感移风化,非徒作,非苟作,非无益而作之者。今所选传奇,取其辞意高古,音调协和,与人心风教俱有激劝感移之功。"①此外,李贽、汤显祖、王骥德、李渔等都十分强调戏曲有益世教风化的"经世"功用。

明道教化,为现实社会服务,也是史家一贯的追求。孔子作《春秋》,就主要是为正君臣内外的名分,使社会各级成员按照名分所涵之道德义务,把各自的思想行为纳入一定的秩序范围,做到"君君,臣臣,父父,子子",因此,在记事当中,孔子很注意一字之褒贬。例如晋献公宠爱骊姬,骊姬谗害世子申生,申生出奔自杀,《春秋》题作:

> 五年春,晋侯杀其世子申生。(僖公五年)②

这里指明死者是晋国的世子,不言自杀而言晋侯杀之,含有三层意义:

一、首恶是晋侯,不是别人。
二、申生是名正言顺的晋国的世子,无罪杀之。
三、杀自己的儿子,有失父子亲亲之道。

又如晋文公召周襄王到河阳出席他所召开的温之会,《春秋》却题作:

> 二十八年冬,天王狩于河阳。(僖公二十八年)

这里把晋文召王,书作襄王自狩,意思是"以臣召君,不可以训",③很明显孔子是欲彰明君臣父子之道,维持当时阶级统治的现有秩序。所以孟子说:"孔子作《春秋》,乱臣贼子惧。"后世封建士大夫把《春秋》当作忠臣教科书,也是这一缘故。司马迁即认为"《春秋》,辩是非,故长于治人","《春秋》以道义……为人臣者不可以不知《春秋》,守经事而不知其宜,遭变事而不知其权……为人臣子而不通于《春秋》之义者,必陷篡弑之诛,死罪之名……故《春秋》者,礼义之大宗也"(《太史公自序》)。明人蒋大器序《三国志通俗演义》也说:"《春秋》,鲁史也。孔子修之,至一字予者,褒之;否者,贬之。然一字之中,以见当时君臣父子之道,垂鉴后世,俾识某之善,某之恶,欲其劝惩警惧,不致有前车之覆。此孔子立万万世至公至正之大法,合天理,正彝伦,而乱臣贼子惧。"

汉时,荀悦作《汉纪》,说修史目的时云:"夫立典有五志焉,一曰达道义,二曰彰法式,三曰通古今,四曰著功勋,五曰表贤能。于是天人之际,事物之宜,粲然显著,罔不能备矣。"④他写史书的首要目的是"达道义",是把道德垂训作为史学的首要功用。司马迁《史记·秦本纪》记:秦文公十三年"初有史以纪事,民多化者",也指明史著具有"化

---

① 路工辑校《李开先集·闲居集》卷五,中华书局,1959年,第317页。
② 《十三经注疏·春秋公羊传注疏》卷十,北京大学出版社,1999年,第253页。
③ 何晏集解,黄侃义疏《论语集解义疏》卷七,上海商务印书馆,1937年,第197页。
④ 荀悦撰《汉纪·前汉高祖皇帝纪卷一》,见《两汉纪》上册,中华书局,2002年,第1页。

民"之功用。《史记》施教于人主要表现在强调忠、孝、信等纲常伦理，以维护封建统治。

降至唐宋元明清，明道教化，仍是史学经世的应有之义，如刘知几《史通·直书》说"史之为务，申以劝诫，树之风声"，《曲笔》讲"盖史之为用也，记功司过，彰善瘅恶，得失一朝，荣辱千载"，而《辨职》《史官建置》篇论述尤详。他认为"向使世无竹帛，时阙史官，虽尧、舜之与桀、纣，伊、周之与莽、卓，夷、惠之与跖、蹻，商、冒之与曾、闵，俱一从物化。坟土未干，则善恶不分，妍媸永灭者矣"。假如没有史书也缺史官，那么即使像尧、舜这样的历史人物，死后"坟土未干"，就会"善恶不分，妍媸永灭"了。反之，"苟史官不绝，竹帛长存，则其人已亡，杳成空寂，而其事如在，皎同星汉。用使后之学者，坐披囊箧，而神交万古；不出户庭，而穷览千载，见贤而思齐，见不贤而内自省。若乃《春秋》成而逆子惧，南史至而贼臣书。其记事载言也则如彼，其劝善惩恶也又如此。由斯而言，则史之为用，其利甚博。乃生人之急务，为国家之要道"。"见贤而思齐，见不贤而内自省"两句，高度概括了史著彰善瘅恶、明道教化的作用。存明道教化、经世致用之志的史作，为数也不少。正如梁启超所说：

> 我国人无论治何种学问，皆含有主观的作用……惟史亦然，从不肯为历史而治历史，而必侈悬一更高更美之目的——如"明道"、"经世"等；一切史迹，则以供吾目的之刍狗而已，其结果必至强史就我，而史家之信用乃坠地。此恶习起自孔子，而二千年之史无不播其毒。①

尽管梁启超是从学术研究应超越利害关系之外的观点出发，以谴责的口气指出这一问题，但史学有明道教化之旨趣，孔子开经世致用史学的先河，却是不可否认的历史真实。

### 思考练习题

1. 试以一部文学作品为例，谈谈它与"经世致用"的联系。
2. 试以一部史著为例，谈谈它与"经世致用"的联系。
3. "经世致用"作为治学的原则，始于何时？试分析之。
4. "经世致用"思潮在清嘉庆年间重新萌芽，到道光年间形成思潮，直到同治、光绪间成为主宰文坛的核心思潮，查阅资料，论述这一现象的社会背景。
5. 查阅资料，论述晚清和清初的"经世致用"有何差别。

---

① 梁启超著《中国历史研究法》，上海古籍出版社，2011年，第34页。

# 第六章 知人论世

"知人论世",是孟子提出的"尚友"原则,为后世许多儒者所继承,其含义也出现过众多的注疏或诠析,大体上分为两类:一类学者多从"经"的角度来诠释其中蕴含的政教或伦理成分;一类学者多从"诗"的角度来解析其中包含的文学、史学批评的方法。但无论从哪一面来阐释,都离开了孟子提出"知人论世"的初衷。"知人论世"谈的是如何与"古圣王"做朋友的问题,显然它不是一个政教伦理或文学史学的问题。

## 第一节 读书修身之途径

"知人论世"语出《孟子·万章下》:

> 孟子谓万章曰:"一乡之善士,斯友一乡之善士。一国之善士,斯友一国之善士。天下之善士,斯友天下之善士。以友天下之善士为未足,又尚论古之人。颂其诗,读其书,不知其人可乎?是以论其世也,是尚友也。"①

段玉裁《说文解字注》有云:"尚,上也。"可知"尚"同"上","尚友"就是"上友"。"上友"就是与古人做朋友,以古圣先贤为修身的榜样。孟子以层层推进的形式阐述了自己对于交友的认识:如果一位"善士"与当今天下的"善士"交友还嫌不够,那就只有和古代"善士"交友。而要和古圣先贤交友,由于古人已往,那就只有读他们的著作。而要读懂他们的著作并能正确理解,就要了解他们的为人,研究他们的时代。这样,孟子提出了"尚友"的途径:知人论世说。孟子提出此说之后,不少达儒都对之做过不同的阐释。汉代经学家赵岐在注《孟子》时这样解释:

> 读其书,犹恐未知古人高下,故论其世以别之也。在三皇之世为上,在五帝之世为次,在三王之世为下,是为好上友之人也。②

赵岐注意到孟子此说的"尚友"本质,但他认为,不是什么古人都可以做"友"的,应通过"论世"来区别古人的高下。而赵岐用来区别古人高下的标准是以"三皇""五帝"来分判的,所以他说"读其书,犹恐未知古人高下,故论其世以别之也"。赵岐用历史顺序

---

① 张以文著《四书全译》,湖南大学出版社,1989年,第467页。
② 赵岐注、孙奭疏《孟子注疏》,见《十三经注疏》,中华书局影印本,1980年,第2746页。

来区分"友"之价值,并以此来理解"论其世",这是泥于经学语境的见解。对此,清儒焦循就曾加以辩驳:

> 古人各生一时,则其言各有所当。惟论其世,乃不执泥其言,亦不鄙弃其言。斯为能上友古人。孟子学孔子之时,得尧舜通变神化之用,故示人以论古之法也。①

焦循不同意古人之价值由其所处的时代高下来决定。"古人各生一时,则其言各有所当。""论世"是为了"不执泥其言",也为了"不鄙弃其言"。"论其世"是用来理解其世的特殊性,从而为准确"知人"打下基础。焦循用"通变神化"来称谓这种论古之法。因此像赵岐那样,用一个历史顺序作为绝对的标准去判别古人,而不从古人所处的特殊情境去理解古人,不承认古人在其特殊环境中的不同实践具有相对价值,这是有违"通变神化"要义的。焦循虽然没有直接解释何为"论其世",但他指出了"知人论世"就是不拘泥于古人诗书的字面意思,须联系其所生之"时"与"世"灵活理解,既不视古人为神,也不贬抑为愚笨,这才可通达于古人精神。可见,焦循似乎更能领会孟子"知人论世"说的"尚友"本质。

宋代大儒朱熹也对"知人论世"做过一番解释:"论其当世行事之迹也。言既观其言,则不可以不知其为人之实,是以又考其行也。"②朱熹认为,所谓"论世",就是要论其人"当世行事之迹","知人",不仅要"观其言",还要"考其行",要从"言""行"两方面去"知人"。朱熹能从"言""行"两方面结合去考察一个人,应该说还是有见地的。但他仅以"行事之迹""为人之实"等古人的个人行为解"世",又同失之于偏颇。倒是黄宗羲在《孟子师说》说得好:

> 古人所留者唯有诗书可见。颂诗读书正是知其人论其世者,乃颂读之法。古人读书不是空言,观其盛衰以为哀乐,向使其性情不观于世变浮沉蟠屈,便不可谓之善士矣,非既观其言又考其行也。③

黄宗羲指出,颂读诗书之法正是"知其人论其世",目的在于"观其盛衰以为哀乐",而读者又是能"观于世变"的"善士","非既观其言又考其行也。"显然对朱熹那偏于客观认知的解释不满意。

除了赵岐、朱熹、焦循、黄宗羲外,有些学者又从另一角度阐释"知人论世",如南宋理学家张栻从"道""志""理""心"等方面揭示"知人论世"的涵义:

> 善士虽有小大之不同,皆志于善道者也。一乡之善士,斯友一乡之善士;非惟取友固然,而其合志同方,自相求也。所见者愈大,则所友者愈广矣。……友天下之善士为未足,又尚论古之人焉——其求道之心,盖无穷也。自友一乡之善士,至于尚论古之人,每进而愈上也。夫世有先后,理无古今,古人远矣,而言行见于诗

---

① 焦循撰《孟子正义》,上海书店《诸子集成》影印本,1987年,第429页。
② 朱熹撰《四书集注》,岳麓书社,1987年,第462页。
③ 《黄宗羲全集》,浙江古籍出版社,1985年,第131页。

书,颂其诗,读其书,而不知其人,则何益乎? 颂诗读书,必将尚论其世,而后古人之心,可得而明也。①

张栻从理学的观点出发,认为善士虽有不同,但皆能"志于善道",善士能与善士相交,不是为了"取友"而取友,乃是因为"合志同方,自相求也"。善士欲与古人相交,是因为善士"求道之心"无穷。张栻认为,古今不同世的"善士"之所以能交友,那是因为"世有先后,理无古今"。通过读古人诗书,可明"古人之心"。明代的郝敬对此有进一步的发挥:

> 惟好善之心,无远近新故。由乡国天下,推至上古。心苟虚受,百世如在。少自满足,虽巷有君子,旦暮遇之,而交臂失之。……友者,亲爱之名,同道曰友,因心曰友,友善即是好善。……生同世,则声应气求;生不同世,则心一道同。诗书所载,芳规懿行,皆可以精神冥接,合天下古今之善,通为一心。谓之千古之善士可也。……尚论古人,不越载籍,而诗书为要。其言语性情,征于诗;其行事功业,著于书。……书诗非古人,而因诗书可见古人。……论世知人,即诗书所言,神游古人之地,较量体验,如亲承謦欬,冥识其丰采,而洞悉其底里者。②

张栻说通过读古人诗书,可明"古人之心"。郝敬进而认为今人和古人可以"精神冥接",可以达到"合天下古今之善,通为一心",明确提出了古今之人心能相通之说。首先,"好善之心"是不分远近古今的,"心苟虚受,百世如在","心"是可通百世而"如在"的;其次,"友"是因为"道同因心",向善之士,生于同世,则"声应气求","生不同世,则心一道同",并不受时间的阻隔,颂诗读书,可以"精神冥接",可以"神游古人之地,较量体验",也可以"冥识"古人"丰采",如见如晤。郝敬用"冥接""冥识"来形容今人与古人精神相通的情形,非常贴切。郝敬之说,可以说是相当全面地论述了孟子此章的要义。受郝敬"通为一心"、"知其人"便有"知其人之心"的影响,明代的姚舜牧直接提出了"知心"之说:

> 诗书不必出自其人,凡歌咏纪载其事者皆是也。知其人者,知其人之心也。人之相知,贵相知心。论其世,知其人之心,始可称尚友。③

姚舜牧从"尚友"出发,强调"知其人"的重点不在于"知其人之事",而在于"知其人之心"。姚舜牧的难得之处不仅在于强调了知人重点在于知心,而且是把它归之于"尚友"的目的,而不是如他人仅把"知人"作为客观研究的对象。姚舜牧进而还阐释了今人如何"知"古人之"心",姚舜牧认为对"人"作"设身处地"的设想是"知心"的方法之一:"以其心想论到此处,如身处其地,而亲见其行事一般。则千百世之上,如同一日,如同处一堂,精神意气初无间隔,而直与之俱。"(《重订四书疑问》)主要强调的是通过今人的设身处地,来"知"古人之"心"。对此,不少学者都做了阐述:

---

① 张栻撰《孟子说》,《景印文渊阁四库全书》第199册,台湾商务印书馆,1986年,第493-494页。
② 郝敬著《孟子说解》,《四库全书存目丛书》第161册,齐鲁书社,1997年,第227页。
③ 姚舜牧撰《重订四书疑问》,《四库全书存目丛书》第158册,齐鲁书社,1997年,第247页。

盖颂诗读书,想象其音容,仿佛其一二,如出乎其时,如对乎其人,揽其遗芬,味其余喋。(张九成《孟子传》)①

其事如新,其人如生,须尚论才觉。(鹿善继《四书说约》)②

即世而得其人,即人而得其心。虽世代悬隔,有以神相往来者,盖不啻同堂亲炙之也。(刁包《四书翊注》)③

知其人而心契神交于千载之上,则友道莫尚于斯。(李光地《读孟子札记》)④

张九成用"想象其音容"来阐发"知人论世"应做到设身处地;鹿善继强调"尚论","尚论"古之人,才能达到"其事如新,其人如生"的境界;刁包则拿"得心""神往""同堂亲炙"等语来解"知人论世";李光地则以"心契神交"来形容古今的晤对,并把它作为"友道"的极致,是亦发挥了孟子此章的要义。此外,康有为亦以"千年一圣,百年一贤,犹如旦暮。古人虽远,言论犹存"⑤来说明古今之会如旦暮之遇,其人虽没,而其言长存。与上述学者之意亦相仿佛。

综上所述,自孟子提出"知人论世"的论说以后,历代学者都对之做了解读。他们的解读大致做着如何"知人",如何"论世"的功夫:赵岐以"三皇""五帝"来"知人",朱熹以"观其言""考其行"来"知人",张栻解释了今人"尚友"古人的原因是因为"合志同方","求道之心,盖无穷也"。郝敬则用"精神冥接"来强调如何"知人",而姚舜牧等人则直接提出用"设身处地"的方法来知古人之心。可以说,这些学者在如何"知人"如何"论世"方面已做足了功夫,但他们的解读都偏离了孟子"知人论世"说的前提——"尚友"的目的。

对此,当代学者李春青教授曾一针见血地指出:"这里孟子真正想要表达的意思是'交友之道'。在此章的前面孟子有德之士为师为友的诸多例子,最后才讲到……'尚友'的根本之处在于将古人看成是与自己平等的精神主体。与古人交流对话的目的当然是向古人学习,以使自己的品德更加高尚。所以,'知人论世'说实质上是向古人学习美好品德的方式,用今天的话来说就是将古人创造的精神价值转化为当下的精神价值。这绝不仅仅是一种解诗的方式。"⑥这揭示了孟子"知人论世"之说的本质涵义。在《孟子·万章》十八篇里,孟子是在与其弟子万章讨论友道后,归结出"知人论世"的说法,这正是本着与古圣人"交友"的心态而提出的。孟子说:"颂其诗,读其书,不知其人,可乎?是以论其世也,是尚友也。"孟子之义,"尚友"是目的,"颂其诗,读其书"、"知其人"是手段,也就是说"知人""论世",最终是作为"尚友"的前提,"论世"是为了"知人","知人"是为了修身,这是孟子"知人论世"的要义所在。世人往往只注重讨论通过"论世"来"知人",视古人为客观认知的对象,而忘却了"知人"的目的是"尚友",是向古圣先贤学习。

---

① 张九成著《孟子传》卷二十五,《景印文渊阁四库全书》第196册,台湾商务印书馆,1986年,第475页。
② 鹿善继著《四书说约》,《四库全书存目丛书》第164册,齐鲁书社,1997年,第178页。
③ 刁包注《四书翊注》,《四库全书存目丛书》第170册,齐鲁书社,1997年,第578页。
④ 李光地撰《读孟子札记》,《四库全书珍本九集》,台湾商务印书馆,1979年,第14页。
⑤ 康有为撰《孟子微》,《万木草堂丛书》,台湾商务印书馆,1968年,第4页。
⑥ 李春青著《诗与意识形态》,北京大学出版社,2005年,第200-201页。

"尚友"在儒家家学中占有很重要的地位。《论语》中就有不少涉"友"的言论:

> 有朋自远方来,不亦乐乎?(《论语·学而》)
> 曾子曰:"吾日三省吾身:……与朋友交而不信乎?"(《论语·学而》)
> 子夏曰:"与朋友交,言而有信。"(《论语·学而》)
> 子曰:"不患人之不己知,患不知人也。"(《论语·学而》)
> 子贡问君子。子曰:"先行其言而后从之。"(《论语·为政》)
> 子曰:"不患莫己知,求为可知也。"(《论语·里仁》)
> 子曰:"始吾于人也,听其言而信其行;今吾于人也,听其言而观其行。"(《论语·公冶长》)
> 曾子曰:"君子以文会友,以友辅仁。"(《论语·颜渊》)
> 子曰:"君子耻其言而过其行。"(《论语·宪问》)
> 子曰:"……知者不失人,亦不失言。"(《论语·卫灵公》)
> 子曰:"道不同,不相为谋。"(《论语·卫灵公》)
> 孔子曰:"益者三友,损者三友。友直,友谅,友多闻,益矣。友便辟,友善柔,友便佞,损矣。"(《论语·季氏》)
> 子曰:"不知言,无以知人也。"(《论语·尧曰》)

另外,20世纪90年代新出土的文献《郭店楚简》中也有不少论及"友道":

> 子曰:唯君子能好其匹,小人岂能好其匹?故君子之友也有向,其恶有方。此以迩者不惑,而远者不疑。《诗》云:"君子好逑。"(郭店楚简《缁衣》二十一章)①
> 以其中心与人交,悦也。(郭店楚简《五行》十九章)
> 以其外心与人交,远也。(郭店楚简《五行》二十一章)
> 上交近事君,下交得众近从政,修身近至仁。同方而交,以道者也。不同方而(交,已故者也)。同悦而交,以德者也。不同悦而交,以猷者也。(郭店楚简《性》十六章)
> 与为义者游,益。与庄者处,益。起习文章,益。与褻者处,损。与不好者游,损。……自示其所不足,益。……有所不行,益。必行,损。(郭店楚简《语丛三》二章)

上述这些文献足以证明儒家对朋友的重视。儒家之所以重视朋友,是与其"士"集团的崛起分不开的。春秋后半期,政治活动的重心已由统治的公室(公子集团)转入卿大夫集团;春秋末叶,大夫集团也已走上了下坡路,权力转移到另一个人数更多,因此人才也更多的"士"集团。② 在社会渴求人才大潮下,士以朋友之道相聚,终使自己成为影响政治力量的集团,取得了与君权分庭抗礼地位,君臣关系也被定位为朋友关系,如何

---

① 李零著《郭店楚简校读记》,中国人民大学出版社,2007年增订本,第80页。下同。
② 参见许倬云著《春秋战国间的社会变动》,《台湾学者中国史研究论丛》,中国大百科全书出版社,2005年,第40-51页。

引朋交友就得到了更多的重视,"尚友"作为士阶层的核心追求,集中反映了他们的政治抱负和价值追求,营造出一系列重"友"的政治文化理念与鉴"友"的价值标准。

孟子在与万章讨论交友之道时,不仅提出了交"乡友""国友""天下友",还提出了交"古友"。交"乡友""国友""天下友",可以"观其言","考其行",交"古友"就不仅是"颂其诗、读其书"这么简单,为了能交上善友,就必须去"论世""知人",所以,"知人论世"是作为交友的手段提出来的。论世知人是为了"尚友","尚友"是为了自身砥砺,是为了修身,以使自己担负起士阶层的政治使命。孟子的"知人论世"并没有提到"学"的概念,但"友"在孔门教义中确实含有"学"的意思,如"独学而无友,则孤陋而寡闻",①"学莫便乎近其人。《礼》《乐》法而不说,《诗》《书》故而不切,《春秋》约而不速。方其人之习君子之说……故曰:学莫便乎近其人。学之经莫速乎好其人,隆礼次之。上不能好其人,下不能隆礼,安特将学杂识志顺《诗》《书》而已耳"。② 荀子指出,颂读诗书是为了"学","学"的重点是"近其人""方其人""好其人""为其人",荀子为学的目的是"始乎诵经……终乎为圣人"(《荀子·劝学》)。③ 由于学是以圣人为榜样,因此诗书中的"人"或诗书背后的"人"(作者)就成为"学"的重点。这与孟子的"知人论世"说一脉相承,因此,"知人论世"也是士阶层读书修身之途径。

## 第二节 文学批评理论之构建

如前所述,"知人论世"是孟子基于儒家文化礼乐制度提出的"修身方法",但其"知人"必先"论世","论世"才能"知人"的观点,确实为后人提供了一种视古人为客观研究对象的读书方法,因此在晚近被引申为文学批评理论,与"以意逆志"一样,成为传统文学批评的重要方法,对文学批评理论产生了深远的影响。

清代顾镇在《虞东学诗》中说:"夫不论其世,欲知其人,不得也;不知其人,欲逆其志,亦不得也。……故必论世知人,而后逆志之说可用也。"④王国维《玉谿生诗年谱会笺序》中也说:"由其世以知其人,由其人以逆其志,则古诗虽有不能解者寡矣。汉人传诗,皆用此法。……治古诗如是,治后世诗亦何独不然?"⑤章学诚《文史通义·文德》说得更明白:"不知古人之世,不可妄论古人之辞也。知其世矣,不知古人之身处,亦不可以遽论其文也。"⑥著名史学家陈寅恪为冯友兰的《中国哲学史》写审查报告时强调"古人著书立说,皆有所为而发,故其所处之环境,所受之背景,非完全明了,则其学说不易

---

① 郑玄撰《礼记正义》,见《十三经注疏》,北京大学出版社,2000年,第1238页。
② 蒋南华、杨寒清译《荀子全译》,贵州人民出版社,1995年,第8页。
③ 王先谦撰《荀子集解》,中华书局,1988年,第11页。
④ 顾镇撰《虞东学诗》,《景印文渊阁四库全书》第89册,台湾商务印书馆,1986年,第384页。
⑤ 王国维撰《观堂集林》卷二十三,《王国维遗书》第4册,上海书店,1983年,第23页。
⑥ 严杰、武秀成译《文史通义校注》,贵州人民出版社,1997年,第336页。

评论"。① 可以说,由"知人论世"引申出这一文史批评的原则和方法,为历代文史批评家自觉或不自觉地遵循。

自觉或不自觉地运用"知人论世"来进行文学批评的,首推汉儒说《诗》。毛苌、毛亨的《诗序》及郑玄的《诗谱序》《六艺论》等,虽饱受后人诟病,但《风》《雅》之"正"、"变"的区分,《六艺论》论及的诗歌功能变化与社会政治的关系,仍然坚持并发扬了孟子所开创的"知人论世"的文学批评方法。只是其中生硬地把某诗与某一历史事件相比附,以便总结出所谓的微言大义,实有穿凿之嫌。

史学家司马迁也受"知人论世"说的影响,他在《报任安书》中说:

> 古者富贵而名摩灭,不可胜记,唯倜傥非常之人称焉。盖文王拘而演《周易》;仲尼厄而作《春秋》;屈原放逐,乃赋《离骚》;左丘失明,厥有《国语》;孙子膑脚,《兵法》修列;不韦迁蜀,世传《吕览》;韩非囚秦,《说难》《孤愤》。《诗》三百篇,大抵圣贤发愤之所为作也。此人皆意有所郁结,不得通其道,故述往事,思来者。②

司马迁这一"发愤著书"之说,强调了一个人的著述都是受到时代政治、个人遭遇等的影响,正是孟子"知人论世"说的最好诠释。晋人葛洪在其《抱朴子》中,用事物发展变化的观点,解释了文章由质朴向华美转变的道理:

> 且古书之多隐,未必昔人故欲难晓。或世异语变,或方言不同,经荒历乱,埋藏积久,简编朽绝,亡失者多;或杂续残缺,或脱去章句,是以难知,似若至深耳。③

这是把"古书多隐"放入历史语境进行阐释,确为的论。在此基础上,葛洪又说:

> 且夫古者事事醇素,今则莫不雕饰。时移世改,理自然也……若舟车之代步涉,文墨之改结绳,诸后作而善于前事,其功业相次千万者,不可复缕举也。世人皆知之快于曩矣,何独文章不及古邪?

葛洪的这一"进化论"的文学发展观,无疑是实践了孟子"知人论世"说的结果。

而在整个文学批评史中,受孟子"知人论世"观影响最大的,或者说自觉运用"知人论世"理论来进行文学批评的,要数刘勰的《文心雕龙》。孟子的"知人论世"说在刘勰整个批评创作中的影响是显而易见的,比如《时序》《才略》《知音》《程器》等篇。尤其是《时序》篇,从上古的唐尧虞舜直至齐梁之时,历论各代政治文化状况与诗文风格的关系,得出"文变染乎世情,兴废系乎时序"④这样的结论,这与"知人论世"是一脉相承的。在"论世"层面上,刘勰总结了社会风气、不同帝王的爱好、社会政治、学术思潮对文学造成的影响。因为尧的德化广被,所以"野老吐何力之谈,郊童含不识之歌";因为"幽厉昏",所以《板》《荡》发出了愤怒之声;邹衍、驺奭、屈原、宋玉等人作品能做到"暐烨之奇意",

---

① 陈寅恪《冯友兰中国哲学史上册审查报告》,见《陈寅恪集·金明馆丛稿二编》,生活·读书·新知三联书店,2001年,第279页。
② 萧统编,李善注《文选》卷四十一,上海古籍出版社,1986年,第1864页。
③ 庞月光译《抱朴子外篇全译》,贵州人民出版社,1997年,第592页。
④ 龙必锟译《文心雕龙全译》,贵州人民出版社,1992年,第546页。

是因为这一时期纵横变化的社会风俗;而建安文学的"雅好慷慨,良由世积乱离,风衰俗怨,并志深而笔长,故梗概而多气也"。① 封建帝王的爱好也在一定程度上影响着文学的兴衰。汉武"崇儒",因而有"礼乐争辉,辞藻竞骛"的局面。建安因有曹操、曹丕的"雅爱诗章"、"妙善辞赋"和"体貌英逸",于是形成了"俊才云盛"之貌。一个时期的学术思想也会影响到文学创作,西晋玄学盛行,于是有"诗必柱下之旨归,赋乃漆园之义疏"这种特异现象。所以刘勰说"文变染乎世情,兴废系乎时序",文风的不同是因社会风俗的不同,时代的变迁影响着文坛。一方面刘勰的批评实践体现了"知人论世"精神,另一方面,也说明孟子的要"尚友"古人,必以"知人论世"为前提的重要性。

在"知人"的层面上,刘勰不仅从作家的才能、德行等方面来论述如何"知人",而且总是把作家作品放在具体的时代去加以评论,去"观其言""考其行"。他批评那些"雕而不器"的作家,司马相如、扬雄、班固、潘岳等,有的好色贪财,有的嗜酒无度,有的以献媚来作威作福,有的要阴谋陷害太子。刘勰甚至对管仲、吴起也痛加斥责,因为他们虽贵为将相,但品行不端,管仲偷盗,吴起贪财好色。"文人无行","岂曰文士,必其砧砍"。同时,刘勰又极力赞扬如屈原、贾谊、邹阳、枚乘等一批品行良好的文人。刘勰在"知人"时,把作家品德与作家作品联系起来,"观其言","考其行",深契孟子"知人论世"的精髓。李春青教授认为,刘勰对孟子"知人论世"说的应用主要有三个方面。其一,刘勰阐述了时代政治对文学创作的影响:"故知歌谣文理,与世推移,风动于上,而波震于下者。"其二,刘勰证实了时代风气对文学创作的影响:"自献帝播迁,文学蓬转,建安之末,区宇方辑……观其时文,雅好慷慨,良由世积乱离,风衰俗怨,并志深而笔长,故梗概而多气也。"其三,刘勰分析了学术思想对文学创作的影响:"然中兴之后,群才稍改前辙,华实所附,斟酌经辞,盖历政讲聚,故渐靡儒风者也。"②

近现代以来,孟子提出的"知人论世"观点,汉儒葛洪、刘勰为代表的中国古代文学批评的实践得到了继承与发挥。这其中,鲁迅的《魏晋风度及文章与药及酒之关系》一文就可堪称"知人论世"说具体而微的现代版:

> 现在我们再看历史,在历史上的记载和论断有时也是极靠不住的,不能相信的地方很多,因为通常我们晓得,某朝的时代长一点,其中必定好人多;某朝的年代短一点,其中差不多没有好人。为什么呢?因为年代长了,做史的是本朝人,当然恭维本朝的人物,年代短了,做史的是别朝人,便很自由地贬斥其异朝的人物,所以在秦朝,差不多在史的记载上半个好人也没有。曹操在史上年代也是颇短的,自然也逃不了背后一朝人说坏话的公例。其实,曹操是一个很有本事的人,至少是一个英雄,我虽不是曹操一党,但无论如何,总是非常佩服他。③

鲁迅阐释了对历史记载的认知态度,不能尽信书,也不能全盘否定书本的记载,通过这些记载,我们可以走近历史,重要的是我们要"知人论世"。鲁迅认为,汉末魏初文

---

① 龙必锟译《文心雕龙全译》,贵州人民出版社,1992年,第541页。
② 李春青《中国文化诗学的源流和走向》,《河北学刊》,2011年第1期,第85页。
③ 《鲁迅全集》第三卷《而已集》,人民文学出版社,2005年,第523页。

章的"清峻""通脱"之风格是与当时曹操提倡"通脱"来反对汉末的"清流"有关的:

> 他为什么要尚通脱呢?自然也与当时的风气有莫大关系。因为在党锢之祸以前,凡党中人都自命清流,不过讲"清"讲得太过,便成固执,所以在汉末,清流的举动有时便非常可笑了。……所以深知此弊的曹操要起来反对这种习气,力倡通脱。通脱即随便之意。此种提倡影响到文坛,便产生多量想说什么便说什么的文章。

鲁迅的"知人论世"过人之处还在于:他能从历史记载的表面意思之中窥见真实的人格矛盾。嵇康、阮籍是当时的大名士,他们为了不与司马氏集团合作,表面上"越名教而任自然",高喊"名教岂为我辈设耶",用荒诞的行为来和司马氏集团提倡的礼教处处作对,但鲁迅却看出了两人荒诞行为背后所隐含的人格矛盾。他们反对的是司马氏提倡的礼教,他们的内心其实是"礼教"的内心:

> 魏晋时代,崇奉礼教的看来似乎很不错,而实在是毁坏礼教,不信礼教的。表面上毁坏礼教者,实则倒是承认礼教、太相信礼教。……所以我想,魏晋时所谓反对礼教的人,有许多大约也如此。他们倒是迂夫子,将礼教当作宝贝看待的。

鲁迅把"魏晋风度"置于魏晋时的政治、社会风气中考察来"论世知人",其方法上绍孟子,下启来者。直到今天,无论现代主义以来的新兴文学批评方式方法走得有多远多新奇,但在我们占主导地位的文学批评实践中,依然在主要使用着的,还是"知人论世"和"以意逆志"的方式方法。所谓"时代背景分析""作者介绍""中心思想""主题"等,这些人们耳熟能详的概念,无一不是"知人论世"或"以意逆志"的产物。由此足以见出孟子对于中国文学批评的深远影响。

## 第三节 阅读欣赏之方法

孟子提出的"知人论世"的观点,不仅具有文学批评理论建构的意义,而且具有文学作品阅读实践的指导作用。清人章学诚在其《文史通义·文德》中说:"不知古人之世,不可妄论古人文辞也。知其世矣,不知古人之身处,亦不可以遽论其文也。"①"知人论世"既是阅读欣赏文学作品的前提条件,也是一种基本方法。从一定的角度而言,"知人论世"是读者打开文学作品殿堂的一把钥匙。

《离骚》作为中国文学史上最伟大的文学作品之一,理解屈原在作品中的一步三叹,理解"党人偷乐""众皆贪婪""民生多艰""昔日芳草,今此萧艾""从彭咸之所居"等的抒写,进而理解屈原伟大的爱国情怀,都离不开知人论世。

从"知人论世"角度解读《离骚》的,首推司马迁。他在《屈原贾生列传》中对《离骚》进行了解读:

---

① 章学诚著,叶瑛校注《文史通义校注》卷三《文德》,中华书局,1985年,第278页。

屈平疾王听之不聪也,谗谄之蔽明也,邪曲之害公也,方正之不容也,故忧愁幽思而作《离骚》。《离骚》者,犹离忧也。夫天者,人之始也;父母者,人之本也。人穷则反本,故劳苦倦极,未尝不呼天也;疾痛惨怛,未尝不呼父母也。屈平正道直行,竭忠尽智以事其君,谗人间之,可谓穷矣。信而见疑,忠而被谤,能无怨乎?屈平之作《离骚》,盖自怨生也。《国风》好色而不淫,《小雅》怨诽而不乱。若《离骚》者,可谓兼之矣。上称帝喾,下道齐桓,中述汤武,以刺世事。明道德之广崇,治乱之条贯,靡不毕见。其文约,其辞微,其志洁,其行廉,其称文小而其指极大,举类迩而见义远。其志洁,故其称物芳。其行廉,故死而不容自疏。濯淖污泥之中,蝉蜕于浊秽,以浮游尘埃之外,不获世之滋垢,皭然泥而不滓者也。推此志也,虽与日月争光可也。①

这里,太史公首先从论世的角度阐述了《离骚》产生的原因,是"忧愁幽思"而作《离骚》。"离骚"即"离忧"。班孟坚在《离骚赞序》中解释说:"离,犹遭也。骚,忧也。明己遭忧作辞也。"②后来王逸在《楚辞章句·离骚经序》中把"离"解释成"别":"离,别也;骚,愁也;经,径也。言己放逐离别,中心愁思,犹依道径以风谏君也。"③这样的解释显然没有太史公来得确切。④

那么,司马迁所说的"王听之不聪,谗谄蔽明,邪曲害公,方正不容",到底是怎么回事呢?司马迁讲屈原"正道直行,竭忠尽智以事其君,谗人间之"、"信而见疑,忠而被谤",其历史果真如此吗?

屈原生活在战国(公元前475—前221年)中期。根据我国史学界的一般看法,战国时期我国由奴隶制社会跨进了封建制社会。在这个新旧制度交替之际,既得利益集团与新兴利益集团的斗争是相当激烈和残酷的。

春秋(公元前770—前476年)以来,受奴隶暴动、逃亡以及平民起义浪潮的冲击,各诸侯国都或迟或早地进行了政治、经济制度的改革。战国时主要大国都实行了封建制,但各国内部的斗争并未停止。楚国从春秋以来就是南方的霸主,到了战国时代,经济、文化都发展到相当的高度,但是楚国的政治制度却比较落后,政权主要操纵在腐朽的旧贵族手中。公元前401—前381年,楚悼王任用由魏入楚的吴起实行变法。吴起变法的主要内容有:

(1)取消旧贵族的特权:"使封君子孙三世而收爵禄",⑤凡封君的子孙已传三代的取消爵禄,疏远的公族不再算作公族。

(2)强令旧贵族"往实广虚之地",⑥迁到荒僻的地方去垦荒。

---

① 杨燕起译《史记全译》,贵州人民出版社,2001年,第3125-3126页。
② 洪兴祖撰《楚辞补注》,中华书局,1983年,第51页。
③ 王逸注《楚辞章句补注》,吉林人民出版社,1999年,第2页。
④ 近世学者,有人认为"劳商"与"离骚"均系双声字,"离骚"即"劳商"之转音,因而推论《离骚》本为楚国古乐曲名。
⑤ 张觉译《韩非子全译》,贵州人民出版社,1992年,第186页。
⑥ 郑贤柱等译《吕氏春秋全译》,贵州人民出版社,1997年,第817页。

(3)"罢无能,废无用,损不急之官"。① 废除无关紧要的官职,裁减无能的官吏,削减官吏的俸禄,用以抚养战士。

(4)"禁游客之民,精耕战之士"。②

吴起的变法如果能够实行,楚国就有可能更加强盛起来而统一中国。可惜变法没有多久,"悼王死,宗室大臣作乱而攻吴起,吴起走之王尸而伏之。击起之徒因射刺吴起,并中悼王。"③楚悼王死去,吴起被旧贵族射死,变法遭到挫折,变法的影响也逐渐消失。到了楚怀王时代,楚国的政治依旧十分腐败。苏秦曾对楚王形容这种腐败的情形说:"今王之大臣父兄,好伤贤以为资,厚赋敛诸臣百姓,使王见疾于民,非忠臣也。"④这种情形,和屈原在诗篇中揭露的完全一样。在秦国的攻击下,楚国一再迁都,公元前278年迁都到陈(今河南淮阳县),公元前241年迁都到寿春(今安徽寿县),最后终于在公元前223年为秦所兼并。

屈原在青年时代便有很大的抱负,"博闻强志,明于治乱,娴于辞令",因此在二十几岁时,便得到楚怀王的信任,做到左徒的官职。从《史记》的记载"入则与王图议国事,以出号令;出则接遇宾客,应对诸侯",⑤可以看出这是一个内政外交兼管的重要职务。

在担任左徒期间,他曾计划改革内政,并出使齐国,订立了齐楚联盟。怀王十一年(公元前318年),六国曾联合攻秦,由怀王任纵长。虽然秦国一迎战,六国便退兵,没有取得什么结果,但是这次进攻也给秦国很大的威胁,同时加强了楚国的地位。在这种情形下,屈原更积极地将楚国兴亡的责任担负起来,这就是《离骚》中的"忽奔走以先后兮,及前王之踵武"的注脚。

但是,屈原的这种愿望却不合楚国贵族大臣们的心意,他改革内政的主张更招来了他们强烈的嫉恨,于是旧贵族们便联合起来排挤打击屈原,破坏怀王对他的信任。《屈原贾生列传》里记载着这样一件事:有个上官大夫,嫉妒屈原的才能。怀王叫屈原拟定国家法令,屈原才拟好草稿,被上官大夫知道了,硬要抢来看,屈原不给,他就跑到怀王面前说屈原的坏话:"王使屈平为令,众莫不知,每一令出,平伐其功,(曰)以为'非我莫能为'也。"这样,果然激怒了怀王,"王怒而疏屈平",从此就对屈原疏远了。

这时候,秦国和山东六国为争夺天下竭尽其所能施展各种手段。秦为了完成统一事业,积极地破坏六国联盟,派遣了连横派最著名的人物张仪到楚国进行活动。由于楚怀王的昏庸,更由于楚国内部的政治腐败,张仪轻易地就得到了怀王的信任,"置相玺(印)于张仪"。怀王更听信张仪的鬼话,贪图秦所答允给予的商於(在今河南淅川县西)之地六百里,竟与齐绝盟。

> 楚怀王贪而信张仪,遂绝齐,使使如秦受地。张仪诈之曰:'仪与王约六里,不闻六百里。'楚使怒去,归告怀王。怀王怒,大兴师伐秦。秦发兵击之,大破楚师于

---

① 王守谦等译《战国策全译》,贵州人民出版社,1992年,第166页。
② 杨燕起译《史记全译》,贵州人民出版社,2001年,第3024页。
③ 杨燕起译《史记全译》,贵州人民出版社,2001年,第2590—2591页。
④ 王守谦等译《战国策全译》,贵州人民出版社,1992年,第432页。
⑤ 杨燕起译《史记全译》,贵州人民出版社,2001年,第3124页。

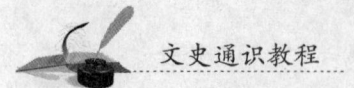

丹、浙，斩首八万，虏楚将屈丐，遂取楚之汉中地。怀王乃悉发国中兵以深入击秦，战于蓝田。魏闻之，袭楚至邓。楚兵惧，自秦归。而齐竟怒不救楚，楚大困。①

经过这两次失败，怀王有点悔悟了，便派遣屈原到齐国去争取和齐国恢复联盟。之所以要派屈原，大概是因为只有他还保持了齐人的信任，楚国君臣出尔反尔的做法，早已使楚国信誉扫地了。

当时，秦国一方面害怕齐楚恢复联盟，一方面也看到楚国仍有很强的力量，不能一下子将它消灭。于是便采取一面削弱它一面拉拢它的办法，答允退还楚国一部分失地讲和。怀王却恨透了张仪，宁愿不要失地而要报复张仪。张仪是非常了解楚国情况的，竟亲自跑到楚国，贿赂楚国大臣，乃至怀王宠姬南后郑袖，讲了一套诡辩之辞，又使楚国君臣上下听他摆布了。

明年，秦割汉中地与楚以和。楚王曰："不愿得地，愿得张仪而甘心焉。"张仪闻，乃曰："以一仪而当汉中地，臣请往如楚。"如楚，又因厚币用事者臣靳尚，而设诡辩于怀王之宠姬郑袖。怀王竟听郑袖，复释去张仪。是时屈平既疏，不复在位，使于齐，顾反，谏怀王曰："何不杀张仪？"怀王悔，追张仪不及。

张仪临走前还说服了怀王"叛纵约，而与秦合亲，约婚姻"。这就使楚国在对齐的外交上，又一次大失信用，屈原这次使齐所做的努力也就白费了。"初既与余成言兮，后悔遁而有他；余既不难夫离别兮，伤灵修之数化"。这些话语足见屈原当初的愤恨。不久，秦惠王死，秦武王继立。秦武王是不满张仪的，张仪避居到魏国，第二年，便死在魏国。这时形势似乎有了些变化，合纵的可能性又增大了。齐湣王曾给怀王写信，约他合纵。楚国内部争论很多，暂时与齐、韩取得了联合。秦武王在位四年便死去，秦昭王立（楚怀王二十三年），又对楚进行拉拢，怀王二十五年，秦楚盟于黄棘（今河南新野县东北），互为婚姻。这是楚国投降派的又一次胜利，也是屈原又一次严重的失败。

怀王二十六年，齐、韩、魏三国攻楚，声讨楚违背纵约。楚使太子横到秦国做人质，取得秦的援助。二十七年，太子横因为同秦大夫决斗，杀了秦大夫，逃回楚国。第二年秦就以此为口实，联合了齐、韩、魏攻打楚国，在泚水旁的垂沙大败楚军，楚将军唐昧战死。怀王二十九年秦又攻楚，杀楚将军景缺。到这时候怀王才又想到要去联齐，使太子横人质于齐。怀王三十年秦占领了楚国八城，胁迫怀王在武关（今陕西商县东）相会。当时屈原、昭睢都看出这是秦的诡计，劝怀王不要去。"怀王欲行，屈平曰：'秦虎狼之国，不可信，不如毋行。'怀王稚子子兰劝王行：'奈何绝秦欢！'怀王卒行。②"怀王一入武关，果然被秦军劫去，秦人把他送到咸阳，象藩臣一样看待他，要挟他割让巫郡和黔中郡。这时，怀王倒还有点骨气，坚决不肯答应，于是就被扣留起来。其间怀王虽曾设法逃跑过一次，但也没有成功，三年之后，终于死在秦国。

当怀王被扣留在秦国，楚国的宗室大臣便自齐迎立了太子横，即顷襄王。顷襄王初

---

① 杨燕起译《史记全译》，贵州人民出版社，2001年，第3128页。
② 杨燕起译《史记全译》，贵州人民出版社，2001年，第3130页。

# 第六章 知人论世

立，倒也想向秦国报复，同时楚国人民连年被秦兵侵扰，也激起共同反抗秦国的心理，所以当怀王囚死在秦国，秦人将他的棺柩运来时，楚国人都痛哭流涕，感到是莫大的耻辱。可是内政外交的一切权力都操纵在以令尹子兰为首的贵族大臣手上，而这些昏聩无能的贵族只看到个人眼前的利益，丝毫也不考虑国家的安危。顷襄王立了不久，便经不起秦国的恫吓和投降派的包围，又向秦国俯首听命了，而且还丧心病狂地做了秦国的女婿。从此，楚国便始终受秦国的压迫，处于屈辱的地位。

屈原看到这一切，当然是极愤恨的。怀王落到这般下场，是不辨忠奸的结果。所以诗人说"既莫足为美政兮，吾将从彭咸之所居"。《离骚》反映了屈原对楚国黑暗腐朽政治的愤慨，抒发了他热爱楚国，愿为之效力而不可得的悲痛心情和因此而遭遇不公的哀怨。全诗缠绵悱恻，诗人苦闷、忧伤的感情借助于诗歌形式上回旋复沓的特点表现得十分强烈。这种回旋复沓，正是诗人思想感情发展的反映。《离骚》大致可分为前后两个部分。第一部分从开头到"岂余心之可惩"，叙述自己的生平家世。他出生高贵，父母又给取了很好的名字，又在"庚寅"这样一个好日子出生。具有如此多"内美"的他"又重之以修能"，目的是要为楚王"导夫先路"。但由于"党人"的"偷乐"及君王"数化"，自己蒙冤受屈。在理想和现实的尖锐冲突中，屈原表示"虽体解吾犹未变兮，岂余心之可惩"，表现了"宁赴常流而葬乎江鱼腹①"，也不"以皓皓之白而蒙世俗之温蠖"的坚贞情操。第二部分以幻漫诡奇的笔法，写自己"周流上下"，"浮游求女"寻找出路的过程及不遂其愿的结果。在最后一次的飞翔中，由于眷念楚国而再次流连不前。这些象征性的行为，显示了屈原在苦闷彷徨中的艰难选择，突出了屈原对楚国的挚爱之情。

一般认为，《离骚》的主旨是爱国和忠君。司马迁说："虽放流，睠顾楚国，系心怀王，不忘欲返。……其存君兴国，而欲反复之，一篇之中三致志焉。"(《史记·屈原贾生列传》)值得注意的是，屈原的爱国和忠君是与他的"美政"思想紧密联系在一起的，不是那种愚忠和妄爱，也不是为了个人利益，"岂余身之惮殃兮，恐皇舆之败绩"。而他的"美政"不仅是要继"前王之踵武"，还在于"哀民生之多艰"。

屈原的"美政"思想有哪些主要内容呢？我们透过《离骚》可以约略知道一点：这就是明君贤臣共兴楚国。首先，国君应该品德高尚，才能享有国家。"皇天无私阿兮，览民德焉错辅。夫唯圣哲以茂行兮，苟得用此下土。"其次，应该选贤任能，罢黜奸佞。诗中称赞商汤夏禹"举贤而授能兮，循绳墨而不颇"，并列举了傅说、吕望、宁戚、百里奚、伊尹等身处贱位却得遇明君的事例，借以讽谏楚王。另外，《离骚》还对现实进行了批评："固时俗之工巧兮，偭规矩而改错。背绳墨以追曲兮，竞周容以度。"这里的"规矩""绳墨"就是屈原修明法度的"美政"内容之一。显然，屈原的"美政"思想相较于楚国的现实更加进步，也符合当时的发展趋向。然而楚王的"后悔遁而有它"和佞臣的"各兴心而嫉妒"，导致君臣乖违，兴国不成，这是屈原"美政"不能实现的症结所在。所以，他在诗中反复地咏叹明君贤臣，实际上也是对楚国现实政治的尖锐批判，更是对自己不幸身世的深切哀叹，其中饱含着悲愤之情。

---

① 杨燕起译《史记全译》，贵州人民出版社，2001年，第3033页。

屈原的忠君是他爱国思想的一部分。屈原的爱国感情更表现在对楚国现实的关切之上,他从"皇舆败绩"的现实出发,反复劝诫楚王向古代的圣贤学习,汲取历代君王荒淫误国的教训,不要只图眼前的享乐,而不顾后果的严重。屈原列举了夏启、羿等由于"康娱自忘"而遭到"颠陨"的命运,给楚王提出警告。他憎恨那些误国的奸佞小人,"椒专佞以慢慆兮,榝又欲充夫佩帏。既干进而务入兮,又何芳之能祗"。政治的腐败使得楚国处境岌岌可危。对楚国命运的担忧,发而为一种严正的批判精神,这是《离骚》精神的伟大之处。

《离骚》为我们塑造了一个坚贞高洁的抒情主人公的光辉形象:

  进不入以离尤兮,退将复修吾初服。制芰荷以为衣兮,集芙蓉以为裳。不吾知其亦已兮,苟余情其信芳。高余冠之岌岌兮,长余佩之陆离。芳与泽其杂糅兮,唯昭质其犹未亏。……佩缤纷其繁饰兮,芳菲菲其弥章。民生各有所乐兮,余独好修以为常。虽体解吾犹未变兮,岂余心之可惩!

这些香草和装饰,体现了诗人奋发自励、苏世独立的人格。"路漫漫其修远兮,吾将上下而求索",体现了诗人对理想的执着追求。追求的热情和功业未就的焦虑,化作对有限时间的珍视,"汨余若将不及兮,恐年岁之不吾与","朝搴阰之木兰兮,夕揽洲之宿莽"。腐败的政治环境,使屈原陷入极端艰难的处境之中,但他却以生命的挚诚来捍卫自己的理想:"余固知謇謇之为患兮,忍而不能舍也。""亦余心之所善兮,虽九死其犹未悔!"正是在这强烈自信和无所畏惧的精神的鼓舞下,屈原才能对楚王及腐败的佞臣集团展开尖锐的批判:"怨灵修之浩荡兮,终不察夫民心。""唯党人之偷乐兮,路幽昧以险隘。"屈原的形象在《离骚》中十分突出,他那傲岸的人格和不屈的斗争精神,激励了后世无数的文人,并成为我们的民族精神的一个重要象征。屈原的自杀表现了他坚持自己的理想,坚持高洁的品格至死不悔的精神,同时也是对楚国黑暗政治的一种抗议。所以,如果不"知人",不"论世",就无从理解屈原的伟大,就无从理解《离骚》中所映射出的"与日月齐辉"的光芒,就无从确定屈原是不是一位爱国诗人的主题。

关于屈原的爱国,也有不同的意见。有人认为秦统一中国既然符合历史发展的方向,那么,屈原联齐抗秦的主张就起了阻碍历史进步的作用,当然也就谈不上什么爱国主义了。如果不结合"论世",那必然会导致谬误。不能认为只有由秦来统一才是进步,否则就是倒退。我们应该从战国时代的具体情况出发来认识这个问题。第一,七国中秦国并非先进生产关系的唯一代表。当时各国都已进入了封建社会,秦灭六国并非意味着六国的解放。第二,虽然历史事实是由秦最后完成了统一中国的事业,但是其余诸国也有这样做的可能性。当时就流行着"从合则楚王,横成则秦帝"的说法,而公元前288年秦、齐还相约共同称帝(秦为西帝,齐为东帝),这说明秦、楚、齐都有统一中国的可能。秦由于改革较彻底,战略正确,终于将这种可能性变成了现实。第三,秦经商鞅变法之后,军事上取得相对的优势,继而采取了分化瓦解、各个击破的策略,因此,楚、齐等国就有联合抵抗的必要。本来,战国时期,七国间政治、军事的斗争错综复杂,忽而联合,忽而对抗,形势不断地发生变化,争取友国的活动,不能看成是支持分裂、反对统一。

屈原生活的年代,正是秦国力量开始壮大,楚国力量日趋衰弱的时候,在这紧要关头,根据形势需要,屈原提出联齐抗秦的主张,完全是必要的。如果说这是阻碍了统一,那么,南后、靳尚等出卖楚国的投降派,倒成了促进统一的英雄了。这是无论如何也说不通的。

屈原之所以盼望由楚国来实现统一,是由于他对于自己出生的国家怀有很深的感情。他同情人民,关心楚国的命运,才激发了抗敌救国的决心。春秋战国时期的兼并战争,是建立统一的集权的封建国家的必然过程。可是,由于封建地主阶级毕竟是一个剥削阶级,这就使得战争充满了掠夺性和破坏性,给人民带来了深重的灾难。如著名的长平战役,秦将白起竟把赵国战俘四十多万人全部活埋。在战争中,"百姓不聊生,族类离散,流亡为臣妾(奴隶)……"①战败国对于战胜国还要缴纳贡献,出兵助饷,人民承受着更重的负担。屈原是"哀民生之多艰"的,屈原的爱国也应该是建立在这个基础上的。

屈原对于楚国的山川人民有着无尽的系念,至死也不愿离开,这种爱国的感情是与人民相通的。可以说,他是一位当之无愧的爱国诗人。

由此可见,本着"知人论世"的原则,我们通过了解屈原的出身家世和人生经历,可以体会《离骚》所寄托的情感;通过了解屈原创作的时代生活,可以把握《离骚》的内涵;通过了解屈原的经历和时代背景,可以破解《离骚》中"美人""香草"的比兴本体;通过了解屈原的思想感情,可以澄清前人分析、欣赏的失误。

因此,孟子的"知人论世"说,是解开屈原,解开《离骚》,解开一切文学作品的有效钥匙之一,无怪乎后世把它作为文学批评的方法和原则。

可见,"知人论世"会让我们在诗歌的字里行间寻觅到诗人跳动的心脉,帮助我们追寻那逝去的岁月,真切感受远古时代的气息。

**思考练习题**

1. 孟子"知人论世"的具体内涵是什么?
2. 孟子"知人论世"之我见。
3. "知人论世"的文学思想是什么?
4. 如何理解文学鉴赏中的"知人论世"?
5. "知人论世"的方法对我们理解文学作品有何作用?请结合你的阅读实践谈谈体会。

---

① 王守谦等译《战国策全译》,贵州人民出版社,1992年,第187页。

# 第七章　求真求实

作为两种不同的文化形态,文学与史学有着天然的联系。无论是以艺术形象反映,还是依据历史资料记录或描绘人类社会生活,文学与史学都必须把求真放在首位。文学要创造美,"必须把求真放在首位,在对事物和现象的把握、表现中,体现出合规律性的思想特征,体现出追求真理的热忱和勇敢,才能够创造出生动的形象,产生感人的魅力"。① 而历史研究首先是"正确地和准确地描绘现实的历史过程",②以此为起点才能透过现象看本质,探究人类历史发展的客观规律。随着人类社会的发展,无论是西方还是中国,文学与史学均形成了绵绵不绝的求真传统。

## 第一节　西方文史求真之路

### 一、古典时期

西方的文史求真传统,最早可以追溯到古代希腊。古希腊神话中,主神宙斯与记忆和回忆女神穆涅摩西奈孕育了诸位缪斯女神,其中有历史保护神克丽奥,还包括掌管诗歌、悲剧、喜剧、音乐、绘画、舞蹈等艺术门类的多位女神。将记忆和回忆女神穆涅摩西奈视为诸位女神之母,其明显的隐喻在于上述诸多学科源出于人类的生理本能:记忆和回忆。在人类的童年时期,记忆和回忆的形式与内容都是混沌的,没有文学、史学、宗教、伦理等不同学科的区别,各种经验知识混杂在一起,如同天地初开,一片混沌中包含着各类事物的种子。大约产生于公元前8世纪以前的古希腊神话正是这些记忆和回忆的变形,是从氏族公社制向奴隶制社会过渡时期的古希腊原始氏族社会的精神产物。就其内容而言,希腊神话记忆人事的分量超过记忆神事,而且神事实际上也是记忆者自身的反映。显然,这些神话实质上保留着过去所发生的事件的真实内核。

稍后,这些神话传说又以史诗的形式在人们中口耳相传,并进而被记录下来。荷马史诗是现存古希腊最早的史诗,由《伊利亚特》和《奥德修记》两部史诗组成,相传由盲诗人荷马所作,其实并非一人所作,而是历经多个世纪口头流传的诗作的结晶。史诗记载

---

① 董学文、张永刚编著《文学原理》,北京大学出版社,2001年,第23页。
② 《列宁选集》第一卷,人民出版社,1995年,第31页。

了古希腊长期流传的关于特洛伊战争的英雄传说,极为广阔地描绘了由氏族社会向奴隶社会过渡时期希腊的社会生活和人们的精神面貌。而且,史诗对希腊人的敌人特洛伊人采取了客观中立的态度。史诗中,特洛伊与希腊人具有共同的宗教、共同的语言、共同的风俗习惯和共同的政治体制,俨然是同一个民族的两个分支,在希腊神面前的地位也完全一样。无论是对希腊古代社会的如实描绘,还是对希腊敌人的客观中立态度,无疑都与求真求实的精神有相通之处。

荷马之后,希腊出现了第一位纪实主义诗人赫西俄德。他的诗歌首次体现了希腊人追求真实的愿望和实践。虽然在诗中还常谈论到宙斯及其家族,一旦进入自身经验的时代,他就运用切身体验,描述现实世界的各种世象。进而,他明白无误地表达了追求真实的愿望:"佩尔塞斯啊,我将对你述说真实的事情。"这句宣示不仅表明作者去伪存真的决心与理念,而且标志希腊人的巨大进步,即开始由"夹杂大量神话传说的原始记忆向理性地记忆社会人生的转变"。① 因此,他可以被看作是古希腊萌芽状态的史学走向完全形成的史学过程中的过渡人物。在他身后,希腊政治、经济、思想文化方面的变革过程充分展开,文学与史学也在求真求实的文化氛围中完成了自身进化,成为具有鲜明自身特征的独立的知识领域。

公元前 7 世纪开始,古希腊发生了从神本主义到人本主义的知识革命,哲学、文学、史学、数学、地理学等学科先后诞生,成为最早的人文与自然学科,追求真理和理性成为古希腊知识分子研究活动的最高追求。在此背景下,文学与史学在各自的领域分别展开了求真求实之旅。

文学方面,模仿论的出现奠定了西方文学的真实观。摹仿论主张艺术是对自然和生活的摹仿,自然和生活是艺术的源泉。德谟克利特指出,人们"是摹仿禽兽,作禽兽的小学生的。从蜘蛛我们学会了织布和缝补;从燕子学会了造房子;从天鹅和黄莺等歌唱的鸟学会了唱歌。"②苏格拉底和柏拉图对摹仿论有所发展,而最先全面阐发其内涵的是亚里士多德。他将模仿视作是人类的一种自然而健康的本性:"从童年时代起人就具有模仿的禀赋。人是最富有模仿能力的动物,通过模仿,人类可以获得最初的经验,正是在这一点上,人与其他动物区别开来。而且人类还具有一种来自模仿的快感。"③他还指出模仿不仅在于再现事物的原貌,而且是对事物的类的属性的反映,文学的模仿是按照可然律和必然律进行的。因此,文学的模仿实际上是一种有所依据的创造行为。在他心目中,真实性指的是存在于自然与人类事物中的普遍情理,即必然或可能会出现的情形。诗人通过模仿这种必然或可能的情形,来完成虚构的故事情节的创造。所以,真实性的标准客观而外在。这种观点对西方文学的影响非常深远,一直到 19 世纪,这种文学模仿自然事物的必然情形的真实观都没有被动摇。

史学方面,古典史学的精髓就是求真求实。后来成为印欧语言中"历史"一词的古

---

① 郭小凌著《西方史学史》,北京师范大学出版社,2011 年 3 版,第 24 页。
② 伍蠡甫编选《西方文论选(上卷)》,上海译文出版社,1979 年,第 4-5 页。
③ [古希腊]亚里士多德著《诗学》,人民文学出版社,1962 年,第 11 页。

文史通识教程

希腊文 historia 出自古词 histor,原意是了解真相和公正的人。古希腊史学与其后一脉相承的古罗马史学共同构成了西方史学的第一个阶段——古典史学阶段。古典史学的本质特征是对历史真实的追求。恢复过去人们活动的真相、复原事实和发现原因,不仅是史家力求达到的目标,而且是评判史学著作质量的首要标准。

古希腊"历史之父"希罗多德理性地确立了史学的基本任务在于记载和解释人类的活动,尤其是重大历史事件,并探寻其因果关系。史学巨匠修昔底德则为西方史学牢固地确立了求真求实的治史宗旨和判断史学成就高低的基本标准。他是西方史学史上第一个提出严格的史料批判原则的人。他认为史家不仅应是自己所见所闻的记录者,还应是真实信息的提供者。同时,修昔底德拥有难得的冷峻的客观主义治史精神。在采用去伪存真后的史料复原历史真相时,他总是尽量避免个人的主观介入,避免做过多的个人批判,尽量真实地刻画过去。其代表作《伯罗奔尼撒战争史》在史料的可靠性方面和实践客观主义精神方面均堪称典范。正因如此,其作品被英国哲学家兼历史学家大卫·休谟盛赞为一切真实的历史的开端。

古罗马时期,史家们对求真求实问题进行了更为深入的思考。早期史学理论家波里比乌斯特别强调求真对于历史的决定意义,把求真视为历史的质的规定性。他分析了历史真实的两层涵义,即再现过去的真实与解释原因的真实。为了求得再现层面的真实,他制定出史料的不同类型及其收集的基本方法;为了求得原因层面的真实,他制定并运用了一些非常合理的方法。古罗马史学繁荣时期,著名史家塔西陀第一次提出了客观主义治史原则。在其重要著作《历史》和《编年史》中,他提出"超然"、"去除个人爱憎之情"与"无愤无偏"的治史原则。[①] 这标志着西方古典史学的思想方法发展到了理性的新高度,即客观主义的高度。古典史学求真求实传统的最后一位出色体现者是马尔凯利乌斯,他不止一次强调史家的首要任务就是真实地叙述已发生的事情,绝不能隐瞒事实。他还指出史家所以歪曲历史主要是因为对有权者的恐惧和一些利害所在,其次是不加批判地依从权威。

## 二、中世纪

在被称为"黑暗时代"的中世纪,基督教在文化、教育、哲学、文艺乃至整个精神领域里,占有绝对的统治地位,文学和史学一样,成为神学的婢女。在基督教的思想框架之下,神学成为对文学进行阐释的理论基础,神学史观统治着西方史坛。然而,无论在文学还是史学领域,求真求实的传统并未彻底断绝。

文学方面,从文学理论到文学实践均不同程度地继承了古典时期的求真求实传统。首先,与正统神学相对抗的"异端"思想不乏对文学与现实生活关系的肯定。公元9世纪,爱尔兰神学家厄里根纳通过"泛神论"思想肯定了现实美,指出人的创造并不比彼岸世界低劣。12世纪,法国神学家阿贝拉尔的"唯情论"特别强调人的自然情欲是现实的存在,也是诗歌创作的内在动力。其次,中世纪神学的代表人物奥古斯丁虽然根本上否

---

① 郭小凌著《西方史学史》,北京师范大学出版社,2011年3版,第85页。

定艺术模仿的真实性,却在批评世俗文艺时总结了艺术模仿的一些真实性格。他认为艺术模仿的对象是生活,从题材上说,文学模仿现实生活;从本质上说,文学模仿的是世俗生活中人的激情。文学虚构之所以真实,不在于事件的真实,而在于情感模仿的真实。只是在将世俗生活看作不真实的生活的大前提下,他才又否定了艺术模仿的真实性。第三,中世纪文学的某些方面体现了文学的求真传统。教会文学以外,不论在史诗与谣曲中,还是在骑士文学和城市文学中,不乏取材于现实生活,反映社会现实的作品。史诗中现实成分和神话因素交织在一起,以传说和幻想的形式反映社会现实,具有很高的认识价值。谣曲有的传唱文学作品和现实生活中的故事,大多表现劳动人民的思想感情。城市文学取材于现实生活,主要内容是揭露、抨击封建主和僧侣的残暴、贪婪、愚蠢,赞美市民的勇敢、机智、聪敏,具有鲜明的反封建、反教会的倾向。

史学方面,基督教史学失去了古典史学求真求实的灵魂,但古典史学的求真传统在某些时段或某些国家仍不绝如缕。首先,一些史家仍然提倡尊重历史客观性和真实性。拜占庭史家普罗柯匹乌斯和英格兰史家帕里斯都提出了真实记述历史的要求。最值得一提的是西方史学史上第一位女性史家——安娜·康尼娜。她关于治史原则的论述在当时可谓振聋发聩,如"史学本质上必须以史实为基础","一个人如果承担了历史学家的角色,就必须忘记友谊和仇恨。如果敌人的行为值得尊敬,他必须给予高度称赞;即使他最亲近的亲属犯了错误,他也必须进行谴责。因此历史学家既要规劝他的朋友也要赞颂他的敌人"。其次,一些史著体现了对于求真的自觉性。如英格兰史家比德在具体讲述教会和世俗生活时,认识到给予读者真实知识的必要性,在引用史料时尽量告知读者有关史料来源:"为了避免任何怀疑,以便使我写的东西在你或在任何可能听到和读到这部历史的人头脑中准确无误,请允许我简略地谈一下我主要依赖的那些权威。"①

### 三、文艺复兴时期

"文艺复兴"时期,全欧洲在恢复古希腊、罗马文化的旗帜下,掀起了一场声势浩大的反封建、反神学的思想解放运动。由此古希腊、罗马文化的精神在千年之后获得了重生,并被赋予新的内容。这一时期,整个思想文化的最鲜明特征是人文主义精神的复归。无论是文学还是史学领域,都主张以"人"为本,肯定人的价值与尊严,"人"从上帝的羔羊、天生的罪人变为历史和现实的主体。以此为背景,求真求实的文化传统无论在理论还是在实践方面都得到了恢复和发展。

理论方面,文学与史学均深化了关于求真问题的认识。文学领域,在继承亚里士多德模仿论的基础上,对真实性的讨论有所深入。英国著名诗人和批评家锡德尼继承和发展了模仿论:模仿"不是搬借过去、现在或将来实际存在的东西,而是在渊博见识的控制之下进入那神明的思考,思考那可然的和当然的事物"。② 一些著名的文学家则从实

---

① 郭小凌著《西方史学史》,北京师范大学出版社,2011年3版,第124、113页。
② [英]锡德尼,钱学熙译《为诗辩护》,人民文学出版社,1964年,第13页。

践出发,发表了自己的真知灼见。意大利诗人塔索主张的"逼真"原则,就是"用带有普遍性的事的真实替代个别的事的真实"。① 西班牙伟大作家塞万提斯指出:"描写的时候模仿真实:模仿的愈亲切,作品就愈好。"②英国伟大文学家莎士比亚通过哈姆莱特之口,表达了自己的看法:"自有戏剧以来,它的目的始终是反映自然,显示善恶的本来面目,给它的时代看一看它自己演变发展的模型。"③史学领域,古典史学求真求实的精神也得到了继承和发展。文艺复兴时期第一位具有古典史学水准的史家布鲁尼认为,历史最重要的就是"真实",发现真实是史家的主要义务。法国政治学家和历史学家吉恩·波丹认为:历史是对事物的真实的叙述。荷兰史家累德认识到史学真实难于再现,但史家需要遵循客观真实的原则:"我的笔杆子只支持真实情况,既不隐瞒敌人的优点,也不隐瞒朋友的缺点。"④英国著名哲学家培根把历史研究过程纳入经验归纳的过程,从而使史学进入了科学认识的领域,开始了史学科学化的进程。他将知识划分为诗歌、历史、哲学三大类别,由人拥有的想象、记忆和理解三大能力所驾驭,其中主宰史学的是记忆。历史应该以收集、恢复经验的过去,即具体的事实为其使命。

实践方面,文学与史学均以现实生活为基本题材和主题,艺术和学术风貌因此发生了极其深刻的变化。文学领域,着力描写现实生活,肯定人的权利,用个性解放反对禁欲主义,用理性反对蒙昧主义。展示人的精神世界、情感特征、欲望要求等成为基本艺术追求。意大利伟大诗人但丁、西班牙伟大作家塞万提斯和英国伟大文学家莎士比亚都是其中杰出的代表。史学方面,人成为历史和现实的主体,注重弘扬人性,人的尊严、人的自由、人的情欲、人的道德、人的荣誉和功利重新成为历史著作的主题。从中世纪后第一部以古典英雄为主人公的《论著名男子》,到布鲁尼的《佛罗伦萨人民史》、马基雅维利的《佛罗伦萨史》,无不以人为主体,无不将人类社会发展变化的原因归于人为而不是神为。

### 四、启蒙运动时期

启蒙运动是继文艺复兴之后欧洲近代第二次思想解放运动。当时先进的思想家把"理性"作为裁判一切的真理标准,他们宣传唯物论或自然神论,从理论上深刻批判封建蒙昧和宗教神秘主义。这种理性主义的思潮反映到文学上,是新古典主义文学、感伤主义和启蒙主义文学;反映到史学上,则是理性主义史学。虽然上述文学与史学流派有着各自不同的特征,但对求真求实的传统都大力继承和发扬。

理论方面,新古典主义文学、启蒙主义文学和理性主义史学理论对求真求实的理念均有所阐述。文学领域,新古典主义文学和启蒙主义文学都将自然作为艺术的范本。法国文学批评家尼古拉·布瓦洛指出创作必须模仿"自然",即合乎常情常理的事物。

---

① 中国社会科学院外国文学研究所外国文学研究资料丛刊编辑委员会编《欧美古典作家论现实主义和浪漫主义》,中国社会科学出版社,1980年,第128页。
② [西班牙]塞万提斯著,杨绛译《堂吉诃德》,人民文学出版社,1987年3版,第9页。
③ [英]莎士比亚著,朱生豪译《哈姆莱特》,人民文学出版社,1978年2版,第58页。
④ [美]J. W.汤普森著,谢德风译《历史著作史》上卷第2分册,商务印书馆,1988年,第829页。

英国大批评家蒲伯把自然作为艺术的最高范本:"自然没有任何偏差,自然是神圣的、永恒的、普遍的光辉。……因此对文艺的批评与判断,首须遵循自然,依照自然的法则。"①法国启蒙思想家狄德罗主张只有自然能成为文艺的范本,强调世界一切都可观察,人们的一言一行,一举一动,一瞥一视常会泄露内情,因此只有善于观察"物体的真实价值"。正是因为有了这样的自然,诗才获得了它应有的"巨大的、野蛮的、粗犷的气魄"。②史学领域,启蒙时代的许多史家同时也是哲学家,他们不再简单着眼于复制和考据过去的一个个片断,而是着眼于解释历史的总过程,从理性的哲学思辨、宏观的整体认识出发,力求发现历史运动的一般规律。由于史学和哲学的有机结合,历史学对真实的追求抵达了一个新的高度——寻找规律、公理、法则等普遍性。历史学因此具有了深刻的科学含义,用意大利历史学家维柯的话就是"新科学"。维柯坚信人可以认识自己,这个世界既然是由人类创造的,那么人类就能认识它。在此基础上,他努力去实现这种认识,在人类历史上,他第一个把历史看作是一个以螺旋形式自低向高的、有规律的、开放的发展过程,是一个不以某个人的意志为转移的永恒的过程。

　　实践方面,这一时期诸多文学与史学作品均体现了求真求实的精神。文学领域,无论是新古典主义文学还是启蒙主义文学都是如此。新古典主义文学以莫里哀为代表。他的喜剧直接描绘现实,具有深刻的思想内容。其最优秀的喜剧《伪君子》深刻地揭露了教会势力的虚伪性和欺骗性。启蒙文学以英国作家约拿旦·斯威夫特为代表,《格列佛游记》是其享誉世界的讽刺名著,全面讽刺、揶揄了英国的社会现实。史学领域,法国启蒙运动先驱、哲学家、历史学家拜尔的史作贯穿着理性批判精神。其名著《历史与批判词典》不仅以翔实的材料证明绝不能以貌似真实却实为虚假的材料编写历史来欺世盗名,还对历史学家提出了严格的道德要求,表达了法国启蒙运动的一个基本思想,理性的法庭只相信精确证明的真实。英国著名历史学家爱德华·吉本特别强调历史学家伟大的无偏无倚的原则,认为历史学家的责任就是直录过去的史实以供后世的借鉴。其代表作《罗马帝国衰亡史》努力实践了这些原则,至今仍被认为是启蒙时代最伟大的史著。

## 五、十九世纪

　　19世纪上半叶,作为理性主义思潮的一种抵制和反作用,浪漫主义思潮首先在文学艺术界,继而在其他思想文化领域传播开来,成为最有影响的思想流派之一。然而,随着资本主义的发展,贫富分化不断加剧,社会矛盾日趋尖锐,人们逐渐认识到如果启蒙主义者的"理性王国"只不过是肥皂泡,浪漫主义者的"理想"也不过是画饼充饥。人们不得不用冷静的眼光考察现实社会,思考人的命运,从更现实的角度去寻求改善人的生存处境的方法。同时,随着自然科学的长足发展,科学实验和抽象规律的研究目的和方法冲击着人文学科,人们越来越多地采用科学的思维方式和方法去考察自己生存的

---

① 伍蠡甫著《欧洲文论简史》,人民文学出版社,1985年,第106页。
② 张冠尧等译《狄德罗美学论文选》,人民文学出版社,1984年,第206页。

社会。19世纪中叶,务实、追求客观冷静地分析与解剖现实的社会心理和风气逐渐形成,现实主义思潮应运而生。受其影响,文学和史学领域都出现了以求真求实为突出特征的流派,前者出现了现实主义文学和自然主义文学,后者则出现了客观主义史学和实证主义史学。

文学方面,起初是现实主义文学,它追求艺术的真实性,强调客观真实地反映生活,认为作家应该按生活本来的样子去反映生活,使作品的文本内容与现实社会内容具有同构性,从而使文学具有科学真理的精确性。从早期现实主义作家狄更斯、果戈理、巴尔扎克,到更加写实的一代如福楼拜、托尔斯泰和陀思妥耶夫斯基等等,每个人的作品都展现了一幅独特的社会图景。巴尔扎克宣称要做法国社会的书记,力求写出历史学家所遗忘了的历史,即人情风俗史。列夫·托尔斯泰的作品反映了新旧交替时代俄国社会各阶层的精神心理风貌,展示了无与伦比的俄国生活的图画,被列宁称为"俄国革命的镜子"。① 继之而起的自然主义,继承了现实主义文学的观点,将写真实和客观性视为文学创作的首要条件,并将自然科学理论运用到文学创作中。自然主义的先驱龚古尔兄弟,开创了从生理和病理学方面去研究人的创作先例。左拉则主张作家要做一个冷漠的解剖学家,"把自然如所见到的那样移植在我们面前",其《卢贡家族的发迹》就是所谓"科学精确性"的一例。

史学方面,一方面是客观主义史学的崛起。客观主义史学由尼布尔、兰克等人所倡导。"历史科学之父"兰克很好地继承了德国历史学家尼布尔的"求真"思想和方法,并将之发展为"如实直书"的治史原则。与古典史家不同,兰克认为史学应该脱离一切实用性的社会价值,如自然科学家一样,仅仅追求过去的真理。为了实现这一原则,他把研究重心放在原始证据和分析证据的工作上,确立了一套寻找和考据史料的正确方法。兰克的史学批判方法和客观主义治史原则是西方人理性认识过去的巨大进步。尽管兰克提出的目标高不可攀,但任何一位历史工作者都不能放弃求真的原则和史料批判的方法而滥造历史。正因如此,自19世纪30年代至20世纪30年代,客观主义史学一直是西方史学思想的主流,称雄欧洲史坛近百年。另一方面是实证主义史学的发展,孔德以《实证哲学教程》一书奠定了其理论基础。由于孔德阐述的以观察到的事实为依据的知识才是真实的知识的基本思想,以及规律意识符合史学发展的需要,各国史学家自觉不自觉加以吸收,形成了实证主义史学。而实证的方法,尤其是史料研究法也因此成为各国史学的正宗方法。因此,某种程度上19世纪乃至20世纪西方的专业史学就是实证主义史学。

值得注意的是,19世纪西方历史哲学发展的最高成就,是马克思主义理论体系的历史哲学——历史唯物主义。历史唯物主义把历史看作是一个客观的、自然的、规律的过程,是一个个不断生成、发展、灭亡的过程的集合体。在历史研究中,无论是对长期还是短期的研究,都应首先从客观的事实出发,即从可靠的史料出发,重构过程的画面并进行各种价值的评估,直至抽象规律或确定与某种规律的关系。在历史领域中绝不应

---

① 《列宁选集》第二卷(上),人民出版社,1962年,第264页。

让客观的、自然的、规律的历史过程服从于主观意志。马克思、恩格斯不仅是革命性的历史哲学家,也是杰出的历史学家,在创立和完善自己的历史科学的过程中曾经对具体的历史课题进行过一些开创性的研究。《1848年至1850年的法兰西阶级斗争》《路易·波拿巴的雾月十八日》《德国农民战争》《家庭、私有制和国家的起源》等一大批史著,标志着马克思主义史学的诞生。不过,历史唯物主义史学的真正发展是在20世纪的十月社会主义革命之后。

## 第二节　中国文史求真之路

### 一、远古至先秦时期

与西方一样,中国文史的求真求实传统同样可以追溯到远古时期。中国文学和史学的源头都可上溯到古老的神话和传说。这些神话和传说作为原始的社会意识形态,形象地反映了远古人类的社会生活与精神世界,内容主要涉及原始社会生活、氏族部落、英雄人物事迹、先民征服自然的行为和理想追求,以及中国古代文明的进程等,实际上是中国远古先民的变形的历史记忆。历经了不间断的口耳相传,这些传说和神话在文字形成后逐渐被记录整理,主要零散保存在《尚书》《左传》《诗经》《楚辞》《山海经》《穆天子传》等古籍以及先秦诸子的著述之中。在这些先秦典籍中,开始出现了"文学""文""言辞"等概念,但含义广泛,实际上是一切文化学术的总称,涵盖文学、哲学、政治、历史等诸多领域。正是在上述典籍中,出现了关于求真思想的最初表述。其中《庄子》的"法天贵真"思想和《易传》的"观物取象"说以及"修辞立其诚"对后世影响尤为深远。

段玉裁说,"真"字本义是"仙人变形而登天",①后来引申为"真诚",凡"䅴""镇""瞋"等字皆以"真"为声,多取"充实"之意。诸子之前的典籍"但言诚实,无言真实者"。诸子百家始有"真"字,其中《庄子》里出现的"真"字早而频繁。"真者,精诚之至也",②庄子对"真"的理解集中体现在"法天贵真"一词,"法天"就是效法自然,以"自然"为最高标准;"贵真"就是珍贵本真,以真实、至诚为本。"法天""贵真"两者在内涵上相互融合,相互统一。以自然无为为美,实际包含了美与真的统一。自然无为的事物必然真实无伪,不假雕饰。失去了真,就等于违背自然无为之道,也就失去了美。

成书于战国晚期的《易传》提出"观物取象"说与"修辞立其诚",认为易象中所包含的对立统一思想来源于它所模拟的自然本身,来源于宇宙万物的起源和发展。"古者包牺氏之王天下也,仰则观象于天,俯则观法于地,观鸟兽之文与地之宜,近取诸身,远取诸物,于是始作八卦,以通神明之德,以类万物之情"。③ 虽然讲的是八卦的制作,其实

---

① 许慎撰,段玉裁注《说文解字注》,中州古籍出版社,2006年,第384页。
② 庄周著,郭象注《庄子》,上海古籍出版社,1989年,第159页。
③ 杨树达著《周易古义老子古义》,吉林人民出版社,2013年,第3页。

可理解为人类文明的产生来源于对天道自然的仿效。由此,《易传》就用"观物取象"说把《易经》中的朦胧意向明确为模拟自然说。而"修辞立其诚"则明确指出了文辞和人的内心的关系。"诚"的核心含义是真实而不虚妄。诚实作用于人的内心的道德规范,要求人们能够保守内心的本真,真实表露自己的心声。换言之,文辞必须表现作者的真实思想与情感。

此外,先秦史官也用行动乃至生命诠释了求真的涵义。史,"记事者也。从又持中。中,正也。"①虽然史学尚未从混沌的文化学术中分离出来,"史"作为职官却有着悠久的历史。"在齐太史简,在晋董狐笔",就是先秦史官对后世做出的直书不隐的最好垂范。当然,先秦史官的直笔是当时伦理原则下"书法不隐"的"真",必须遵循"为尊者讳,为亲者讳,为贤者讳"②的"书法"准则。春秋末年孔子作《春秋》,"笔则笔,削则削",所遵循的也是这种"书法不隐"的"真"。另外,"子不语怪、力、乱、神",孔子只记人事活动,不记诬妄之说,也为后世树立了求真的榜样。总之,如果说《庄子》与《易传》从理论上阐述了求真的理念,先秦史官则从实践上做出了求真的垂范,二者共同形成了中国文史求真求实的传统,对后世产生了深远影响。

**二、汉魏六朝时期**

汉魏六朝是中国文化学术发展和逐步走向成熟的时期,从两汉到魏晋南北朝,文学、史学先后从学术中分裂出来而成为独立的部门,文学理论与史学理论也相继取得重大发展,逐渐趋于成熟。在这一过程中,求真求实的传统有了进一步发展。

两汉时期,儒家思想被奉为封建正统思想,学术思想也以儒家为主流。但汉代的学术思想并非只有儒家一派,道家作为潜流一直存在,东汉时期随着反对谶纬迷信思想又出现了一些异端思想家。值得注意的是,上述不同流派均蕴含丰富的求真求实精神。

首先,儒家文艺思想注重阐述文艺和现实的关系。《礼记·乐记》指出音乐应当是人的真实感情的自然流露:"是故情深而文明……唯乐不可以为伪。"③这种真实性实际上强调作者的思想感情与作品中思想感情的一致。《毛诗序》则提出了讽谏说:"上以风化下,下以风刺上","言之者无罪,闻之者足以戒。"④讽谏说充分肯定了文艺批评现实的意义与作用,为后来进步的文学家运用文艺来揭露批判现实的黑暗,提供了理论根据。其次,司马迁发扬了先秦史官的直笔精神,将之用于《史记》的创作,形成了"实录"精神。他敢于面对现实,客观真实地记载历史事实,不像《春秋》那样为尊者讳,为贤者讳。班固盛赞其"其文直,其事核,故谓之实录"。⑤从此"不虚美,不隐恶"的"实录"精神,不仅成为中国史学思想的精髓,也对中国文学的发展产生了深远的影响。再次,一些异端思想家在揭露儒家谶纬神学的同时深化了对求真求实精神的理解。桓谭、王充

---

① 许慎撰,段玉裁注《说文解字注》,中州古籍出版社,2006年,第116页。
② 何休注《春秋公羊传注疏(一)》,上海古籍出版社,2004年,第213页。
③ 郑玄注《礼记正义(四)》,上海古籍出版社,2004年,第1196页。
④ 毛亨传、郑玄笺、孔颖达疏《毛诗正义(一)》,上海古籍出版社,2004年,第15页。
⑤ 班固撰《汉书》,万卷出版公司,2009年,第204页。

是其中最杰出的代表。桓谭因反对谶纬迷信思想,被光武帝刘秀以"非圣无法"论处,几乎丧命。王充提出了"疾虚妄"的著名命题,主张一切著作和文章的内容必须真实,坚决反对荒诞不经的虚妄之作。王充所说的"文"并非专指文学作品,所说的"真实",也非专指艺术真实。因此,他所倡导的"疾虚妄"不仅针对文学创作和评论,对于包含文、史、哲在内中国传统学术文化的发展都起了积极的促进作用。

魏晋南北朝时期,伴随社会的动荡与分裂,儒家思想衰落,玄学和佛学兴起,造就了一个文化多元的时代。随着"文学的自觉时代"到来,人们努力把文学与学术区分开来,着重探寻文学自身的特点、规律和价值。与此同时,人们开始思考文学与史学的区别,并因当时曲笔现象的严重而激发了对直笔实录的深入思考。以此为背景,文学与史学逐渐走上分途发展的道路,求真求实亦开始呈现不同的风貌。

文学方面,在张扬个性与追求"自然"的精神引领下,文学由"言志"走向"缘情",强调诗文创作为情感之自然流露。陆机《文赋》明确提出了"缘情"论,要求诗文不再囿于儒家政教怀抱的"志",而自由地抒发感情,表达愿望与要求。受其影响,刘勰在《文心雕龙》中多次论及自然,"心生而言立,言立而文明,自然之道也"。进而还将"观事义",[①]即考察文学作品中所描写的客观内容与作家的主观意志是否协调统一,列为批评文学作品的方法之一。事义要真实可信,并能体现情志而不能与之相乖。[②] 稍后,钟嵘在《诗品》中也将自然作为最高的美学原则。更为重要的是,钟嵘还对文艺和现实的关系做了正确的解释。他从分析古代诗歌着手,阐明诗歌的产生根源在于外界事物对人的感情的作用和影响,且尤为重视社会生活对人的影响。在此背景下,这一时期的文学创作逐渐转变为以写个人悲欢遭际为主,着重抒发个人喜怒哀乐之情以及对动乱现实的深沉感慨,从曹操的《短歌行》到南朝江淹的《恨赋》,无不体现这一点。而艺术表现上则推崇清新、流畅的自然之美,重视自然本色,其中谢灵运、谢朓等人的一些诗歌尤为自然清新。

史学方面,由于社会政治环境的严酷,当时撰修的一些史书出现了比较严重的曲笔问题。鉴于此,直笔原则得到前所未有的提倡和总结,由此出现了中国第一篇系统的史评——《文心雕龙·史传》篇。文章分成两大部分,第一部分讲述了史传的定义、史书的产生,评述了从春秋到魏晋的史书;第二部分阐述了史传的任务、要求和原则。"文非泛论,按实而书。"在充分肯定司马迁等史家"实录无隐"的基础上,刘勰从史家的心态与现实利害两方面分析了史家易犯的错误和"直笔"之难,提出史家应担负"奸慝惩戒"的使命,并进而指出史家只有保持公正无私之心才能修出信史,所谓"析理居正,唯素心乎!"[③]当然,这一时期的史书也并非全为曲笔之作,一些史书通过委婉、隐晦的表述方法贯彻着史家的实录精神,陈寿的《三国志》就是其中的典型。由于陈寿先后作为蜀臣和蜀之敌国魏的取代者晋的史臣,汉与曹氏的关系、蜀魏关系、魏与司马氏关系,都是他

---

① 刘勰著,范文澜注《文心雕龙注》,人民文学出版社,1958年,第1-2、715页。
② 张少康著《中国文学理论批评史教程》,北京大学出版社,2011年,第100页。
③ 刘勰著,范文澜注《文心雕龙注》,人民文学出版社,1958年,第284-287页。

在撰述中很难处理的问题。但陈寿却能于曲折中写出真情,委婉地贯彻了史家的实录精神。

### 三、唐宋金元时期

唐宋金元是中国封建社会繁荣鼎盛的时期,也是中国古代文学与史学创作空前繁荣的时期。文学方面,诗歌有李白、杜甫、白居易、苏轼、陆游等著名诗人,散文有韩愈、柳宗元等唐宋八大家。词曲的发展也在这一时期达到了高峰,小说创作开始兴盛。史学方面,唐代杰出的史学批评家刘知几写出了划时代的史学批评著作——《史通》,标志着中国史学进入到一个更高的自觉阶段。随着《通典》《通志》《文献通考》的相继问世,典制史随之崛起,改变了古代历史编纂的格局。文史求真求实的传统,在这一空前繁荣的时期得到了进一步的发展。

文学方面,以唐代白居易为例,他深受杜甫诗歌表现民生疾苦的影响,提出写实为主的诗歌理论。其核心是强调文艺要真实地反映现实,揭露政治黑暗,表现人民疾苦。在创作方法上提倡"直笔""实录"精神,重视文艺的真实性。其《新乐府》《秦中吟》写的都是现实生活中的真实事件,而且有许多都是亲身经历,并无虚构夸张之处,是文学创作中严格遵循史家"实录"精神的产物。与他这种文艺思想一致的还有元稹、张籍、王建、李绅等人。再如,北宋文学家苏轼强调艺术形象描绘和刻画要"随物赋形","尽物之态",其目的在于要求艺术想象的刻画应以合乎自然造化为最高标准。其后,随着理学的发展,文学艺术被道学家视作宣扬理学思想的说教工具,文学的现实性被否定。南宋时期,陆游从创作实践中体会到要注重诗歌的社会内容、真实抒写自己感情,提出"功夫在诗外"的观点。诗人要写好诗,必须重视文学和现实生活的联系,把切身遭遇和社会环境联系起来,有高昂强烈的爱国激情,疾恶如仇的鲜明爱憎。陆游的这种思想,很明显是以白居易为代表的重视文学和现实关系文学观的继承和发展。金元时期一个十分值得重视的方面是戏曲的发展。元杂剧所反映的社会生活相当广泛,而且十分真实具体、生动感人。其中大量公案戏、包公戏、侠义戏,反映了元朝的政治黑暗、吏治腐败。王国维曾盛赞"元曲为中国最自然之文学"。① 而且,当时对戏剧的理论批评也有所发展。其中,宋末元初的胡祗遹通过戏剧和现实生活的关系提出了重要看法,其所提对戏剧艺人的要求,还涉及了演员如何真实生动塑造剧中人物形象等重要问题。

史学方面,对于求真的理论探讨逐步深入。唐代刘知几对此的阐述主要体现在其著作《史通》的《惑经》、《直书》和《曲笔》等篇中。在《惑经》篇中,他指出"实录"就是"明镜之照物"式地记录史实,其目的在于"善恶必书"②以资鉴戒。在《直书》和《曲笔》篇中,他从现实利害关系上分析了直书之难;从史家个人品格上分析了直书与曲笔产生的原因;还以实例指出导致曲笔的缘由——正直直书的史家往往受人迫害。总之,刘知几用事实证实了直书之难。北宋史学家吴缜比刘知几又前进了一步,主张把对事实的认

---

① 王国维著《宋元戏曲史》,东方出版社,2012年,第97页。
② 刘知几著,李振宏注说《史通》,河南大学出版社,2011年,第393页。

知和对事实的褒贬区别开来。吴缜的见解不仅强调了事实和褒贬的区别,强调了以事实为基础,同时也表明事实和褒贬的结合乃为历史撰述所必需。换言之,"强调事实为基础,这是历史撰述求真的第一步;在事实的基础上做出恰当的价值判断,这是历史撰述求真的第二步"。① 南宋时期,郑樵主张史家的责任是准确记载事实,让事实说话,不需要史家行褒贬美刺。其集十余年之力著成的《通志》,尤其是《校雠略》《金石略》《昆虫草木略》等,充分体现了他求真务实的科学精神。在《校雠略》中,他对多年访求图书和积累资料、考订史料的经验进行了总结,对于如何搜集史料、储备史料、校勘史料等方面都提出了精当的见解。

**四、明清时期**

明清时期是中国封建社会逐渐走向没落的时期。这一时期,封建社会固有的各种社会矛盾不断激化,民主主义思想因素悄然萌芽,统治者为维护其统治在文化学术方面采取专制政策,进行严厉的思想控制。这种时代特点反映到文学与史学上,一方面是因循保守气息的充斥,另一方面是反映时代抗议精神的优秀作品的不断问世。在此背景下,文史的求真求实传统发展到了一个新的阶段。

文学方面,明代李贽倡言"童心"说,对明清的诗文与小说都产生了重要影响。"童心"就是"真心","若失却童心,便失却真心;失却真心,便失却真人"。② 从童心说出发,李贽认为文学应当是人们郁结于胸中的真情实感的自然流露。诗文方面,从三袁为代表的"公安派",到明末清初的黄宗羲、王夫之,再到清朝中期的袁枚,对"童心"说均有所继承和发挥,其主要思想是强调抒写真实性情,反对封建道学的假情。小说方面,在具有启蒙色彩的文艺思潮和李贽等人的影响下,小说理论形成了一个繁荣发展的高潮。除注意到小说的真实性外,对小说创作中虚构和真实的关系也有了深刻认识。冯梦龙认为小说创作只要做到"理真",即事赝亦无妨碍。与此相关,对文学创作中如何运用"实录"原则,也有了较为正确的认识,已经看到了文学创作中"实录"并不排斥虚构,它只不过是要求达到"情真""理真"而已。清代金圣叹对此有所发展,以"以文运事"和"因文生事"对历史著作和文学作品做了区分。此外,我国古代戏剧理论批评家李渔,所论戏曲理论亦涉及求真问题,其中"审虚实"就是从如何对待不同题材作品的虚构和真实出发,要求作家认真重视和正确解决戏剧创作中的生活真实和艺术真实的关系;强调戏剧创作必须对现实生活做客观描写,使之具有广泛深刻的社会意义;同时强调情节安排的合理性和细节描写的真实性。③

史学方面,清代学者章学诚在对史家做出道德评价的同时,更加注重对史识修养的评价,进一步阐明了史学求真的根本特征。其《文史通义·史德》所论最为深刻,认为史德反映了作史者的"心术","心术"的最高境界是"尽其天而不益以人"。④ "人"代表史

---

① 陈典《历史的求真与求善》,《中南民族大学学报(人文社会科学版)》2006年第1期,第127页。
② 李贽著《焚书》,内蒙古人民出版社,2001年,第98页。
③ 张少康编著《中国文学理论批评史教程(修订本)》,北京大学出版社,2011年2版,第264-270页。
④ 章学诚著《文史通义》,辽宁教育出版社,1998年,第132页。

家主观意识,"天"代表史家客观记载历史的职责。史家的任务就是要寻找二者最佳的结合点,使历史记载符合历史事实,求得历史的真相。钱大昕认为,"史非一家之书,实千载之书,祛其疑,乃能坚其信;指其瑕,益以见其美","惟有实事求是,护惜古人之苦心,可与海内共白。"①这里,不仅讲到对待历史要有实事求是的态度,努力去寻求历史的真相,更流露出对历史的敬畏之心。只有敬畏历史,才能不篡改、不伪造、不曲解历史。同时,这一时期的历史撰述中钱大昕、赵翼、王鸣盛、崔述等的考史之作,每一部都是求真之作。

## 第三节  文史求真求实之别

古往今来,中外文学与史学都将"真实"视为生命,视为永恒的追求,其根本原因在于文学与史学都以客观存在的人类社会生活为客体,无论是以文学形象反映社会生活,还是对社会生活进行记录或描绘,都试图达到对人类社会生活的普遍性的揭示。然而,文学与史学毕竟属于两种不同的文化形态,所谓"文之与史,较然异辙"。② 文学领域的"求真"与史学领域的"求真"在诸多方面存在根本区别。

### 一、"求真"目标不同

文学"求真"与史学"求真"的根本区别在于二者追求的目标不同,文学"求真"追求的是艺术真实,而史学"求真"追求的是历史真实。艺术真实是一种审美化的真实,属于主观的真实。历史真实是历史上出现过和现实中存在的一切事物与现象,属于客观的真实。艺术真实与历史真实的根本区别在于,艺术真实依托于艺术的假定性。艺术的假定性并非虚假性、虚幻性。虚假性、虚幻性的事物所呈现的是假象,是与本质、主流和规律相对立的;假定性所把握的则是本质、主流和规律,但它在呈现这种本质、主流和规律时,是通过特殊的审美心理和艺术形式造成一种距离感、超越感和自由感,同时也造成一种审美的愉悦感。

一方面,艺术的假定性出于文艺创作和审美活动中人的审美心理规律对客观规律的干预和扭曲。如果说生活真实是对外部世界客观规律一丝不苟的契合的话,那么在文学艺术中恰恰做不到也不需要做到这一点。正如列宁所说:"艺术并不要求把它的作品当作现实。"③反映可能是对被反映者的近似正确的复写,可是如果说它们是等同的,那就荒谬了。在文学艺术中起作用的,一是外部世界的客观规律,一是人的审美心理规律,这两条都重要,但相比之下后者更重要。因为对于文学艺术来说,把握内在本质更为重要,而对于内在本质的把握需要人的感知、直觉、想象、思维等心理要素发挥作用。

---

① 钱大昕撰《廿二史考异》,商务印书馆,1958年,第1页。
② 刘知几著,李振宏注说《史通》,河南大学出版社,2011年,第297页。
③ 列宁著《哲学笔记》,人民出版社,1956年,第66页。

## 第七章 求真求实

人们为了捕捉到艺术对象在本质层面上更为深刻的方面,往往不得不放弃对外部世界客观规律的契合,而趋从于人的主观心理规律,甚至需要扭曲前者而成全后者,在这种情况下,文艺作品中所呈现的生活与实际生活存在着一定的甚至是较大的差距就毫不令人奇怪了。文学中随处可见这种审美规律的作用,"一日不见,如三月兮",极言因思念恋人而觉得时间难捱、无法排遣;"汉之广矣,不可泳思。江之永矣,不可方思",极言因求偶不得而觉得距离遥远、天悬地隔。

另一方面,艺术的假定性也出于文学艺术的形式规律对于生活规律的限制和修正。艺术真实不仅要靠主客观结合的运思去营造,而且也要靠一定的艺术形式表现出来,这就又多了一重制约,那就是形式规律的制约。作家必须遵循种种形式规律,才能恰到好处地描摹客观生活,抒发主观情感,于是作品的结构、格局、关系、张力、动态、气势等,都不是无关紧要的,都不能不在考虑之中。于是在艺术的形式规律面前,实际生活的客观规律也不能不屈尊俯就,这造成了又一层意义上的艺术假定性。在文学作品中,这种艺术的假定性往往通过不同的修辞形式表现出来。李白诗中的"白发三千丈,缘愁似个长","飞流直下三千尺,疑是银河落九天","一风三日吹倒山,白浪高于瓦官阁","燕山雪花大如席,片片吹落轩辕台"等名句,就是以夸张的修辞形式造成那种越违背实情越让人感到真实的特殊效果。

史学所追求的历史真实则不容许假定性的存在。历史真实是指历史上出现过和现实中存在的一切事物与现象,是人类社会经历过的客观存在。作为曾经发生过的真实事件,它独立于认识者、研究者的主体意识之外,在时间和空间上都呈现着一种延伸的过程。史学作品,无论是何人以何种形式所撰写的,都是对这种客观存在的记录或描述。正如亚里士多德所言,历史"叙述已发生的事",又如锡德尼所言,历史学家凭的是实例,他们"不得不如实地叙述事物"。① 不容否认,历史学家会不可避免地表现出某种主观性。这是因为:一方面,历史学作为一门社会科学,它的研究对象是由人组成的社会。因此,研究者必然要把自己从切身经历的感受中获得的对人和人类社会的主体认识投射到他的研究对象上去,使他对自己的研究对象的认识必然带有他自身的主观意识。另一方面,作为客观存在的历史,其基本特征是一去不复返,不会重现在我们面前。这个特征决定了历史认识者不能直接观察到自己的认识对象。人们对历史的认识,是通过各类历史资料间接得来的。这些历史资料大部分经过了前人头脑的加工,而且后人对包括实物史料在内的所有历史资料的鉴别、分析,也都要通过自己的头脑来进行,也都要打上他们自己的主观印记。

但是,历史学家对真实的追求应该是绝对的、无条件的,容不得半点弄虚作假。"没有事实的历史学家是无根之木,是没有用处的"。历史研究的基本目的就是要在复原历史事实的基础上,探索以往的人类社会发展变化的规律。在一定历史条件下,历史学家总是在不同程度或不同方面,以不同方式对他的认识和加工对象进行或多或少的考察实践,从中获得的认识总是在不同程度或不同侧面与他的实践对象的本来面貌有所吻

---

① 伍蠡甫编选《西方文论选(上卷)》,上海译文出版社,1979年,第65、237页。

合。换言之,也在不同程度或不同侧面与他的实践对象的本来面貌有所偏离或扭曲。然而,一旦出现凭空的假定和编造,就不只是偏离或扭曲历史真相,而纯属伪造历史了。历史是"历史学家跟他的事实之间相互作用的连续不断的过程,是现在跟过去之间的永无止境的问答交谈"。① 这种问答与交谈,必须建立在历史事实的基础之上。只有这样,随着人类社会的发展,人们对于历史认识的广度与深度才能不断得到扩展和加深,人类社会发展变化的历史规律才会逐渐为人们所认识,人们才能不断地接近客观的历史真理,揭示历史的本来面目。

## 二、"求真"手段有别

由于文学"求真"与史学"求真"所追求的目标根本不同,达成二者目标的手段自然有别,这构成了文学"求真"与史学"求真"的重要区别。文学用生动具体的形象来反映客观现实生活,可以运用想象和虚构揭示生活底蕴和自然规律。而史学则主要凭借历代遗留下来的历史资料认识历史,不能进行虚构,而只能通过对史料的搜集、整理、辨析和运用,寻求历史的真实。

文学形象是具有一定美学蕴涵的艺术画面,由人物、情节、场面、环境、景物等构成,但一般是以人物形象为中心,情节、场面、环境、景物等其他形象从属于人物形象。由于文学在反映客观现实生活的时候,总是追求以鲜明的个性反映其普遍性的完美状态、优化状态,于是又有一个文学形象典型化的问题。所谓典型化,就是塑造典型形象的过程,是作家从自己对现实生活的观察、思考和理解出发,对纷繁芜杂的生活现象进行开掘、提炼、加工、改造,由此及彼,由表及里,去粗取精,去伪存真,从而创造出具有典型性的文学形象。文学的典型形象包括典型人物、典型情节、典型细节、典型场面和典型环境,典型人物是其中的灵魂、中心和"眼",其他形象都是为塑造典型人物服务的。因此,这里试以典型人物为例对文学形象典型化的基本方法加以说明。

首先,在广泛采用多个生活原型的基础上塑造典型人物,是创造典型人物最常用的方法。这也就是鲁迅所说的"杂取种种人,合成一个"②的方法。鲁迅曾说自己"所写的事迹,大抵有一点见过或听到过的缘由,但决不全用这事实,只是采取一段,加以改造,或生发去,到足以几乎发表我的意思为止。人物的模特也一样,没有专用过一个人,往往嘴在浙江,脸在北京,衣服在山西,是一个拼凑起来的角色"。③ 鲁迅笔下的阿Q是由一个叫谢阿桂的人与鲁迅本家的一位少爷等人拼凑而成,祥林嫂是由鲁迅的一位伯母与周家看坟人的妻子拼凑而成,孔乙己是由绍兴城里一个叫"孟夫子"的人与一个叫"四七"的人拼凑而成,如此等等。当然鲁迅这里所说的"拼凑",并非毫不相干的生硬凑合,而是在长期深入的观察和思考之后,按照形象的逻辑将各种原型中那些有必然联系的因素熔铸成为一个整体。这种方法在创作中具有充分的自由,中外文学作品中典型人

---

① [英]爱德华·霍列特·卡尔著,吴柱存译《历史是什么?》,商务印书馆,1982年,第28页。
② 《鲁迅全集》第六卷,人民文学出版社,1981年,第519页。
③ 《鲁迅全集》第四卷,人民文学出版社,1981年,第513页。

物的塑造多用此法。

其次,在一个生活原型的基础上塑造典型形象,也是创造典型人物的常用方法。这是报告文学、纪实文学、传记文学在创造典型形象时经常使用的方法。如罗曼·罗兰、欧文·斯通等传记文学中的贝多芬、梵高,穆青、徐迟等报告文学中的焦裕禄、陈景润等,都是运用这种方法创造的。它要求生活原型本身必须具有一定的典型性,其生平业绩、命运遭际和行为举止不同凡响而又富于普遍意义,使得作者有可能以此为基础,通过集中和概括,进一步强化其个性特征,突出其社会意义,提高其审美价值,将其塑造成光彩夺目的艺术典型。这里不允许作者有脱离原型的想象、幻想和虚构。罗曼·罗兰在创作传记小说时,每部作品都用了大量真实的资料,几乎每一页都有许多脚注和引文,充分利用主人公的原话、同时代人的证明、当时的文献等。他总是尽量避免虚构,甚至不允许半虚构,力求让每一个伟大人物能以其独特的真实性出现在读者面前。但是在运用这种方法创造人物形象时却可以通过优选、剪裁、缀合和浓缩将人物的典型特征加以强化和凸显。

第三,还有一种方法介乎以上两者之间,即以一个生活原型为基点,汇集同一类人的某些共同特点,从而创造典型人物。这种方法既有一个基本的模特儿,又打破了仅仅依照一人的限制,允许加以想象和虚构,有较大的自由,所以也是塑造典型人物经常使用的方法。许多作者常常以自己为基本原型,再对其他原型加以借取、挪用、移植和组合,创造出一个既有自己的影子,又更具鲜明的个性特征和深刻社会意义的崭新形象。这样做的长处在于,作者对于基本原型的性格特征和人生经历比较熟悉,能够设身处地、感同身受地刻画人物的行为和心理,同时又能移植和整合别的原型的特点,以接续生活链条中的缺环,填补原型本身固有的不足,从而有可能将典型人物塑造得更加完美。如《红楼梦》中的贾宝玉、巴金的《家》中的觉慧、《青春之歌》中的林道静、《钢铁是怎样炼成的》中的保尔·柯察金等典型人物,都是采用这种方法创造出来的。

运用上述三种方法塑造典型人物,都离不开想象和虚构,只是自由程度不同而已,其中第一种方法在创作中具有最充分的自由。即使是自由度最低的第二种方法,也可以在不脱离原型的情况下,进行合理的想象、幻想和虚构。正是在这一点上,文学"求真"的手段与史学"求真"的手段存在着本质区别。

史学的认识对象是人类社会以往的过程和现象,这些过程和现象都已经成为过去,一去不复返了,研究者已不可能亲身地感受或直接地观察。因此,历史研究者只能凭借历史遗留下来的遗迹,即历史资料去认识它的原貌,只能通过对史料的搜集、整理、辨析和运用,寻求历史的真实。

迄今为止,人们所认识并且可以利用的史料大致有四大类:实物、行为、口碑和文献。实物史料指的是那些可以明确反映和传递历史信息的物体,包括古人类的化石、古代的村落、住宅、城池、道路、作坊、各种工程、矿井、宫殿、寺观及墓葬,以及生产工具、生活用品、艺术作品、武器、礼器、装饰品等等。行为史料指的是今天的人们,在包括个人和群体的行为中保留的历史积淀。比如中国的祭祖或节庆仪式等。口碑或口述史料,指的是人们口头讲述的对过去的回忆,在漫长的岁月里,它们往往通过传说、故事的形式口耳相传。文献史料是指人类的文字记录、文字材料,如公私档案、地方志、信札、笔记、各种史书、典籍、碑刻、铭文等等。上述这些史料,都是以往的人类社会历史留传给人们的关于以往社会历史过程及社会生活情况的一些信息,都是人类历史记忆的形式,或者说都凝聚着特定人群的历史记忆,是人们研究、认识历史的基本依据。历史研究者正是通过对史料的搜集、整理、辨析和运用,寻求历史的真实。

第一步工作是搜集史料,唐代史家刘知几说:"异辞疑事,学者宜善思之。"[①]在搜集史料的过程中,需要把握一些原则。首先,必须充分占有材料。要尽可能全面地搜集有关的历史证据,切忌浅尝辄止,半途而废。其次,搜集史料要尽可能做到"兼收并蓄"。即对于搜集史料的品质、类别,不可有门户之见,不可以个人好恶而作绝对的褒贬。再次,搜集史料要尽可能做到不以今人之概念改变或破坏史料的"原生态"。史料都存在于特定的情境之中,如果在搜集过程中打乱原有系统,将它们从其存在的历史情境中抽离出来,就很可能失去这些资料的原有之意。

第二步工作是对搜集的史料进行整理和辨析,或曰考订。以往的史料,特别是文字史料,往往有记录失实、甚至有意篡改的地方;还有很多史料在流传过程中佚失了或零散,都需要对其进行整理和辨析。考订是对证据进行比较,判断证据的真伪、正确理解史事。胡适曾说:"历史的考据是用来考定过去的事实。史学家用证据考定事实的有无、真伪、是非,与侦探访案、法官断狱,责任的严重相同,方法的严谨也应该相同。"[②]在中国古代考据学中,校勘、辨伪等都是重要的史料整理、辨析方法。而19世纪西方的史料批判同样包括对史料的外形考订和内容考订,前者包括确定史料本身的真伪、来源、作者、时代,后者则指对史料真实含义、可信度和实践价值的评定。

考订了史料的真伪,第三步便是运用史料。运用史料的原则,第一,慎用史料。在某些情况下,确实没有足够的证据来证明某事,但根据逻辑判断应该如此,也不能就此轻下结论,只能存疑。第二,论从史出,反对按照某种事先设定的概念取舍、剪裁史料,同时要避免为史料所左右。第三,坚持多种史料的互证,要在对同一问题的不同见解中发现问题;倡导开放的史料观,避免封闭的史料观。第四,摆事实,讲道理,即不仅要通过史料讲述"是什么",还要在此基础上讲述"为什么"。第五,发扬认真对待史料的精神,提高全面利用史料的能力。此外,运用史料还有许多技术性问题,如注意对史料进行不伤害原意的文字处理;注意在将史料转化为自己的文字时,不要因主观或客观的原因,去改变史料的原意,等等。

上述三项工作中,实事求是的精神贯穿始终,任何虚构都无容身之处,所谓"事必有据","无一字无出处,无一字无来历",一切都要有史料依据。虽然由于各种主客观原因,历史的"绝对真实"很难做到,很多时候人们还需怀着阙疑精神对待难以解释的史料和史事。但是,只有通过对史料最大限度地搜集整理、分析比较、辨别考证,才能去粗取精,去伪存真,从而最大限度地揭示历史本来面目。

---

[①] 刘知几著,李振宏注说《史通》,河南大学出版社,2011年,第199页。
[②] 胡适著《考据学的责任与方法》,见《胡适文集》第十卷,北京大学出版社,1998年,第193页。

第七章 求真求实

总之，真实是文学的生命。"对天才所提的头一个和末一个要求都是：爱真实。"① 真实是史学的灵魂，马科斯·韦伯说真实"实在是一场日常的智能"。② 然而，文学"求真"追求的是艺术真实，源于生活又高于生活，不仅允许虚构，甚至没有虚构就形不成文艺作品。史学"求真"追求的是历史真实，是历史上出现过和现实中存在的一切事物与现象，即使难以"复原"也只能存疑而不能虚构。

### 思考练习题

1. 试述西方文学真实观的演变。
2. 试述西方史学的求真求实传统。
3. 试述中国文学真实观的演变。
4. 试述中国史学的求真求实传统。
5. 试析文学与史学求真目标与手段的差异。

---

① 朱光潜著《西方美学史》下卷，人民文学出版社，1964年，第425页。
② ［德］马科斯·韦伯著《学术与政治》，广西师范大学出版社，2004年，第179页。

# 第八章　至善至美

爱美、向善是人类的天性,美与善,都是人类追求的至上境界。古今中外众多的哲学家、美学家、艺术家纷纷对美与善的关系提出了许多有价值的见解。在日常生活中,人们常常提到美善统一,并以此作为品评事物的尺度,渴望能至善至美。文艺是按照美的规律来建构的,在文艺创作领域里,更是追求美与善的和谐统一。鉴于此,美善相乐就构成了文艺的内在品格。由于对艺术形式美的追求,以及抑恶扬善的立场选择,使得美与善不仅成为文艺创造的价值追求,同时也是文艺理论批评的重要尺度。

## 第一节　美与善本质的历史溯源

### 一、"美"的本质探源

美是什么？这是对人类审美现象的终极意义的哲学探寻,从古至今众说纷纭、莫衷一是。

中国传统文化中,关于"美"字的含义曾有不同解释。一种解释是羊大为美。许慎《说文解字》中写道："美,甘也。从羊从大。羊在六畜主给膳。美与善同意。"古人以羊为主要副食品,肥壮的羊吃起来味道鲜美,故"美"字的本义是味道鲜美。后来五代宋初的文字学家徐铉注《说文解字》时补充说："羊大则美,故从大。"[1]羊长得肥大就美,这表明"美"与满足人的感性需要和享受有直接关系。对"美"的另一种词源学解释是羊人为美。近人李孝定在《甲骨文字集释》中对"美"字解读为："疑象人饰羊首之形。"[2]认为美是个象形字,不是"羊肥大",而是"人"的意思。在原始艺术和图腾崇拜中,人戴着羊头跳舞是"美"字的起源。这表明"美"与原始巫术礼仪活动有关。甲骨文中的"羊"字就是一些图案化的美丽的羊头,表现了一种对称的美。李泽厚等主编的《中国美学史》中曾引述了这样的看法："('美'字)象一个'大人'头上戴着羊头或羊角,这个'大'在原始社会里往往是有权力有地位的巫师或酋长,他执掌种种巫术仪式,把羊头或羊角戴在头上以显示其神秘和权威。……美由羊人到羊大,由巫术歌舞到感官满足,这个词为后世美

---

[1] 许慎撰,徐铉校定《说文解字》,中华书局,1963年,第78页。
[2] 周清泉著《文字考古》(第一部),四川人民出版社,2003年,第633页。

学范畴(诉诸感性又不止于感性)奠定了字源学的基础。"①根据对美的词源学的分析，可以看出，在美的产生过程中，实用价值先于审美价值。从实用价值到审美价值的过渡，这中间人类的观念形态起了中介作用。

在中国美学史上，对美的本质问题的探讨并非直接的本体思辨，而是与善恶伦常、天人合一的思想紧密联系在一起的。这主要体现为三种基本途径：

第一种是结合善研究美。先秦时代对美的本质的研究，大都体现为这种特征。比如儒家经典《论语》里说"里仁为美"(《里仁篇》)，"君子成人之美，不成人之恶"(《颜渊篇》)，"如有周公之才之美"(《泰伯篇》)等。《礼记》里说："美恶皆在心中。"孟子说："充实之谓美。"荀子曰："不全不粹不足以谓美。"这里所谈的"美"都含有善、德的意义，美与善紧密相连。

第二种是结合艺术来研究美。先秦以后，从哲学上系统研究美的著作很少，大多是结合艺术创作与艺术鉴赏来谈论美。中国是一个艺术的王国，从新石器时代的彩陶、石器，殷商的青铜器，春秋战国的音乐，秦汉的陶俑，汉代的文学、帛画、雕刻，魏晋南北朝的书画，以及后来的唐诗、宋词，宋代山水画，元代的戏曲，明清的小说等，形成了丰富的艺术画廊以及独具特色的民族风格。中国美学史上从艺术角度来探索美表现在许多方面，其中比较突出的有两点：其一是从主客观关系来研究美，提出"意境"理论，强调心与物，情与景的统一，即艺术家的主观思想情感、审美情趣与自然景物的贯通交融。其二是从内容与形式的关系来研究美，强调艺术美是内容与形式的统一。刘勰在《文心雕龙·总术》篇中说，如果"义华而声悴"，或者是"理拙而文泽"，那都不是美的作品。他认为好的美的作品必须是"衔华佩实"(《征圣》)，"舒文载实"(《明诗》)，只有做到内容和形式相统一才是美的。

第三种是结合客观现实来研究美。在中国美学史上，有不少文艺美学家很重视从客观生活、自然山水本身来探索美的本质。如刘勰认为美在于自然事物本身，即"自然之道"，所谓"日月叠璧，以垂丽天之象；山川焕绮，以铺地理之形；此盖道之文也"(《文心雕龙·原道》)。清初的王夫之明确肯定了美存在于自然的运动之中，他说："两间之固有者，自然之华，因流动生变而成其绮丽。"②这些论述肯定了美的现实客观性，但脱离了人类的社会生活，具有旧唯物主义的直观性质。

在西方美学史中，关于"美是什么"的探讨更倾向于对美的本体探索和美的本质的追问。首先正式提出与探讨美的本质问题的是古希腊哲学家柏拉图。在《大希庇阿斯》中，柏拉图借苏格拉底和诡辩派学者希庇阿斯别开生面的对话，提出了"美是什么"的问题。在对话中，柏拉图把现实世界中美的事物、美的现象和"美"本身分开，他认为在美的事物、美的现象后面还有一个美的本质，哲学家的任务就是要找到这个美的本质。柏拉图以来，在几千年中，西方学术界就一直延续着对美的本质的探讨和争论。综合来看，可分成两种模式：一是从物的客观属性和特征方面来阐释，二是从精神主体和主观

---

① 李泽厚著《中国美学史》，中国社会科学出版社，1984年，第79-81页。
② 北京大学哲学系编《中国美学史资料选编》(下)，中华书局，1981年，第271页。

心理方面来阐释。

从物的客观属性和特征方面来说明美的本质,最早的是古希腊的毕达哥拉斯学派。该学派早于柏拉图,他们提出"美是和谐"的著名命题。这里的和谐是以数的比例关系为基础的,所以说:"整个的天是一个和谐,一个数目。"①"身体美确实存在于各部分之间的比例对称。"②接下去是亚里士多德,他认为美的主要形式是"秩序、匀称与明确",主要靠事物的"体积与安排"③,也是从形式的关系结构中去规定美。毕达哥拉斯学派和亚里士多德的这种看法在西方美学史上是一个重要传统。从中世纪到文艺复兴,到十七八世纪的欧洲,一直为许多美学家所信奉。英国美学家博克就认为美"是指物体中能引起爱或类似情感的某一性质或某些性质","美大半是物体的一种性质,通过感官的中介,在人心上机械地起作用"。狄德罗提出"美是关系",认为"一切能在我们心里引起对关系的知觉的,就是美的"④。

从精神本体和主观心理方面来探讨美的本质又可以分为两种情况:一种是从客观的精神本体来说明。最有代表性的就是柏拉图的"美是理式"理论,柏拉图认为现实中一切事物的美都根源于"美的理式",即"美本身",它是使一切事物"成其为美的那个品质","这美本身,加到任何一件事物上面,就使那件事物成其为美,不管它是一块石头,一块木头,一个人,一个神,一个动作,还是一门学问。"⑤柏拉图的上述观点,实际上否认了美的客观现实的根源和基础,把人对美的事物的认识绝对化了。后来黑格尔对美下的定义"美就是理念的感性显现"⑥,也是继承柏拉图的路线。他认为美的根源在于理念、绝对精神,而感性的实在不过是理念生发出来的,是作为理念的客观性相。这个定义和柏拉图的"美是理式"在本质上并没有区别,两者都是把美的根源归于理念(精神),但黑格尔是辩证论者,他的理念不是与客观事物相对立,抽象地存在于客观事物之外,而是概念与实在的统一,理念"显现"于现象,成为理念与感性的具体的统一体,才能有美。另一种是从观赏者主观心理方面来说明。德国哲学家康德认为美"只能是主观的",他说:"至于审美的规定根据,我们认为它只能是主观的,不可能是别的。"⑦他提出审美是一种趣味判断或欣赏判断,他认为趣味判断是以情感为内容的,它不同于单纯的快感,也不同于涉及概念的逻辑判断,在趣味判断中,美具有没有目的而又合目的性的形式。因之,美就是那种不夹杂任何利害关系,没有概念的纯形式,而又必然为一切人所喜爱。英国的休谟认为对于美决定性东西还在于"人性本来的构造"、习俗或者偶然的心情,他说:"美并不是事物本身里的一种性质。它只存在于观赏者的心里,每一个人心见出一种不同的美","各种味和色以及其他一切凭感官感受的性质都不在事物本身,

---

① [英]塞德利著《古希腊罗马哲学》,三联书店,1957年,第37页。
② 北京大学哲学系编《西方美学家论美和美感》,商务印书馆,1980年,第14页。
③ [古希腊]亚里士多德著《形而上学》,商务印书馆,1997年,第271页。
④ 北京大学哲学系编《西方美学家论美和美感》,商务印书馆,1980年,第118、121、129页。
⑤ [古希腊]柏拉图著《文艺对话集》,人民文学出版社,1963年,第188页。
⑥ [德]黑格尔著《美学》(第一卷),人民文学出版社,1958年,第138页。
⑦ [德]康德著《判断力批判》(上卷),商务印书馆,1987年,第39页。

而是只在感觉里,美和丑的情形也是如此。"①

关于美的本质问题的探讨,至今尚没有一个学术定论。这里我们更倾向于接受马克思主义关于美的观点,即美既不是单纯的自然,也不是纯粹的主观意识,而是显现在感性形式中的人的本质力量,是人在实践中合目的性与合规律性的统一体。马克思主义的这一观点不仅在广阔的社会历史背景下,科学地解答了"美是什么"和"美从哪里来"的问题,同时还揭示出人类的历史性劳动实践为美的产生提供了主体和客体两方面的条件,从而真正使美以及对美的欣赏成为了可能。具体地说,生产实践是人的本质力量对象化的活动,生产实践本身所具有的主客统一性带来了审美活动的主客统一性。通过生产实践,人改造了外在自然,创造了一个人化的世界,使得这个世界的事物都成为人的本质力量的外在表现。与此同时,通过劳动,人也改造了内在自然即人自身的生理和心理机能,创造了一个社会化的人,形成了相应的主体感觉能力。由此,通过实践,便形成了美得以产生的主客观因素。总之,美是在人的本质力量的对象化活动(实践)中形成的主客观的统一。对美的追求,既是人的本性,也是社会文明进步的象征,是人类长期进化和社会不断进步的综合产物,是人的主观和客观的综合产物。

## 二、"善"的本质探源

人类关于"善"的认识,也具有悠久的历史。中国传统文化中,"善",古写"譱",简写"善"。许慎《说文解字》说:"譱,吉也。从誩从羊,此与义美同意。"②善与美同意,不同的是,善指许多羊,美指大羊。后来随着人类文明的进步,羊就被赋予了美味的含义。"善"和"膳"也可相通,元代黄公绍《古今韵会举要·霰韵》:"膳,亦作善。《庄子〈至乐〉》:'具大牢以为善'。"《说文解字·肉部》:"膳,具食也。"段玉裁注:"具者,供置也。欲善其事也。郑注《周礼》'膳夫'曰:'膳之言善也。'"③善同食物联系在一起,这样善就变成了膳。羊多,就变成了羊肉多,于是善又有了"好"的意思。所以善就是羊多,就是有食物、有保障,就是好。这就是善的本义,所以"善,吉也"。与此相反,就是恶。恶就是没有食物,没有吃的,恶者,饿也。随着社会的发展,善的含义也在增加和变化。但是万变不离其宗,尽管"善"已从食物对人的生存的支持、对人的食欲的满足扩展到了一切事物对人的生存、生命的欲望满足,但善的基本含义"好"、"利于生存"是不变的。关于善还有许多见解,比如有人认为,知识愈多愈善;有人认为,一切符合个人利益和能得到个人快乐与幸福的行为就是善;有人认为符合义利为善;也有人认为信仰上帝才是善。《哲学小百科》里认为,善是"符合其原则和规范的思想或行为","在阶级社会里,只有符合代表生产力发展方向的先进阶级的利益,才真正是善的,否则就是恶的。"④尽管不同的人立场不同,对善的认识有不同的观点,但对善的核心的认识是基本相同的,即善是事物对人的有利性质。

---

① 北京大学哲学系编《西方美学家论美和美感》,商务印书馆,1980年,第108页。
② 许慎撰,徐铉校定《说文解字》,中华书局,1963年,第58页。
③ 许慎撰,段玉裁注《说文解字注》,上海古籍出版社,1988年第2版,第172页。
④ 邢贲思主编《哲学小百科》,中国青年出版社,1986年,第611页。

在西方,古希腊人们对善的认识同我们的祖先基本一致。善不仅有好、可欲、有益的意思,还有幸福的含义。苏格拉底就认为,对于任何人有益的东西对他来说就是善。他甚至将关于善的知识称为"一种关于人的利益的学问",而一切可以达到幸福而没有痛苦的行为都是好的行为,就是善和有益。事实上,苏格拉底的善,在希腊文中本来就有好、优越、合理、有益、有用等含义。古希腊的色诺芬曾讲过这样一个故事。有一次,在希腊举行的一场美男子竞赛结束后的庆祝会上,苏格拉底站起来说,最美的男子应该是他自己,因为他的眼睛像金鱼一样突出,最便于观看;他的鼻孔阔大朝天,最利于嗅闻;他的嘴巴宽大,最便于饮食和接吻。这个故事之所以有趣,是因为苏格拉底把他自己丑陋的外形——金鱼眼、朝天鼻、大嘴巴,说成是最美的。不过,苏格拉底也许并不全是在开玩笑,因为按照他的观点,美就是有用,就是善;他那怪异的眼睛、鼻子、嘴巴,都比别人的眼睛、鼻子、嘴巴更能完成它们的实际用途,所以也就最美。伊壁鸠鲁则说:"快乐是幸福生活的开始和目的。因为我们认为幸福生活是我们天生的最高的善,我们的一切取舍都从快乐出发;我们的最终目的乃是得到快乐,而以感触为标准来判断一切的善。"①佛教认为善行是对自己有益的,对他人亦是有益的行为;是在今世好的,在来生也是好的行为。这四个条件具备,才能算是纯善的行为。这里的"善"就是泛指道德伦理领域中的正面价值。它与"恶"相对,指在社会中人与人之间显示公平、友爱、正义等表现在概念上的概括。

可见,无论在东方还是在西方,人们对善的认识基本一致,善这个词,几千年来其含义都与人的生命息息相关。"善"在上古人那里表示羊多,在古人那里表示食丰,在近现代人这里表示有利,是有其必然的历史发展规律的。人,无论是在茹毛饮血的年代,艰难困苦的岁月,还是在生活富足、现代化的今天,生存生活都是第一位的。无论是有羊,有食,还是有利,都意味着人能够生存生活。善即意味着人能生存生活并且生存生活得好。善就是好,善具有好的性质,是今天我们把善当作好的同义词使用的根本原因。好描述的是事物之间的关系,是关系的表现。善也是关系的表现,表现的是客观事物、客观环境与人的和谐关系,人与人之间的和谐关系,人与世界的和谐关系。对人有利,符合人的利益是善的根本含义,也是善的本质特征。这是就客观而言。就主观而言,善是人对客观事物的感受和评价,并且是好的感受、肯定性评价。我们知道,感受和评价都是依存于人与物、人与事、人与人之间的关系而存在的。没有主客体之间的这种关系的存在,就不可能有主体的感受或评价。因此,感受和评价都是主观与客观的统一。善不仅是我们的感受和评价,而且是人们对符合我们的根本利益的人、事、物的感受和评价,是人们对客观的人、事、物的好的、正面的、肯定的感受和评价。这是一种主客体和谐关系的表现,是主客观的和谐统一。因此我们说,善就是主观与客观的和谐统一。

每一个人不仅是独立的个体,同时也是社会群体的一分子。因此社会群体中的每一位成员都应当与所在的群体保持一致,遵守社会的规则,这是社会人生存的基本法则。所以,"善"更多的是站在社会或人类的角度对个人的行为所做出的判断或评价。

---

① 周辅成编选《西方伦理学名著选辑》(上卷),商务印书馆,1964年,第103页。

就"善"的规定性而言,这里我们同样更倾向于接受马克思主义关于善的相关阐述,具体将善看成是人将自身的价值尺度观念地和实践地运用到对象上去,赋予实然对象以应然意义的活动。善具有实用价值,是道德领域里辨别好与坏的尺度、意志活动的对象,属于伦理学的范畴。人的活动既有对真的追求,又有对善的向往。如果说求真同实践密切相联,那么,求善就是实践的宗旨,实践活动就是主体实际地追求善的活动。求善是人的内在价值尺度的运用,是人类活动的价值指向。而这里的善既包括改造自然的活动,也包括改造社会的活动和改造人自身的活动。善的世界是人类实际地解决自由和必然矛盾的世界,是人类按照理想的世界去重新建构现实的世界,是人的活动的价值指向。由于人类只有通过实践变革现实才能使自己的需要得到满足,因而人对事物就不是从其所是的那样去看待,而是按其应具有的意义来看待。这种"应具有的意义"是人类所企望、所向往的,是人类对幸福美好生活的追求,是理想的追求。

## 第二节　中西文化中的美善相乐

美与善,都是人类追求的最高境界。美而不善,或者善而不美,都是不完美的,只有至善至美才是人类的最高理想。两千多年来,美与善的关系,一直是美学领域中一个聚讼纷纭的问题。

### 一、中国文化中的美善统一思想

在中国传统文化中,比较多的是强调美与善的统一。《国语·楚语上》中有伍举论美的一段记载:

> 灵王为章华之台,与伍举升焉,曰:"台美夫!"对曰:"臣闻国君服宠以为美,安民以为乐,听德以为聪,致远以为明。不闻其以土木之崇高、彤镂为美,而以金石匏竹之昌大、嚣庶为乐;不闻其以观大、视侈、淫色以为明,而以察清浊为聪。……夫美也者,上下、内外、小大、远近皆无害焉,故曰美。若于目观则美,缩于财用则匮,是聚民利以自封而瘠民也,胡美之为?"[①]

这是最早见诸史料的有关善、美统一的观点。在伍举看来,美是有功利目的的。对民有利的,也就是"皆无害焉",就是美的;对民不利,使民穷困而"瘠民"的,就是不美的。故"其有美名也,惟其施令德于远近,而小大安之也"。只要施仁德于远近之民,使大小之家都能安居乐业,这样才能真正算美。"若敛民利以成其私欲,使民蒿焉忘其安乐,而有远心,其为恶也甚矣,安用目观?"如若"敛民利"以满足其私欲,使百姓没有生产积极性而又有远离之心,这样为害就大了,哪里还值得去观赏呢? 恶是与善相对立的,更是不美的。这里伍举强调美不在声色淫乐而在德政,虽是对楚灵王的讽谕与进谏之言,从中

---

[①] 上海师范大学古籍整理研究所校点《国语·楚语上》,上海古籍出版社,1998年,第541页。

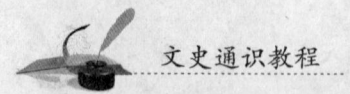

也可看出他的美的观点,即美是有功利的,美与善密不可分。

先秦时期对美与善的关系是有多种不同看法的,墨家主张持善去美,而道家则持求美离善的看法,但儒家却在这两家之间找到了一条尽善尽美的道路。强调美善统一,是儒家美学思想的重要内容,也是中国美学的主要特征之一。孔子认为美与善是密切联系而不可分的,甚至是善的同义语。《论语》中有不少谈到美的地方,如"里仁为美"(《里仁篇》),"君子成人之美,不成人之恶"(《颜渊篇》),"如有周公之才之美"(《泰伯篇》)等。所谓"里仁为美",即是说和有仁德的人在一起,这样才算是善的、好的人。所谓"君子成人之美,不成人之恶",即帮助和赞成别人做好事,不帮助和不赞同别人做坏事。所谓"有周公之才之美",即是有周公的才和美德。这里所谓"美"是和善、德一个意思,二者可以混同使用。儒家以"道"作为文学艺术的根本,如孔子提出"兴于诗,立于礼,成于乐","志于道,据于德,依于仁,游于艺"的论断。《论语·雍也篇》指出:"质胜文则野,文胜质则史。文质彬彬,然后君子。"《左传·襄公二十五年》有载,仲尼曰:"《志》有之:'言以足志,文以足言。'不言,谁知其志?言之无文,行而不远。"①这包含了孔子对美与善、文与质应相兼统一的看法。孔子肯定美的文辞有益于达其志,并有助于实现善,只是美同善相比,孔子把善看成更根本的东西,认为美从属于善。比如他在欣赏武王时的《武》乐时说:"尽美矣,未尽善也。"欣赏舜时的《韶》乐时则说:"尽美矣,又尽善也。"又指出:"人而不仁,如乐何?"(《论语·八佾》)人如果不行仁道(不善),所谓"乐"就没有什么意义。认为"乐"是"仁"的表现,只有在它表现"仁"的时候才有价值。

孟子全面继承了孔子的思想,并发展了孔子的"仁",变孔子的"修身"为"养性",突出了人性的作用。他在美的观点上提出"充实之谓美"(《孟子·尽心下》),即充实人的品德,也就是仁、义、礼、智等。人有了仁、义、礼、智等品德,才谓之"充实","使之不虚,是为美人,美德之人也。"(见赵岐注)在孟子看来,美是有内容和形式的。这内容就是人的品德,也就是仁、义、礼、智等美好品质;美的形式就是品德的直接表现。清代焦循的《孟子正义》解释说:"充满其所有,以茂好于外,故容貌硕大而为美。美指其容也。"②这充分说明,美一方面要有充实的内容,另一方面,还要有"茂好于外"的形式。美是内容与形式的统一,二者缺一不可,强调了仁、义、礼、智等品质是美的根源,美与善是密切联系的。孟子主张"人性善",认为人的品德、仁义、善信等这些道德思想和品质,是人的本性所固有的,是先天与生俱来的,而非后天所形成的。他说:"仁义礼智,非由外铄我也,我固有之也。"(《孟子·告子上》)仁义等这种道德品质,非外加于我的,非由学习和实践得来,而是先天固有的东西,这是一种十足的先验唯心论的观点。这种观点是与他的"人性论"和"养性"的观点相一致的。

荀子主张"人性恶",他认为美不是先天与生俱来的,而是后天学习和教育的结果。他说:"性者,本始材朴也;伪者,文理隆盛也。无性则伪之无所加,无伪则性不能自美。"

---

① 杨伯峻编著《春秋左传注》,中华书局,1981年,第1106页。
② 焦循撰《孟子正义》,中华书局,1987年,第995页。

(《荀子·礼论》)①这就是说,人的本性只不过是一种原始的质朴的材料,"伪"就是人为的意思。人为是就后天的礼义学习、道德教育而言,所以才能"文理隆盛也"。"无性",没有原始的质朴材料,学习和教育也就无以附加;"无伪",即不通过礼义学习和道德教育,则人的本性是不能单靠它自身而成为美的。所以,美是后天学习和教育的结果,是和社会环境、伦理道德密切相关的。在这里,美和善也是有密切联系的。荀子还说:"君子知夫不全不粹之不足以为美也。"(《荀子·劝学》)只有从事学习,掌握"全"与"粹"的知识与修养才是美的。什么是"全"与"粹"呢?这就是学习道德与礼义,这是做人的根本。只有"及至其致好之也",才能"权利不能倾也,群众不能移也,天下不能荡也。生乎由是,死乎由是,夫是之谓德操"(《荀子·劝学》)。"德操"就是"全"与"粹"的结晶,也就是美,这再次说明了美与善的联系。在荀子看来,美是一种客观存在,《荀子·王制》说:"故天之所覆,地之所载,莫不尽其美,致其用。"美是存在于天地之间的客观事物,这些客观事物之所以是美的,就在于"致其用"。也就是说,是有功利性的,可以用来为社会服务的。客观事物之所以美,就在于客观事物所具有的社会功利性质。

可见,在中国传统文化思想中,美善是合一的,其中善又为主导。美,不一定都达到了善的境界,但善的肯定是美的。这种"美善相兼,以善统美"观念的形成是与中国文化传统分不开的。中国传统文化从实质上说是"礼乐文化"。相传周公制礼作乐,礼以节之,乐以和之。其所节、所和,都是要达到和谐的伦理境界,达到善。礼包含有仪式的部分,但其核心,则是亲亲尊尊的等级性政治伦理。在礼乐文化环境下,无论是政治哲学、人生哲学、艺术哲学,都把个人的人格修养、道德训练看成第一要义的东西。以从政而言,尊奉的是"修身、齐家、治国、平天下"的准则,修身,就是立德;以从文、从艺而言,中国人历来强调道德文章,讲人品、文品,人品、画品,人品、书品,人品、艺品等,也是把德置于首位。李泽厚曾经对这种美善统一的美学特质做过十分中肯的总结:"通观整个中国美学史,美善统一始终是个根本性问题……中国美学要求审美意识具有纯洁高尚的道德感,注意审美所具有的社会价值,反对沉溺于低级无聊的官能享受。"②美善统一的美学特质决定了中国美学的发展方向和发展规律,从而决定了中国美学史上"文""质""道"、"和"等美学范畴的形成演变,对中国古代文学创作和批评产生了深远影响。

**二、西方文化中的美善相兼思想**

在西方,美、善的交叉叠合虽与华夏有别,但亦大体相通,也是一条带有普遍性的规律。在西方早期,美和善也是浑然一体的。在希腊人的语言中,美和善都只用 karos 一个字,意思是说离开美亦无善,离开善亦无美。古希腊人推崇荷马和其他诗人,并不在于他们巧言令色,而是因为他们能宣教重训,有益世道人心。英国著名美学家鲍桑葵就曾指出,古希腊人对美的认识遵循三大原则:道德主义原则、形而上学原则和审美原则,其中道德主义原则排在首位。

---

① 王先谦撰《荀子集解》,中华书局,1988年,第366页。
② 李泽厚、刘纲纪著《中国美学史》(先秦两汉编),安徽文艺出版社,1999年,第22页。

苏格拉底很早就认识到美与善的关联性，他说："你以为美与善是截然不同的两回事吗？你不知道凡从某个观点来看是美的东西，从这同一观点看来也就是善的吗？"①柏拉图也曾指出，音乐的"节奏和乐调有最强烈的力量浸入心灵深处，如果教育的方式适合，它们就会拿美来浸润心灵，使它也就因此而美化"②。亚里士多德也说："美是一种善，其所以引起快感正因为它是善。"③同时他认为，美与善是有区别的，善是表现在行动中，而美则不一定，善是高于美的，一切美都是善的，但一切善并不一定是美。并认为悲剧可以唤起人们悲悯和畏惧之情，并使这类情感得以净化，获得无害的快感，从而达到某种道德教育的目的。古罗马诗人、文艺理论家贺拉斯在其《诗艺》中指出："一首诗仅仅具有美是不够的，还必须有魅力，必须能按作者愿望左右读者的心灵。"④因此提出"寓教于乐"说，即诗应带给人乐趣和益处，也应对读者有所劝谕、有所帮助，这样才能发挥艺术的教化作用。中世纪基督教神学家圣托马斯也说："美与善是不可分割的，人们通常把善的东西也称赞为美的。但是美与善毕竟有区别，因为善涉及欲念，是人都对它起欲念的对象，所以善是当作一种目的去看待的，所谓欲念就是迫向某种目的的冲动。美却涉及认识功能，因为凡是一眼见到就使人愉快的东西才叫做美。"普罗丁则明确地说："善是美的本质。"⑤

由此可见，人类在美与善这两种相似的关系中，首先感到和认同的是善，然后才是美。这种美善相兼、善包容美的观念在西方思想传统中很长时间以来占据主导地位，直到近代西方唯美主义的出现，才有所改变。唯美主义先驱、法国的戈狄埃说："只有毫无用处的东西才是美的，所有有用的东西都是丑的，因为它反映了某种需要，而人的需要就像他那可怜的、残缺不全的本性一样，是卑鄙的、令人可厌的。"⑥他第一次明确提出了"为艺术而艺术"的口号。克罗齐更进一步指出：人的活动分四类，直觉（求美），概念（求真），经济（求利），道德（求善），艺术是心灵的赋形，情感的体现，是一种想象活动。文学与道德是不同的范畴，用道德要求文学是要求文学超出本分的事情。很明显，唯美主义否定文学与道德伦理之间所有的关系，试图关注文学本身的特征和物象，也就是对美与善的关系进行了重新评价。这里美不再是附属于善的单纯内容，而开始具有了自身存在的独立价值与意义。

这种对美与善的重新审视，在康德那里完成了理论的系统与集大成。康德不仅提出"审美无利害关系"这一命题，将美学真正从伦理学、政治学中独立出来，认为审美可以沟通经验世界和超验世界，把人引向"最高的善"；同时他还通过对"美是德行的象征"这一命题的深入阐发，把审美引向美德伦理和新教伦理，"第一次清晰而令人信服地证明了艺术的自主性。以后所有的体系一直都在理论知识或道德生活的范围之内寻找一

---

① 北京大学哲学系编《西方美学家论美和美感》，商务印书馆，1980年，第19页。
② 朱光潜著《柏拉图文艺对话集》，人民文学出版社，1963年，第62页。
③ 阎国忠著《古希腊罗马美学》，北京大学出版社，1983年，第41页。
④ [古罗马]贺拉斯著《诗艺》，人民文学出版社，2008年，第131页。
⑤ 北京大学哲学系编《西方美学家论美和美感》，商务印书馆，1980年，第67、53页。
⑥ 赵澧，徐京安著《唯美主义》，中国人民大学出版社，1988年，第44页。

种艺术的原则。"①具体来说,康德认为,善是意志向往的目的,涉及利害关系的实践活动;审美是不涉及欲望的满足,也不涉及利害关系的实践活动。美是伦理善的象征,不同于伏尔泰、卢梭等把美、艺术看成是道德的附庸,只是消极地为道德服务的思想,康德的这种思想是与新古典主义的美学观和文艺观一脉相承的。在他看来,美是相对独立的,它与道德不是"类比"而只是一种"象征"的关系,它与"类比"不同,就在于它不只是消极地为了表现某种抽象的道德观念而存在,并不是因为负载某种隐喻性的意蕴而使自身丧失审美价值,这样就维护了美自身的相对独立性。

综合中西方关于美善关系的论述,可以得出这样的结论:即美、善既是人的不同活动所追求的不同目标,同时又都体现着人的终极关怀。它们之间是既相互区别,又密切联系的。一方面,美包含着善。美固然具有超功利性,但是美又离不开功利性,美是以善为前提和基础的。自然美中善的因素比较隐蔽,但会给人造成重大危害的事物难以成为审美对象。艺术美中善的因素大大加强,美的艺术作品必须在给人愉悦的同时给人以教益,产生有益的作用。孔子的"兴、观、群、怨"说,王充提出的文章"为世用"之说,古罗马美学家贺拉斯的"寓教于乐"说,都是对艺术美中善的要求。社会美更是着重于善的内容,善与不善往往决定了一些社会事物的美与不美。另一方面,善蕴藏着美。人的求善活动不仅是按照善的规律来建造的活动,而且是按照美的规律来建造的活动。美善相互包容、相互渗透,这也是人类求美、求善双重活动结构互补性的表现。人类之所以要认识世界、改造世界以求善,鉴赏世界、欣赏世界以求美,究其实质是要克服人类生活所面临的必然与自由的矛盾,使人获得自由。求美、求善实质上是求自由,是人类对自由的追求,对自身生存意义和价值的终极关怀。善、美各从不同方面体现着人的自由性。善是意志与行动上的自由,美是感性与情感上的自由。

从普泛意义上来说,善是美的前提,凡美的都应该是善的。但不能由此而作逆反推理:凡善的都是美的。这是因为,第一,善与功利性直接联系,而美具有功利基础上的超功利性。善的东西往往就是给人带来直接效用和物质功利的东西,美的东西则不是作为物质功利而存在,具有超功利性,如果人们困于物质功利的束缚,就永远不能欣赏到美。一棵大树比一些花草能带来更大的物质利益,但是它却不一定比花草更美。画饼虽然不能充饥,可人们往往沉浸到艺术的虚幻世界中。维纳斯不是一个鲜活的女人,但是她的美却让我们发出由衷的赞叹。第二,善不顾形式,而美却和形式紧密相关。一些善的东西之所以不是美的,正在于它没有赏心悦目的形式。比如一只癞蛤蟆,它本身是益虫,但由于形式的原因不是美。一些给人教训的文学作品,可以对人极为有益,但由于它缺乏形象性而不能成为艺术美。

---

① [英]鲍桑葵著《美学史》,商务印书馆,1985年,第27页。

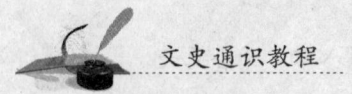

## 第三节 美善相乐的实践互动

### 一、美善相乐实践互动的具体表征

古往今来,人们在对美与善内在联系的认识不断深化的同时,也践行着一定的美善相乐的教化实践活动。所谓美善相乐的实践互动,指的是以文学、音乐、书画、舞蹈等文艺形态为载体,通过美的艺术形式向人们传授知识,培育人们健康的审美观,提升人们的审美水平,陶冶人们的品格情操,在审美熏陶与人伦教化中实现人的全面发展。这种美善相乐的实践互动,在精神审美与道德认知两方面建构着人的价值观念,在人类社会的发展历程中发挥着积极作用。一方面,它使人充分认识到美与善具有同源同构的价值联系,从而在人性构建方面有意识地以美的形象作为引导和形塑,以此降解道德教化的简单生硬与紧张对立;另一方面,这种以美储善的实践策略看到了美的艺术形象对于人的发展的重要作用,认识到美是完整人性和人格的重要方面,唯有在心灵上受到美的陶冶和提升,方能实现人的全面发展。

美善相乐的实践互动具体体现为"以美储善、善中孕美"。这种双向互动的关系是随着艺术的产生以及人们审美意识的发展,而逐渐发展起来的。古代中国,社会管治者借助实施"以美储善、善中孕美"的文化策略,建构了道德教化的审美机制。在"以美储善"方面,往往借助于文艺强烈的情感感染性,潜移默化地实施仁政教化之主题。儒家十分重视文艺的教化功能,认为道德人格的培养在艺术审美之中而不在伦理学,在充分肯定美自身价值的前提下,强调文艺的美善统一,以期在生活的审美化中建构人性之善,实现对社会成员的道德教化。孔子就十分注重诗教与乐教的重要意义。他说:"兴于《诗》,立于礼,成于乐。"(《论语·泰伯》)又言:"移风易俗,莫善于乐。安上治民,莫善于礼。"(《孝经》)孔子将诗教当作人性教化和人格修养的基础,认为"不学诗,无以言"(《论语·季氏》)。意即不学习《诗经》,就无法交流,也就谈不上人格道德的培养。荀子则十分推崇乐教的作用,认为人性本恶,而要去恶向善,须感化其心,而音乐则具"入人也深""化人也速"的强大感染力,故有"移风易俗"。"君子以钟鼓道志,以琴瑟乐心。……故乐行而志清,礼修而行成,耳目聪明,血气和平,移风易俗,天下皆宁,'美善相乐'。"(《荀子·乐论》)在荀子看来,音乐有助于政治教化而美,善的政治则可以经由音乐而表现。儒家的这些看法就是集中体现了"以美储善"的文化主张。在"善中孕美"方面,社会管治者树立的圣贤形象,成为人们言行举止和人格修养的参照,伦理道德规范与社会价值体系经由艺术的审美转换,被构建为审美化的精神境界,并成为每个个体不懈的精神追求。

在此种"以美储善、善中孕美"文化策略的影响与作用下,产生了大量文人墨客的名篇佳作,浸润于其中的善的伦理,借助于作品美的艺术表现和强烈的感染力而千古传诵,成为人们的行为标杆。伟大的爱国诗人屈原,在渲染出"羲和逐日"一片浓烈的神话悲剧色彩中,抒发出"路漫漫其修远兮,吾将上下而求索"的人生不辍追求;秋高风怒号,吹出了杜甫"安得广厦千万间,大庇天下寒士俱欢颜,风雨不动安如山"①的人生夙愿;一夜风雨急,打出了陆游"僵卧孤村不自哀,尚思为国戍轮台。夜阑卧听风吹雨,铁马冰河入梦来"②誓死抗敌救国的雄心大志。在千古传诵的《岳阳楼记》中,范仲淹纵笔抒写"霪雨霏霏"或"春和景明"的不同景致之后,借助于洞庭画卷的强烈艺术感染力,记写了"不以物喜,不以己悲"的人生志趣,抒发了"居庙堂之高则忧其民,处江湖之远则忧其君"的"内圣外王"理想,更抒发出"先天下之忧而忧,后天下之乐而乐"的伟大情怀。可以说,翻开一部中国古代文学史,就如翻开一部中国古代道德教育史。在许多优秀文学作品中,情以景为载体,借景抒情;道以文为形式,文与道一;文学修养与道德教化相融,美善相长。

对于我国古代道德教育与审美教育之间的关系,蔡元培在《中国伦理史》中发表过精辟论述:"有礼则不可无乐。礼者,以人定之法,节制其身心,消极者也。乐者,以自然之美,化成其性灵,积极者也。礼之德方而智,乐之德圆而神。无礼之乐,或流于纵恣而无纪;无乐之礼,又涉于枯寂而无趣。"③这里的"乐者",即泛指一切审美活动形式。高尚的人生情怀与人格魅力这些善的伦理,借助于美的艺术活动形式,在怡情悦性中潜移默化地影响读者建构人性之善。传统道德教育机制中的"美善相乐"的品格特征,即使在今天,仍然可以给我们提供许多有益启示。当前,我们提倡"以美储善、善中孕美",这是社会主义精神文明建设所客观要求的,旨在高度重视和充分发挥文艺和文艺工作者的重要作用,用更多的文艺精品和先进的艺术形象来感染受众,激励受众,广泛深入地滋润其心灵,启迪其心智,最终起到丰富社会的文化精神生活,培养人们的高尚情操,鼓舞人们为实现更高理想和创造一切美好事物而奋发向上的作用。

## 二、文艺实践美善尺度的认识误区

"以美储善、善中孕美"的基本原则,表现在文艺实践中,就是要做到思想性和艺术性的高度结合。优秀文艺形态的内容与形式是不能割裂的,它是一个有机的整体。文艺实践既不能偏于思想,把它视为唯一;也不能偏于形式,搞唯美主义。要把深刻的思想性和完美的艺术性紧密结合起来,使人们在欣赏和感受艺术美的过程中,加深对生活的认识理解,培育高尚的审美情感。古往今来,许多艺术作品正是秉承"以美储善、善中孕美"的宗旨,滋补着人们的心田,陶冶着人们的性情,在道德教化中发挥着巨大影响力。

然而,在文艺实践中,如何看待和处理美与善的关系,曾存在两种认识误区。一是将艺术单纯地理解为纯美的,而排除其善的道德教化功能。持此种看法者多为"艺术唯美"派,这种观点认为艺术是唯美的,提出"艺术至上""为艺术而艺术"的理论主张,否认

---

① 杜甫《茅屋为秋风所破歌》,《杜诗详注》,中华书局,1979年,第832页。
② 陆游《十一月四日风雨大作》,《陆放翁全集·剑南诗稿》,中国书店,1986年,第424页。
③ 高平叔编《蔡元培哲学论著》,河北人民出版社,1985年,第25页。

艺术具有社会功利性,反对把社会道德价值作为美的评判的重要尺度,极力推崇艺术的形式美。"艺术本身就是目的。把艺术作为手段以求达到某种别的,即使是最崇高的目的,那就等于降低艺术作品的价值。"①法国唯美主义诗人戈蒂耶甚至宣称:"我们相信艺术的独立自主。艺术对于我们不是一种工具,它自身就是一种鹄的。在我们看,一个艺术家如果关心到美以外的事,就失其为艺术家了。"②对于唯美主义的这些观点,康德—克罗齐则给以理论支持,克罗齐指出:"艺术就其为艺术而言,是离效用、道德以及一切实践的价值而独立的。如果没有这种独立性,艺术的内在价值就无从说起,美学的科学也就无从思议,因为科学要有审美事实的独立性为它的必要条件。"③"唯美主义"理论突出强调了艺术自身的特征,追求审美独立的价值精神,反对用传统狭隘的功利主义观点来看待艺术的价值,其实质是"把对于资产阶级生活方式的否定加以理想化"④了,就这点而言,它曾产生过积极作用。我国近代王国维,极力肯定和宣扬艺术的独立地位,实际上就具有反封建的功利主义的积极意义。但是,"唯美主义"理论在根本问题上却陷入了谬误,那就是把文艺目的归结为孤立的美,与人类在社会生活中所追求的善割裂与隔绝起来,从而完全脱离了人类的社会生活,削弱了文艺的意义。

　　另外一种理解是把美与善的关系看成对立的双方,其并不排斥文艺的审美功能,而是希冀在艺术形象之外,用直接表达思想倾向的方式,来加强作品的教育作用,即把审美功能与教育功能割裂开来。如果将文艺的审美功能与教育功能割裂开来,如果一部作品只是进行枯燥乏味的说教、居高临下的道德训示,变成一种修身教科书,缺乏激动人、感染人的艺术力量,不能给人以美的享受,那么它势必不能受到人们的欢迎,也就不可能如其所愿地充分发挥思想上和道德上的教育作用。恩格斯当年曾对同时代德国社会民主主义女作家敏·考茨基的《旧人与新人》提出过批评,就是因为考茨基在作品中直接公开地表明自己的观点、立场,而没有做到让倾向性在"场面和情节中自然而然地流露出来"。也就是单纯地以说教的方式代替了对生活的描绘,从而使作者的倾向性离开了形象,损害了文学作品的形象,削弱了作品的艺术感染力。列夫·托尔斯泰也说过同样的观点:"每一种富有诗趣的情感,都得由抒情风格、场面、人物、性格或大自然的描写等流露出来。"⑤可见,在艺术创造中,善是一个重要因素,它必须存在于真的反映和美的形象之中。我国明人丘濬的传奇《伍伦全备记》,把戏剧变成了宣扬"三纲五常"的道学伦理剧,将封建"圣贤"的道德教条假托戏文加以传扬,甚至把剧中人物的姓名也贴上封建伦理道德概念的标签,遂引起时人的猛烈抨击。撇开其所宣扬的内容的好坏,仅就其图解概念、演绎教条的做法而言,便不能不引起读者的反感,其收效便适得其反了。正因为如此,所以王夫之说:"诗以道性情,道性之情也。性中尽有天德、王道、事功、节义、礼乐、文章,却分派与《易》《书》《礼》《春秋》去,彼不能代诗而言性之情,诗亦不能代

---

① 赵宪章编著《二十世纪外国美学文艺学名著精义》,江苏文艺出版社,1987年,第484页。
② 朱光潜著《文艺心理学》,安徽教育出版社,2006年,第93页。
③ [意]克罗齐著《美学原理·美学纲要》,外国文学出版社,1983年,第126页。
④ [俄]普列汉诺夫著《没有地址的信·艺术与社会生活》,人民文学出版社,1962年,第210页。
⑤ 《古典文艺理论译丛》(第1册),人民文学出版社,1962年,第199页。

彼也。"①这就是说，文艺的教育功能与一般的道德教育有着重要的区别，二者不能简单等同、相互替代，一般的道德教育功能可以由修身教科书去完成，而文艺的教育功能则应采取特殊的途径与方式，也即必须与审美功能水乳交融地融汇在一起。

这两类认识误区，尽管倾向不同、表现各异，但在思想方法上都存在形而上学的毛病。或忽视美、善的差异或矛盾性，片面强调东风必须压倒西风，或看不到美、善矛盾联系和相互依存、转化的可能性。因此，需要转换思路来考察问题：承认美与善有各自的独立性，其间存在客观矛盾，但也存在和谐共融的新空间。善，不是游离于美之外的，而是寓于美之中的，而真正的艺术教育作用也必须是通过审美作用来进行，这是因为在优秀的文艺作品中，善不能脱离美而存在，而只能体现在美的形象之中。艺术中的善有别于道德中以规范和原则方式表达的善，它是蕴含在艺术形象本身之中的作者的审美评价和道德评价，是一种思想与形象、理智与情感相结合的感化力量。所以必须通过艺术的美，以反映现实的真，体现道德的善。任何真的内容、善的内容，只有当它们获得美的存在形式，能够引起人的审美意识时，才能真正属于艺术领域。如果文艺作品不是把对于真理和道理的愿望渗透在美的观念之中，而是在美的观念之外去表现，那么这些愿望就必然具有抽象说教的性质而不属于文艺领域。

### 三、美善相乐是文艺的永恒价值

文艺作为一种审美意识形态，其本质特征是以形象反映生活，营构审美境界，其核心则是崇善，实现道德教化。文学的所有作用都是在美当中完成的。从给人们科学知识、真实反映世界的角度来看，文学比起科学差得很远；从作为人们行为的指导、社会伦理道德的规范来看，文学又远不如伦理学那样清晰而明确。但是，文学对于人的影响"入人也深，化人也速"，②有时候起了伦理学无法取代的道德作用，对世界真理的揭示比科学还更加容易为人所接受。但文学的这些作用都要在美的塑造中才能够完成，美是文学的第一要务，也是文学的首要特质。根据马克思主义的观点，善作为现实对主体的功利性体现，是主体的本质力量在实践活动中的积极呈现，反映在文艺领域，则具体体现为主体对现实世界的态度、理想、愿望和评价，也即主体的主观倾向性，它是文艺作品的思想内核。具体而言，它包括生活准则、处世哲学、伦理道德、文化观念、审美理想以及政治观念等多个方面。其中伦理道德，实际上就是狭义的善。文艺作品在反映生活的同时，无不渗透进艺术家特有的伦理道德观念。因此，在根本意义上而言，文艺是美善的集大成。纵观世界文学史，优秀的文艺作品都高度地体现出内容与形式的有机统一，都高度呈现出美与善和谐共生的倾向。梁漱溟指出："那些意境甚高的文艺作品，感召高尚深微的心情，彻达乎人类生命深处，提高了人们的精神品德。比如陶渊明的诗，倪云林的画，恬淡悠闲，超旷出尘；又如云冈石窟，龙门造像，静穆柔和，耐人寻味；或如欧洲中世仿古罗马式哥特式大教堂，外高耸而内闳深，气象庄严，使人气敛神肃、起恭

---

① 邹然著《中国文学批评史》，北京大学出版社，2005年，第318页。
② 王先谦撰《荀子集解》，中华书局，1988年，第380页。

文史通识教程

起敬,引向神秘出世之思。如此其例多不胜举,总皆由人心广大深远通乎宇宙本体。"①

鉴于此,美善相乐就构成了文艺的内在品格。由于对艺术形式美的追求,以及抑恶扬善的立场选择,美善不仅成为文艺创造的价值追求,同时也是文艺批评的重要尺度。具体而言,美是文艺作品的形式创造。文艺作品不只是一般地反映生活,而是以艺术形象来反映生活的,形象地反映生活的特点构成文艺的特殊品质。它决定人们评价文艺作品,不只是需要考察这种反映是否真,还要考察它的形象是否美。而善,则是文艺作品的人文关怀。文艺作品描写的内容,丰富多彩,无论美与丑,善与恶,都可以成为文艺创作的对象。但是一部作品,只有当它以巨大的热情对美的事物加以赞扬,或者对丑的事物加以鞭挞,才能发挥其尚善的作用。其中善还必须包含在美之中,而不允许把倾向性游离于形象之外。美善相乐是文艺自觉的价值追求和神圣的社会职责。优秀的文艺作品,无不高扬这种美善相乐的品格,其在优美的艺术形式中,在对生活的富有历史精神的肯定与否定、赞美与贬斥、同情与厌恶乃至于困惑、无奈的情感态度中,寄寓着艺术家们特有的"悲天悯人"情怀。列夫·托尔斯泰曾说:"他是经常地,永远地处于不安和激动之中,因为他能够解决与说明的一切,应该是给人们带来幸福,使人们脱离苦难,给予人们以安慰的东西。"②巴金说他的小说都凝聚着强烈的情感,矛头是指向"一切旧的传统观念,一切阻止社会进化和人性发展的不合理制度,一切摧残爱的势力"。③在现代文学史上,鲁迅先生的小说中,善的人文精神最为深厚,透过他那冷峻的笔调,从麻木的闰土、愚昧的华老栓、不幸的祥林嫂……尤其是那寄寓着作家"哀其不幸,怒其不争"的忧愤情感的阿Q身上,人们看到的正是一个具有高度社会责任感的作家炽热的人文关怀。

习近平总书记在全国文艺工作座谈会上强调,追求真善美是文艺的永恒价值。而作为一个优秀的文艺工作者,"必须自觉与人民同呼吸、共命运、心连心,欢乐着人民的欢乐,忧患着人民的忧患,做人民的孺子牛","应该用现实主义精神和浪漫主义情怀观照现实生活,用光明驱散黑暗,用美善战胜丑恶,让人们看到美好、看到希望、看到梦想就在前方"。社会有阳光,就会有阴影,有大善大美,也有奸邪不良。存在于什么样的社会并不重要,重要的是,我们用什么样的眼睛和心态,认识和打量世界。同样的社会存在,"景由心造,相由心成",当我们用发现美、挖掘美、创造美的眼睛打量世界,用充满希望和梦想的激情投入创作,用终极关怀、土地情怀、苍生意识、责任意识与现实生活亲密对接,穿越喧哗、过滤不良,努力挖掘其中的真善美,挖掘更多沸腾而奔忙的力量,作品就能摆脱庸俗化、低俗化倾向,成为真善美的精神号角。然而当前,随着市场经济的繁荣,文艺渐为市场行情所左右,随之而来的是消遣性文艺的泛滥,商业炒作的盛行,人文精神的失落,文艺对社会的积极作用不断弱化。有些作品充满了太多的消费主义倾向,过分注重感官和欲望的刺激,唯利是图,粗制滥造,格调不高,充满颓废,肤浅极端,不但

---

① 鲍霁编《梁漱溟学术精华录》,北京师范学院出版社,1988年,第193页。
② 段宝林著《西方古典作家谈文艺创作》,春风文艺出版社,1980年,第513页。
③ 巴金著《探索与回忆》,四川人民出版社,1982年,第285页。

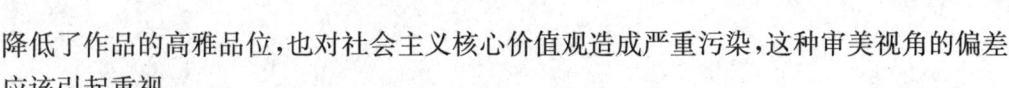

降低了作品的高雅品位,也对社会主义核心价值观造成严重污染,这种审美视角的偏差应该引起重视。

综上所述,美、善既相互区别,又相互依存。二者各有自己的属性,又必须在文艺实践中得到完美的统一。文艺的理想状态正是美善的和谐统一,必须把善的思想熔铸到美的艺术形式中去,使欣赏者在欣赏美的同时,受到善的熏陶和感染,提升思想认识水平和精神境界。尤其是面对当下社会发展给大众带来丰富的物质享受,但精神相对匮乏的时代语境,文艺创作者更应在创作中充分体现至善至美的价值结构,文艺批评家更应把坚持美善相乐的标准作为高尚职责,以共同推进社会主义文艺事业的健康发展。

**思考练习题**

1. 中西美学史上对美的本质问题的探索各有什么特点?分别有哪些基本路径?
2. 如何理解善的本质?
3. 如何理解美与善的辩证关系?
4. 美与善的实践互动有何具体体现?
5. 文艺实践在如何看待和处理美与善的关系上曾有什么认识误区?你认为应该用何种价值标准指导当下的文艺实践?

# 附录　精读文选及赏析

## 荀子·乐论

### 荀　况

夫乐者,乐也[1],人情之所必不免也,故人不能无乐。乐则必发于声音,形于动静,而人之道[2],声音动静,性术之变尽是矣。故人不能不乐,乐则不能无形,形而不为道[3],则不能无乱。先王恶其乱也,故制《雅》、《颂》之声以道之[4],使其声足以乐而不流,使其文足以辨而不諰[5],使其曲直、繁省、廉肉、节奏足以感动人之善心,使夫邪污之气无由得接焉。是先王立乐之方也,而墨子非之,奈何!

　　[1] 乐(yuè)者,乐(lè)也,这是用同形字来解释字义。
　　[2] 而:犹"则"。人之道:指人之所为(用《礼记·乐记》郑玄注)。
　　[3] 道:同"导",引导。
　　[4]《雅》、《颂》:《诗经》中的两类乐曲。"雅"是正的意思。《雅》就是朝廷的正声雅乐,分为《大雅》和《小雅》两种。"颂"即"容",指舞蹈时的容貌。《颂》是宗庙祭祀的舞曲,分为《周颂》、《鲁颂》、《商颂》三种。
　　[5] 辨:通"辩",《礼记·乐记》作"论",孔颖达释为"谈论义理"。諰(xǐ):边思边说的意思(参见《说文》段注),引申为暗藏心机的花言巧语。

故乐在宗庙之中,群臣上下同听之,则莫不和敬;闺门之内,父子兄弟同听之,则莫不和亲;乡里族长之中[1],长少同听之,则莫不和顺。故乐者,审一以定和者也[2],比物以饰节者也[3],合奏以成文者也,足以率一道[4],足以治万变[5]。是先王立乐之术也,而墨子非之,奈何!

　　[1] 乡里族长:都是古代的行政区域单位。据《周礼·大司徒》与《遂人》,一万二千五百户为一乡,二十五户为一里,一百户为一族。据《管子·小匡》,郊内二千户为一乡,五十户为一里。据《管子·乘马》,二百五十户为一长。可见其名称及所辖范围因时因国而异。此文"乡里族长"泛指乡村里弄。
　　[2] 一:指五音(宫、商、角、徵、羽,相当于现代简谱中的1、2、3、5、6)中作为主音的一个音。和:指五音中除主音以外用来应和主音的其他音。审一以定和:古代的宫、商、角、徵、羽虽然没

有绝对音高,但有相对音高,只要其中一个音的音高确定了,其他各级的音高也就确定了。

　　[3] 比:并列,配合。物:指乐器。饰:通"饬",整治。

　　[4] 一道:治理社会的总原则,包括使君臣上下"和敬"、父子兄弟"和亲"、长少"和顺"的种种具体原则。

　　[5] 万变:指上文所说的"声音、动静、性术之变"。

故听其《雅》、《颂》之声,而志意得广焉;执其干戚,习其俯仰屈伸,而容貌得庄焉;行其缀兆[1],要其节奏[2],而行列得正焉,进退得齐焉。故乐者,出所以征诛也,入所以揖让也。征诛揖让,其义一也[3]。出所以征诛,则莫不听从;入所以揖让,则莫不从服。故乐者,天下之大齐也,中和之纪也,人情之所必不免也。是先王立乐之术也,而墨子非之,奈何!

　　[1] 缀:表记,指舞蹈时行列的标识。兆:界域,指舞蹈者活动的界域。缀兆:指舞蹈时的行列位置。

　　[2] 要:迎合。

　　[3] 义:意义,指作用。

且乐者,先王之所以饰喜也;军旅鈇钺者[1],先王之所以饰怒也。先王喜怒皆得其齐焉[2]。是故喜而天下和之,怒而暴乱畏之,先王之道,礼乐正其盛者也,而墨子非之。故曰:墨子之于道也,犹瞽之于白黑也,犹聋之于清浊也,犹欲之楚而北求之也。

　　[1] 鈇:斧。钺:大斧。鈇钺:都是古代斩杀的刑具,此泛指刑具。

　　[2] 齐:中,适当。一说"齐"读为(jì),指分际、界限,也就是分寸的意思。焉:于之。"之"指代"乐"与"军旅鈇钺"。

夫声乐之入人也深,其化人也速,故先王谨为之文。乐中平则民和而不流,乐肃庄则民齐而不乱。民和齐则兵劲城固,敌国不敢婴也[1]。如是,则百姓莫不安其处,乐其乡,以至足其上矣。然后名声于是白,光辉于是大,四海之民,莫不愿得以为师。是王者之始也。乐姚冶以险,则民流僈鄙贱矣。流僈则乱,鄙贱则争。乱争则兵弱城犯,敌国危之。如是,则百姓不安其处,不乐其乡,不足其上矣。故礼乐废而邪音起者,危削侮辱之本也。故先王贵礼乐而贱邪音。其在序官也[2],曰:"修宪命[3],审诛赏[4],禁淫声,以时顺修,使夷俗邪音不敢乱雅[5],太师之事也[6]。"

　　[1] 婴:通"撄",碰,触犯。

　　[2] 序官:论列官职。

　　[3] 修:当为"循"字之误。

　　[4] "诛赏"当作"诗商"。商:通"章",乐章。

　　[5] 夷:对华夏族以外边远民族的卑称。夷俗:指野蛮落后的风俗习惯。

　　[6] 太:同"大"。大师:乐官之长。

墨子曰:"乐者,圣王之所非也,而儒者为之,过也。"君子以为不然。乐者,圣人之所乐也,而可以善民心,其感人深,其移风易俗易,故先王导之以礼乐,而民和睦。夫民有好恶之情,而无喜怒之应则乱。先王恶其乱也,故修其行,正其乐,而天下顺焉。故齐衰

之服[1],哭泣之声,使人之心悲;带甲婴胄[2],歌于行伍[3],使人之心伤[4];姚冶之容,郑、卫之音,使人之心淫;绅端章甫[5],舞《韶》歌《武》,使人之心庄。故君子耳不听淫声,目不视女色,口不出恶言。此三者,君子慎之。

  [1]衰(cuī):通"缞",古代的丧服之一,是一种披在胸前的麻布条,宽四寸,长六寸。因其缉边缝齐,故称齐衰。
  [2]婴:系。胄:头盔。
  [3]行伍:古代军队的编制,五人为伍,二十五人为行,所以用行伍指称军队。
  [4]使人之心伤:即《诗·小雅·采薇》所说的"忧心烈烈"、"忧心孔疚"、"我心伤悲"之类。一说"伤"通"壮";一说"伤"通"扬"(振作);均可从。
  [5]绅:古代士大夫束在腰间、一头垂下的大带子。端:古代诸侯、大夫、士在祭祀时穿的式样端正的礼服,举行冠礼、婚礼时也穿此。章甫:商代的一种礼帽,即缁布冠,它是行冠礼以后才戴的,用来表明("章")成人男子("甫")的身份,故称章甫。

凡奸声感人而逆气应之,逆气成象而乱生焉。正声感人而顺气应之,顺气成象而治生焉。唱和有应,善恶相象,故君子慎其所去就也。

君子以钟鼓道志[1],以琴瑟乐心。动以干戚,饰以羽旄,从以磬管。故其清明象天,其广大象地,其俯仰周旋有似于四时。故乐行而志清,礼修而行成[2],耳目聪明,血气和平,移风易俗,天下皆宁,美善相乐。故曰:乐者,乐也。君子乐得其道,小人乐得其欲,以道制欲,则乐而不乱;以欲忘道,则惑而不乐。故乐者,所以道乐也。金石丝竹,所以道德也。乐行而民乡方矣[3]。故乐者,治人之盛者也;而墨子非之。

  [1]道:同"导"。
  [2]修:当为"循"字之误。
  [3]乡:同"向"。

且乐也者,和之不可变者也[1];礼也者,理之不可易者也。乐合同,礼别异。礼乐之统,管乎人心矣。穷本极变[2],乐之情也;著诚去伪,礼之经也。墨子非之,几遇刑也。明王已没,莫之正也[3]。愚者学之,危其身也。君子明乐,乃其德也[4]。乱世恶善,不此听也,於乎哀哉[5]!不得成也。弟子勉学,无所营也[6]。

  [1]和:《礼记·乐记》、《史记·乐书》均作"情",疑原本作"和情",后人为求对文而删一字,反使文义不完整了。
  [2]穷:穷究,深入到极点。本:指本性。极:达到最高限度。变:化,指感化人心改变风俗。穷本极变:与前文所说的"入人也深"、"化人也速"含义相承。
  [3]正:纠正。
  [4]德:宜作"仁",因为上下文都押韵,这一句也当押韵。
  [5]於乎:同"呜呼"。
  [6]营:通"荧",惑乱。

声乐之象:鼓大丽[1],钟统实[2],磬廉制[3],竽、笙、箫和,筦籥发猛[4],埙篪翁博[5],瑟易良[6],琴妇好[7],歌清尽,舞意天道兼。鼓,其乐之君邪!故鼓似天,钟似地,磬似水,竽笙箫和、筦籥似星辰日月,鞉柷拊鞷椌楬似万物[8]。曷以知舞之意?曰:目不自见,耳不自闻也,然而治俯仰诎信进退迟速莫不廉制[9],尽筋骨之力,以要钟鼓俯会之节[10],而靡有悖逆者,众积意乎[11]!

  [1] 丽:通"厉",激越高亢。
  [2] 统:通"充",指声音洪亮。实:充满,指声音浑厚。
  [3] 廉:清白俭约,此指声音清脆不浑厚。制:通"晢",明白。
  [4] 和:小笙。筦:同"管",一种管乐器。籥(yuè):古管乐器,似排箫。
  [5] 埙:一种陶土烧制的吹奏乐器,大如鹅蛋,形如秤锤,上尖下平中空。篪(chí):一种单管横吹乐器。翁博:通"瀚渤",形容气势如大水涌流一样浩瀚滂渤。
  [6] 易:平和。良:温良。
  [7] 妇好:犹"女好",柔婉。
  [8] 鞉(táo):同"鞀",有柄小鼓,犹如今之拨浪鼓。柷(zhù):是一种漆筒似的打击乐器。拊(fǔ):一种打击乐器,即拊搏(又名搏拊)。由熟皮制的皮囊中塞满谷糠而成,形似小鼓,拍打时声音沉闷。鞷(gé):是一种与"拊"类似的乐器。椌(qiāng):是一种类似柷的打击乐器。楬(jiē):一种虎状木制打击乐器,在雅乐结束时击奏。
  [9] 诎:同"屈"。信:通"伸"。
  [10] 要(yāo):迎合。俯会:迁就。
  [11] 众:指跳舞的人们。积意:聚精会神。

  吾观于乡,而知王道之易易也[1]。主人亲速宾及介[2],而众宾皆从之;至于门外,主人拜宾及介,而众宾皆入,贵贱之义别矣。三揖至于阶,三让以宾升,拜至,献酬[3],辞让之节繁,及介,省矣。至于众宾,升受,坐祭,立饮,不酢而降。隆杀之义辨矣[4]。工入,升,歌三终[5],主人献之;笙入,三终[6],主人献之;间歌三终[7],合乐三终[8],工告乐备,遂出。二人扬觯[9],乃立司正[10]。焉知其能和乐而不流也。宾酬主人,主人酬介,介酬众宾,少长以齿,终于沃洗者焉。知其能弟长而无遗也[11],降、说屦、升坐,修爵无数[12]。饮酒之节,朝不废朝,莫不废夕[13]。宾出,主人拜送,节文终遂。焉知其能安燕而不乱也[14]。贵贱明,隆杀辨,和乐而不流,弟长而无遗,安燕而不乱。此五行者,是足以正身安国矣。彼国安而天下安。故曰:吾观于乡而知王道之易易也。

  [1] 此节又见于《礼记·乡饮酒义》,《礼记》把它记作孔子之言。乡:指乡中饮酒的礼仪。
  [2] 主人:指乡大夫,即主管乡中政教禁令的官。速:即"不速之客"的"速",召请的意思。宾、介:都是宾客。古代乡大夫以贤能的处士作为宾客,邀请他们饮酒来商量事情。在这饮酒的礼仪中,最贤能的人叫宾,德行稍次于宾的叫介,其礼仪上的地位也次于宾,一般作为宾的辅佐;德行次于介的叫众宾,地位在宾客中最低。
  [3] 献酬:古代主客互相敬酒,主人先向客人敬酒叫"献",客人用酒回敬主人叫"酢",主人再次向客人敬酒以表答谢叫"酬"。客人向主人致答谢酒也叫"酬"。
  [4] 杀(shài):减少,简省。
  [5] 终:将一首歌曲或乐曲从头到尾歌唱或演奏一遍叫一终。歌三终:指把《诗·小雅》中的诗歌《鹿鸣》、《四牡》、《皇皇者华》各唱一遍。
  [6] 三终:指吹笙的人把《诗·小雅》中的乐曲《南陔》、《白华》、《华黍》各奏一遍。
  [7] 间:间隔,轮流。间歌三终:指乐工先唱《诗·小雅》中的《鱼丽》,接着吹笙的吹奏《小雅》

中的《由庚》;乐工再唱《南有嘉鱼》,吹笙的再吹《崇丘》;乐工再唱《南山有台》,吹笙的再吹《由仪》。

[8] 合乐三终:指乐工在唱《诗·周南》中的《关雎》、《葛覃》、《卷耳》时,吹笙的同时吹奏《诗·召南》中的《鹊巢》、《采蘩》、《采蘋》。

[9] 觯(zhì):古代饮酒的圆形器皿。

[10] 司正:专门监督正确地行使礼仪的人。

[11] 弟:指年轻人,这里用作动词,是尊重年轻人的意思。一说"弟"读为"悌",是尊敬兄长的意思。

[12] 修爵:等于说"行觞",依次敬酒。

[13] 莫:古"暮"字。

[14] 燕:通"宴",安逸快乐。

乱世之征,其服组[1],其容妇,其俗淫,其志利,其行杂,其声乐险,其文章匿而采[2],其养生无度,其送死瘠墨[3],贱礼义而贵勇力,贫则为盗,富则为贼。治世反是也。

[1] 组:五彩缤纷,华丽。

[2] 匿(tè):通"慝",邪恶。

[3] 瘠:薄,少,指葬送死者不笃厚恭敬。墨:(丧葬)俭省刻薄。墨家主张薄葬,所以把丧葬俭省刻薄称为"墨",这是"墨"字的一种社会文化意义。

【选自张觉译注《荀子译注》,上海古籍出版社,1995年版】

【赏析】

音乐在我国有着悠久的发展历史。春秋战国时期各学派因政治见解不同,对音乐思想理论也认识不同。主要表现在儒家的"倡乐"、墨家的"非乐"。儒家创始人孔子音乐思想的核心是"兴于诗,立于礼,成于乐",认为"移风易俗,莫善于乐",强调音乐的社会政治功能,肯定音乐对于建立正常秩序、改造社会风气的作用。墨家的代表人物墨子对于音乐则持否定态度。他反对统治阶层的奢侈生活,认为使用音乐会加重人民的痛苦和灾难,浪费物力和人力,可能使国家濒临衰亡。

荀子是战国后期儒家学派的著名人物,他发挥了孔子的音乐观,批判了墨子的"非乐"论。其《乐论》是对于儒家音乐思想系统的总结,也是他音乐思想的全面的表现。

文章论述了音乐的起源及其社会作用。"夫乐者,乐也,人情之所必不免也,故人不能无乐。乐则必发于声音,形于动静,而人之道、声音、动静、性术之变,尽是矣。故人不能无乐,……"荀子认为,音乐是人情的一种必然需要,所以人就不能没有音乐;同时,"乐者,天下之大齐也,中和之纪也,人情之所必不免也。"它不但可以表现人的感情,从而得到娱乐,而且可以感化人心,"移风易俗",具有配合统治者的文治武功。但是,如果对音乐放任自流,那么邪音就会扰乱社会。所以,"先王恶其乱也,故制《雅》、《颂》之声以道之",从而使音乐为巩固统治服务。在此基础上,《乐论》又从"立乐之缘起"、"立乐之方术"和"立乐之作用"三个方面驳斥、批判了墨子反对音乐的主张。

荀子的《乐论》是对各家乐论思想的集中整合,是荀子关于音乐理论的集大成之作,对后世音乐思想的发展产生了重要而深远的影响。

# 项羽本纪(节选)

## 司马迁

居数日,项羽引兵西屠咸阳,杀秦降王子婴,烧秦宫室,火三月不灭;收其货宝妇女而东。人或说项王曰:"关中阻山河四塞[1],地肥饶,可都以霸。"项王见秦宫室皆以烧残破,又心怀思欲东归,曰:"富贵不归故乡,如衣绣夜行,谁知之者!"说者曰:"人言楚人沐猴而冠耳[2],果然。"项王闻之,烹说者。

  [1] 裴骃《集解》引徐广曰:"东函谷,南武关,西散关,北萧关。"
  [2] 司马贞《索隐》:言猕猴不任久著冠带,以喻楚人性躁暴。

项王使人致命怀王。怀王曰:"如约[1]。"乃尊怀王为义帝。项王欲自王,先王诸将相。谓曰:"天下初发难时,假立诸侯后[2]以伐秦。然身被坚执锐首事,暴露于野三年,灭秦定天下者,皆将相诸君与籍之力也。义帝虽无功,故当分其地而王之。"诸将皆曰:"善。"乃分天下,立诸将为侯王。项王、范增疑沛公之有天下,业已讲解[3],又恶负约,恐诸侯叛之,乃阴谋曰:"巴、蜀道险,秦之迁人皆居蜀。"乃曰:"巴、蜀亦关中地也。"故立沛公为汉王,王巴、蜀、汉中,都南郑。而三分关中,王秦降将以距塞汉王。项王乃立章邯为雍王,王咸阳以西,都废丘。长史欣者,故为栎阳狱掾,尝有德于项梁;都尉董翳者,本劝章邯降楚。故立司马欣为塞王,王咸阳以东至河,都栎阳;立董翳为翟王,王上郡,都高奴。徙魏王豹为西魏王,王河东,都平阳。瑕丘申阳者,张耳嬖臣也,先下河南(郡),迎楚河上,故立申阳为河南王,都雒阳。韩王成因故都,都阳翟。赵将司马卬定河内,数有功,故立卬为殷王,王河内,都朝歌。徙赵王歇为代王。赵相张耳素贤,又从入关,故立耳为常山王,王赵地,都襄国。当阳君黥布为楚将,常冠军,故立布为九江王,都六。鄱君吴芮率百越佐诸侯,又从入关,故立芮为衡山王,都邾。义帝柱国共敖将兵击南郡,功多,因立敖为临江王,都江陵。徙燕王韩广为辽东王。燕将臧荼从楚救赵,因从入关,故立荼为燕王,都蓟。徙齐王田市为胶东王。齐将田都从共救赵,因从入关,故立都为齐王,都临菑。故秦所灭齐王建孙田安,项羽方渡河救赵,田安下济北数城,引其兵降项羽,故立安为济北王,都博阳。田荣者,数负项梁,又不肯将兵从楚击秦,以故不封。成安君陈馀弃将印去,不从入关,然素闻其贤,有功于赵,闻其在南皮,故因环封三县。番君将梅鋗功多,故封十万户侯。项王自立为西楚霸王,王九郡,都彭城[4]。

  [1] 如约:遵照先前所说"先破秦入咸阳者王之"的约定办。
  [2] 假立诸侯后:暂时封诸侯的后代为王。
  [3] 虽有疑心,然事已和解也。
  [4] 张守节《正义》引《货殖传》云淮以北,沛、陈、汝南、南郡为西楚也。彭城以东,东海、吴、广陵为东楚也。衡山、九江、江南、豫章、长沙为南楚。按彭城,徐州县。

汉之元年四月,诸侯罢戏下,各就国[1]。项王出之国,使人徙义帝[2],曰:"古之帝者地方千里,必居上游。"乃使使徙义帝长沙郴县。趣义帝行[3],其群臣稍稍背叛之,乃阴令衡山、临江王击杀之江中。韩王成无军功,项王不使之国,与俱至彭城,废以为侯,已又杀之。臧荼之国,因逐韩广之辽东,广弗听,荼击杀广无终,并王其地。

[1] 汉之元年,公元前206年,本年灭秦,刘邦为汉王。戏下,《索隐》云水名也。按,前文云项羽入至戏西鸿门,沛公还军霸上,是羽初停军于戏水之下。后虽引兵西屠咸阳,烧秦官室,则亦还戏下。此言"诸侯罢戏下",是各受封邑号令讫,自戏下各到自己的封国去。

[2] 项羽出关至封国,派人将义帝迁离彭城。

[3] 趣:通"促",疾也。催促,督促。

田荣闻项羽徙齐王市胶东,而立齐将田都为齐王,乃大怒,不肯遣齐王之胶东,因以齐反,迎击田都。田都走楚。齐王市畏项王,乃亡之胶东就国。田荣怒,追击杀之即墨。荣因自立为齐王,而西击杀济北王田安,并王三齐[1]。荣与彭越将军印,令反梁地。陈馀阴使张同、夏说说齐王田荣曰:"项羽为天下宰,不平。今尽王故王于丑地,而王其群臣诸将善地,逐其故主赵王,乃北居代,馀以为不可。闻大王起兵,且不听不义,愿大王资馀兵,请以击常山,以复赵王,请以国为扞蔽[2]。"齐王许之,因遣兵之赵。陈馀悉发三县兵,与齐并力击常山,大破之。张耳走归汉。陈馀迎故赵王歇于代,反之赵。赵王因立陈馀为代王。

[1] 三齐:《集解》引《汉书音义》曰:"齐与济北、胶东。"《正义》引《三齐记》云:"右即墨,中临淄,左平陆,谓之三齐。"

[2] 扞蔽:犹屏藩,屏障。

是时,汉还定三秦[1]。项羽闻汉王皆已并关中,且东,齐、赵叛之:大怒。乃以故吴令郑昌为韩王,以距汉。令萧公角等[2]击彭越。彭越败萧公角等。汉使张良徇韩,乃遗项王书曰:"汉王失职[3],欲得关中,如约即止,不敢东。"又以齐、梁反书遗项王曰:"齐欲与赵并灭楚。"楚以此故无西意,而北击齐。征兵九江王布。布称疾不往,使将将数千人行。项王由此怨布也。汉之二年冬,项羽遂北至城阳,田荣亦将兵会战。田荣不胜,走至平原,平原民杀之。遂北烧夷齐城郭室屋,皆阬田荣降卒,系虏其老弱妇女[4]。徇齐至北海,多所残灭。齐人相聚而叛之。于是田荣弟田横收齐亡卒得数万人,反城阳。项王因留,连战未能下。

[1] 三秦:指雍、塞、翟。项羽曾封章邯为雍王,司马欣为塞王,董翳为翟王。

[2]《集解》引苏林曰:"官号也。或曰萧令也。时令皆称公。"

[3] 失职:指失掉了应得的封职。

[4] 阬:同坑,活埋。系虏:掳掠,俘虏。

春,汉王部五诸侯兵[1],凡五十六万人,东伐楚。项王闻之,即令诸将击齐,而自以精兵三万人南从鲁出胡陵。四月,汉皆已入彭城,收其货宝美人,日置酒高会。项王乃西从萧,晨击汉军而东,至彭城,日中,大破汉军[2]。汉军皆走,相随入穀、泗水,杀汉卒十余万人。汉卒皆南走山,楚又追击至灵壁东睢水上。汉军却,为楚所挤,多杀[3],汉卒十余万人皆入睢水,睢水为之不流。围汉王三匝[4]。于是大风从西北而起,折木发屋,扬沙石,窈冥昼晦,逢迎楚军[5]。楚军大乱,坏散[6],而汉王乃得与数十骑遁去。欲过沛,收家室而西;楚亦使人追之沛,取汉王家;家皆亡,不与汉王相见。汉王道逢得孝惠、鲁元,乃载行。楚骑追汉王,汉王急,推堕孝惠、鲁元[7]车下,滕公常下收载之。如是者三。曰:"虽急不可以驱,奈何弃之?"于是遂得脱。求太公、吕后不相遇。审食其从太公、吕后间行,求汉王,反遇楚军。楚军遂与归,报项王,项王常置军中[8]。

[1] 部:按《史记·高祖纪》及《汉书·高祖纪》俱作"劫"。五诸侯,其所指历来众说纷纭,颜师古云:"五诸侯者,谓常山、河南、韩、魏、殷也。"今多以此说为近是。

[2] 《集解》引张晏曰:"一日之中也。或曰旦击之,至日中大破。"

[3] 多杀:死伤惨重。

[4] 匝:同"币"。围汉王三匝:将汉王重重包围。

[5] 窈冥:阴暗、昏暗的样子。昼晦:白天如同夜晚。逢迎:风沙刮向。

[6] 坏散:崩溃,溃不成军。

[7] 即后来的孝惠帝、鲁元公主。

[8] 常置军中:安置或扣留在军营中,以为人质。

是时吕后兄周吕侯为汉将兵居下邑,汉王间往从之,稍稍收其士卒。至荥阳,诸败军皆会,萧何亦发关中老弱未傅悉诣荥阳[1],复大振。楚起于彭城,常乘胜逐北,与汉战荥阳南京、索间[2],汉败楚,楚以故不能过荥阳而西。

[1] 未二十三为弱,过五十六为老。未傅:未曾载入名册不符合兵役年龄者。

[2] 《集解》引应劭曰:"京,县名,属河南,有索亭。"《正义》括地志云:京县城在郑州荥阳县东南二十里。郑之京邑也。荥阳县即大索城。荥阳县北四里,又有小索故城。

项王之救彭城,追汉王至荥阳,田横亦得收齐,立田荣子广为齐王。汉王之败彭城,诸侯皆复与楚而背汉。汉军荥阳,筑甬道属之河[1],以取敖仓粟[2]。汉之三年,项王数侵夺汉甬道,汉王食乏,恐,请和,割荥阳以西为汉。

[1] 属之河:把荥阳和黄河连接起来。

[2] 《正义》括地志云:"敖仓在郑州荥阳县西十五里,县门之东北临汴水,南带三皇山,秦时置仓于敖山,名敖仓云。"

项王欲听之。历阳侯范增曰:"汉易与耳,今释弗取[1],后必悔之。"项王乃与范增急围荥阳。汉王患之,乃用陈平计间项王。项王使者来,为太牢具[2],举欲进之。见使者,详惊愕曰:"吾以为亚父使者,乃反项王使者。"更持去,以恶食食项王使者[3]。使者归报项王,项王乃疑范增与汉有私,稍夺之权。范增大怒,曰:"天下事大定矣,君王自为之。愿赐骸骨归卒伍[4]。"项王许之。行未至彭城,疽发背而死。

[1] 易与:容易对付。释:放下,放走汉军。

[2] 太牢具:古代祭祀或宴会,牛、羊、豕齐备叫太牢。具:饭食,酒肴。

[3] 恶食:粗劣的饭食。食项王使者:给项王使者吃。

[4] 赐骸骨:即乞身告老。归卒伍:回乡为民。卒伍:指乡里。

汉将纪信说汉王曰:"事已急矣,请为王诳楚为王[1],王可以间出。"于是汉王夜出女子荥阳东门被甲二千人,楚兵四面击之。纪信乘黄屋车[2],傅左纛[3],曰:"城中食尽,汉王降。"楚军皆呼万岁。汉王亦与数十骑从城西门出,走成皋。项王见纪信,问:"汉王安在?"信曰:"汉王已出矣。"项王烧杀纪信。

    [1] 请让我假扮成您诳骗楚军。诳:同"诳"。
    [2] 黄屋车:天子车以黄缯为盖。
    [3] 纛:用毛羽做的类似旗子的装饰物,插于车衡之左。

汉王使御史大夫周苛、枞公、魏豹守荥阳。周苛、枞公谋曰:"反国之王[1],难与守城。"乃共杀魏豹。楚下荥阳城,生得周苛[2]。项王谓周苛曰:"为我将,我以公为上将军,封三万户。"周苛骂曰:"若不趣降汉,汉今虏若,若非汉敌也。"项王怒,烹周苛,并杀枞公。

    [1] 反国之王:反叛过的王,魏豹最初被项羽封为西魏王,后降汉,又叛汉,汉二年八月,韩信破魏,虏豹,刘邦赦免了他。
    [2] 生得:活捉。

汉王之出荥阳,南走宛、叶,得九江王布,行收兵,复入保成皋。汉之四年,项王进兵围成皋。汉王逃,独与滕公出成皋北门,渡河走修武,从张耳、韩信军。诸将稍稍得出成皋,从汉王。楚遂拔成皋,欲西。汉使兵距之巩,令其不得西。

是时,彭越渡河击楚东阿,杀楚将军薛公。项王乃自东击彭越。汉王得淮阴侯兵,欲渡河南。郑忠说汉王,乃止壁河内[1]。使刘贾将兵佐彭越,烧楚积聚[2]。项王东击破之,走彭越。汉王则引兵渡河,复取成皋,军广武,就敖仓食。项王已定东海来,西,与汉俱临广武而军[3],相守数月。

    [1] 壁:壁垒,营垒,此指筑壁垒。
    [2] 积聚:粮草辎重。
    [3] 《正义》引《括地志》云:"东广武、西广武在郑州荥阳县西二十里。戴延之《西征记》云:三皇山上有二城,东曰东广武,西曰西广武,各在一山头,相去百步。汴水从广涧中东南流,今涧无水。城各有三面,在敖仓西。"

当此时,彭越数反梁地,绝楚粮食,项王患之。为高俎,置太公其上[1],告汉王曰:"今不急下[2],吾烹太公。"汉王曰:"吾与项羽俱北面受命怀王[3],曰'约为兄弟',吾翁即若翁,必欲烹而翁,则幸分我一杯羹。"项王怒,欲杀之。项伯曰:"天下事未可知,且为天下者不顾家,虽杀之无益,祇益祸耳。"项王从之。

    [1] 《正义》引《括地志》云:"东广武城有高坛,即是项羽坐太公俎上者,今名项羽堆,亦呼为太公亭。"颜师古云:"俎者,所以荐肉,示欲烹之,故置俎上。"
    [2] 急下:赶快投降。
    [3] 北面:古时君主见臣下,南面而坐,臣下北面朝见君主,故以北面指称臣。

楚汉久相持未决,丁壮苦军旅,老弱罢转漕[1]。项王谓汉王曰:"天下匈匈数岁者[2],徒以吾两人耳,愿与汉王挑战[3]决雌雄,毋徒苦天下之民父子为也。"汉王笑谢曰:

"吾宁斗智,不能斗力。"项王令壮士出挑战。汉有善骑射者楼烦[4],楚挑战三合,楼烦辄射杀之。项王大怒,乃自被甲持戟挑战。楼烦欲射之,项王瞋目叱之,楼烦目不敢视,手不敢发,遂走还入壁,不敢复出。汉王使人间问之,乃项王也。汉王大惊。于是项王乃即汉王相与临广武间而语。汉王数之[5],项王怒,欲一战。汉王不听,项王伏弩射中汉王。汉王伤,走入成皋。

　　[1] 转漕:转运粮饷。古时陆运称"转",水运称"漕"。
　　[2] 匈匈:动乱,纷扰。
　　[3]《集解》引李奇曰:"挑身独战,不复须众也。"
　　[4] 楼烦:胡也,北方种族名,其人善骑射,此指善于骑射的士卒。
　　[5] 数:数说,列举罪状。按,《高祖本纪》载有刘邦所列项羽十条罪状。

　　项王闻淮阴侯已举河北,破齐、赵,且欲击楚,乃使龙且往击之。淮阴侯与战,骑将灌婴击之,大破楚军,杀龙且。韩信因自立为齐王。项王闻龙且军破,则恐,使盱台人武涉往说淮阴侯[1]。淮阴侯弗听。是时,彭越复反,下梁地,绝楚粮。项王乃谓海春侯大司马曹咎等曰:"谨守成皋,则汉欲挑战,慎勿与战,毋令得东而已[2]。我十五日必诛彭越,定梁地,复从将军。"乃东,行击陈留[3]、外黄。

　　[1] 派武涉游说淮阴侯背汉联楚,三分天下。
　　[2] 不要让汉军得以东进就行了。
　　[3] 陈留:汴州县也。在州东五十里,本汉陈留郡及陈留县之地。

　　外黄不下。数日,已降,项王怒,悉令男子年十五已上诣城东,欲阬之。外黄令舍人儿年十三[1],往说项王曰:"彭越强劫外黄,外黄恐,故且降,待大王。大王至,又皆阬之,百姓岂有归心?从此以东,梁地十余城皆恐,莫肯下矣。"项王然其言[2],乃赦外黄当阬者。东至睢阳,闻之皆争下项王[3]。

　　[1] 舍人儿:《集解》引苏林曰:"令之舍人儿也。"
　　[2] 然其言:以其言为然,认为他说的对。
　　[3] 争下:争着归顺、降服。

　　汉果数挑楚军战,楚军不出。使人辱之,五六日,大司马怒,渡兵汜水[1]。士卒半渡,汉击之,大破楚军,尽得楚国货赂。大司马咎、长史翳、塞王欣皆自刭[2]汜水上。大司马咎者,故蕲狱掾,长史欣亦故栎阳狱吏,两人尝有德于项梁,是以项王信任之。当是时,项王在睢阳,闻海春侯军败,则引兵还。汉军方围钟离眛于荥阳东,项王至,汉军畏楚,尽走险阻。

　　[1] 高祖攻曹咎成皋,渡汜水而战。成皋城东汜水是也。
　　[2] 以刀割颈为刭。

　　是时,汉兵盛食多,项王兵罢食绝。汉遣陆贾说项王,请太公,项王弗听。汉王复使侯公往说项王,项王乃与汉约,中分天下,割鸿沟以西者为汉[1],鸿沟而东者为楚。项王许之,即归汉王父母妻子。军皆呼万岁。汉王乃封侯公为平国君[2]。匿弗肯复见。曰:

"此天下辩士,所居倾国,故号为平国君。"项王已约,乃引兵解而东归。

　　[1]鸿沟:《正义》应劭云:"在荥阳东二十里。"张华云:"大梁城在浚仪县北,县西北梁水东经此城南,又北屈分为二渠。其一渠东南流,始皇凿引河水以灌大梁,谓之鸿沟,楚汉会此处也。其一渠东经阳武县南,为官渡水。"

　　[2]《正义》楚汉春秋云:"上欲封之,乃肯见。曰:'此天下之辨士,所居倾国,故号曰平国君'。"按,说归太公、吕后,能和平邦国。

汉欲西归,张良、陈平说曰:"汉有天下太半[1],而诸侯皆附之。楚兵罢食尽,此天亡楚之时也,不如因其机而遂取之。今释弗击,此所谓'养虎自遗患'也。"汉王听之。汉五年,汉王乃追项王至阳夏南,止军,与淮阴侯韩信、建成侯彭越期会而击楚军。至固陵[2],而信、越之兵不会。楚击汉军,大破之。汉王复入壁,深堑而自守。谓张子房曰:"诸侯不从约,为之奈何?"对曰:"楚兵且破,信、越未有分地[3],其不至固宜。君王能与共分天下,今可立致也。即不能,事未可知也。君王能自陈以东傅海[4],尽与韩信;睢阳以北至穀城[5],以与彭越:使各自为战,则楚易败也。"汉王曰:"善。"于是乃发使者告韩信、彭越曰:"并力击楚。楚破,自陈以东傅海与齐王,睢阳以北至穀城与彭相国。"使者至,韩信、彭越皆报曰:"请今进兵。"韩信乃从齐往,刘贾军从寿春并行,屠城父[6],至垓下[7]。大司马周殷叛楚,以舒屠六[8],举九江兵,随刘贾、彭越皆会垓下,诣项王。

　　[1]太半:凡数三分有二为太半,一为少半。
　　[2]固陵:县名也。在陈州宛丘县西北四十二里。
　　[3]韩信、彭越等虽名为王,未有所画经界。
　　[4]傅:附着,靠近。陈即陈州。自陈着海,并齐旧地,尽与齐王韩信。
　　[5]睢阳:宋州。自宋州以北至济州穀城际黄河,尽与相国彭越。
　　[6]城父:亳州县。刘贾入围寿州,引兵过淮北,屠杀亳州、城父,而东北至垓下。
　　[7]《索隐》张揖三苍注云:"垓,堤名,在沛郡。"《正义》按,垓下是高冈绝岩,今犹高三四丈,其聚邑及堤在垓之侧,因取名焉。今在亳州真源县东十里,与老君庙相接。
　　[8]《正义》括地志云:"舒,今庐江之故舒城是也。故六城在寿州安丰南百三十二里。"按,周殷叛楚,兼举九江郡之兵,随刘贾而至垓下。

项王军壁垓下,兵少食尽,汉军及诸侯兵围之数重。夜闻汉军四面皆楚歌[1],项王乃大惊曰:"汉皆已得楚乎?是何楚人之多也!"项王则夜起,饮帐中。有美人名虞,常幸从;骏马名骓[2],常骑之。于是项王乃悲歌忼慨,自为诗曰:"力拔山兮气盖世,时不利兮骓不逝。骓不逝兮可奈何,虞兮虞兮奈若何!"歌数阕,美人和之[3]。项王泣数行下,左右皆泣,莫能仰视。

　　[1]《正义》引颜师古云:"楚人之歌也,犹言'吴讴'、'越吟'。"
　　[2]骓:毛色苍白相杂的马。
　　[3]《正义》楚汉春秋云,歌曰:"汉兵已略地,四方楚歌声。大王意气尽,贱妾何聊生。"

于是项王乃上马骑,麾下壮士骑从者八百余人,直夜溃围南出,驰走。平明,汉军乃觉之,令骑将灌婴以五千骑追之。项王渡淮,骑能属者百余人耳[1]。项王至阴陵[2],迷失道,问一田父,田父绐曰"左"[3]。左,乃陷大泽中。以故汉追及之。项王乃复引兵而东,至东城[4],乃有二十八骑。汉骑追者数千人。项王自度不得脱。谓其骑曰:"吾起兵至今八岁矣,身七十余战,所当者破,所击者服,未尝败北,遂霸有天下。然今卒困于此,此天之亡我,非战之罪也。今日固决死,愿为诸君快战,必三胜之,为诸君溃围,斩将,刈旗[5],令诸君知天亡我,非战之罪也。"乃分其骑以为四队,四向。汉军围之数重。项王谓其骑曰:"吾为公取彼一将。"令四面骑驰下,期山东为三处[6]。于是项王大呼驰下,汉军皆披靡,遂斩汉一将。是时,赤泉侯为骑将,追项王,项王瞋目而叱之,赤泉侯人马俱惊,辟易数里[7]。与其骑会为三处。汉军不知项王所在,乃分军为三,复围之。项王乃驰,复斩汉一都尉,杀数十百人,复聚其骑,亡其两骑耳。乃谓其骑曰:"何如?"骑皆伏曰:"如大王言。"

  [1]属:连接,这里指跟得上。
  [2]《正义》括地志云:"阴陵县故城在濠州定远县西北六十里。"属九江郡。
  [3]田父:农夫。绐:欺也。欺令左去。
  [4]《正义》括地志云:"东城县故城在濠州定远县东南五十里。"属九江郡。
  [5]今愿为诸君痛快一伏,突围,斩将,拔旗。
  [6]约定到山的东面分三处会合,汉军不知项羽处。
  [7]辟易:倒退、退避貌。《正义》:言人马俱惊,开张易旧处,乃至数里。

  于是项王乃欲东渡乌江。乌江亭长檥船待[1],谓项王曰:"江东虽小,地方千里,众数十万人,亦足王也。愿大王急渡。今独臣有船,汉军至,无以渡。"项王笑曰:"天之亡我,我何渡为!且籍与江东子弟八千人渡江而西,今无一人还,纵江东父兄怜而王我,我何面目见之?纵彼不言,籍独不愧于心乎?"乃谓亭长曰:"吾知公长者。吾骑此马五岁,所当无敌,尝一日行千里,不忍杀之,以赐公。"乃令骑皆下马步行,持短兵接战。独籍所杀汉军数百人。项王身亦被十余创。顾见汉骑司马吕马童,曰:"若非吾故人乎?"马童面之[2],指王翳曰:"此项王也。"项王乃曰:"吾闻汉购我头千金,邑万户,吾为若德[3]。"乃自刎而死。王翳取其头,余骑相蹂践争项王,相杀者数十人。最其后,郎中骑杨喜,骑司马吕马童,郎中吕胜、杨武各得其一体。五人共会其体,皆是[4]。故分其地为五:封吕马童为中水侯,封王翳为杜衍侯,封杨喜为赤泉侯,封杨武为吴防侯,封吕胜为涅阳侯。

  [1]檥:整船靠岸。南方人谓整船向岸曰檥。
  [2]《集解》引张晏曰:"以故人故,难视刃之;故背之。"如淳曰:"面,不正视也。"
  [3]《集解》引徐广曰:"亦可是'功德'之'德'。"吕马童旧有恩德于项羽。
  [4]五人各得一体,一起合上,都能对上。

  项王已死[1],楚地皆降汉,独鲁不下。汉乃引天下兵欲屠之,为其守礼义,为主死节,乃持项王头视鲁[2],鲁父兄乃降。始,楚怀王初封项籍为鲁公,及其死,鲁最后下,故以鲁公礼葬项王榖城。汉王为发哀,泣之而去。诸项氏枝属,汉王皆不诛。乃封项伯为射阳侯。桃侯、平皋侯、玄武侯皆项氏,赐姓刘。

  [1]项王以始皇十五年己巳岁生,汉五年之十二月死,时年三十一。

[2] 视,同"示"。视鲁,给鲁地的人看。

太史公曰:吾闻之周生曰"舜目盖重瞳子[1]",又闻项羽亦重瞳子。羽岂其苗裔邪?何兴之暴也!夫秦失其政,陈涉首难,豪杰蠭起,相与并争,不可胜数。然羽非有尺寸乘势,起陇亩之中[2],三年,遂将五诸侯灭秦[3],分裂天下,而封王侯,政由羽出,号为"霸王",位虽不终,近古以来未尝有也。及羽背关怀楚[4],放逐义帝而自立,怨王侯叛己,难矣。自矜功伐,奋其私智而不师古[5],谓霸王之业,欲以力征经营天下,五年卒亡其国,身死东城,尚不觉寤而不自责[6],过矣。乃引"天亡我,非用兵之罪也",岂不谬哉!

[1]《正义》引孔文祥云:"周生,汉时儒者,姓周也。"重瞳子,两个瞳仁。
[2] 然项羽并无一点权势,而趁势兴起于民间。
[3]《集解》此时山东六国,而齐、赵、韩、魏、燕五国并起,从伐秦,故云五诸侯。
[4]《正义》颜师古云:"背关,背约不王高祖于关中。怀楚,谓思东归而都彭城。"
[5] 自夸战功,逞个人之智而不效法古人。
[6] 寤:同"悟"。

【选自司马迁《史记》,中华书局,1959年版】

【赏析】

司马迁之撰《史记》,受其父司马谈之遗嘱委托。出身于史官世家的司马迁,博通六艺,广泛涉猎典籍,精通天文地理,漫游祖国名山大川,开阔了胸襟和眼界,搜集到许多历史人物的资料和传说。汉武帝太初元年(前104),司马迁开始撰写。天汉三年(前98),因李陵战败投降匈奴事而下狱,被处以宫刑。这是他人生的奇耻大辱。他隐忍苟活,发愤写作,把自己全部的才学识见和心血痛苦都倾注在这部大著作中。

《史记》是一部从"五帝"到汉武帝时代的中国通史,无疑又是司马迁带着心灵和肉体的创伤所作的倾诉。他会通古今,以"究天人之际,通古今之变,成一家之言"为修史宗旨,求真实,贵信史,《汉书·司马迁传》称"其文直,其事核,不虚美,不隐恶,故谓之实录"。他既写当朝汉武帝的雄才大略,又忠实载录武帝种种不善不美之事,直书无讳,显出浩然正气。如唐代刘知几所云"盖烈士徇名,壮夫重气,宁为兰摧玉折,不作瓦砾长存"。司马迁具崇高的史才、史学、史识、史德,他的《史记》表现出历史真实的魅力、历史见识的魅力、文字表述的魅力、经世致用的魅力、激励人生的魅力。

司马迁以卓绝的胆识记录史实,他衡量历史人物是按他们的实际成就与政治地位,本纪十二篇以帝王为中心,项羽未尝称帝,但在秦汉之际主宰天下,司马迁便立《项羽本纪第七》,完全按编年方式,故刘邦为《高祖本纪第八》。

《项羽本纪》写得最为壮丽动人,是那些叱咤风云、顶天立地的英雄人物悲剧命运与英雄气概之集中表现。司马迁具有诗人的气质,史家的情怀,发愤著书,《项羽本纪》就像一部英雄史诗,叙述项羽人生虽短,但波澜壮阔的经历,脍炙人口,使人百读不厌,也体现司马迁善于描写宏大场面与战争的艺术才能。《项羽本纪》先写项羽叔侄起义前的生活及青年项羽的英雄本色;次写项羽自江东起义到最后灭秦的过程;接着写项羽入关,分封诸侯王。这是项羽一生的转折点,以前是诸侯反秦,以后则是楚汉战争。最后是写楚汉战争中,项羽由强大到兵败自杀的全过程。

本文选部分即楚汉相争。此前的巨鹿之战,着重表现项羽血气方刚、破釜沉舟、所向无敌的英雄气概和摧毁秦军主力的历史功绩。鸿门宴会时的情节波澜起伏,惊心动魄,突出项羽豪爽直率、自信自负的性格特点。楚汉相争中,多方面写出项羽的霸王气质,尤其是垓下之围,突出项羽虽处穷途末路,却仍不失英雄本色。四面楚歌,悲怆的气氛笼罩全篇。东城决战,写项羽溃围、斩将、刈旗,表现他英勇善战,拔山盖世的个人英雄霸王气质。乌江自刎,以项羽拒渡、赠马、赐头三个细节展示项羽的纯朴善良、重义深情。司马迁以史家的笔法写项羽,用了大量的文学手段,其叙事艺术、人物形象塑造艺术、语言艺术都达到了很高的文学成就,读来具有很强的故事性、抒情性、戏剧性。写项羽因无颜见江东父老,便拔剑刎颈,竟用了一二千字,作为历史记载,可以说毫无必要;但作为文学作品,却有一种淋漓酣畅的艺术效果和感染力。

公元前205年,刘邦率五诸侯兵五十六万人伐楚。项羽以精兵三万大破汉军,杀十余万汉卒,又追击至睢水上,汉军死伤惨重,十余万士卒皆入睢水,睢水为之不流。楚军围汉王三匝。然而,这时忽然大风从西北而起,"折木发屋,扬沙石,窈冥昼晦,逢迎楚军"。楚军为之大乱,致使"汉王乃得与数十骑遁去"。突然而来的这一阵西北风,改写了中国历史的方向。这无疑反映了司马迁撰述中神秘而虚无的观念。

司马迁于历史人物,亦有偏爱,"项羽英雄,史公自是心折"(郭嵩焘《史记札记》)。司马迁身遭不幸,他在悲剧项羽英雄身上到底寄托了多少人生感怀,而使《项羽本纪》成为《史记》中最精彩悲壮的部分。虽然如此,司马迁仍以敏锐的判断力批判项羽"天亡我,非用兵之罪"的说法,究其失败原因,《项羽本纪赞》云"自矜功伐,奋其私智,而不师古,谓霸王之业,欲以力征经营天下",身死东城,尚不觉悟不自责。司马迁写项羽,逼真如画,"千古英雄至此,殊令人凄恻"。如杜牧云"江东弟子多俊才,卷土重来未可知",王安石云"江东弟子今虽在,肯为君王卷土来"。

## 萧相国世家

### 司马迁

萧相国何者,沛丰人也。以文无害[1]为沛主吏掾[2]。

高祖为布衣时,何数以吏事护高祖[3]。高祖为亭长,常左右之。高祖以吏繇咸阳[4],吏皆送奉钱三[5],何独以五。

[1] 文无害:有文无所枉害也。《索隐》引韦昭云:"为有文理,无伤害也。"
[2] 主吏:功曹也。主吏掾:功曹掾。
[3] 护:救视也。
[4] 繇:通"徭",劳役;服劳役。

[5] 奉:资俸。钱三百,谓他人三百,何独五百也。

秦御史监郡者与从事,常辨之[1]。何乃给泗水卒史事,第一[2]。秦御史欲入言征何,何固请[3],得毋行。

及高祖起为沛公,何常为丞督事[4]。沛公至咸阳,诸将皆争走[5]金帛财物之府分之,何独先入收秦丞相御史律令图书藏之。沛公为汉王,以何为丞相。项王与诸侯屠烧咸阳而去。汉王所以具知天下阸塞[6],户口多少,强弱之处,民所疾苦者,以何具得秦图书也。何进言韩信,汉王以信为大将军。语在《淮阴侯》事中。

[1] 萧何与御史从事常辨明,言称职也。
[2] 萧何为泗水郡卒史,课最居第一也。
[3] 欲进言征召萧何。请,辞谢。
[4] 高祖起沛,令何为丞,常监督庶事。
[5] 走:趋向之。
[6] 阸塞:险要之地。

汉王引兵东定三秦,何以丞相留收巴蜀,填抚谕告[1],使给军食。汉二年,汉王与诸侯击楚,何守关中,侍太子,治栎阳。为法令约束[2],立宗庙社稷宫室县邑,辄奏上,可,许以从事;即不及奏上,辄以便宜施行[3],上来以闻。关中事计户口转漕给军[4],汉王数失军遁去,何常兴关中卒,辄补缺。上以此专属任何关中事。

汉三年,汉王与项羽相距京索之间,上数使使劳苦丞相[5]。鲍生谓丞相曰:"王暴衣露盖,数使使劳苦君者,有疑君心也。为君计,莫若遣君子孙昆弟能胜兵者悉诣军所,上必益信君。"于是何从其计,汉王大说。

[1] 填:通"镇"。填抚,填拊:意谓安抚民众。
[2] 约束:规章,法令。
[3] 便宜从事,可斟酌情势,不须请示,自行处理。
[4] 转漕:运送粮饷。古时陆运称"转",水运称"漕"。
[5] 劳苦:慰劳。

汉五年,既杀项羽,定天下,论功行封。群臣争功,岁馀功不决。高祖以萧何功最盛,封为酂侯,所食邑多。功臣皆曰:"臣等身被坚执锐[1],多者百馀战,少者数十合,攻城略地,大小各有差。今萧何未尝有汗马之劳,徒持文墨议论,不战,顾反居臣等上,何也?"高帝曰:"诸君知猎乎?"曰:"知之。""知猎狗乎?"曰:"知之。"高帝曰:"夫猎,追杀兽兔者狗也,而发踪指示兽处者人也[2]。今诸君徒能得走兽耳,功狗也。至如萧何,发踪指示,功人也。且诸君独以身随我,多者两三人。今萧何举宗数十人皆随我,功不可忘也。"群臣皆莫敢言。

列侯毕已受封,及奏位次,皆曰:"平阳侯曹参身被七十创,攻城略地,功最多,宜第一。"上已桡功臣[3],多封萧何,至位次未有以复难之,然心欲何第一。关内侯鄂君[4]进曰:"群臣议皆误。夫曹参虽有野战略地之功,此特一时之事。夫上与楚相距五岁,常失军亡众,逃身遁者数矣。然萧何常从关中遣军补其处,非上所诏令召,而数万众会上之乏绝者数矣。夫汉与楚相守荥阳数年,军无见粮,萧何转漕关中,给食不乏。陛下虽数亡山东[5],萧何常全关中以待陛下,此万世之功也。今虽亡曹参等百数,何缺于汉?汉得之不必待以全。奈何[6]欲以一旦之功而加万世之功哉!萧何第一,曹参次之。"高祖曰:"善。"于是乃令萧何[第一],赐带剑履上殿,入朝不趋[7]。

　　[1] 颜师古曰:"坚,坚甲也。锐,利兵也。"
　　[2] 发踪指示:亦作发纵指示。猎人发现猎物的踪迹,放狗追捕。或谓放出猎狗,令其追捕猎物。喻操纵指挥。
　　[3] 桡(náo):曲也。
　　[4] 鄂君:即鄂千秋,封安平侯。
　　[5] 亡:失去。
　　[6] 奈何:奈何。
　　[7] 趋:小步快走,表示恭敬。

　　上曰:"吾闻进贤受上赏。萧何功虽高,得鄂君乃益明。"于是因鄂君故所食关内侯邑封为安平侯。是日,悉封何父子兄弟十馀人,皆有食邑。乃益封何二千户,以帝尝繇咸阳时何送我独赢奉钱二也[1]。

　　汉十一年,陈豨反,高祖自将[2],至邯郸。未罢,淮阴侯谋反关中,吕后用萧何计,诛淮阴侯,语在《淮阴》事中。上已闻淮阴侯诛,使使拜丞相何为相国,益封五千户,令卒五百人一都尉为相国卫。诸君皆贺,召平独吊。召平者,故秦东陵侯。秦破,为布衣,贫,种瓜于长安城东,瓜美,故世俗谓之"东陵瓜",从召平以为名也。召平谓相国曰:"祸自此始矣。上暴露于外而君守于中,非被矢石之事而益君封置卫者,以今者淮阴侯新反于中,疑君心矣。夫置卫卫君,非以宠君也。愿君让封勿受[3],悉以家私财佐军,则上心说。"相国从其计,高帝乃大喜。

　　[1] 谓人皆三百,何独五百,所以为赢二也。赢:这里指多。
　　[2] 自将:亲自率军。
　　[3] 让:辞让。

　　汉十二年秋,黥布反,上自将击之,数使使问相国何为。相国为上在军,乃拊循勉力百姓,悉以所有佐军,如陈豨时。客有说相国曰:"君灭族不久矣。夫君位为相国,功第一,可复加哉?然君初入关中,得百姓心,十馀年矣,皆附君,常复孳孳[1]得民和。上所为数问君者,畏君倾动关中。今君胡不多买田地,贱贳贷[2]以自污?上心乃安。"于是相国从其计,上乃大说。

　　上罢布军归,民道遮行上书,言相国贱彊买民田宅数千万[3]。上至,相国谒。上笑曰:"夫相国乃利民!"[4]民所上书皆以与相国,曰:"君自谢民。"相国因为民请曰:"长安地狭,上林中多空地,弃,愿令民得入田,毋收稾为禽兽食[5]。"上大怒曰:"相国多受贾人财物,乃为请吾苑!"乃下相国廷尉,械系之[6]。数日,王卫尉侍,前问曰:"相国何大罪,陛下系之暴也?"上曰:"吾闻李斯相秦皇帝,有善归主,有恶自与。今相国多受贾竖金而为民请吾苑,以自媚于民,故系治之。"王卫尉曰:"夫职事苟有便于民而请之,真宰相事,陛下奈何乃疑相国受贾人钱乎!且陛下距楚数岁,陈豨、黥布反,陛下自将而往,当是时,相国守关中,摇足则关以西非陛下有也。相国不以此时为利,今乃利贾人之金乎?且秦以不闻其过亡天下,李斯之分过[7],又何足法哉。陛下何疑宰相之浅也[8]。"高帝不怿。是日,使使持节赦出相国。相国年老,素恭谨,入,徒跣谢[9]。高帝曰:"相国休矣!相国为民请苑,吾不许,我不过为桀纣主,而相国为贤相。吾故系相国,欲令百姓闻吾过也。"

  [1] 孳孳:同"孜孜",勤勉的样子。
  [2] 贳(shì):赊欠。贳贷,借贷,赊借。
  [3] 遮:阻拦。彊,强也。
  [4] 谓相国取人田宅以为利,故云。此高祖之反语也。
  [5] 稾:稿,谷类的茎秆,禾秆。
  [6] 械系:戴上镣铐等刑具以拘禁。
  [7] 上文言李斯归恶而自予,是分过。
  [8] 浅:用意浅。
  [9] 徒跣(xiǎn):赤足,一种请罪的表示。

  何素不与曹参相能[1],及何病,孝惠自临视相国病,因问曰:"君即百岁后,谁可代君者?"对曰:"知臣莫如主。"孝惠曰:"曹参何如?"何顿首曰:"帝得之矣!臣死不恨矣[2]!"何置田宅必居穷处,为家不治垣屋。曰:"后世贤,师吾俭;不贤,毋为势家所夺。"孝惠二年,相国何卒,谥为文终侯。
  后嗣以罪失侯者四世,绝,天子辄复求何后,封续酂侯,功臣莫得比焉。
  太史公曰:萧相国何于秦时为刀笔吏,录录[3]未有奇节。及汉兴,依日月[4]之末光,何谨守管籥[5],因民之疾(奉)[秦]法,顺流与之更始。淮阴、黥布等皆以诛灭,而何之勋烂焉。位冠群臣,声施[6]后世,与闳夭、散宜生[7]等争烈矣[8]。

  [1] 能:和睦。
  [2] 恨:遗憾。
  [3] 录录:即碌碌,平庸。
  [4] 日月:喻帝王,此指汉高祖刘邦。
  [5] 籥:通"钥"。管籥:钥匙,锁匙。这里喻指职责。
  [6] 施(yì):延续,延伸。
  [7] 闳夭、散宜生:皆西周初年大臣,与太颠等同辅佐周文王。文王被纣囚禁,他们以有莘氏女、骊戎文马等献纣,使文王获释。后助武王灭商。
  [8] 烈:光也;光明,显赫。

【选自司马迁《史记》,中华书局,1959年版】

**【赏析】**

  《萧相国世家》选自司马迁《史记》,为汉相国萧何传记。清徐与乔赞其真"直笔"(《经史辨体》),此"直",非指直露、直接,而是不虚美、不隐恶。在本传中,领略"直笔"的实现方式,主要在一笔两用,正写萧何,暗写刘邦。

此为顺序、平序萧何一生事迹之文,中间却以刘邦作经,贯穿诸事。首段仅以"文无害"三字定萧何才干,下即捷入高祖。清初吴见思《史记论文》在"高祖为布衣时"一句下批云"通篇以高祖提纲",接着在文中一一点出"高祖为布衣时一"、"高祖为亭长二"、"高祖繇咸阳三"、"高祖为沛公四"、"高祖至咸阳五"、"高祖为汉王六"、"高祖定三秦七"、"高祖击楚八"、"高祖与项羽相距九"、"高祖定天下十"、"高祖定位次十一"、"高祖征陈豨十二"、"高祖击黥布十三",将萧何随着刘邦逐鹿天下的进程而逐步"晋级"的经过凸显出来。不仅完美地写出了萧何"及汉兴,依日月之末光"、由辅弼而成就功勋的一生,是行文"义"与"法"结合的典范,又在实际上达到了"叙何功特简,叙何所以委曲获全者甚详"(陈衍《史汉文学研究法》)的效果。文中通过"两大说、一大喜、一大怒、一不怿",充分地揭示了刘邦的疑忌性格,即徐与乔所云"夫帝之疑忌,必畅写之酇侯世家者,见忠如酇侯,而帝疑忌如此"。司马迁选择在对刘邦最忠诚的萧何传中,大写特写刘邦对他的猜忌,可称事半功倍。

除此之外,借写高祖忌疑,亦是隐为韩信等人鸣冤痛哭。吴见思指出:"萧何赞引淮阴、鲸布;曹参传复引淮阴,史公盖伤之矣。"萧何赞云:"淮阴、黥布等皆以诛灭,而何之勋烂焉。"《曹相国世家》赞云:"曹相国参攻城野战之功所以能多若此者,以与淮阴侯俱。及信已灭,而列侯成功,唯独参擅其名。"勋烂、擅名者,萧何、曹参;诛灭者,淮阴、黥布等。两两对照写出,含有无穷感慨。故金圣叹在萧何赞"何谨守管籥,因民之疾法,顺流与之更始"等语后批云:"此四句十六字,便是碌碌未有奇节人也。有奇节人,正不能尔。"而在"淮阴、黥布等皆以诛灭"句后批云:"此皆奇节人也,可胜叹息。"(《天下才子必读书》卷七)亦赞亦嘲,耐人寻味。

# 太史公自序(节选)

## 司马迁

太史公曰:"先人[1]有言:'自周公[2]卒五百岁而有孔子。孔子卒后至于今五百岁,有能绍明世,正《易传》[3],继[4]《春秋》,本[5]《诗》《书》《礼》《乐》之际?'意在斯乎!意在斯乎!小子[6]何敢让焉!"

  [1] 先人:指司马迁的父亲司马谈。
  [2] 周公:姓姬,名旦,周武王之弟,周成王之叔。武王死时,成王尚年幼,于是就由周公摄政。周朝的礼乐制度相传是由周公制定的。
  [3] 正:订正。《易传》,《周易》的组成部分,也叫《十翼》,是儒家学者对《周易》所作的各种解释。
  [4] 继:续作。
  [5] 本:权衡,衡量。
  [6] 小子:司马迁谦虚自称。

上大夫壶遂[1]曰:"昔孔子何为而作《春秋》哉?"太史公曰:"余闻董生[2]曰:'周道衰废,孔子为鲁司寇[3],诸侯害[4]之,大夫壅[5]之。孔子知言之不用,道之不行也,是非二百四十二年[6]之中,以为天下仪表,贬天子,退诸侯,讨大夫,以达王事而已矣。'子曰:'我欲载之空言,不如见之于行事之深切著明也。'夫《春秋》,上明三王[7]之道,下辨人事之纪[8],别嫌疑,明是非,定犹豫,善善恶恶[9],贤贤贱不肖[10],存亡国,继绝世[11],补敝起废[12],王道之大者也。《易》著天地阴阳四时五行,故长于变[13];《礼》经纪人伦[14],故长于行;《书》记先王之事,故长于政;《诗》记山川溪谷禽兽草木牝牡[15]雌雄,故长于风[16];《乐》乐所以立,故长于和[17];《春秋》辩是非,故长于治人。是故《礼》以节人,《乐》以发和,《书》以道事,《诗》以达意,《易》以道化,《春秋》以道义。拨乱世反之正,莫近于《春秋》。《春秋》文成数万,其指[18]数千。万物之散聚皆在《春秋》。《春秋》之中,弑君三十六,亡国五十二,诸侯奔走不得保其社稷者不可胜数。察其所以,皆失其本已。故《易》曰'失之毫厘,差以千里'。故曰'臣弑君,子弑父,非一旦一夕之故也,其渐久矣'。故有国者不可以不知《春秋》,前有谗而弗见,后有贼而不知。为人臣者不可以不知《春秋》,守经事而不知其宜[19],遭变事而不知其权。为人君父而不通于《春秋》之义者,必蒙首恶之名。为人臣子而不通于《春秋》之义者,必陷篡弑之诛,死罪之名。其实皆以为善,为之不知其义,被之空言而不敢辞。夫不通礼义之旨,至于君不君,臣不臣,父不父,子不子。夫君不君则犯[20],臣不臣则诛,父不父则无道,子不子则不孝。此四行者,天下之大过也。以天下之大过予之,则受而弗敢辞。故《春秋》者,礼义之大宗也。夫礼禁未然之前,法施已然之后;法之所为用者易见,而礼之所为禁者难知。"

[1] 壶遂:人名,官至詹事(职掌皇后、太子家事)。

[2] 董生:西汉大儒董仲舒。

[3] 司寇:掌管刑狱的官。

[4] 害:忌恨。

[5] 壅:阻塞。此指排挤。

[6] 是非:褒贬,评论。二百四十二年,《春秋》记事始于鲁隐公元年(前722),终于鲁哀公十四年(前481),共二百四十二年。

[7] 三王:指夏、商、周三代的开国之君禹、汤、周文王。

[8] 纪:纲常、准则。

[9] 善善恶恶:称扬善良美好,抨击丑陋丑恶。前一个"善""恶"均为动词。

[10] 贤贤:赞扬贤良。贱:鄙薄。

[11] 继绝世:接续断绝的世系。

[12] 补敝起废:弥补缺漏,振兴衰废。

[13] 长于变:其长处在于讲变化之道。

[14] 经纪:规范、规定。

[15] 牝牡(pìn mǔ):雌雄。牝为雌,牡为雄。

[16] 长于风:长处在于论载风俗,刺上化下。

[17] 长于和:其长处在于陶冶性情。

[18] 指:同"旨",意旨。董仲舒是研究《公羊春秋》的经今文学家,《公羊传秋》合经传凡四

万四千余字,传文解释经义,条例极繁。所以说"文成数万,其指数千"。

[19] 经事:常事。宜:正常的道理,适当的处置。

[20] 犯:受到臣下的干犯。

壶遂曰:"孔子之时,上无明君,下不得任用,故作《春秋》,垂空文以断礼义,当一王之法[1]。今夫子上遇明天子,下得守职,万事既具,咸各序其宜,夫子所论,欲以何明?"

太史公曰:"唯唯,否否[2],不然。余闻之先人曰:'伏羲至纯厚,作《易》《八卦》。尧舜之盛,《尚书》载之,礼乐作焉。汤武之隆,诗人歌之。《春秋》采善贬恶,推三代之德,褒周室,非独刺讥而已也。'汉兴以来,至明天子,获符瑞[3],封禅[4],改正朔[5],易服色[6],受命于穆清[7],泽流罔极[8],海外殊俗,重译款塞[9],请来献见者,不可胜道。臣下百官力诵圣德,犹不能宣尽其意。且士贤能而不用,有国者之耻;主上明圣而德不布闻,有司之过也。且余尝掌其官,废明圣盛德不载,灭功臣世家贤大夫之业不述,堕先人所言,罪莫大焉。余所谓述故事,整齐其世传[10],非所谓作[11]也,而君比之于《春秋》,谬矣。"

[1] "垂空文"二句,意谓传下一纸文章,使后世用以判断言行是否合乎礼义,能抵得一代王者的礼法。

[2] 唯唯:谦虚的应答之辞。否否:略微有所转折。唯唯,否否:表示应诺而又怀疑的语气词,相当于现代汉语的"是是,不不,不对"。

[3] 符瑞:吉祥的征兆。

[4] 封禅:战国时齐、鲁有些儒士认为五岳中泰山最高,帝王应到泰山祭祀,登泰山筑坛祭天曰封,在山南梁父山上辟基祭地曰禅。汉武帝到泰山举行过封禅祀典。

[5] 正朔:古指一年的第一天开始的时候。古时改朝换代,往往用改正朔的办法表示新的开始。汉武帝重订历法,以建寅月为正。

[6] 服色:古代每一朝代所定的车马祭牲的颜色。每一王朝,各用所崇尚的正色。汉初,用黑。文帝时,改用黄。武帝时,仍用黄。

[7] 穆清:指天。

[8] 罔极:无穷,无极。

[9] 重译:指语言不通,需多次翻译才能交流,意指地方偏远。款塞,叩塞门,意指通好。

[10] 整齐:整理。世传:历代传说。

[11] 作:创始。即《论语》"述而不作"的"作"。

于是论次[1]其文。七年而太史公遭李陵之祸,幽于缧绁[2]。乃喟然而叹曰:"是余之罪也夫!是余之罪也夫!身毁不用矣。"退而深惟[3]曰:"夫《诗》、《书》隐约[4]者,欲遂其志之思也。昔西伯拘羑里[5],演《周易》;孔子厄[6]陈蔡,作《春秋》;屈原放逐,著《离骚》;左丘失明,厥有《国语》;孙子膑[7]脚,而论兵法;不韦迁蜀,世传《吕览》;韩非囚秦,《说难》、《孤愤》;《诗》三百篇,大抵贤圣发愤之所为作也。此人皆意有所郁结,不得通其道也,故述往事,思来者。"于是卒述陶唐[8]以来,至于麟止[9],自黄帝始。

[1] 论次:评论,编次。

[2] 缧绁(léi xiè):用于捆绑犯人的绳索,引申为监狱。

[3] 惟：思考。

[4] 隐约：词意隐微，言语简练。

[5] 西伯：周文王姬昌。据《史记·周本纪》，文王曾被殷纣王拘禁于羑里（今河南汤阴县北），他被拘禁时，把上古时代的八卦推演成六十四卦。

[6] 厄：困。

[7] 膑：古代酷刑一种，剔去膝盖骨。

[8] 陶唐：即尧。尧当初居住在陶丘，后来迁徙到唐，所以称他为陶唐。

[9] 麟止：鲁哀公十四年捉到一只麒麟，孔子当时正在写《春秋》，听到这个消息，认为麟出现的不是时候，于是绝笔，停止写《春秋》。

【选自司马迁《史记》，中华书局，1959年版】

【赏析】

《太史公自序》是《史记》的最后一篇，即卷一百三十。它既是《史记》一书的总序，也是司马迁的自传。全文历叙司马氏世系和家学渊源，从重黎氏至司马氏的千余年家世，其父司马谈崇尚黄老道家之学术思想，司马迁本人成长经历，继父志为太史公，再到撰写《史记》之始末，以及《史记》百三十篇小序，无不备具。

此节选部分以对话的形式，记述撰写《史记》的目的和过程。司马迁撰写《史记》的动因，是为完成父亲临终前的嘱托，上续孔子《春秋》。著书的目的，以评述《春秋》的方式表现出来："孔子知言之不用，道之不行也，是非二百四十二年之中，以为天下仪表，贬天子，退诸侯，讨大夫，以达王事而已矣"；司马迁身处汉初，"臣下百官力诵圣德，犹不能宣尽其意。且士贤能而不用，有国者之耻；主上明圣而德不布闻，有司之过也。且余尝掌其官，废明圣盛德不载，灭功臣世家贤大夫之业不述，堕先人所言，罪莫大焉"，均具有实用功利目的。司马迁有意突出《春秋》对于君臣父子所有社会角色的指导作用，指出《春秋》"上明三王之道，下辨人事之纪，别嫌疑，明是非，定犹豫，善善恶恶，贤贤贱不肖，存亡国，继绝世，补敝起废"的巨大思想学术价值和社会价值，实际委婉说明《史记》具有同样经世济民的功用。同时，司马迁也借历史人物身遭厄运但发愤著书的先例，在抒发心中郁结的同时，激励自己坚持撰述，直至完成。

# 报任安书

## 司马迁

太史公牛马走司马迁，再拜言[1]。

少卿足下：曩者辱赐书[2]，教以慎于接物，推贤进士为务，意气勤勤恳恳[3]，若望仆不相师用，而流俗人之言[4]，仆非敢如此也。仆虽罢驽，亦尝侧闻长者之遗风矣[5]。顾自以为身残处秽，动而见尤，欲益反损，是以抑郁而无谁语。谚曰："谁为为之！孰令听之!"[6]盖钟子期死,伯牙终身不复鼓琴。何则?士为知己者用,女为悦己者容。若仆大质已亏缺,虽材怀随、和,行若由、夷[7],终不可以为荣,适足以发笑而自点耳[8]。书辞宜答,会东从上来[9],又迫贱事,相见日浅,卒卒无须臾之间得竭指意[10]。今少卿抱不测之罪,涉旬月,迫季冬,仆又薄从上上雍,恐卒然不可为讳[11]。是仆终已不得舒愤懑以晓左右,则长逝者魂魄私恨无穷。请略陈固陋。阙然不报,幸勿为过[12]!

[1] 牛马走:谦词,比喻像牛马般奔走的仆人。再拜言:就是说"再拜陈言"。
[2] 辱赐书:承您不以给我这样的人写信为羞辱。
[3] 意气勤勤恳恳:来信用意和语气诚挚恳切。
[4] 望:怨恨。师用:效法他人并能采用他的意见。流:迁移或转移。
[5] 罢:同"疲"。驽:劣马。侧闻:谦语,等于古人使用"伏闻"。
[6] 谁为为之,孰令听之:我为谁做这样的事(指推贤进士),又能让谁听我的话呢?
[7] 随:随侯之珠。和:和氏之璧。由:许由。夷:伯夷。
[8] 自点:自取污辱。
[9] 会东从上来:正好遇上随武帝从甘泉宫回到长安来。
[10] 卒卒:同"猝猝",匆忙急促意。须臾:古成语,意谓少停顷刻。竭指意:详细说明自己内心意旨。
[11] 薄:同"迫"。前一个"上"指汉武帝,后一个"上"指登上。不可为讳:指任安被斩。
[12] 固陋:谦言所陈的只是些褊狭浅陋的意见。阙:同"缺"。过:责备。

仆闻之:修身者智之符也,爱施者仁之端也,取予者义之表也,耻辱者勇之决也,立名者行之极也。士有此五者,然后可以托于世,列于君子之林矣。故祸莫憯于欲利,悲莫痛于伤心,行莫丑于辱先,诟莫大于宫刑[1]。刑余之人,无所比数[2],非一世也,所从来远矣。昔卫灵公与雍渠同载,孔子适陈[3];商鞅因景监见,赵良寒心[4];同子参乘,袁丝变色[5],自古而耻之。夫中材之人,事有关于宦竖,莫不伤气,而况于慷慨之士乎!如今朝廷虽乏人,奈何令刀锯之余,荐天下豪俊哉!

仆赖先人绪业,得待罪辇毂下[6],二十余年矣。所以自惟:上之,不能纳忠效信,有奇策材力之誉,自结明主;次之,又不能拾遗补阙,招贤进能,显岩穴之士;外之,不能备行伍,攻城野战,有斩将搴旗之功;下之,不能累日积劳,取尊官厚禄,以为宗族交游光宠。四者无一遂,苟合取容,无所短长之效,可见于此矣。向者仆亦尝厕下大夫之列[7],陪奉外廷末议,不以此时引纲维[8],尽思虑,今已亏形为扫除之隶,在阘茸之中[9],乃欲仰首信眉,论列是非,不亦轻朝廷、羞当世之士邪!嗟乎!嗟乎!如仆,尚何言哉!尚何言哉!

[1] 憯:同"惨",惨痛。诟:耻辱。
[2] 无所比数:是说人家不把"刑余之人"视为同辈,计算在同类之中。
[3] 卫灵公和宦者雍渠同车,而让孔子坐在后面的车上,孔子深以为耻,离卫而去。
[4] 商鞅通过宦官景监引荐得见秦孝公,赵良认为这是一件极不光彩的事。
[5] 汉文帝与宦官赵谈外出,袁丝认为不成体统。同子即赵谈,司马迁为避父讳,改谈为同。袁丝即袁盎。
[6] 辇毂:皇帝车驾。

[7] 厕：夹杂。下大夫：指太史令职，太史令秩俸六百石，以古制比之，为下大夫。

[8] 纲维：维系一切的政治纲领，指国家的法令。

[9] 阘茸：下贱。

且事本末未易明也。仆少负不羁之才[1]，长无乡曲之誉。主上幸以先人之故，使得奉薄技，出入周卫之中。仆以为戴盆何以望天[2]，故绝宾客之知，亡室家之业，日夜思竭其不肖之材力，务一心营职，以求亲媚于主上。而事乃有大谬不然者！

夫仆与李陵，俱居门下，素非能相善也[3]。趣舍异路，未尝衔杯酒接殷勤之欢[4]。然仆观其为人自奇士，事亲孝，与士信，临财廉，取予义，分别有让[5]，恭俭下人，常思奋不顾身以殉国家之急。其素所蓄积也，仆以为有国士之风。夫人臣出万死不顾一生之计，赴公家之难，斯已奇矣。今举事一不当，而全躯保妻子之臣，随而媒糵其短[6]，仆诚私心痛之！且李陵提步卒不满五千，深践戎马之地，足历王庭，垂饵虎口，横挑强胡，卬亿万之师[7]，与单于连战十有余日，所杀过当。虏救死扶伤不给，旃裘之君长咸震怖，乃悉征其左、右贤王，举引弓之民，一国共攻而围之。转斗千里，矢尽道穷，救兵不至，士卒死伤如积。陵一呼劳军，士无不起躬流涕，沫血饮泣，张空弮，冒白刃，北首争死敌者[8]。陵未没时，使有来报，汉公卿王侯皆奉觞上寿。后数日，陵败书闻，主上为之食不甘味，听朝不怡。大臣忧惧，不知所出。仆窃不自料其卑贱，见主上惨凄怛悼[9]，诚欲效其款款之愚。以为李陵素与士大夫绝甘分少[10]，能得人之死力，虽古之名将不能过也。身虽陷败彼，观其意，且欲得其当而报于汉[11]；事已无可奈何，其所摧败，功亦足以暴于天下矣。仆怀欲陈之，而未有路。适会召问，即以此指推言陵功，欲以广主上之意，塞睚眦之辞[12]。未能尽明，明主不深晓，以为仆沮贰师，而为李陵游说，遂下于理[13]。拳拳之忠，终不能自列，因为诬上，卒从吏议[14]。家贫，货赂不足以自赎，交游莫救，左右亲近不为一言。身非木石，独与法吏为伍，深幽囹圄之中，谁可告诉者！此真少卿所亲见，仆行事岂不然乎？李陵既生降，隤其家声；而仆又茸之蚕室[15]，重为天下观笑。悲夫！悲夫！事未易一二为俗人言也。

[1] 负：恃。不羁之才：不受拘束的自由才性。

[2] 戴盆何以望天：当时谚语，形容事不可兼施，比喻事难两全。

[3] 门下：宫门内。善：交好。

[4] 趣舍异路：趣向与取舍等均有所不同。衔杯酒：在一起饮酒，指私人交往。

[5] 分别：区分尊卑长幼。

[6] 媒糵：本指酒麯，引申为酿成。

[7] 横挑：气势凌厉的挑战。卬：通"仰"，举首向上，这里指迎着敌人而上。

[8] 弮：强力的弩弓。北首：北向。争死敌，即争死于敌，意谓跟敌人拼命。

[9] 惨凄怛悼：悲伤。

[10] 绝甘分少：把好吃的东西推让给别人，分取财物时拿最小最少的部分。

[11] 陷败彼：是说李陵战败投降，陷身匈奴中。彼：指匈奴。得其当：得至合适的时机。

[12] 广主上之意：宽皇帝的胸怀。塞睚眦之辞：堵塞住怀恨李陵者的一些坏话。

[13] 贰师：指贰师将军李广利，武帝宠姬李夫人的哥哥。理：即大理，为掌治狱之事。

[14] 卒从吏议：律吏判定为诬上之罪，武帝最后同意了律吏的判决。

[15] 隤：坠毁。茸：打入。蚕室：受官刑后所住的温室。

仆之先人，非有剖符丹书之功[1]，文史星历，近乎卜祝之间，固主上所戏弄，倡优畜之[2]，流俗之所轻也。假令仆伏法受诛，若九牛亡一毛，与蝼蚁何异？而世又不与能死节者比[3]，特以为智穷罪极，不能自免，卒就死耳。何也？素所自树立使然也。人固有一死，死有重于泰山，或轻于鸿毛，用之所趋异也。太上不辱先[4]，其次不辱身，其次不辱理色[5]，其次不辱辞令，其次诎体受辱[6]，其次易服受辱，其次关木索、被箠楚受辱[7]，其次剔毛发、婴金铁受辱[8]，其次毁肌肤、断支体受辱，最下腐刑，极矣。传曰："刑不上大夫。"此言士节不可不厉也。猛虎处深山，百兽震恐，及其在阱槛之中[9]，摇尾而求食，积威约之渐也。故士有画地为牢，势不入[10]；削木为吏，议不对[11]，定计于鲜也[12]。今交手足，受木索，暴肌肤，受榜箠，幽于圜墙之中[13]。当此之时，见狱吏则头枪地，视徒隶则心惕息。何者？积威约之势也。及已至是，言不辱者，所谓强颜耳，曷足贵乎！且西伯，伯也，拘牖里；李斯，相也，具五刑[14]；淮阴，王也，受械于陈；彭越、张敖，南乡称孤，系狱具罪；绛侯诛诸吕[15]，权倾五伯，囚于请室[16]；魏其，大将也，衣赭、关三木[17]；季布为朱家钳奴[18]；灌夫受辱居室[19]。此人皆身至王侯将相，声闻邻国，及罪至罔加，不能引决自财[20]，在尘埃之中，古今一体，安在其不辱也？由此言之，勇怯，势也；强弱，形也。审矣，曷足怪乎！且人不能蚤自财绳墨之外[21]，已稍陵夷[22]。至于鞭箠之间，乃欲引节，斯不亦远乎！古人所以重施刑于大夫者，殆为此也。

[1] 剖符：分剖之符，即一分为二的契约。丹书：用朱砂在铁券上写的誓词。剖符丹书都是朝廷发给功臣的证券。

[2] 倡优所畜：像优伶一样被养育。

[3] 与：许。比：并列。

[4] 太上：最高的。

[5] 理色：脸面。

[6] 诎：同"屈"。诎体：身体被捆绑起来。

[7] 关：同"贯"，套上。木：指木枷。索：绳。箠：杖。楚：荆条。

[8] 鬀：义同髡，古代剃去男子头发的一种刑罚。婴金铁：指以铁圈束颈。婴：环绕。

[9] 阱：捕兽的陷阱。槛：关兽的笼子。

[10] 画地为牢，势不入：即使在地上划个范围作为监牢，也势不能进入。极言监牢的可怖。画：同"划"。

[11] 削木为吏，议不对：即使刻个木头人做狱吏，也不可面对着它进行议论。极言狱吏的凶残。

[12] 鲜：先。

[13] 圜墙：监狱。

[14] 具于五刑：指被割鼻、斩左右趾、笞杀、枭首、磔骨肉于市。

[15] 绛侯：周勃。

[16] 请室：请罪之室。

[17] 三木：古代刑具，枷在犯人颈、手、足三处，用于重刑犯。

[18] 钳奴：以铁束颈的家奴。

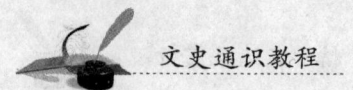

[19] 居室:拘留贵族罪犯的处所。
[20] 罔加:法网加身。罔同"网"。引决自财:都是自杀的意思。财:通"裁"。
[21] 蚤:同"早"。绳墨之外:法制施用之前。
[22] 陵夷:卑下之意,言如丘陵之逐渐削平。

夫人情莫不贪生恶死,念亲戚,顾妻子,至激于义理者不然,乃有所不得已也。今仆不幸,蚤失二亲,无兄弟之亲,独身孤立,少卿视仆于妻子何如哉?且勇者不必死节,怯夫慕义,何处不勉焉[1]!仆虽怯愞欲苟活,亦颇识去就之分矣,何至自湛溺累绁之辱哉[2]?且夫臧获婢妾,犹能引决[3],况若仆之不得已乎?所以隐忍苟活,函粪土之中而不辞者,恨私心有所不尽,鄙没世而文采不表于后也[4]。

古者富贵而名摩灭,不可胜记,唯倜傥非常之人称焉[5]。盖西伯拘而演《周易》;仲尼厄而作《春秋》;屈原放逐,乃赋《离骚》;左丘失明,厥有《国语》;孙子膑脚,《兵法》修列;不韦迁蜀,世传《吕览》;韩非囚秦,《说难》、《孤愤》;《诗》三百篇,大氐贤圣发愤之所为作也。此人皆意有郁结,不得通其道,故述往事,思来者。及如左丘无目,孙子断足,终不可用,退论书策,以舒其愤,思垂空文以自见[6]。

仆窃不逊,近自托于无能之辞,网罗天下放失旧闻,考之行事,稽其成败兴坏之理。上计轩辕,下至于兹,为十表,本纪十二,书八章,世家三十,列传七十,凡百三十篇。亦欲以究天人之际,通古今之变,成一家之言。草创未就,会遭此祸,惜其不成,是以就极刑而无愠色。仆诚已著此书,藏之名山,传之其人,通邑大都[7],则仆偿前辱之责,虽万被戮,岂有悔哉?然此可为智者道,难为俗人言也。

[1] 句意指勇士不一定为名节而死,怯懦之士心知慕义,则处处皆能勉励自己不受辱。
[2] 愞:同"懦",软弱。湛:同"沈"。湛溺:陷身其中,不能自拔。累绁:囚禁。
[3] 臧获:古人骂奴婢的称呼。
[4] 函:包围其中。鄙:鄙视,看不起。
[5] 摩:拭去。倜傥:才气豪迈不受拘束。
[6] 空文:文章,是与具体功业相对而言。
[7] 通邑大都:此句应与上句连读,意为传之其人于通邑大都。

且负下未易居[1],下流多谤议[2]。仆以口语遇遭此祸,重为乡党所戮笑,以污辱先人,亦何面目复上父母之丘墓乎?虽累百世,垢弥甚耳!是以肠一日而九回,居则忽忽若有所亡[3],出则不知其所往,每念斯耻,汗未尝不发背沾衣也。身直为闺阁之臣[4],宁得自引深藏于岩穴邪[5]?故且从俗浮湛,与时俯仰,以通其狂惑[6],今少卿乃教以推贤进士,无乃与仆之私指谬乎[7]?今虽欲自雕琢,曼辞以自解[8],无益于俗,不信,祇取辱耳。要之死日,然后是非乃定,书不能尽意,略陈固陋。谨再拜。

[1] 负下未易居:居下位不容易生存。
[2] 下流:处于卑贱的地位。
[3] 忽忽:恍恍惚惚。忽,通"惚"。
[4] 闺阁之臣:宦官。阁:"阁"的异体字。闺阁:宫中小门,指皇宫内庭深密之处。
[5] 自引:自己引身而退。深藏于岩穴:指隐居生活。

[6] 浮湛：即浮沉。以通其狂惑：用以抒发内心的悲愤和矛盾。这是作者愤激之语。

[7] 私指：自己的态度和意向。谬：违背。

[8] 彤瑗：自我妆饰，意思是指用推进贤士的行动来遮盖自己的耻辱。彤：雕刻。瑗：雕刻所成的连绵状的花纹。曼辞：美辞。

【本篇以《汉书》卷62《司马迁传》为底本，参以《昭明文选》卷四十一】

【赏析】

《报任安书》是司马迁在征和二年（公元前91年）十一月写给故人任安的一封回信，当时任安因在巫蛊事件中"坐观成败"而被判处腰斩，意欲借司马迁随侍汉武帝的机会，为自己和田仁说情，即所谓"推贤进士为务"。对故人之托，司马迁表示自己已是"刑余之人"，不便再"仰首伸眉，论列是非"。但任安的身陷囹圄与司马迁当年的痛苦经历相似，司马迁触景生情，蓄积八年的冤屈、耻辱、忧愤、悲怨，以及从灾难中奋起的种种情感，如火山爆发喷涌而出。《报任安书》名义上是答复任安，实际上内容却远远超出了进贤问题本身，它倾诉了司马迁因蒙受酷刑而在生理上和心理上所承受的种种切齿拊膺的磨难和无以言表的压力，也再现了他在死亡边际对生死意义的理性思考并上升到愤书偿辱以确证自我价值和生命价值的心路历程。

这是一篇豪情跌宕、波澜壮阔的千古奇文，识见深远，言辞凯切，融叙事、议论、抒情为一体，深得屈原《离骚》"一篇之中，三致志焉"的精髓神韵。诉说忠君而得祸的冤屈，羞愤以刑残之余隐忍苟活，感叹对先祖父母的玷污，抒发愤而著述以自见的情怀，都是信中反复出现的旋律。司马迁积于胸中的"九回"之情形成了一个回环不已的感情漩涡，自然而然地发于笔端，如泣如诉，给人以百感交集不能自已的感触。韩愈在《送孟东野序》中说"物不得其平则鸣"，司马迁即在不平中直抒胸臆，全文激荡着忧愤之余奋起不屈的悲剧精神，使他的文章带有一种充沛的情感力量和跌宕沉雄的气势。这种永远不向个人悲剧命运屈服低头的卓绝意志，其蓄之已久，积之也厚，因而倾泄出来自然慷慨淋漓、气势磅礴。这篇奇文，至情至性，几可视作司马迁的自传，其文其意，可与《太史公自序》相印证。全文录于班固《汉书》卷六十二《司马迁传》及《昭明文选》卷四十一。两本文字略有不同，选文以《汉书》为底本，参之以《文选》。

## 刺世嫉邪赋

### 赵 壹

伊五帝[1]之不同礼[2]，三王[3]亦又不同乐。数极[4]自然变化，非是故相反驳[5]。德政不能救世溷[6]乱，赏罚岂足惩时清浊[7]？春秋时祸败之始，战国愈复增其荼毒[8]。秦汉无以相踰越，乃更加其怨酷。宁计生民之命[9]，唯利己而自足！

[1] 五帝：《史记》以黄帝、颛顼、帝喾、尧、舜为五帝。

[2] 礼：典章制度。

[3] 三王：夏、商、周三代开国君主，即夏禹、商汤、周的文王、武王。

[4] 数：气数，天道。极：极限、极端。

[5] 非是："非"和"是"。反驳：排斥。

[6] 澜：浊乱。

[7] 赏罚：偏义复词，只取罚义。清浊同，只取浊义。

[8] 荼毒：比喻苦难。

[9] 此句意谓，哪里考虑到人民的生命。

于兹迄今，情伪万方[1]：佞谄日炽[2]，刚克[3]消亡。舐痔结驷[4]，正色徒行[5]。妪媮[6]名势，抚拍[7]豪强。偃蹇反俗，立致咎殃[8]。捷慑逐物[9]，日富月昌。浑然同惑，孰温孰凉[10]？邪夫显进，直士幽藏！

[1] 情伪：弊病。万方：形形色色，极言弊病之多。

[2] 佞：巧媚善辩。谄(chǎn)：奉承拍马。炽，兴盛。

[3] 刚克：刚强正直的德行。

[4] 舐(shì)痔结驷：《庄子·列御寇》载，有人给秦王舔痔而得车五乘。舐痔：这里指佞谄小人。驷：四匹马拉的车子。这句形容小人得势。

[5] 正色：正直的人。徒行：步行。

[6] 妪(yù)媮(qǔ)：伛偻，即弓腰屈背，表示恭敬。

[7] 抚拍：形容亲昵献媚的样子。

[8] 偃蹇：高傲。反俗：不同世俗。咎殃：灾祸，罪过。

[9] 慑：惧。

[10] 二句形容是非不明，好坏不分。

原斯瘼之攸兴[1]，实执政之匪贤：女谒[2]掩其视听兮，近习[3]秉其威权。所好则钻皮出其毛羽，所恶则洗垢求其瘢痕[4]。虽欲竭诚而尽忠，路绝险而靡缘[5]。九重[6]既不可启，又群吠之狺狺[7]。安危亡于旦夕[8]，肆嗜欲于目前。奚异涉海之失柂，积薪而待然。

[1] 原：推究，考查。斯：这。瘼：病。攸：所。

[2] 女谒：宫中妇女和宦官。

[3] 近习：皇帝所亲近的人。

[4] 所好二句言，女谒、近习对他们所喜欢的人就想方设法称扬、提拔，对他们所讨厌的人则不择手段指责、攻击。钻皮、洗垢，极力描摹无中生有的手段。

[5] 靡缘：指没有道路可以攀循。

[6] 九重：指皇帝的宫门。九：表示多数。

[7] 狺(yín)狺：狗叫声。

[8] 意谓统治者安然闲处而不知国家正当朝夕即将危亡的关头。

荣纳由于闪榆[1]，孰知辨其蚩妍！故法禁屈挠[2]于势族，恩泽不逮于单门[3]。宁饥寒于尧舜之荒岁兮，不饱暖于当今之丰年。乘理[4]虽死而非亡，违义虽生而匪存！

[1]荣纳:受宠幸而被纳用。由:原因。于:在。闪揄:邪佞貌。
　　[2]屈挠:受阻挠而不得伸张。
　　[3]逮:及。单门:无权无势的寒门细族。
　　[4]乘理:坚持真理。

　　有秦客[1]者,乃为诗曰:"河清不可俟[2],人命不可延。顺风激靡草[3],富贵者称贤。文籍虽满腹,不如一囊钱。伊优北堂上[4],抗脏倚门边[5]。"鲁生闻此辞,系[6]而作歌曰:"势家多所宜,咳唾自成珠。被褐怀金玉[7],兰蕙化为刍[8]。贤者虽独悟,所困在群愚。且各守尔分,勿复空驰驱。哀哉复哀哉,此是命矣夫!"

　　[1]秦客:与下文的鲁生,都是假托的人物。
　　[2]河清:相传黄河水千年清一次,古人认为河清是政治清明的标志。俟:等待。
　　[3]激:疾吹。靡草:细弱的草。这句形容没有骨气的人的随风倾倒。
　　[4]伊优:卑躬屈节,诏媚貌。北堂:在北的厅堂,富贵者所居。这句写诏媚的人被统治者所亲,故得升堂。
　　[5]抗脏:高亢耿介貌。这句写耿介的人被疏弃,故倚门边。
　　[6]系:接着。
　　[7]褐:粗布衣。金玉:比喻才德。
　　[8]刍:喂牲口的干草。

**【选自朱东润《历代文学作品选》,上海古籍出版社,2002年新一版】**

**【赏析】**

　　东汉灵帝时,政治腐败,官场黑暗,阶级矛盾尖锐,朝廷大兴党狱,很多正直之士惨遭迫害。赵壹面对黑暗的时局,感愤良深,写下这篇抒情短赋。"刺世嫉邪"是讽刺不合理的社会政治生活,憎恨丑恶社会风气的意思。赋的开篇从"五帝""三王"的典章制度的变化起笔,指出变化是"数极"之必然;变化的结果,是历史进入以春秋为发端的争权夺利、祸乱迭生的时代;造成这种结果的根本原因,是统治者"利己而自足"。接着,作者揭露政风习俗方面形形色色的弊病,愤怒地指出:在是非颠倒的社会里,只能是"邪夫显进,直士幽藏",并且认为这一切的根源是执政者不贤,预言危亡于旦夕;抨击皇帝恩泽之伪善及法禁的失效,表示"宁饥寒于尧舜之荒岁兮,不饱暖于当今之丰年"。最后,假托秦客赋诗和鲁生作歌,抒发忧愤感慨。

　　这篇赋,一反散体大赋铺陈之传统,一反歌功颂德之陈习和典丽板滞之风格,以犀利明快、生动而又质朴的辞风,直言不讳揭露社会政治之暗腐。将小人、贤士对比,鲜明尖锐;引用史事,运用典故,论古刺今,贬斥有力。既表达愤世嫉邪之情,坚持操守的刚强性格和强烈的反抗精神,又以笔作伐,反映文学干预现实之功能。

# 史通二则

刘知几

## 直书第二十四

夫人禀五常,士兼百行,邪正有别,曲直不同。若邪曲者,人之所贱,而小人之道也;正直者,人之所贵,而君子之德也。然世多趋邪而弃正,不践君子之迹,而行由小人者,何哉?语曰:"直如弦,死道边;曲如钩,反封侯。"故宁顺从以保吉,不违忤以受害也。况史之为务,申以劝诫,树之风声。其有贼臣逆子,淫君乱主,苟直书其事,不掩其瑕,则秽迹彰于一朝,恶名被于千载。言之若是,吁可畏乎!

夫为于可为之时则从,为于不可为之时则凶。如董狐[1]之书法不隐,赵盾之为法受屈,彼我无忤,行之不疑,然后能成其良直,擅名今古。至若齐史之书崔弑[2],司马迁之述汉非[3],韦昭[4]仗正于吴朝,崔浩[5]犯讳于魏国,或身膏斧钺,取笑当时;或书填坑窖,无闻后代。夫世事如此,而责史臣不能申其强项之风,励其匪躬之节,盖亦难矣。是以张俨[6]发愤,私存《嘿记》之文,孙盛[7]不平,窃撰辽东之本。以兹避祸,幸获两全。足以验世途之多隘,知实录之难遇耳。

    [1]董狐:春秋时晋国的史官。《左传·宣公二年》载:赵穿杀晋灵公,身为正卿的赵盾虽已逃亡未过国境而返,重新执政。董狐认为赵盾应负弑君之责,便记载说"赵盾弑其君"。后来孔子称赞说:"董狐,古之良史也,书法不隐。"

    [2]事出《左传·襄公二十五年》,崔杼弑其君齐庄公,立其弟景公。太史记载说:"崔杼弑其君",崔杼便杀死了太史。他的弟弟接着这样写,因而死了两人。太史还有一个弟弟又这样写,崔杼就没杀了。南史氏听说太史都死了,执简前往,听到已如实记载,才回去。

    [3]语出《后汉书·蔡邕传》,"王允曰:'昔武帝不杀司马迁,使作谤书,流于后世。'"

    [4]韦昭:三国时期著名史学家、东吴四朝重臣,长期担任左国史,因写史不愿迎合吴末帝孙皓,为其所杀。

    [5]崔浩:北魏重臣,主持北魏《国书》修撰,因尽述拓跋氏历史,详备而无所避讳,为太武帝拓跋焘所杀。

    [6]张俨:三国时吴学者。《隋书·经籍志》:"《嘿记》三卷,吴大鸿胪张俨撰。"

    [7]孙盛:东晋史学家,撰《晋阳秋》,词直而理正。因直书桓温败绩,被其以杀身灭族相威胁。孙盛乃私撰两定本寄于慕容。太元中,孝武博求异闻,始于辽东得之。

然则历考前史,征诸直词,虽古人糟粕,真伪相乱,而披沙拣金,有时获宝。案金行在历,史氏尤多。当宣、景[1]开基之始,曹、马搆纷之际,或列营渭曲,见屈武侯,或发仗云台,取伤成济。陈寿、王隐咸杜口而无言,陆机、虞预各栖毫而靡述。至习凿齿,乃申以死葛走达之说,抽戈犯跸之言。历代厚诬,一朝如[2]雪。考斯人之书事,盖近古之遗直欤？次有宋孝王《风俗传》、王劭《齐志》，其叙述当时，亦务在审实。案于时河朔[3]王公，箕裘未陨；邺城[4]将相，薪构仍存。而二子书其所讳，曾无惮色。刚亦不吐，其斯人欤？

    [1] 宣指司马懿，司马炎称帝后，追尊其为宣皇帝；景指司马师，司马炎称帝后，追尊其为景皇帝。

    [2] 一作"始"。

    [3] 河朔指北魏，鲜卑拓跋部建，魏孝文帝时迁都洛阳，改拓跋为元，历史上也称元魏。

    [4] 邺城指北齐，高洋建立，都于邺城，历史上也称高齐。

盖烈士徇名，壮夫重气，宁为兰摧玉折，不作瓦砾长存。若南、董之仗气直书，不避强御；韦、崔之肆情奋笔，无所阿容。虽周身之防有所不足，而遗芳余烈，人到于今称之。与夫王沈《魏书》，假回邪以窃位，董统《燕史》，持诌媚以偷荣，贯三光而洞九泉，曾未足喻其高下也。

## 曲笔第二十五

肇有人伦，是称家国。父父子子，君君臣臣，亲疏既辨，等差有别。盖"子为父隐，直在其中"，《论语》之顺也；略外别内，掩恶扬善，《春秋》之义也。自兹已降，率由旧章。史氏有事涉君亲，必言多隐讳，虽直道不足，而名教存焉。其有舞词弄札，饰非文过，若王隐、虞预毁辱相凌[1]，子野、休文释纷[2]相谢。用舍由乎臆说，威福行乎笔端，斯乃作者之丑行，人伦所同疾也。亦有事每凭虚，词多乌有：或假人之美，藉为私惠；或诬人之恶，持报己仇。若王沈《魏录》滥述贬甄之诏，陆机《晋史》虚张拒葛之锋，班固受金而始书，陈寿借米而方传。此又记言之奸贼，载笔之凶人，虽肆诸市朝，投畀豺虎可也。

    [1] 事出《晋书·王隐传》，东晋元帝太兴初，令著作郎王隐撰晋史。时著作郎虞预私撰《晋书》，而生长东南，不知中朝事，数访于隐，并借隐所著书盗写之。后更疾隐，形于言色。虞预为豪族，交结权贵，共为朋党，以斥隐，竟以谤免归。

    [2] 事出《南史》，裴子野曾祖为裴松之。齐永明末，沈约（字休文）撰《宋书》称"松之已后无闻焉"。子野更撰为《宋略》二十卷，其叙事评论多善，而云"戮淮南太守沈璞，以其不从义师故也"。沈惧，徒跣谢之，请两释焉。

然则史之不直，代有其书，苟其事已彰，则今无所取。其有往贤之所未察，来者之所不知，今略广异闻，用标先觉。案《后汉书·更始传》称其懦弱也，其初即位，南面立，朝群臣，羞愧流汗，刮席不敢视。夫以圣公身在微贱，已能结客报仇，避难绿林，名为豪杰。安有贵为人主，而反至于斯者乎？将作者曲笔阿时，独成光武之美；谀言媚主，用雪伯升[1]之怨也。且中兴之史，出自东观，或明皇[2]所定，或马后[3]攸刊，而炎祚灵长，简书莫改，遂使他姓追撰，空传伪录者矣。陈氏《国志·刘后主传》云："蜀无史职，故灾祥靡闻。"案黄气见于秭归，群鸟坠于江水，成都言有景星出，益州言无宰相气，若史官不置，此事从何而书？盖由父辱受髡[4]，故加兹谤议者也。

    [1] 刘縯字伯升，光武帝刘秀长兄，为更始帝刘玄所杀。

    [2] 汉明帝。

[3] 汉明帝皇后,伏波将军马援之女。

[4] 陈寿之父为马谡参军,因马谡事牵连被处髡刑。

古者诸侯并争,胜负无恒,而他善必称,己恶不讳。逮乎近古,无闻至公,国自称为我长,家相谓为彼短。而魏收以元氏出于边裔,见侮诸华,遂高自标举,比桑干[1]于姬、汉之国;曲加排抑,同建邺于蛮貊之邦。夫以敌国相仇,交兵结怨,载诸移檄,用可致诬,列诸缃素[2],难为妄说。苟未达此义,安可言于史邪?夫史之曲笔诬书,不过一二,语其罪负,为失已多。而魏收杂以寓言,殆将过半,固以仓颉已降,罕见其流,而李氏《齐书》称为实录者,何也?盖以重规[3]亡考未达,伯起[4]以公辅相加,字出大名,事同元叹[5],既无德不报,故虚美相酬。然必谓昭公知礼,吾不信也。语曰:"明其为贼,敌乃可服。"如王劭之抗词不挠,可以方驾古人。而魏收持论激扬,称其有惭正直。夫不彰其罪,而轻肆其诛,此所谓兵起无名,难为制胜者。寻此论之作,盖由君懋[6]书法不隐,取咎当时。或有假手史臣,以复私门之耻,不然,何恶直丑正,盗憎主人之甚乎!

[1] 指元魏开国处。
[2] 原意为浅黄色的细绢,古时多用以为书衣,故称书卷为"缃素",此处谓史籍。
[3] 李百药,字重规,唐朝史学家、诗人。其父李德林,字公辅,曾任隋内史令,撰有《齐史》。
[4] 魏收,字伯起,北齐文学家、史学家。
[5] 顾雍,字元叹,三国时吴国重臣、政治家。少时受学于蔡邕,深受蔡邕喜爱。蔡邕赠之以名。故顾雍与老师蔡邕同名("雍"与"邕"同音)。又因受到老师称赞,故字元叹。
[6] 王劭,隋朝历史学家,字君懋。

盖霜雪交下,始见贞松之操;国家丧乱,方验忠臣之节。若汉末之董承、耿纪,晋初之诸葛、毋丘,齐兴而有刘秉、袁粲,周灭而有王谦、尉迥,斯皆破家殉国,视死犹生。而历代诸史,皆书之曰逆,将何以激扬名教,以劝事君者乎!古之书事也,令贼臣逆子惧;今之书事也,使忠臣义士羞。若使南、董有灵,必切齿于九泉之下矣。

自梁、陈已降,隋、周而往,诸史皆贞观年中群公所撰,近古易悉,情伪可求。至如朝廷贵臣,必父祖有传,考其行事,皆子孙所为,而访彼流俗,询诸故老,事有不同,言多爽实。昔秦人不死,验苻生之厚诬;蜀老犹存,知葛亮之多枉。斯则自古所叹,岂独于今哉!

盖史之为用也,记功司过,彰善瘅恶,得失一朝,荣辱千载。苟违斯法,岂曰能官。但古来唯闻以直笔见诛,不闻以曲词获罪。是以隐侯[1]《宋书》多妄,萧武[2]知而勿尤;伯起《魏史》不平,齐宣览而无谴。故令史臣得爱憎由己,高下在心,进不惮于公宪,退无愧于私室,欲求实录,不亦难乎?呜呼!此亦有国家者所宜惩革也。

[1] 隐侯:沈约的谥号。
[2] 梁武帝萧衍。

【选自刘知几著,李振宏注说《史通》,河南大学出版社,2011年版】

【赏析】

《史通》是唐代著名史学批评家刘知几的经典著述,是中国古代史学史上一部划时代的史学批评著作,标志着中国史学进入到一个更高的自觉阶段,对后世史学的发展产生了深远影响。《史通》全书内容广泛,基本上可以概括为史学理论和史学批评两大类。其中撰述原则是史学批评中具有非常鲜明特色的一个方面。刘知几提出了"直书"与"曲笔"两个范畴,用以区分史家撰述心态、品格和社会效果的迥异。他首先从人的"邪正有别,曲直不同",探讨"直书"与"曲笔"的社会根源。其次,从史学的历史考察揭示曲笔不能根绝的历史原因:"古来唯闻以直笔见诛,不闻以曲词获罪",并分析了出现这种情况的多种社会原因。随后,刘知几指出,直书产生"实录",其社会影响是"令贼臣逆子惧";曲笔制造"诬书",其社会影响是"使忠臣义士羞"。从史学的价值观出发,他热情地赞颂历史上"直书其事""务在审实""无所阿容"的史家;他激烈地批评制造"谀言""谤议""妄说""曲词"的人,认为他们所作"安可言于史邪?"

# 金云翘传

(清)青心才人

## 第一回　无情有情陌路吊淡仙　有缘无缘劈空遇金重

……

话说北京有一王员外,双名两松,表字子贞。为人淳笃,家计不丰。室人何氏,颇亦贤能。生子王观,学习儒业。长女翠翘,次女翠云,年俱妙龄。翠翘生得绰约风流,翠云则夭娇艳倩。翠翘性喜豪华,翠云则性甘宁淡。俱通诗赋。翠翘尤喜音律,最癖胡琴。翠云常谏道:"音乐非闺中事,外人闻之不雅。"翠翘道:"吾非不知,但性喜于彼,不能止也。"尝为《薄命怨》,谱入胡琴,音韵凄清,闻者泪下。曲终有云:

怀故国兮,叹那参商。悲沦亡兮,玉容何祥。姐妹固宠兮,一朝俱死。束昏不令兮,奉先灭亡。侯门似海兮,萧郎陌路。失身非类兮,茂林争光。为郎憔悴兮,及尔同死。离魂情重兮,浅唱低斛。死负父尸兮,生代父死。宠哀纨扇兮,尔生不昌。有始无终兮,悲乎失侣。门前冷落兮,老大谁将。今古红颜兮,莫不薄命。红颜薄命兮,莫不断肠。我本怨人兮,乃为怨曲。谁闻怨曲兮,谁不悲伤!

按下翠翘胡琴之妙。且说里中有一富家秀士,姓金名重,表字千里。胸藏万卷,学富五车。抱子建七步之才,赋潘安三都之貌。年方弱冠,梦想好逑。闻得翠翘精擅胡琴,且通诗赋,每每思慕道:"何物老妪,生出如许尤物!即使异代他乡,尚欲求之寤寐,何况当吾身吾里。若不求她一晤,岂不当面错过!"因多方以伺其出入。

一日清明,王氏合家扫墓,就借此踏青。翠翘同弟王观、妹翠云各处闲行。忽行到一个流水溪边,看见一座累累孤冢。因对王观道:"兄弟,你看此坟,山黛列眉,树烟绾髻,甚是幽雅,怎无一人来替它祭扫?"

王观道:"姐姐原来不知,此乃本京第一名妓刘淡仙之墓。她在时,才名卓越,倾动一时。后死之日,其鸨母不仁,就要将她委之沟壑。幸遇一远客,慕名来访,见她已死,因哭道:'淡仙、淡仙,我和你好无缘也。生前既不能亲偎色笑,死后收尔骸骨,也不枉了一段因缘。'遂买了一具棺木,备了一付衣衾,将淡仙收葬于此地。这乃无主孤坟,有甚人来替它拜扫。"

翠翘听了,叹息道:"可怜!可怜!生做万人妻,死是无夫鬼。红颜薄命,一至于此。恰好我与你遇见,且上前看那碑记是怎么写的。"

三人转过一湾流水,半扇小桥,见四壁藤萝,一堆古墓。那碑上青苔都已长满。翠翘上前拂草细看。依稀仿佛,认出是校书刘淡仙墓。因长叹道:"淡仙、淡仙,你生前何等繁华,死后怎恁般寂寞。我王翠翘与你才色相亲,本该奠你一杯才好,却又不曾带得酒来。也罢,我题诗一首,少致悲情,九泉有知,也不辜我王翠翘一种热肠也。"因折竹枝,插于墓顶,祝道:"香魂不断,应解依人。刘淡仙、刘淡仙,我翠翘今日吊你,你须听者。"乃撮土为香,倒身四拜。拜罢,题诗一首道:

色香何处也,凭吊痛心哉。
明月冷鸳被,暗尘封镜台。
玉虽黄土瘗,名未白云埋。
尚有如渑酒,无人奠一杯。

翠翘题罢,凄然泪下,情殊不胜。

翠云、王观道:"姐姐好没来由。我与你行春到此,遣兴陶情,为甚朝着古墓下泪?又非亲知故旧,也忒杀情深了。"

翠翘道:"妹子、兄弟,不是这般说。红颜无主,从古皆然。这刘淡仙生来难道就是妓女?也是事到其间,落了火坑。前船后船,安知你我不是她再来人?况人生在世,这生老病死是躲不过的。而最可怜者,无如美人。你看古来那些女子,如西施,如贵妃,能有几个得善始善终的。思及于此,不觉睹物伤情,心灰肠断耳。"

王观道:"姐姐好笑,一发讲远了。此乃荒墓,阴气凝重,不宜久坐,去了吧。"

翠翘道:"既要去,待我辞了淡仙再行。"复向墓前嘱道:"淡仙、淡仙,我要去了。你若有知,显个灵儿我看,也不负了我王翠翘这段情痴。"言未毕,只见墓后卷起一道西风。悲凄惨淡,呜咽哀号,山摇水沸,树振草啸。忽喇喇金戈铁马,昏惨惨天暗云迷,急不能睁睛定眼。王观与翠云甚是惊慌。那风卷到翠翘身边,周身三匝,倏然而散。翠翘道:"淡仙是好阴灵也,果然不负我王翠翘的知己。"

王观、翠云一齐道:"我说这里阴气重,早些去,只管恋着这坟咕咕哝哝。这阵风好不怕人。还不去,还要在这里做甚么!"

翠翘笑道:"那不是风,是刘淡仙显灵与我看。我还要题诗谢她方去哩。"

王观道:"她死也不知死了多少年,若恁般灵应,她倒成菩萨了。"

翠翘道:"死者,躯壳;不死者,精神。精神千古犹存。你读书人,岂不知'骨化形销,丹诚不泯,因风委露,犹托清尘'的说话?你不信,我替你跟那风看来踪去迹,定有影响。

王观道:"我是不信,大家也寻一寻看。"只见苍苔上一路半明不灭的屐印,自西而东,隐隐约约,到墓而灭。王观、翠云看了,方才骇然,急催翠翘起身。

翠翘道:"莫忙。如此灵感英魂,我还要做首诗辞她方去哩。"遂取头上钗儿,将吊诗并慰诗,都刺于树皮上。道:

> 西风何忽起,阵阵使人哀。
> 惨切如含怨,凄清似有怀。
> 乘鸾疑乍去,跨鹤讶重来。
> 不断香魂处,苍苍屐印苔。

翠翘刺毕,尚留连不舍。忽见一书生,飘巾彩服,骑马远远而来。王观认得是窗友金重,不知他有意跟寻到此,恐怕撞见,忙对翠翘道:"金家哥哥来了,快些回避。"翠翘听了,急抬眼,已看见那金生风流倜傥,雅致翩跹,乘马将到墓前,因与翠云敛迹墓后。

那金生走到墓前下了马,见王观只作无心,反说道:"海望兄,为何也在这里?我慕刘淡仙高致,到此一游,不想遇着仁兄。适才二位女客,是甚亲眷?"

王观道:"就是家姐。"

金生道:"原来是令姐。通家兄弟,没有个不接见之礼。烦兄通报,小弟候见。"

王观辞之不得,只得到墓后对翠翘、翠云说。金重随步跟来,翠翘避之不得,遂同妹相见。

金生致恭而退。但见翠翘眉细而长,眼光而溜,容如秋月,色似桃花,逸致翩跹,鸿惊龙游,不足喻也。翠云精神静正,容貌端庄,明眸皓齿之外,别有一种丰采,未可以模拟得也。金生神为色夺,暗暗销魂道:"这相思索害也!"又暗暗立誓道:"我不得二女为妻,终身不娶矣。"因碍着王观,不好久留,只得辞别先行。

王员外亦着人来接,翘、云上轿回家。

到了家里,翠翘与翠云道:"这金生倒也有趣,怎么也晓得去吊刘淡仙?"

翠云道:"只怕不是吊淡仙,还是来看二乔。"

翠翘道:"这也想当然。但我看那生风流倜傥,大雅不群,自是士人中俊彦。"

翠云道:"姐姐既看得中意,何不赘了他,带挈小妹也风光风光。"

翠翘道:"男子生而有室,女子生而有家,虽是少不得的。但姻缘前定,婚姻牒不是摩尼珠,怎能必得来。今日我替你同他,知道是我的姻缘,还是你的姻缘?则索听那月中人主张。若论此生举止端详,若非金马客,定是翰林才。你姐姐德凉相薄,只恐承受他不起。我看妹妹福德胜我十倍,可称美对。且此生既见你我,定寻奇计相晤,你我当以正遇之。盖女人之身,重之则太山,轻之则鸿毛。白璧青蝇,关系终身,不可不慎也。"

翠云道:"姐姐也忒沾枝带叶,我不曾说得一句,姐姐便缚头缚脚讲了一篇。"

翠翘道:"我是正经话,妹妹怎么倒恁般说。你难道不要嫁丈夫?"

翠云把脸一红,走去睡了。正是:

> 难将我意同他意,
> 未必他心似我心。

不知翠翘后事如何,且听下回分解。

【选自《大连图书馆藏孤稀本明清小说丛刊·金云翘》,大连出版社,2000年版】

【赏析】

《金云翘传》,题青心才人编次,创作于明清之际才子佳人小说繁盛的时期,是一部既有因袭、又有突破的作品。该书以二十回、十万字的篇幅,塑造了一位独特的女性形象——王翠翘。王翠翘是在历史上留下了姓名的真实人物。据《明史·胡宗宪传》载,嘉靖三十五年(1556),时任浙直总督的胡宗宪借招抚而离间,以计围剿海上巨盗徐海,徐海"爱妾"力说其降,为平定东南战乱做出了贡献。徐学谟《徐氏海隅集·王翘儿传》为这位"爱妾"立传,记载了她从堕落风尘、乱中被掠、得宠徐海、极力劝降,到功成被辱、愤而自杀的事迹。其悲剧人生,吸引了明清文人纷纷评说演义,《金云翘传》就是其中具有"集成"性质的作品。经过青心才人的加工、重塑,翠翘集美貌、才情、识见于一身;坎坷的人生历练,使其摆脱了一般"才子佳人"文学中"高贵的单纯"的"佳人"套路,正如玉琢而光、盘根利器,成就了她丰满、典型的性格。

本文节选自小说第一回,叙写构成书名的三位人物——金重、王翠翘、王翠云初次相遇的情形。正文前有一段伪托的"贯华堂"批语,揭示了三者性格和情感态度的不同,以及作者写人手法的高明:"尤妙在同一情,而细视之则各别。金重远远而来,急情也。惟其急,到墓即请见,见面即相思,才相思即发誓要娶:急情妙在露。翠云淡淡推开,远情也。惟其远,汝看二乔,微微一见;拖带风光,又微微一见;把脸一红,又微微一见:远情妙在藏。若翠翘,则情种也。有根有枝,有花有叶,时时艳,时时逸,时时芳,时时香。虽露亦藏,虽藏亦露。"金重之情急,由于他身为男性的主动性,但细读文本,可以发现他的情感有现实触媒,且有次第,有目的。其情起于对翠翘"精擅胡琴,且通诗赋"的才艺倾慕,作者写其当时心理活动,尚只在"求他一晤";待清明郊外撞见,得接容色,方有"相思索害"的感叹,且心理活动又变成"不得二女为妻,终身不娶",从起初独重翠翘到因"美色"而并置翠翘、翠云。翠翘对淡仙"没来由"的悲悯,由淡仙而生的伤感,来自对一切美好事物不得长留的悲怅,可谓"死生情切"。因此,当金重假借祭奠刘淡仙,偶遇求见时,她首先欣赏的是金生"也晓得去吊刘淡仙";等到小说第二回中金生找到机会向她倾吐衷情后,她感慨的是"金生好情深也。我王翠翘一腔热血,今日遇知音矣",喜悦的是多情得到呼应,灵魂获得知音。可以说,她的关注点,首先在金重是否有"情",这是普遍的情,是哲学意义上的多情、深情的个性;其次才是是否对己有情,即特定的情、男女之情。相比之下,翠云初似无意,但金生一见之下,即发誓要娶"二女",言外之意可想,翠云不可谓无情。二翠回家后闲谈,翠翘以为金重是去吊刘淡仙,翠云却说是看"二乔",而不说单看"翠翘",将自己与翠翘并置,心事透露矣;翠翘称赞金重"风流倜傥,大雅不群",翠云又说"姐姐既看得中意,何不赘了他,带挈小妹也风光风光",则其情之露,反在翠翘之先;翠翘说其"你难道不要嫁丈夫"时,又"把脸一红",显见被说中心思。"贯华堂"评论称其远情,又云其情在藏,因为她的情感流露,隐藏在翠翘的坦荡之下,而作者显然是一位深谙"春秋笔法"的写人高手,只在字里行间稍稍引逗,翠云与金重初次相见,即彼此留心的"真相",就在不写之写中透露出来了。

# 三十自述

（1902年12月）

## 梁启超

"风云入世多,日月掷人急。如何一少年,忽忽已三十。"此余今年正月二十六日在日本东海道汽车中所作《三十初度·口占十首》之一也。人海奔走,年光蹉跎,所志所事,百未一就,揽镜据鞍,能无悲惭?擎一[1]既结集其文,复欲为作小传。余谢之曰:"若某之行谊经历,曾何足有记载之一值。若必不获已者,则人知我,何如我之自知?吾死友谭浏阳[2]曾作《三十自述》,吾毋宁效颦焉。"作《三十自述》。

[1] 擎一:何擎一,又名何澄一、何澄意、何天柱,广东香山人。长期追随康有为、梁启超,曾主持广智书局工作。1902年10月,何擎一辑成《饮冰室文集》,次年2月由广智书局出版,是为梁著首次结集。

[2] 谭浏阳:谭嗣同(1865—1898),字复生,号壮飞,湖南浏阳县人。1895年梁启超在京师强学会任书记员时与其相识,二人遂成至交,死于"戊戌政变",著有《仁学》。梁启超誉其为"为国流血第一烈士"。

余乡人也。于赤县神州,有当秦汉之交,屹然独立群雄之表数十年,用其地,与其人,称蛮夷大长,留英雄之名誉于历史上之一省。于其省也,有当宋元之交,我黄帝子孙与北狄异种血战不胜,君臣殉国,自沈崖山,留悲愤之记念于历史上之一县。是即余之故乡也。乡名熊子,距崖山七里强,当西江入南海交汇之冲,其江口列岛七,而熊子宅其中央,余实中国极南之一岛民也。先世自宋末由福州徙南雄,明末由南雄徙新会,定居焉,数百年栖于山谷。族之伯叔兄弟,且耕且读,不问世事,如桃源中人。顾闻父老口碑所述,吾大王父最富于阴德,力耕所获,一粟一帛,辄以分惠诸族党之无告者。王父讳维清,字镜泉,为郡生员,例选广文,不就。王母氏黎。父名宝瑛,字莲涧。夙教授于乡里。母氏赵。

余生同治癸酉正月二十六日,实太平国亡于金陵后十年,清大学士曾国藩卒后一年,普法战争后三年,而意大利建国罗马之岁也。生一月而王母黎卒。逮事王父者十九年。王父及见之孙八人,而爱余尤甚。三岁仲弟启勋生,四五岁就王父及母膝下授四子书、《诗经》,夜则就睡王父榻,日与言古豪杰哲人嘉言懿行,而尤喜举亡宋、亡明国难之事,津津道之。六岁后,就父读,受中国略史,五经卒业。八岁学为文。九岁能缀千言。十二岁应试学院[1],补博士弟子员,日治帖括[2],虽心不慊之,然不知天地间于帖括外,更有所谓学也,辄埋头钻研,顾颇喜词章。王父、父母时授以唐人诗,嗜之过于八股。家贫无书可读,惟有《史记》一、《纲鉴易知录》一,王父、父日以课之,故至今《史记》之文,能成诵八九。父执有爱其慧者,赠以《汉书》一,姚氏《古文辞类纂》一,则大喜,读之卒业

附录 精读文选及赏析

— 175 —

焉。父慈而严，督课之外，使之劳作，言语举动稍不谨，辄呵斥不少假借，常训之曰："汝自视乃如常儿乎！"至今诵此语不敢忘。十三岁始知有段、王[3]训诂之学，大好之，渐有弃帖括之志。十五岁，母赵恭人见背，以四弟之产难也，余方游学省会，而时无轮舶，奔丧归乡，已不获亲含殓，终天之恨，莫此为甚。时肄业于省会之学海堂，堂为嘉庆间前总督阮元[4]所立，以训诂词章课粤人者也。至是乃决舍帖括以从事于此，不知天地间于训诂词章之外，更有所谓学也。己丑年十七，举于乡，主考为李尚书端棻，王镇江仁堪[5]。年十八计偕入京师，父以其稚也，挚与偕行，李公以其妹许字焉。下第归，道上海，从坊间购得《瀛环志略》读之，始知有五大洲各国，且见上海制造局译出西书若干种，心好之，以无力不能购也。

[1] 应试学院：即参加院试。院试是为了取得参加正式科举考试的资格而先要参加的一种考试，清代由各省学政主持，学政又称提督学院，故名。考取者称生员，俗称秀才（茂才）或相公，即有资格进入府、县学官求学，也就是成为博士弟子员。

[2] 帖括：唐代明经科有填写经文之式，后泛指科举应试文章，明清时指八股文式。

[3] 段、王：段玉裁(1735—1815)，字若膺，号懋堂，晚年又号砚北居士、长塘湖居士、侨吴老人，江苏金坛人，龚自珍外公。清代文字训诂学家、经学家。段玉裁曾师事戴震，长于文字、音韵、训诂之学，同时也精于校勘，是徽派朴学大师中杰出的学者，著有《说文解字注》《六书音均表》《古文尚书撰异》等书。王念孙(1744—1832)，字怀祖，号石臞，江苏高邮人。乾隆进士，历任官职中以治河方略最有心得。师从戴震，于文字、声韵、训诂之学，尽得其传，著有《广雅疏证》《读书杂志》《古韵谱》《河源纪略》等书。

[4] 阮元：(1764—1849) 字伯元，号云台、雷塘庵主，晚号怡性老人，江苏仪征人。乾隆进士，历任侍郎、学政、巡抚、总督等职，为著作家、刊刻家、思想家，在经史、数学、天算、舆地、编纂、金石、校勘等方面都有着非常高的造诣，被尊为三朝阁老、九省疆臣，一代文宗。嘉庆二十五年于两广总督任上创办广东最高学府——学海堂，是为秀才们深造之所。

[5] 李尚书端棻，王镇江仁堪：李端棻(1833—1907)，字芯园，衡永郴桂道衡州府清泉县（今衡阳市衡南县）人。北京大学首倡者，戊戌变法领袖。历任山西、广东、山东等省乡试主考官，全国会试副总裁，以及云南学政、监察御史、刑部左侍郎、仓场总督、礼部尚书等职。王仁堪(1849—1893)字可庄，又字忍葊，号公定，福建闽县（今福州市）人。光绪三年状元，授殿撰，历任山西学政，贵州、广东等乡试副主考官，后放任江苏镇江府知府，调任苏州知府。

其年秋，始交陈通甫[1]。通甫时亦肄业学海堂，以高才生闻。既而通甫相语曰："吾闻南海康先生上书请变法，不达，新从京师归，吾往谒焉，其学乃为吾与子所未梦及，吾与子今得师矣。"于是乃因通甫修弟子礼事南海先生。时余以少年科第，且于时流所推重之训诂词章学，颇有所知，辄沾沾自喜。先生乃以大海潮音，作师子吼，取其所挟持之数百年无用旧学更端驳诘，悉举而摧陷廓清之。自辰入见，及戌始退，冷水浇背，当头一棒，一旦尽失其故垒，惘惘然不知所从事，且惊且喜，且怨且艾，且疑且惧，与通甫联床竟夕不能寐。明日再谒，请为学方针，先生乃教以陆王心学[2]，而并及史学、西学之梗概。自是决然舍去旧学，自退出学海堂，而间日请业南海之门。生平知有学自兹始。

[1] 陈通甫：陈千秋(1869—1895)，字通甫，又字礼吉，号随生，南海人。1891年入万木草堂，受业于康有为，号称长兴里十大弟子之一。曾任万木草堂学长，并协助康编撰《新学伪经考》

等书。1895年因协助康办理西樵乡同人团练局操劳过度而病故。

[2] 陆王心学：是指由儒家学者陆九渊、王阳明发展出来的心学的简称，或直接称"心学"。陆王心学，一般认为肇始于孟子，兴起于北宋程颢，发扬于南宋陆九渊，由明朝王守仁集其大成。陆九渊以为"心即理"，王守仁提出心学的宗旨在于"致良知"，至此心学开始有清晰而独立的学术脉络。陆王心学与程朱理学虽有时同属宋明理学之下，但多有分歧，陆王心学往往被认为是儒家中的"格心派"，而程朱理学被视为"格物派"。

辛卯余年十九，南海先生始讲学于广东省城长兴里之万木草堂[1]，徇通甫与余之请也。先生为讲中国数千年来学术源流，历史政治，沿革得失，取万国以比例推断之。余与诸同学日札记其讲义，一生学问之得力，皆在此年。先生又常为语佛学之精粤博大，余凤根浅薄，不能多所受。先生时方著《公理通》、《大同书》[2]等书，每与通甫商榷，辨析入微，余辄侍末席，有听受，无问难，盖知其美而不能通其故也。先生著《新学伪经考》，从事校勘；著《孔子改制考》，从事分纂。日课则《宋元明儒学案》、二十四史、《文献通考》等。而草堂颇有藏书，得恣涉猎，学稍进矣。其年始交康幼博[3]。十月，入京师，结婚李氏。明年壬辰，年二十，王父弃养。自是学于草堂者凡三年。

[1] 万木草堂：中法战争后，康有为为了宣传其维新变法思想和培养变法人才，于1891年租借"邱氏书屋"作为讲学堂，创办了万木草堂，聚徒讲学，宣传改良，成为戊戌变法策源地。1892年，迁至卫边街的邝氏宗祠（今广卫路附近）。1893年，因来学者众，再迁至广府学官仰高祠（今广州市第一文化宫内）。习惯上，人们将康有为在这三址所办的学堂统称为"万木草堂"，成为中国近代资产阶级维新派创办的著名学堂。

[2]《公理通》、《大同书》：康有为自称早在1884年就开始"演大同主义"，1902年避居印度时，方撰成《大同书》全稿，初名《人类公理》，即梁所说《公理通》。

[3] 康幼博：康广仁（1867—1898），字广仁，号幼博，又号大广，广东南海人，康有为之弟。1897年初，在澳门创办《知新报》，任总理。1898年春，与梁启超结伴入京，参与新政，戊戌政变时被捕入狱，与谭嗣同、杨锐、林旭、刘光第、杨深秀同时遇难。

甲午年二十二，客京师，于京国所谓名士者多所往还。六月，日本战事起，惋愤时局，时有所吐露，人微言轻，莫之闻也。顾益读译书，治算学、地理、历史等。明年乙未，和议成，代表广东公车[1]百九十人，上书陈时局。既而南海先生联公车三千人，上书请变法，余亦从其后奔走焉。其年七月，京师强学会[2]开，发起之者，为南海先生，赞之者为郎中陈炽，郎中沈曾植，编修张孝谦，浙江温处道、袁世凯等。余被委为会中书记员。不三月，为言官所劾，会封禁。而余居会所数月，会中于译出西书购置颇备，得以余日尽浏览之，而后益斐然有述作之志。其年始交谭复生、杨叔峤、吴季清铁樵，子发父子。

[1] 公车：汉代有用公家车马接送应举者入京的传统，后以"公车"泛指入京应试的举人。1895年中日甲午战争失败后，康有为联合各省在京会试举人联名上书，史称"公车上书"。

[2] 强学会：1895年9月在开风气思合群的氛围下，先后在北京、上海成立的最早的资产阶级维新派政治团体。列名会籍的有康有为、梁启超、沈曾植、文廷式、陈炽、汪康年等人，李鸿藻、翁同龢等也予支持，实则为改革派和帝党相结合的政治团体。至12月，两地强学会先后被封，后改为官书局，隶属总理衙门，完全改变了强学会"为中国自强而立"的宗旨。

京师之开强学会也，上海亦踵起。京师会禁，上海会亦废。而黄公度[1]倡议续其余绪，开一报馆，以书见招。三月去京师，至上海，始交公度。七月《时务报》[2]开，余专任撰述之役，报馆生涯自兹始，著《变法通议》、《西学书目表》等书。其冬，公度简出使德国大臣，奏请偕行，会公度使事辍，不果。出使美、日、秘大臣伍廷芳[3]，复奏派为参赞，力辞之。伍固请，许以来年往，既而终辞，专任报事。丁酉四月，直隶总督王文韶，湖广总督张之洞，大理寺卿盛宣怀，连衔奏保，有旨交铁路大臣差遣，余不之知也。既而以札来，粘奏折上谕焉，以不愿被人差遣辞之。张之洞屡招邀，欲致之幕府，固辞。时谭复生宦隐金陵，间月至上海，相过从，连舆接席。复生著《仁学》，每成一篇，辄相商榷，相与治佛学，复生所以砥砺之者良厚。十月，湖南陈中丞宝箴[4]、江督学标[5]，聘主湖南时务学堂[6]讲席，就之。时公度官湖南按察使，复生亦归湘助乡治，湘中同志称极盛。未几，德国割据胶州湾事起，瓜分之忧，震动全国，而湖南始创南学会[7]，将以为地方自治之基础，余颇有所赞画。而时务学堂于精神教育，亦三致意焉。其年始交刘裴邨、林暾谷、唐绂丞，及时务学堂诸生李虎村、林述唐、田均一、蔡树珊等。

[1] 黄公度：黄遵宪(1848—1905)，别号人境庐主人，广东嘉应人。1896年在沪结交梁启超，与之创办《时务报》。1897年署理湖南按察使期间，召请梁启超任时务学堂总教习。倡立湖南保卫局，将近代警政引入中国。1898年被任命为出使日本大使。"戊戌政变"后，因外国驻华公使干涉，得以辞职还乡。

[2] 《时务报》：1896年创刊于上海，1898年8月8日停刊，共出69期。梁启超主笔，汪康年任总经理，是当时维新派最重要的、影响最大的机关报。梁启超在戊戌时期的重要文章《变法通议》《论中国积弱由于防弊》等均发表于此报。

[3] 伍廷芳：(1842—1922)，本名叙，字文爵，又名伍才，号秩庸，后改名廷芳。广东新会西墩人，清末民初杰出的外交家、法学家。洋务运动开始后，1882年进入李鸿章幕府，出任法律顾问，参与中法谈判、马关谈判等，1896年被清政府任命为驻美国、西班牙、秘鲁公使，1899年奉命签订近代中国第一个平等条约《中墨通商条约》。南京临时政府成立后，出任司法总长。1922年，陈炯明叛变时，因惊愤成疾，病逝于广州。

[4] 陈中丞宝箴：陈宝箴(1831—1900)，字相真，号右铭，晚年自号四觉老人。义宁(今江西九江修水县)客家人，举人出身。曾任浙江、湖北按察使，直隶布政使。1895年任湖南巡抚时，以"变法开新"为己任，开学堂，办报纸，兴实业，勇为天下先，被光绪帝称为"新政重臣"的改革者。百日维新失败后，陈宝箴以"滥保匪人"被罢黜回乡，永不叙用。

[5] 江督学标：江标(1860—1899)，字建霞，号师邠，江苏元和(今苏州)人。光绪进士，工诗文，好藏书，1894年任湖南学政后，整顿校经书院，积极协助湖南巡抚陈宝箴规划新政，赞设矿务、学堂、报馆、南学会、保卫局等。戊戌变法失败后被革职，永不叙用。

[6] 湖南时务学堂：是清末维新运动期间，湖南所创办的第一所近代新式学堂。初由部分湘绅动议，得到了陈宝箴、黄遵宪等开明官僚及谭嗣同、唐才常等维新派人士的重视和支持。于1897年10月在长沙创办。熊希龄任提调(即校长)，主持一切行政事务，梁启超任中文总教习，李维格任西文总教习。它的开办时间不过三年，招收的学生仅仅二百人左右，却培养了一批杰出的人才，开湘学之新风，对湖南近代教育的发展起了巨大的推动作用。

[7] 南学会：是1898年春维新派在湖南创建的政治团体，由谭嗣同、唐才常等发起，得到湖南巡抚陈宝箴等开明官吏的支持。长沙设总会，各府厅州县设分会。主要活动是讲演，它既与

时务学堂相表里,又有《湘学报》配合宣传,"以开浚知识,恢张能力,拓充公益为主义",影响相当广泛,对促进湖南推行新政,转变社会风气,起了重要作用。

明年戊戌,年二十六。春,大病几死,出就医上海,既痊,乃入京师。南海先生方开保国会,余多所赞画奔走。四月,以徐侍郎致靖[1]之荐,总理衙门再荐,被召见,命办大学堂译书局事务。时朝廷锐意变法,百度更新,南海先生深受主知,言听谏行,复生、暾谷、叔峤、裴邨[2],以京卿参预新政,余亦从诸君子之后,黾勉尽瘁。八月政变,六君子为国流血,南海以英人仗义出险,余遂乘日本大岛兵舰而东。去国以来,忽忽四年矣。

[1] 徐致靖(1844—1917),字子静,江苏宜兴人。光绪进士,选庶吉士,授编修,累迁侍读学士,至内阁学士、礼部右侍郎。变法时期,向光绪帝力荐康有为、梁启超、谭嗣同、黄遵宪、张元济等人,变法失败后,被革职监禁。1900年出狱,定居杭州。

[2] 复生、暾谷、叔峤、裴邨:指被光绪破格提拔的军机四章京:谭嗣同、林旭、杨锐、刘光第。

戊戌九月至日本,十月与横滨商界诸同志谋设《清议报》[1]。自此居日本东京者一年,稍能读东文,思想为之一变。己亥七月,复与滨人共设高等大同学校于东京,以为内地留学生预备科之用,即今之清华学校是也。其年美洲商界同志,始有中国维新会之设,由南海先生所鼓舞也。冬间美洲人招往游,应之。以十一月首途,道出夏威夷岛,其地华商二万余人,相絷留,因暂住焉,创夏威夷维新会。适以治疫故,航路不通,遂居夏威夷半年。至庚子六月,方欲入美,而义和团变已大起,内地消息,风声鹤唳,一日百变。已而屡得内地函电,促归国,遂回马首而西,比及日本,已闻北京失守之报。七月急归沪,方思有所效,抵沪之翌日,而汉口难作,唐、林、李、蔡、黎、傅[2]诸烈,先后就义,公私皆不获有所救。留沪十日,遂去,适香港,既而渡南洋,谒南海,遂道印度,游澳洲,应彼中维新会之招也。居澳半年,由西而东,环洲历一周而还。辛丑四月,复至日本。

[1] 《清议报》:是戊戌政变后保皇会在海外办的第一个机关报。1898年12月在横滨创刊,侨商冯紫珊署名编辑兼发行人,梁启超、麦孟华等是实际上的主编。《清议报》以"主持清议、开发民智"为宗旨,一面痛斥"逆后贼臣",歌颂光绪圣德,一面继续宣传"维新",热烈倡导民权,着重以"哲理"启迪国民。1901年12月因火灾停刊,共出100期。

[2] 唐、林、李、蔡、黎、傅:指1900年因自立军起义失败而就义的唐才常、林圭、李炳寰、蔡钟浩、黎科、傅慈祥等人。

尔来蛰居东国,忽又岁余矣,所志所事,百不一就。惟日日为文字之奴隶,空言喋喋,无补时艰。平旦自思,只有惭悚。顾自审我之才力,及我今日之地位,舍此更无术可以尽国民责任于万一。兹事虽小,亦安得已。一年以来,颇竭绵薄,欲草一中国通史以助爱国思想之发达,然荏苒日月,至今犹未能成十之二。惟于今春为《新民丛报》[1],冬间复创刊《新小说》[2],述其所学所怀抱者,以质于当世达人志士,冀以为中国国民遒铎[3]之一助。呜呼!国家多难,岁月如流,眇眇之身,力小任重。吾友韩孔广诗云:"舌下无英雄,笔底无奇士。"呜呼,笔舌生涯,已催我中年矣!此后所以报国民之恩者,未知何如?每一念及,未尝不惊心动魄,抑塞而谁语也。

孔子纪元二千四百五十三年壬寅十一月,任公自述。

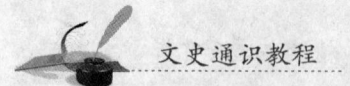

[1]《新民丛报》：1902年2月创办于日本横滨，1907年11月停办，前后近六年，共出版九十六期。报刊名取《大学》篇中"新民"之意，是梁启超主持的报刊中历时最久、影响最大的刊物，著名的长篇政论《新民说》，即首刊于该报。

[2]《新小说》：1902年11月由梁启超创刊于日本横滨，第2卷起迁至上海，改由广智书局发行，编辑兼发行者署赵毓林，实为梁启超所主持。大约至1906年停刊，共出2卷24号。《新小说》是中国第一份以"小说"命名的文学期刊，它与后来创刊的《绣像小说》《月月小说》《小说林》被称作晚清四大小说杂志。

[3]道铎：警世。语出《尚书·胤征》："道人以木铎徇于路。"

【选自《梁启超全集》第二册，北京出版社，1999年版】

【赏析】

梁启超(1873—1929)，字卓如，号任公，别号沧江，又号饮冰室主人。近代著名的学者和社会活动家，他知识渊博，学贯中西，所涉领域众多，著述1400多万字，被誉为"百科全书式"的人物，也是影响中国近代历史进程的风云人物之一。

1902年，梁启超至而立之年，虽为青年，已是大报主笔，文章风行海内，名声直追尊师康有为。然时局堪忧，国运多厄，他身居海外，却心悬故国，忧民爱国之情，常发之于笔端，怅惘惋愤之心，始终难以宁静。适值友人何擎一辑集梁启超之文，出版《饮冰室文集》(壬寅本)，遂效生前至交谭嗣同《三十自述》而作此文以为序。全文直叙自己历经成长之迹，坦坦荡荡，于己无丝毫溢美之辞，显示了史家平实述事的文风。言语之中，饱含着对乡情、亲情、师情、友情的追忆和难忘，这是一个游子漂泊于外的心理写照。虽然此时梁启超早已声名鹊起，在思想学术上与康有为渐行渐远，但在自述之中，依然时时以"赞画""奔走"之语，显尊师之功，不夺他人之美。更令人敬佩的是，年仅三十岁的梁启超，借自述之文，叙忧国之情。在"新派摇头，旧派也叹气"的时局下，"惟求国之独立"，成为他为之奔走不息的人生目标。这一年，他先后发表了《新民议》《新史学》《新中国未来记》等时文，以"新民"学说探求中国之前途。虽然，深感"力小任重"，未知何如？但心底的不屈，跃然纸上。自述看似一篇简述自我经历的小文，其实更是一篇自励、他励的美文。作者以昨日所历之事，发今日救国难之危言，经世救国，匹夫有责之义，溢于言表。综观全文，文笔平易畅达，语意真挚坦诚，抒情于事，寓义于文，情真义发，文史交融，读之"别有一种魔力"。

# 不朽——我的宗教

胡　适

不朽有种种说法，但是总括看来，只有两种说法是真有区别的：一种是把"不朽"解作灵魂不灭的意思；一种就是《春秋左传》上说的"三不朽"。

## 一、神不灭论

宗教家往往说灵魂不灭，死后须受末日的裁判：做好事的享受天国天堂的快乐，做恶事的要受地狱的苦痛。这种说法，几千年来不但受了无数愚夫愚妇的迷信，居然还受了许多学者的信仰。但是，古今来也有许多学者对于灵魂是否可离形体而存在的问题，不能不发生疑问。最重要的如南北朝人范缜的《神灭论》说："形者神之质，神者形之用。……神之于质，犹利之于刀；形之于用，犹刀之于利。……舍利无刀，舍刀无利。未闻刀没而利存，岂容形亡而神在？"[1]宋朝的司马光也说："形既朽灭，神亦飘散，虽有锉烧舂磨[2]，亦无所施。"但是司马光说的"形既朽灭，神亦飘散"，还不免把形与神看作两件事，不如范缜说的更透切。范缜说人的神灵即是形体的作用，形体便是神灵的形质，正如刀子是形质，刀子的利钝是作用；有刀子方才有利钝，没有刀子便没有利钝。人有形体方才有作用：这个作用，我们叫做"灵魂"。若没有形体，便没有作用了，便没有灵魂了。范缜这篇《神灭论》出来的时候，惹起了无数人的反对。梁武帝叫了七十几个名士作论驳他，都没有什么真有价值的议论。其中只有沈约的《难神灭论》说："利若遍施四方，则利体无处复立；利之为用正存一边毫毛处耳。神之与形，举体若合，又安得同乎？若以此譬为尽耶，则不尽；若谓本不尽耶，则不可以为譬也。"[3]这一段是说刀是无机体，人是有机体，故不能彼此相比。这话固然有理，但终不能推翻"神者形之用"的议论。近世唯物派的学者也说，人的灵魂并不是什么无形体，独立存在的物事，不过是神经作用的总名；灵魂的种种作用都即是脑部各部分的机能作用；若有某部被损伤，某种作用即时废止；人年幼时脑部不曾完全发达，神灵作用也不能完全，老年人脑部渐渐衰耗，神灵作用也渐渐衰耗。这种议论的大旨，与范缜所说"神者形之用"正相同。但是有许多人总舍不得把灵魂打消了，所以咬住说灵魂另是一种神秘玄妙的物事，并不是神经的作用。这个"神秘玄妙"的物事究竟是什么，他们也说不出来，只觉得总应该有这么一件物事。既是"神秘玄妙"，自然不能用科学试验来证明他，也不能用科学试验来驳倒他。既然如此，我们只好用实验主义（Pragmatism）的方法，看这种学说的实际效果如何，以为评判的标准。依此标准看来，信神不灭论的固然也有好人，信神灭论的也未必全是坏人。即如司马光、范缜、赫胥黎一类的人，说不信灵魂不灭的话，何尝没有高尚的道德？更进一层说，有些人因为迷信天堂、天国、地狱、末日裁判，方才修德行善，这种修行全是自私自利的，也算不得真正道德。总而言之，灵魂灭不灭的问题，于人生行为上实在没有什么重大影响；既没有实际的影响，简直可说是不成问题了。

[1] 范缜《神灭论》见《梁书》卷四十八《儒林·范缜传》。

[2] 锉烧舂磨，信佛者以为，下地狱要受锉、烧、舂、磨之苦。

[3] 梁武帝天监年间，萧衍颁布诏书《敕答臣下神灭论》，庄严寺法云法师写了《与公王朝贵书》，发动朝野僧俗围攻范缜。据《弘明集》卷十，当时响应梁武帝号召撰文作答的有六十二人；卷九另有萧琛的《难神灭论》文和曹思文《难神灭论》、《重难神灭论》文。沈约《难神灭论》文见《广弘明集》卷二十二。

## 二、三不朽说

《左传》说的三种不朽是：（一）立德的不朽，（二）立功的不朽，（三）立言的不朽[1]。"德"便是个人人格的价值，像墨翟、耶稣一类的人，一生刻意孤行，精诚勇猛，使当时的人敬爱信仰，使千百年后的人想念崇拜。这便是立德的不朽。"功"便是事业，像哥仑布发见美洲，像华盛顿造成美洲共和国，替当时的人开一新天地，替历史开一新纪元，替天下后世的人种下无量幸福的种子。这便是立功的不朽。"言"便是语言著作，像那《诗经》三百篇的许多无名诗人，又像陶潜、杜甫、萧士比亚[2]、易卜生一类的文学家，又像柏拉图、卢骚[3]、弥儿一类的哲学家，又像牛敦[4]、达尔文一类的科学家，或是做了几首好诗使千百年后的人欢喜感叹；或是做了几本好戏使当时的人鼓舞感动，使后世的人发愤兴起；或是创出一种新哲学，或是发明了一种新学说，或在当时发生思想的革命，或在后世影响无穷。这便是立言的不朽。总而言之，这种不朽说，不问人死后灵魂能不能存在，只问他的人格、他的事业、他的著作有没有永远存在的价值。即如基督教徒说耶稣是上帝的儿子，他的神灵永远存在，我们正不用驳这种无凭据的神话，只说耶稣的人格、事业和教训都可以不朽，又何必说那些无谓的神话呢？又如孔教会的人每到了孔丘的生日，一定要举行祭孔的典礼，还有些人学那"朝山进香"的法子，要赶到曲阜孔林去对孔丘的神灵表示敬意！其实孔丘的不朽全在他的人格与教训，不在他那"在天之灵"。大总统多行两次丁祭[5]，孔教会多走两次"朝山进香"，就可以使孔丘格外不朽了吗？更进一步说，像那《三百篇》里的诗人，也没有姓名，也没有事实，但是他们都可说是立言的不朽。为什么呢？因为不朽全靠一个人的真价值，并不靠姓名事实的流传，也不靠灵魂的存在。试看古今来的多少大发明家，那发明火的，发明养蚕的，发明缫丝的，发明织布的，发明水车的，发明舂米的水碓[6]的，发明规矩的，发明秤的……虽然姓名不传，事实湮没，但他们的功业永远存在，他们也就都不朽了。这种不朽比那个人的小小灵魂的存在，可不是更可宝贵、更可羡慕吗？况且那灵魂的有无还在不可知之中，这三种不朽——德，功，言——可是实在的。这三种不朽可不是比那灵魂的不灭更靠得住吗？

  [1]《左传·襄公二十四年》载叔孙豹语："豹闻之：'太上有立德，其次有立功，其次有立言。'虽久不废，此之谓不朽。"
  [2] 萧士比亚：今译作"莎士比亚"。
  [3] 卢骚：今译作"卢梭"。弥儿，今译作"弥尔顿"。
  [4] 牛敦：今译作"牛顿"。
  [5] 丁祭：或称"祭丁"，祭孔之礼。每年春、秋二祭，均在仲月上丁日，故称丁祭。
  [6] 水碓：利用水力转动轮轴、拨动碓杆舂米的机具。

以上两种不朽论，依我个人看来，不消说得，那"三不朽说"是比那"神不灭说"好得多了。但是那"三不朽说"还有三层缺点，不可不知。第一，照平常的解说看来，那些真能不朽的人只不过那极少数有道德、有功业、有著述的人。还有那无量平常人难道就没有不朽的希望吗？世界上能有几个墨翟、耶稣，几个哥仑布、华盛顿，几个杜甫、陶潜，几个牛敦、达尔文呢？这岂不成了一种"寡头"的不朽论吗？第二，这种不朽论单从积极一方面着想,但没有消极的裁制。那种灵魂的不朽论既说有天国的快乐,又说有地狱的苦楚,是积极、消极两方面都顾着的。如今单说立德可以不朽,不立德又怎样呢?立功可以不朽,有罪恶又怎样呢?第三,这种不朽论所说的"德、功、言"三件,范围都很含糊。究竟怎样的人格方才可算是"德"呢?怎样的事业方才可算是"功"呢?怎样的著作方才可算是"言"呢?我且举一个例。哥伦布发见美洲固然可算得立了不朽之功,但是他船上的水手火头又怎样呢?他那只船的造船工人又怎样呢?他船上用的罗盘器械的制造工人又怎样呢?他所读的书的著作者又怎样呢?……举这一条例,已可见"三不朽"的界限含糊不清了。

因为要补足这三层缺点,所以我想提出第三种不朽论来请大家讨论。我一时想不起别的好名字,姑且称他做"社会的不朽论"。

### 三、社会的不朽论

社会的生命,无论是看纵剖面,是看横截面,都像一种有机的组织。从纵剖面看来,社会的历史是不断的;前人影响后人,后人又影响更后人;没有我们的祖宗和那无数的古人,又那里有今日的我和你?没有今日的我和你,又那里有将来的后人?没有那无量数的个人,便没有历史,但是没有历史,那无数的个人也决不是那个样子的个人。总而言之,个人造成历史,历史造成个人。从横截面看来,社会的生活是交互影响的:个人造成社会,社会造成个人;社会的生活全靠个人分功合作的生活,但个人的生活,无论如何不同,都脱不了社会的影响;若没有那样这样的社会,决不会有这样那样的我和你;若没有无数的我和你,社会也决不是这个样子。来勃尼慈(Leibniz)[1]说得好:

[1] 来勃尼慈:今作莱布尼茨(1646—1716),德国哲学家、科学家,是亚里士多德之后的百科全书式学者。除哲学与科学著作外,还撰有《中国新事萃编》、《论中国人的自然神学》等论著。

> 这个世界乃是一片大充实(Plenum,为真空 Vacuum 之对),其中一切物质都是接连着的。一个大充实里面有一点变动,全部的物质都要受影响,影响的程度与物体距离的远近成正比例。世界也是如此。每一个人不但直接受他身边亲近的人的影响,并且间接又间接地受距离很远的人的影响。所以世间的交互影响,无论距离远近,都受得着的。所以世界上的人,每人都受着全世界一切动作的影响。如果他有周知万物的智慧,他可以在每人的身上看出世间一切施为,无论过去未来都可看得出,在这一个现在里面便有无穷时间空间的影子。(见 Monadology 第六十一节)

从这个交互影响的社会观和世界观上面,便生出我所说的"社会的不朽论"来。我这"社会的不朽论"的大旨是:

> 我这个"小我"不是独立存在的,是和无量数小我有直接或间接的交互关系的;是和社会的全体和世界的全体都有互为影响的关系的;是和社会世界的过去和未来都有因果关系的。种种从前的因,种种现在无数"小我"和无数他种势力所造成的因,都成了我这个"小我"的一部分。我这个"小我",加上了种种从前的因,又加

上了种种现在的因传递下去,又要造成无数将来的"小我"。这种种过去的"小我",和种种现在的"小我",和种种将来无穷的"小我",一代传一代,一点加一滴;一线相传,连绵不断;一水奔流,滔滔不绝——这便是一个"大我"。"小我"是会消灭的,"大我"是永远不灭的。"小我"是有死的,"大我"是永远不死,永远不朽的。"小我"虽然会死,但是每一个"小我"的一切作为,一切功德罪恶,一切语言行事,无论大小,无论是非,无论善恶,一一都永远留存在那个"大我"之中。那个"大我",便是古往今来一切"小我"的纪功碑,彰善祠,罪状判决书,孝子慈孙百世不能改的恶谥法。这个"大我"是永远不朽的,故一切"小我"的事业,人格,一举一动,一言一笑,一个念头,一场功劳,一桩罪过,也都永远不朽。这便是社会的不朽,"大我"的不朽。

那边"一座低低的土墙,遮着一个弹三弦的人"。那三弦的声浪,在空间起了无数波澜;那被冲动的空气质点,直接间接冲动无数旁的空气质点;这种波澜,由近而远,至于无穷空间;由现在而将来,由此刹那以至于无量刹那,至于无穷时间——这已是不灭不朽了。那时间,那"低低的土墙"外边来了一位诗人,听见那三弦的声音,忽然起了一个念头;由这一个念头,就成了一首好诗;这首好诗传诵了许多人;人读了这诗,各起种种念头;由这种种念头,更发生无量数的念头,更发生无数的动作,以至于无穷。然而那"低低的土墙"里面那个弹三弦的人又如何知道他所发生的影响呢?

一个生肺病的人在路上偶然吐了一口痰。那口痰被太阳晒干了,化为微尘,被风吹起空中,东西飘散,渐吹渐远,至于无穷时间,至于无穷空间。偶然一部分的病菌被体弱的人呼吸进去,便发生肺病,由他一身传染一家,更由一家传染无数人家。如此辗转传染,至于无穷空间,至于无穷时间。然而那先前吐痰的人的骨头早已腐烂了,他又如何知道他所种的恶果呢?

一千五六百年前有一个人叫做范缜说了几句话道:"神之于形,犹利之于刀;未闻刀没而利存,岂容形亡而神在?"这几句话在当时受了无数人的攻击。到了宋朝,有个司马光把这几句话记在他的《资治通鉴》里。一千五六百年之后,有一个十一岁的小孩子——就是我,——看《通鉴》到这几句话,心里受了一大感动,后来便影响了他半生的思想行事。然而那说话的范缜早已死了一千五百年了!

二千六七百年前,在印度地方有一个穷人病死了,没人收尸,尸首暴露在路上,已腐烂了。那边来了一辆车,车上坐着一个王太子,看见了这个腐烂发臭的死人,心中起了一念;由这一念,辗转发生无数念。后来那位王太子把王位也抛了,富贵也抛了,父母妻子也抛了,独自去寻思一个解脱生老病死的方法。后来这位王子便成了一个教主,创了一种哲学的宗教,感化了无数人。他的影响势力至今还在;将来即使他的宗教全灭了,他的影响势力终久还存在,以至于无穷。这可是那腐烂发臭的路毙所曾梦想到的吗?

以上不过是略举几件事,说明上文说的"社会的不朽","大我的不朽"。这种不朽论,总而言之,只是说个人的一切功德罪恶,一切言语行事,无论大小好坏,一一都留下一些影响在那个"大我"之中,一一都与这永远不朽的"大我"一同永远不朽。

上文我批评那"三不朽论"的三层缺点:(一)只限于极少数的人,(二)没有消极的裁制,(三)所说"功、德、言"的范围太含糊了。如今所说"社会的不朽",其实只是把那

"三不朽论"的范围更推广了。既然不论事业功德的大小,一切都可不朽,那第一、第三两层短处都没有了。冠绝古今的道德功业固可以不朽,那极平常的"庸言庸行",油盐柴米的琐屑,愚夫愚妇的细事,一言一笑的微细,也都永远不朽。那发见美洲的哥伦布固可以不朽,那些和他同行的水手火头,造船的工人,造罗盘、器械的工人,供给他粮食衣服银钱的人,他所读的书的著作家,生他的父母,生他父母的父母祖宗,以及生育训练那些工人商人的父母祖宗,以及他以前和同时的社会……都永远不朽。社会是有机的组织,那英雄伟人可以不朽,那挑水的、烧饭的,甚至于浴堂里替你擦背的,甚至于每天替你家掏粪倒马桶的,也都永远不朽。至于那第二层缺点,也可免去。如今说立德不朽,行恶也不朽;立功不朽,犯罪也不朽;"流芳百世"不朽,"遗臭万年"也不朽;功德盖世固是不朽的善因,吐一口痰也有不朽的恶果。我的朋友李守常先生说得好:"稍一失脚,必致遗留层层罪恶种子于未来无量的人——即未来无量的我——永不能消除,永不能忏悔。"[1]这就是消极的裁制了。

[1] 语出李大钊文《"今"》。李大钊,字守常。

中国儒家的宗教提出一个父母的观念,和一个祖先的观念,来做人生一切行为的裁制力。所以说,"一出言而不敢忘父母,一举足而不敢忘父母。"[1]父母死后,又用丧礼祭礼等等见神见鬼的方法,时刻提醒这种人生行为的裁制力。所以又说:"斋明盛服,以承祭祀,洋洋乎如在其上,如在其左右。"[2]又说:"斋三日,则见其所为斋者;祭之日,入室,僾然必有见乎其位;周还出户,肃然必有闻乎其容声;出户而听,忾然必有闻乎其叹息之声。"[3]这都是"神道设教"、见神见鬼的手段。这种宗教的手段在今日是不中用了。还有那种"默示"的宗教,神权的宗教,崇拜偶像的宗教,在我们心里也不能发生效力,不能裁制我们一生的行为。以我个人看来,这种"社会的不朽"观念很可以做我的宗教了。我的宗教的教旨是:

[1] 语出书《礼记正义》卷四十八。
[2] 语出书《礼记正义》卷五十二。
[3] 语出书《礼记正义》卷四十七。

我这个现在的"小我",对于那永远不朽的"大我"的无穷过去,须负重大的责任,对于那永远不朽的"大我"的无穷未来,也须负重大的责任。我须要时时想着,我应该如何努力利用现在的"小我",方才可以不辜负了那"大我"的无穷过去,方才可以不遗害那"大我"的无穷未来?

(跋)这篇文章的主意是民国七年年底当我的母亲丧事里想到的。那时只写成一部分,到八年二月十九日方才写定付印。后来俞颂华先生在报纸上指出我论社会是有机体一段很有语病,我觉得他的批评很有理,故九年二月间我用英文发表这篇文章时,我就把那一段完全改过了。十年五月,又改定中文原稿,并记作文与修改的缘起于此。

(原载1919年2月15日《新青年》第6卷第2号)
【选自《胡适文存》,首都经济贸易大学出版社,2013年版】

**【赏析】**

在中国新文化启蒙之初，胡适以深醇的传统之学为根基，并取得风气之先西学的精华，主张革新中国文化，对人生和社会问题的哲理探讨当然也在其中。《不朽——我的宗教》正是胡适论说人生价值的一篇佳作。

"五四"新文化运动的巨大价值之一即在于对旧思想、旧文化的冲击，加之人生价值是无数前人无数次讨论过的问题，所以文章在开头略加过渡后，即剖析传统不朽说的代表之一"神不灭论"，并用现代实验主义的方法来论证其虚无幻灭与缥缈失根。而《左传》所说的"三不朽"则有其相当的合理性，尽管如此，"三不朽"说也有其不足，所以作者顺势由"破"入"立"，提出"社会的不朽论"之说。生而为人，念过往，思将来，似乎是不言自明的人生命题。大德高人于此尤有紧迫感。人生不过百年，其迅疾如白驹过隙，多少的风流都被雨打风吹去。如何像一滴水拥抱大海一样获得永恒的生命与活力，如何像一秒钟汇入历史一样成为永恒的一部分，这或许是每个人都曾考虑过的问题，这与作者提醒读者要体认的"不朽"的内涵直接关联，是人之心、志的终极追求。对于"社会的不朽论"，作者以常用的举例论证方法，确例与泛例相结合，先总后分，再行绾结，突出重点。对大事与小事、个人与社会、大我与小我的辩证关系进行了鞭辟入理的分析，逻辑严密，丝丝入扣。全文字里行间流淌着自由之思想、坚定之信念及不凡之识见。

## 中国文化与文艺天地（节选）
### ——论评施耐庵《水浒传》及金圣叹批注

钱 穆

犹忆余之幼年，在十岁十一岁时，尚不知有《离骚》《庄子》《史记》杜诗，然亦能读《三国演义》《水浒传》。其时是前清光绪之末，方在一小学堂读书。有一顾先生，从无锡县城中来，教国文，甚得诸生敬畏。学堂中有一轩，长窗落地，窗外假山小池，杂花丛树，极明净幽茜之致。顾先生以此轩作书斋，下午课后，酒一卮，花生一堆，小碟两色，桌上摊一书，顾先生随酌随阅。诸生环绕，窥其书，大字木刻，书品庄严，在诸生平时所见五经四书之上。细看其书名则为《水浒》。诸生大诧异，群问《水浒》乃闲书小说，先生何亦阅此，并何得有此木刻大字之本。顾先生哂曰："汝曹不知，何多问为。"诸生因言有一年幼小学生某，能读此书，当招来，先生试一问。于是招余往书斋。顾先生问："汝能读《水浒》，然否？"余点首。先生又问："汝既能读，我试问汝，汝能答否？"余默念读此书甚熟，答亦何难，因又点首。先生随问，余随答。不数问，顾先生曰："汝读此书，只读正文大字，不曾读小字，然否？"余大惊汗出，念先生何知余之私秘，则亦仍只有点首。先生曰："不读小字，等如未读，汝归试再读之。"余大羞惭而退。归而读《水浒》中小字，乃始知有金圣叹之批注。

自余细读圣叹批，乃知顾先生言不虚，余以前实如未曾读《水浒》，乃知读书不易，读得此书滚瓜烂熟,还如未尝读。但读圣叹批后,却不喜再读余外之闲书小说,以为皆莫如《水浒》佳,皆不当我意,于是乃进而有意读《庄子》《离骚》《史记》杜诗诸才子书。于是又进而读贯华堂所批唐诗与古文。其时余年已近廿岁,却觉得圣叹所批古文亦不佳,亦无当我意。其批唐诗,对我有启发,然亦不如读其批《水浒》,使我神情兴奋。于是乃益珍重其所批之《水浒》,试再翻读,一如童年时,每为之踊跃鼓舞。于是知一人之才亦有限,未必每著一书必佳。

余因照圣叹批《水浒》者来读古文。其有关大脉络大关键处且不管,只管其字句小节。如《水浒》第六回:

> 只见智深提着铁禅杖,引着那二三十个破落户,大踏步抢入庙来,林冲见了,叫道,师兄那里去。

圣叹批:

> 看此一句,便写得鲁达抢入得猛,宛然万人辟易,林冲亦在半边也。

我因圣叹这一批,却悟得《史记·鸿门宴》:

> 张良至军门见樊哙,樊哙曰:今日之事何如?良曰:甚急。

照理应是张良至军门,急待告樊哙,但樊哙在军门外更心急,一见张良便抢口先问,正犹如鲁智深抢入庙来,自该找林冲先问一明白,但抢入得猛,反而林冲像是辟易在旁,先开口问了智深。把这两事细细对读,正是相反相映,各是一番绝妙的笔墨。

又如《水浒》第六十一回:

> 李固和贾氏也跪在侧边。

圣叹批道:

> 俗本作贾氏和李固,古本作李固和贾氏。夫贾氏和李固者,犹似以尊及彼,是二人之罪不见也。李固和贾氏者,彼固俨然如夫妇焉,然则李固之叛,与贾氏之淫,不言而自见也。先贾氏,则李固之罪不见,先李固,则贾氏之罪见,此书法也。

我年幼时读至此,即知叙事文不易为,即两人名字换了先后次序乃有如许意义不同。后读《史记·赵世家》:

> 于是召赵武程婴,遍拜诸将。遂反与程婴赵武攻屠岸贾。

此即在两句一气紧接中,前一句称赵武程婴,因晋景公当时所欲介绍见诸将者,自以赵孤儿为主,故武当先列。后一句即改称程婴赵武,因赵武尚未冠成人,与诸将同攻屠岸贾,主其事者为程婴,非赵武,故婴当先列。可见古人下笔,不苟如此。《水浒》虽易读,然亦有此等不苟处。若非我先读圣叹批,恐自己智慧尚见不及此等不苟之所在。

又《水浒》第六十回:

> 贾氏道,丈夫路上小心,频寄书信回来。说罢,燕青流涕拜别。

圣叹批道：

>   写娘子昨日流涕，今日不流涕也。却恐不甚明显，又突地紧接燕青流涕以形击之，妙笔妙笔。

又第五十九回：

>   饮酒之间，忽起一阵狂风，正把晁盖新制的认军旗半腰吹折，众人见了尽皆失色。

圣叹批道：

>   大书众人失色，以见宋江不失色也。不然者，何不书宋江等众人五字也。

后读韩退之《张中丞传后序》：

>   云因拔所佩刀，断一指，血淋漓，以示贺兰。一座大惊，皆感激为云泣下。云知贺兰终无为云出师意，即驰去。

乃知此处一座大惊，正是映照出贺兰进明一人不惊，只看下面云知贺兰终无出师意一句自可见。

以上随手举例，都是我在二十岁前后，由圣叹批《水浒》进而研读古文辞之片段心得。到今五十多年，还能记忆不忘。正如圣叹所说："自记十一岁读《水浒》后，便有于书无所不窥之势。"我亦自十一岁读了圣叹批《水浒》，此下也开了我一个于书有无所不窥之势。益信圣叹教我不虚，为我开一条欣赏古书之门径，但此后书渐渐读多了，《水浒》便搁置一旁，金圣叹也连带搁置一旁，只备我童时一回忆而已。然自新文学运动浪潮突起，把文学分成了死的和活的，我不免心有不平。在我心中，又更时时想念到圣叹批《水浒》。有人和我谈及新文学，我常劝他何不一读圣叹批《水浒》。然而风气变了，别人不易听我劝说。金圣叹在近代爱好文学者心底，逐渐褪色，而终于遗弃。金圣叹的论调，违反了时代潮流，他把通俗化大众化的白话的新的活文学，依附到古典的陈旧的死文学队伍中去，而不懂得在它们中间划出一条鲜明的界线。而且又提出一难字，创作难，欣赏亦难，此一层，更不易为近代潮流所容受。依近代人观点，《水浒》当然还当划在活文学之内，而金圣叹则因观念落伍，虽在他身后三百年来，亦曾活跃人间，当时读《水浒》则必读圣叹批，连我童年老师顾先生还如此般欣赏，而此刻则圣叹批已成死去。最近在坊间要觅一部圣叹批的《水浒》，已如沧海捞珠，渺不易得。文学寿命，真是愈来愈短了。一部文学作品，要能经历三十年，也就够满意了。余之追忆，则如白头宫女，闲话天宝遗事。六十年前事恍如隔世，更何论于三百年。然而文章寿命既如此其短促，乃欲期求文化寿命之悠久而绵长，此亦大值深作思考之事。爰述所感，以供当代从事文学工作者之研究。

【选自钱穆《中国文学论丛》，三联书店，2002年版】

## 【赏析】

本文"论评施耐庵《水浒传》及金圣叹批注"，主标题却是《中国文化与文艺天地》，显然是将其置于中国文化这一大背景中加以考察。钱先生的高明之处正在于通过具体小说之例,以论证文艺天地是中国文化最主要的成分。"若使在中国文化中抽去了文艺天地,中国文化将会见其陷于干枯,失去灵动,而且亦将使中国文化失却其真生命之渊泉所在"。本选文即出自于该篇第一部分"活文学与死文学"之中。钱先生认为:"文学当论好坏,不当论死活。凡属存在到今,成为一种文学的,则莫非是活的。其所以为活的,则正因其是好的。为何说它是好的,此则贵有能鉴别与欣赏的人。"由此引出鉴别与欣赏的问题,引出金圣叹,并说"他把《西厢》《水浒》和《离骚》《庄子》《史记》、杜诗同列为才子必读书,那即是说这些都是好文学"。

  选文中首先描绘出一个温馨的教书学习画面,通过诸生之"窥其书"发见木刻大字本《水浒》;诸生大诧异,因言"我"能读此书,即招来试问。顾先生随问,"我"随答。当先生说出"汝读此书,只读正文大字,不曾读小字","我"大惊汗出。先生说"不读小字,等如未读"。于是他归而读之,乃始知有金圣叹之批注。细读圣叹批,乃知读书不易。比较圣叹之批六才子书及其他书,亦惟《水浒》为佳,"使我神情兴奋","每为之踊跃鼓舞"。读金圣叹批《水浒》,给钱先生最大的收获便是读书之法,人人看得见的"有关大脉络大关键处且不管,只管其字句小节"。于是随手举例由圣叹批《水浒》进而研读古文辞之片段心得,以《水浒》原文、圣叹批、相关古文之次第列出,细细对读分析,相反相映,无不精当。钱先生感慨圣叹批所揭示的为文书法,感叹"古人下笔,不苟如此","益信圣叹教我不虚,为我开一条欣赏古书之门径"。接着联系"新文学运动浪潮突起,把文学分成了死的和活的,我不免心有不平",复回到正题。

  金圣叹自有《读第五才子书法》一篇,昌言"大凡读书,先要晓得作书之人是何心胸",且云"《水浒传》章有章法,句有句法,字有字法。人家子弟稍识字,便当教令反复细看,看得《水浒传》出时,他书便如破竹"。这是教人如何读书,如何通过"读破"《水浒传》而掌握读书方法,其意义不浅。金人元好问亦曾有感于作者为文的苦心与阅读的浮躁,其《与张仲杰郎中论文》指出"文章出苦心,谁以苦心为?正有苦心人,举世几人知?……文须字字作,亦要字字读"。大凡文章皆作者苦心所为,字字作,作文之苦,苦辣酸甜,唯有为文者体验深刻。而就阅读言,作文一如国手弈棋,看起来像是漫不经意,但其胸中自有乾坤,布局谋篇,环环相扣。所以读者必须着着看、字字读,否则就无异于"以管窥天",管中窥豹。字字读,是教人精读,领悟要领,加深对书的理解。注重细节,用心体会,"以心会心",这样每读一次都会给人的感受不一样。世上难道只有通晓音乐的师旷与夔能闻弦知曲?字字读,我们也能达此境界,领略书的精神实质。元好问说"今人诵文字,十行夸一目",浮光掠影,走马观花,所谓"一目十行,十行俱下",对于阅读经典,实在是莫大的讽刺。如此读书,恰似鼻塞者不识香臭之味,瞽视者不辨红绿之色!

  钱穆先生,中国学术界尊之为"一代宗师",著述十分丰厚,专著即达80种以上。就此文来说,不仅点出读书之法,值得我们深入领会学习,而且,大家之笔,大处着眼,以小见大,小题大做的学术研究方法对我们也有重要的启发与借鉴意义。

## "慢慢走,欣赏啊!"
### ——人生的艺术化

朱光潜

一直到现在,我们都是讨论艺术的创造与欣赏。在收尾这一节中,我提议约略说明艺术和人生的关系。

我在开章明义时就着重美感态度和实用态度的分别,以及艺术和实际人生之中所应有的距离,如果话说到这里为止,你也许误解我把艺术和人生看成漠不相关的两件事。我的意思并不如此。

人生是多方面而却相互和谐的整体,把它分析开来看,我们说某部分是实用的活动,某部分是科学的活动,某部分是美感的活动,为正名析理起见,原应有此分别;但是我们不要忘记,完满的人生见于这三种活动的平均发展,它们虽是可分别的而却不是互相冲突的。"实际人生"比整个人生的意义较为窄狭。一般人的错误在把它们认为相等,以为艺术对于"实际人生"既是隔着一层,它在整个人生中也就没有什么价值。有些人为维护艺术的地位,又想把它硬纳到"实际人生"的小范围里去。这般人不但是误解艺术,而且也没有认识人生。我们把实际生活看作整个人生之中的一片段,所以在肯定艺术与实际人生的距离时,并非肯定艺术与整个人生的隔阂。严格地说,离开人生便无所谓艺术,因为艺术是情趣的表现,而情趣的根源就在人生;反之,离开艺术也便无所谓人生,因为凡是创造和欣赏都是艺术的活动,无创造、无欣赏的人生是一个自相矛盾的名词。

人生本来就是一种较广义的艺术。每个人的生命史就是他自己的作品。这种作品可以是艺术的,也可以不是艺术的,正犹如同是一种顽石,这个人能把它雕成一座伟大的雕像,而另一个人却不能使它"成器",分别全在性分与修养。知道生活的人就是艺术家,他的生活就是艺术作品。

过一世生活好比做一篇文章。完美的生活都有上品文章所应有的美点。

第一,一篇好文章一定是一个完整的有机体,其中全体与部分都息息相关,不能稍有移动或增减。一字一句之中都可以见出全篇精神的贯注。比如陶渊明的《饮酒》诗本来是"采菊东篱下,悠然见南山",后人把"见"字误印为"望"字,原文的自然与物相遇相得的神情便完全丧失。这种艺术的完整性在生活中叫做"人格"。凡是完美的生活都是人格的表现。大而进退取与,小而声音笑貌,都没有一件和全人格相冲突。不肯为五斗米折腰向乡里小儿,是陶渊明的生命史中所应有的一段文章,如果他错过这一个小节,便失其为陶渊明。下狱不肯脱逃,临刑时还叮咛嘱咐还邻人一只鸡的债,是苏格拉底的生命史中所应有的一段文章,否则他便失其为苏格拉底。这种生命史才可以使人把它当作一幅图画去惊赞,它就是一种艺术的杰作。

其次,"修辞立其诚"是文章的要诀,一首诗或是一篇美文一定是至性深情的流露,存于中然后形于外,不容有丝毫假借。情趣本来是物我交感共鸣的结果。景物变动不居,情趣亦自生生不息。我有我的个性,物也有物的个性,这种个性又随时地变迁而生长发展。每人在某一时会所见到的景物,和每种景物在某一时会所引起的情趣,都有它的特殊性,断不容与另一人在另一时会所见到的景物,和另一景物在另一时会所引起的情趣完全相同。毫厘之差,微妙所在。在这种生生不息的情趣中我们可以见出生命的造化。把这种生命流露于语言文字,就是好文章;把它流露于言行风采,就是美满的生命史。

文章忌俗滥,生活也忌俗滥。俗滥就是自己没有本色而蹈袭别人的成规旧矩。西施患心病,常捧心颦眉,这是自然的流露,所以愈增其美。东施没有心病,强学捧心颦眉的姿态,只能引人嫌恶。在西施是创作,在东施便是滥调。滥调起于生命的干枯,也就是虚伪的表现。"虚伪的表现"就是"丑",克罗齐已经说过。"风行水上,自然成纹",文章的妙处如此,生活的妙处也是如此。在什么地位,是怎样的人,感到怎样情趣,便现出怎样言行风采,叫人一见就觉其谐和完整,这才是艺术的生活。

俗语说得好:"惟大英雄能本色",所谓艺术的生活就是本色的生活。世间有两种人的生活最不艺术,一种是俗人,一种是伪君子。"俗人"根本就缺乏本色,"伪君子"则竭力遮盖本色。朱晦庵有一首诗说:"半亩方塘一鉴开,天光云影共徘徊。问渠哪得清如许?为有源头活水来。"艺术的生活就是有"源头活水"的生活。俗人迷于名利,与世浮沉,心里没有"天光云影",就因为没有源头活水。他们的大病是生命的干枯。"伪君子"则于这种"俗人"的资格之上,又加上"沐猴而冠"的伎俩。他们的特点不仅见于道德上的虚伪,一言一笑、一举一动,都叫人起不美之感。谁知道风流名士的架子之中掩藏了几多行尸走肉?无论是"俗人"或是"伪君子",他们都是生活中的"苟且者",都缺乏艺术家在创造时所应有的良心。像柏格森所说的,他们都是"生命的机械化",只能作喜剧中的角色。生活落到喜剧里去的人大半都是不艺术的。

艺术的创造之中都必寓有欣赏,生活也是如此。一般人对于一种言行常欢喜说它"好看"、"不好看",这已有几分是拿艺术欣赏的标准去估量它。但是一般人大半不能彻底,不能拿一言一笑、一举一动纳在全部生命史里去看,他们的"人格"观念太淡薄,所谓"好看"、"不好看"往往只是"敷衍面子"。善于生活者则彻底认真,不让一尘一芥妨碍整个生命的和谐。一般人常以为艺术家是一班最随便的人,其实在艺术范围之内,艺术家是最严肃不过的。在锻炼作品时常呕心呕肝,一笔一划也不肯苟且。王荆公作"春风又绿江南岸"一句诗时,原来"绿"字是"到"字,后来由"到"字改为"过"字,由"过"字改为"入"字,由"入"字改为"满"字,改了十几次之后才定为"绿"字。即此一端可以想见艺术家的严肃了。善于生活者对于生活也是这样认真。曾子临死时记得床上的席子是季路的,一定叫门人把它换过才瞑目。吴季札心里已经暗许赠剑给徐君,没有实行徐君就已死去,他很郑重地把剑挂在徐君墓旁树上,以见"中心契合死生不渝"的风谊。像这一类的言行看来虽似小节,而善于生活者却不肯轻易放过,正犹如诗人不肯轻易放过一字一句一样。小节如此,大节更不消说。董狐宁愿断头不肯掩盖史实,夷齐饿死不愿降周,

这种风度是道德的也是艺术的。我们主张人生的艺术化，就是主张对于人生的严肃主义。

艺术家估定事物的价值，全以它能否纳入和谐的整体为标准，往往出于一般人意料之外。他能看重一般人所看轻的，也能看轻一般人所看重的。在看重一件事物时，他知道执着；在看轻一件事物时，他也知道摆脱。艺术的能事不仅见于知所取，尤其见于知所舍。苏东坡论文，谓如水行山谷中，行于其所不得不行，止于其所不得不止。这就是取舍恰到好处，艺术化的人生也是如此。善于生活者对于世间一切，也拿艺术的口味去评判它，合于艺术口味者毫毛可以变成泰山，不合于艺术口味者泰山也可以变成毫毛。他不但能认真，而且能摆脱。在认真时见出他的严肃，在摆脱时见出他的豁达。孟敏堕甑，不顾而去，郭林宗见到以为奇怪。他说："甑已碎，顾之何益？"哲学家斯宾诺莎宁愿靠磨镜过活，不愿当大学教授，怕妨碍他的自由。王徽之居山阴，有一天夜雪初霁，月色清朗，忽然想起他的朋友戴逵，便乘小舟到剡溪去访他，刚到门口便把船划回去。他说："乘兴而来，兴尽而返。"这几件事彼此相差很远，却都可以见出艺术家的豁达。伟大的人生和伟大的艺术都要同时并有严肃与豁达之胜。晋代清流大半只知道豁达而不知道严肃，宋朝理学又大半只知道严肃而不知道豁达。陶渊明和杜子美庶几算得恰到好处。

一篇生命史就是一种作品，从伦理的观点看，它有善恶的分别，从艺术的观点看，它有美丑的分别。善恶与美丑的关系究竟如何呢？

就狭义说，伦理的价值是实用的，美感的价值是超实用的；伦理的活动都是有所为而为，美感的活动则是无所为而为。比如仁义忠信等等都是善，问它们何以为善，我们不能不着眼到人群的幸福。美之所以为美，则全在美的形象本身，不在它对于人群的效用（这并不是说它对于人群没有效用）。假如世界上只有一个人，他就不能有道德的活动，因为有父子才有慈孝可言，有朋友才有信义可言。但是这个想象的孤零零的人还可以有艺术的活动，他还可以欣赏他所居的世界，他还可以创造作品。善有所赖而美无所赖，善的价值是"外在的"，美的价值是"内在的"。

不过这种分别究竟是狭义的。就广义说，善就是一种美，恶就是一种丑。因为伦理的活动也可以引起美感上的欣赏与嫌恶。希腊大哲学家柏拉图和亚理士多德讨论伦理问题时都以为善有等级，一般的善虽只有外在的价值，而"至高的善"则有内在的价值。这所谓"至高的善"究竟是什么呢？柏拉图和亚理士多德本来是一走理想主义的极端，一走经验主义的极端，但是对于这个问题，意见却一致。他们都以为"至高的善"在"无所为而为的玩索"(disinterested contem-plation)。这种见解在西方哲学思潮上影响极大，斯宾诺莎、黑格尔、叔本华的学说都可以参证。从此可知西方哲人心目中的"至高的善"还是一种美，最高的伦理的活动还是一种艺术的活动了。

"无所为而为的玩索"何以看成"至高的善"呢？这个问题涉及西方哲人对于神的观念。从耶稣教盛行之后，神才是一个大慈大悲的道德家。在希腊哲人以及近代莱布尼兹、尼采、叔本华诸人的心目中，神却是一个大艺术家，他创造这个宇宙出来，全是为着自己要创造，要欣赏。其实这种见解也并不减低神的身分。耶稣教的神只是一班穷叫花子中的一个肯施舍的财主老，而一般哲人心中的神，则是以宇宙为乐曲而要在这种乐曲之中见出和谐的音乐家。这两种观念究竟是哪一个伟大呢？在西方哲人想，神只是一片精灵，他的活动绝对自由而不受限制，至于人则为肉体的需要所限制而不能绝对自由。人愈能脱肉体需求的限制而作自由活动，则离神亦愈近。"无所为而为的玩索"是唯一的自由活动，所以成为最上的理想。

这番话似乎有些玄渺，在这里本来不应说及。不过无论你相信不相信，有许多思想却值得当作一个意象悬在心眼前来玩味玩味。我自己在闲暇时也欢喜看看哲学书籍。老实说，我对于许多哲学家的话都很怀疑，但是我觉得他们有趣。我以为穷到究竟，一切哲学系统也都只能当作艺术作品去看。哲学和科学穷到极境，都是要满足求知的欲望。每个哲学家和科学家对于他自己所见到的一点真理（无论它究竟是不是真理）都觉得有趣味，都用一股热忱去欣赏它。真理在离开实用而成为情趣中心时就已经是美感的对象了。"地球绕日运行"，"勾方加股方等于弦方"一类的科学事实，和《米罗爱神》或《第九交响曲》一样可以摄魂震魄。科学家去寻求这一类的事实，穷到究竟，也正因为它们可以摄魂震魄。所以科学的活动也还是一种艺术的活动，不但善与美是一体，真与美也并没有隔阂。

艺术是情趣的活动，艺术的生活也就是情趣丰富的生活。人可以分为两种，一种是情趣丰富的，对于许多事物都觉得有趣味，而且到处寻求享受这种趣味。一种是情趣干枯的，对于许多事物都觉得没有趣味，也不去寻求趣味，只终日拼命和蝇蛆在一块争温饱。后者是俗人，前者就是艺术家。情趣愈丰富，生活也愈美满，所谓人生的艺术化就是人生的情趣化。

"觉得有趣味"就是欣赏。你是否知道生活，就看你对于许多事物能否欣赏。欣赏也就是"无所为而为的玩索"。在欣赏时人和神仙一样自由，一样有福。

阿尔卑斯山谷中有一条大汽车路，两旁景物极美，路上插着一个标语牌劝告游人说："慢慢走，欣赏啊！"许多人在这车如流水马如龙的世界过活，恰如在阿尔卑斯山谷中乘汽车兜风，匆匆忙忙地急驰而过，无暇一回首流连风景，于是这丰富华丽的世界便成为一个了无生趣的囚牢。这是一件多么可惋惜的事啊！

朋友，在告别之前，我采用阿尔卑斯山路上的标语，在中国人告别习用语之下加上三个字奉赠：

"慢慢走，欣赏啊！"

【选自朱光潜《谈美》，金城出版社，2006年版】

【赏析】

本文是朱光潜《谈美》一书的最后一章，是我国美学史上的重要文献。文章提出的口号"慢慢走，欣赏啊"，是对于生活与艺术关系的著名格言，一直被人们传诵引用。文章提醒人们在人生的道路上不要匆匆忙忙疾驶而过，要懂得慢慢欣赏人生的风景，表达了作者从生活中发掘艺术，将艺术融入生活的美学思想。

要实现"人生的艺术化"，首先必须弄清楚艺术和人生之间的关系。作者认为，艺术和"实际人生"隔了一层，但却关乎整个人生，人生就是一种较广义的艺术，"每个人的生

命史就是他自己的作品"。具体论述中,作者将生活与艺术进行对比印证:好文章是完整的有机体,完美的生活要追求人格的完美;文章要"修辞立其诚",艺术化的人生要本色、至性至情;艺术创造寓有欣赏,生活也是如此;艺术家评估事物的价值,全以能否纳入和谐的整体为标准,而艺术化的人生也是如此。接下来,作者又进一步探讨了善恶与美丑的关系,并认为"'无所为而为的玩索'是唯一的自由活动,所以成为最上的理想",是"至高的美",同时也是"至高的善"。在朱光潜的心目中,"不但善与美是一体,真与美也并没有隔阂",只有真善美三位一体才是"人生的艺术化"的最高境界。

文章将深奥的美学原理和人生理念融汇到古今中外的典故和具体人生事例中,将生命的机械化与人生的情趣化两种人生态度进行多层次的对比论证,旁征博引,连类譬喻,趣味横生。

## 伯罗奔尼撒战争史(第一章节选)

[古希腊]修昔底德

在研究过去的历史而得到我的结论时,我认为我们不能相信传说中的每个细节。普通人常常容易不用批判的方式去接受所有古代的故事——就是对于那些和他们本国有关的故事,他们也是这样。例如,多数雅典人以为被哈摩狄阿斯和阿利斯托斋吞所刺杀的希帕库斯是当时的僭主,而不知道希比亚是庇西斯特拉图的儿子中的最长者和支配者,而希帕库斯和帖撒拉斯只是他的弟弟。

其他希腊人[1]也同样地不但对于记忆模糊的过去,而且对于当代的历史,有许多不正确的猜想。例如,一般人相信斯巴达国王每人有两个表决权,而事实上他们每人只有一个表决权;也有人相信斯巴达人有一个名叫"彼塔那"团的军队。这样的一队兵士是根本没有的。事实上,大多数人不愿意麻烦去寻找真理,而很容易听到一个故事就相信它了。

但是,我相信,我根据上面的证据而得到的结论是不会有很大的错误的。这比诗人的证据更好些,因为诗人常常夸大他们的主题的重要性;也比散文编年史家的证据更好些,因为他们所关心的不在于说出事情的真相而在于引起听众的兴趣[2],他们的可靠性是经不起检查的;他们的题材,由于时间的遥远,迷失于不可信的神话境界中。如果我们考虑到我们是研究古代历史的话,我们可以要求只用最明显的证据,得到合乎情理的正确结论。至于目前这次战争,纵或普通人很容易想到他们所正在进行的战争是所有的战争中最伟大的;同时,当战争完结的时候,他们又回转来对于更古远的事迹感叹欣赏了;但是任何人,只要看到事实的本身,就会知道这次战争是所有的战争中最伟大的一次战争了。

在这部历史著作中,我利用了一些现成的演说词,有些是正在战争开始之前发表的;有些是在战争时期中发表的。我亲自听到的演说词中的确实词句,我很难记得了,从各种来源告诉我的人也觉得有同样的困难;所以我的方法是这样:一方面尽量保持实际上所用词句的一般意义;同时使演说者说出我认为每个场合所要求他们说出的话语来。

关于战争事件的叙述,我确定了一个原则:不要偶然听到一个故事就写下来,甚至也不单凭我自己的一般印象作为根据;我所描述的事件,不是我亲自看见的,就是我从那些亲自看见这些事情的人那里听到后,经过我仔细考核过了的。就是这样,真理还是不容易发现的:不同的目击者对于同一个事件,有不同的说法,由于他们或者偏袒这一边,或者偏袒那一边,或者由于记忆的不完全。我这部历史著作很可能读起来不引人入胜,因为书中缺少虚构的故事。但是如果那些想要清楚地了解过去所发生的事件和将来也会发生的类似的事件(因为人性总是人性)的人,认为我的著作还有一点益处的话,那么,我就心满意足了。我的著作不是只想迎合群众一时的嗜好,而是想垂诸永远的。

[1] 这些被批评的希腊人中间,无疑的,希罗多德也是一个。
[2] 诗人和早期历史家的著作,通常都是通过公开朗诵的方式传达到民众面前的。

【选自修昔底德著,谢德风译《伯罗奔尼撒战争史》,商务印书馆,1960年版】

【赏析】

《伯罗奔尼撒战争史》是古希腊著名史学家修昔底德的作品,全书讲述了以雅典为首的提洛同盟与以斯巴达为首的伯罗奔尼撒联盟之间的一场战争。这场战争几乎涉及整个希腊世界,堪称"古代世界大战"。作为战争的亲历者,修昔底德详细地记录了战争的进程,并分析了战争爆发的原因和背景。修昔底德是西方史学史上第一个提出严格的史料批判原则的人。他认为历史学家不仅是自己所见所闻的记录者,还应是真实信息的提供者。《伯罗奔尼撒战争史》正体现了修昔底德严谨的治学态度和缜密的史学方法,在史料的可信性方面堪称典范,被英国哲学家兼历史学家大卫·休谟盛赞为一切真实的历史的开端。全书分为八卷,结构紧凑合理,有着严密的逻辑性,按时间顺序展开史事,各卷之间又保持着必然的联系。全书文字风格简洁流畅,直率而生动,常用不多的笔墨表达意义深长、情感丰沛的内容,富有哲理和感染力。

# 诗艺(节选)

[古罗马]贺拉斯

要写作成功,判断力是开端和源泉[1]。苏格拉底的文章能够给你提供材料;有了材料,文字也就毫不勉强地跟随而至。如果一个人懂得他对于他的国家和朋友的责任是什么,懂得怎样去爱父兄,爱宾客,懂得元老和法官的职务是什么,派往战场的将领的作用是什么,那么他一定也懂得怎样把这些人物写得合情合理。我劝告已经懂得写什么

的作家到生活中、到风俗习惯中去寻找模型,从那里汲取活生生的语言吧。时常,一出戏因为有许多光辉的思想,人物刻画又非常恰当,纵使它没有什么魅力,没有力量,没有技巧,但是比起内容贫乏,(在语言上)徒然响亮而毫无意义的诗作更能使观众喜爱,使他们流连忘返。

诗神把天才、把完美的表达能力赐给了希腊人;他们别无所求,只求获得荣誉。而我们罗马人从小就长期学习算术,学会怎样把一斤[2]分成一百份。——"阿尔比努斯的儿子,你回答:从五两里减去一两,还剩多少?你现在该会回答了。"[3]"还剩三分之一斤[4]。""好!你将来会管理你的产业了。五两加一两,得多少?""半斤[5]。"——当这种铜锈和贪得的欲望腐蚀了人的心灵,我们怎能希望创作出来的诗歌还值得涂上杉脂,保存在光洁的柏木匣里呢?

[1] Scribendi recti sapere est et principium et fons. 贺拉斯这一名句后成为古典主义作家的信条。句中 sapere 一词或译作"智慧",或译作"判断",或"正确的思考"。作者的意思是:要写得好,首先要知道什么是应该写的、可以写的,什么是不应该写的、不可以写的,以及怎样才写得恰如其分。"适度"、"合理"是作者的基本思想之一。

[2] 罗马人一斤分为十二两,学童要学会怎样用十进位去计算它。

[3] 作者举例说明罗马学童在学校所受的教育。

[4] 即四两。

[5] 即六两。

诗人的愿望应该是给人益处和乐趣,他写的东西应该给人以快感,同时对生活有帮助。在你教育人的时候,话要说得简短,使听的人容易接受,容易牢固地记在心里。一个人的心里记得太多,多余的东西必然溢出。虚构的目的在于引人欢喜,因此必须切近真实;戏剧不可随意虚构,观众才能相信。你不能从刚吃过早餐的拉米亚(Lamia,神话中的女妖)的肚子里取出个活生生的婴儿来。如果是一出毫无益处的戏剧,长老们就会把它驱下舞台,如果这出戏毫无趣味,高傲的青年骑士便会掉头不顾。以文载道,既劝谕读者,又使他喜爱,才能符合众望,这样的作品才能使索西乌斯[1]兄弟赚钱,才能使作者扬名海外,流芳千古。

[1] 索西乌斯(Sosius)二兄弟是罗马著名书商,贺拉斯的作品即由他们销售。

不过,错误总会有的,我们愿意原谅。琴弦上不可能永远弹出得心应手的声调,想要弹个低音,发出来的却时常是个高音。射箭也是如此,不能永远射中瞄准的鹄的。是的,一首诗的光辉的优点如果很多,纵然有少数缺点,我也不加苛责,这是不小心的结果,人天生就是考虑不周全的。如此说来,怎样才算过失呢?就像抄书手,尽管多次警告,还犯同样的错误,那就不可原谅了;又如竖琴师老在那一根弦上弹错,也必然引起讪笑。同样,我认为一个诗人如果总犯错误,那他就是科利勒斯[1]第二:偶尔写出的三两句好诗反倒会使人惊讶大笑。当然,大诗人荷马打瞌睡(写得不精彩)的时候,我也不能忍受;不过,作品长了,瞌睡来袭,也是情有可原的。

[1] 科利勒斯(Choerlius)是亚历山大大帝的随军诗人,每次战争胜利,他都写一部史诗。

诗歌就像图画,有的要近看才能看出它的美,有的要远看;有的放在暗处看最好,有的应放在明处看,不怕鉴赏家锐敏的挑剔;有的只能看一遍,有的百看不厌。

现在我向长公子进一言。虽然令尊教导你(怎样)正确(判断事物),你自己也聪慧多识,但是你千万要记住这句话:世界上确有某些事物犯了平庸的毛病还可以勉强容忍,(例如)中等的律师和讼师纵然不及梅撒拉那样雄辩,纵然不及奥路斯·卡斯凯留斯那样博学,但是他还有一定的价值。唯独诗人若只能达到平庸,无论天、人或柱石[1]都不能容忍。在欢乐的宴会上,乐队如果演奏得不和谐,香膏[2]如果太厚,罂粟子[3]如果配的是撒丁尼亚的蜂蜜,必然大煞风景,宴会没有它们也可以进行;同样,一首诗歌的产生和创作原是要使人心旷神怡,但是它若是功亏一篑不能臻于最上乘,那便等于一败涂地。不会耍弄兵器的人索性不去碰校武场上的军械;不会打球、掷饼、滚环的人索性不去参加这些游戏,反倒不会引起层层围观者的嘲笑,不怕引起非难。但是不会吟诗的人却敢吟诗。有什么不敢的呢?他有自由,他是个自由公民,特别是他很有钱,骑士阶级出身,身上不曾有过任何瑕疵。

　　[1] 罗马习惯,新诗都张贴在书店外面的柱子上,此处实指书店、书商。
　　[2] 用以涂身。
　　[3] 焙烤过的罂粟子算是名贵菜,但所配的蜜味若苦,便煞风景。

你无论说什么、做什么,都不违反米涅尔瓦[1]的意志,你是有这种判断力的,懂得这道理的。但是如果有一天你想写作,就让麦齐乌斯[2],或令尊,或我本人先听听,提出批评,然后把稿子压上九个年头[3],收藏在家里。没有发表的东西,你是可以销毁的;而一言既出,驷马难追。

　　[1] 米涅尔瓦(Minerva),等同于希腊神话中的雅典娜,掌管艺术、科学、智慧的女神。此句意即"违反自然"、"违反理智"。
　　[2] 麦齐乌斯(Maecius),当时的著名批评家。
　　[3] 修改九年。

当人类尚在蒙昧之时,神的通译——圣明的奥菲斯[1]就阻止人类不使屠杀,放弃野蛮的生活,因此传说他能驯服老虎和凶猛的狮子。同样,底比斯城的建造者安菲昂[2],据传说,演奏竖琴,琴声甜美如同恳求,感动了顽石,听凭他摆布。这就是古代(诗人)的智慧,(他们教导人们)划分公私,划分敬渎,禁止淫乱,制定夫妇礼法,建立邦国,铭法于木,因此诗人和诗歌都被看作是神圣的,享受荣誉和令名。其后,举世闻名的荷马和提尔泰欧斯[3]的诗歌激发了人们的雄心,奔赴战场。神的旨意是通过诗歌传达的,诗歌也指示了生活的道路[4];(诗人也通过)诗歌求得帝王的恩宠;最后,在整天的劳动结束后,诗歌给人们带来欢乐。因此,你不必因为(追随)身为竖琴高手的诗与歌之神阿波罗而感觉可羞。

　　[1] 奥菲斯(Orpheus),希腊神话中的著名诗人,他的歌声能感动鸟兽。此处指诗歌、文学的教化作用。
　　[2] 安菲昂(Amphion),宙斯之子,善奏竖琴,建底比斯时石头听了他的琴声,自动砌成

城墙。

[3] 提尔泰欧斯(Tyrtaeus),公元前7世纪的斯巴达诗人,他的诗歌鼓舞过作战中的斯巴达士兵。

[4] 指品达(Pindaros)、西蒙尼德斯(Simonides)、巴库里德斯(Bacchylides)等希腊诗人的颂歌。

有人问:写一首好诗,是靠天才呢,还是靠艺术?我的看法是:苦学而没有丰富的天才,有天才而没有训练,都归无用;两者应该相互为用,相互结合。在竞技场上想要夺得渴望已久的锦标的人,在幼年的时候一定吃过很多苦,经过长期练习,出过汗,受过冻,并且戒酒戒色。在阿波罗节日的音乐竞赛会上的吹箫人,在这以前也经过学习,受过师傅的斥责。今天他可以说:"我写出了惊人的诗篇;让落在后面的人心痒难搔吧;我不屑于落在别人后面,我也不愿承认我没有学过,所以我确实不知道。"[1]

[1] 意谓"我什么都学过,所以什么都会"。全段假想的引语的意思是成功的诗人今天可以说这种话,但是我们不应忘记他过去曾勤学苦练过。

商贩叫卖,招来一大群人买他的整齐的货物;诗人也一样,如果他的田产很多,放出去收利的资财也很多,也可以召唤一批牟利之徒来替他捧场。假设有人有力量大设丰盛的筵席,有力量替家财微薄的穷人作保,有力量把一个纠缠在一场黑暗官司中的人救出来——我的确怀疑像他这样一个有福分的人能不能分辨真朋友、假朋友。假使有这样一个人,你曾经赠过礼物给他,或者你想赠些礼物给他,你千万不可在他高兴头上把他请来听你念你作的诗。他一定会喊道:"妙啊,好啊,正确啊!"他听了会激动得面色苍白,他那充满友情的双目中甚至会凝结出露珠般的眼泪,他会手舞足蹈。出殡的时候雇来的哭丧人的所说所为几乎超过真正从心里感到哀悼的人;同样,假意奉承的人比真正赞美(你的作品)的人表现得更加激动。据说有些国君想要洞察某人,就用一杯连一杯灌醇酒的方法测验他是否可以交友。假如你想写诗,不要让心怀诡诈的狐狸[1]欺骗了你。

[1] 原文作"潜伏在狐狸心中的意念"。指伊索寓言中,狐狸和骄傲的乌鸦的故事。

假如你把任何作品念给克温提里乌斯[1]听,他就会说:"请你改正这一点,还有这一点。"你试图修改了两遍三遍,不成功,你如果对他说你没有办法把它修改得更好了,他就会让你把你的歪诗全部涂掉,拿去重新在铁砧上锤炼。假如你宁愿包庇自己的错误,不去修改,他便不再在你身上多费一句话,不白费功夫了,让你去钟情于你自己,钟情于自己的文章,自封为天下第一去吧。正直而懂道理的人对毫无生气的诗句,一定提出批评;对太生硬的诗句,必然责难;诗句太粗糙,他必然用笔打一条黑杠子;诗句的藻饰太繁缛,他必删去;说得不够的地方,他逼你说清楚;批评你晦涩的字句,指出应修改的地方。他真称得起是个阿里斯塔科斯[2]。他是不会说这种话的:"我何必为一点小事得罪朋友呢?"殊不知一旦这点小事使朋友受人讥笑、遭人咒骂,这点小事便能成了大乱子。

[1] 克温提里乌斯·伐鲁斯(Quintilius Varus),作者的朋友、批评家。

[2] 阿里斯塔科斯(Aristarchus),公元前二世纪亚历山大里亚城的研究荷马史诗的学者,是个著名的严厉批评家。

懂道理的人遇上了疯癫的诗人是不敢去沾染的,连忙逃避,就像遇到患痒病(即癣疥类疾病)的人,或患"富贵病"[1]的人,或患疯痫病或"月神病"[2]的人。只有孩子才冒冒失失地去逗他,追他。这位癫诗人两眼朝天,口中吐出些不三不四的诗句,东游西荡。他像个捕鸟人两眼盯住了一群八哥鸟儿,不提防跌进了一口井里,或一个陷坑里,尽管他高声喊道:"公民们,救命啊!"但是谁也不高兴拉他出来。万一有人高兴去帮助他,悬一根绳子下去,那我便会(对那多事的人)说:"你怎么知道他不是故意落下去,不愿让人帮忙呢?"而且我还要和他讲讲一位西西里的诗人如何毁灭的故事。(这位西西里诗人)恩培多克勒[3]希望人们把他看作不朽的天神,很冷静地跳进了喷火的埃特纳火山口。让诗人们去享受自我毁灭的权利吧。勉强救人无异于杀人。他自杀已不止一次,你把他救出来,他也不会立即成为正常的人,抛弃死爱名气的念头。谁也不明白他为什么要写诗。也许因为他在祖坟上撒过一泡尿,也许因为他惊动了"献牲地"[4],亵渎了神明。总之,他发了疯,像一头狗熊,如果他能够冲破拘束他的笼子的栏杆,他一定朗诵他的歪诗,把内行人和外行人统统吓跑。的确,谁若被他捉住,他一定不放,念到你死为止,像条水蛭,不喝饱血,决不放松你的皮肉。

[1] "富贵病",即黄疸病,用药昂贵,只有富人才治得起,故名。

[2] "月神病",即痴病,古人相信由月神引起。

[3] 恩培多克勒(Empedocles),公元前五世纪的唯物主义哲学家,著有诗体"论自然"的论说。传说他投入埃特纳火山口,以为人们会认为突然消失的他已经成神;后他的一只鞋子被火山喷出外面,事遂暴露。

[4] 凡被雷殛之地,即视为神圣,献羊祀神。渎犯祖宗、神明,罚得吟诗的疯症。

**【选自贺拉斯著《诗艺》,人民文学出版社,2008年版】**

**【赏析】**

本文是古罗马美学家贺拉斯所著《诗艺》的最后一部分。《诗艺》是作者长期创作实践的经验之谈,在欧洲古代文艺学中占据着承前启后的地位,它上承亚里士多德的《诗学》,下开文艺复兴时期文艺理论和古典主义文艺理论之先河。《诗艺》强调了文学的教育作用,提倡内容与形式美的高度统一,对十六至十八世纪的文学创作,尤其对于戏剧与诗歌的创作,具有深远的影响。

这里所节选部分主要谈论文学创作问题。贺拉斯特别强调判断在创作中的作用,一个作家要能判断什么该写、什么不该写;他强调了文学的开化作用和教育作用,文学要起教育的效果,必须寓教诲于娱乐,不仅要内容好,而且艺术也要高超,语言要精练,允许虚构,以便引人入胜;为了引人入胜,形式(包括语言)必须仔细琢磨,必臻上乘而后已,错误难免,但诗歌最忌平庸;天才固然重要,但必须与刻苦的功夫相结合,而刻苦功夫更加重要,写成之后要反复修改,才能避免平庸,达到形式的完美。贺拉斯强调教诲与娱乐的结合,可以理解为思想性与艺术性的结合,即所谓"美善相乐",对于今天的文艺创作极具启示意义。

# 人格的世界

[印度]泰戈尔

"夜像它白昼母亲刚生出来的黑暗孩子。亿万星宿围绕在它的摇篮周围,静静地站在那里,守护着它,唯恐它惊醒过来。"

我准备就这样一直写下去,然而我被朝我微笑的科学打断了。她反对我关于星球是静止的说法。

倘若那是一个错误,那么不能归咎于我,而应归咎于那些星宿自己。它们确确实实地是静止的,那是一个不能辩争的事实。

但是科学要辩争,这是她的习惯。她说:"当你认为星宿是静止的时候,只是说明你离它们太远罢了。"

我的回答是现成的,当你说那些星宿在运动的时候,只是说明你离它们太近罢了。

科学为我的轻率而感到惊讶。

然而我坚持我的立场,并且我要说,倘若科学有自由站在近的一边来攻击远的一边,那么她就不能责备我站在远的一边来质问这近处的真实性如何。

科学确信近距离的观察是最可靠的观察。

然而我怀疑她的看法是否前后一致。因为,当我相信我脚下的大地是平坦的时候,她纠正我说,近距离的观察不是正确的观察,为了达到完全的真理,必须从远距离去看。

我是愿意同意她的看法的。因为我们太近的观察是一种以自我为中心的观察,这样的观察是片面的和孤立的——而当我们远距离观察事物时我们就会发现,这样的观察,才是全面的和连续的,难道不是这样吗?

倘若科学完全相信距离是可靠的,那么她必须放弃关于星球是非静止的迷信。我们这些大地的子女们从读夜校之日起,就把世界当作整体来看待了。我们的大师知道,全面地观察宇宙,对我们的视力来说就像观察正午的太阳那样可怕,我们必须透过一块烟色玻璃去看它。仁慈的自然在我们的眼前挡上这夜和距离的烟色玻璃。那么我透过它看到了什么?我们看到这星宿世界是静止的。因为我们在星宿彼此间的联系中来看它们,因此它们显现在我们面前的,如同挂在某位静默神灵颈上的一串宝石项链。然而天文学家像一个淘气的孩子,从那项链上摘下一颗星来,于是我们发现这颗星在滚动。

困难在于确定应该相信谁。星宿世界的证据是简单的。你只要抬起双眼看看它们的表面,你就会相信它们。它们并没有向你提供完满无缺的论证,然而对我的思想来说,那是最可信赖的证据。倘若你拒绝相信它们,它们也不会伤心断肠。可是,倘若这些星宿中的某一个单独从宇宙的讲台上落下来,在数学的耳边窃窃私语,告知它的信息,那么我们就会发现一切都变了样。

因此,让我们大胆地宣布,这两种事实对于星宿来说都同样正确。让我们说,它们

附录　精读文选及赏析

在远方是不运动的,而它们在近处是运动的。在星宿与我的一种关系中,它们确实是静止的,而在另一种关系中它们确实又是运动的。远和近是两位不同事实的守门人,然而二者都归属于作为它们主人的同一真理。因此,当我们赞成一方而诽谤另一方之时,我们就伤害了包含双方的真理。

关于这真理,《伊莎奥义书》中的圣贤曾说过:"它运动,它不运动。它是远,它是近。"

其意思是,当我们服从近的那部分真理之时,我们看到它在运动。当我们把真理作为一个整体来认识之时,即当我们从远处来探寻真理之时,它就是静止的。正如我们逐章翻阅一本书,这书是运动的,但是一旦我们从整体上来了解这本书时,我们发现它就是静止的,所有章节都保持在它们的相互联系之中。

在存在的奥秘中,有矛盾相遇的一个交汇点;在那里,运动不完全是运动,静止不完全是静止;在那里,思想和形式、内和外得到了统一;在那里,无限变成了有限,却又未丧失它的无限性。如果这个交汇点消逝了,那么万物就都会变成不真实的。

当我透过显微镜看一片玫瑰花瓣时,我看到它比平常占有更大的空间。我越扩张空间,这花瓣就越模糊。这样,在纯粹的无限中它既不是一片玫瑰花瓣,也不完全是他物。只有在那特定一点上,即无限达到有限的一点上,它才成为一片玫瑰花瓣。当我们移动这一点,使它变近或变远,这片玫瑰花瓣就开始成为不真实的了。

关于时间,也同样如此。倘若使用某种魔术,使我在保持原来的时间系统的同时,去打乱它的快慢节奏,使时间缩短。例如让一个月缩成一分钟,那么玫瑰花的花瓣就会以极快速度从它刚一出现的那一点奔向最后消失的那一点,以致我都难以看到它。人们可以确信,在这个世界上,有着其他生物所能知晓的东西,但是,如果它们的时间系统和我们的不相同的话,那么它们的一切对于我们来说都是没有意义的。例如一条狗所嗅到的气味,但由于它们的感觉在时间上与我们的感觉是不同步的,因此,这种现象就不会出现在我们的世界之中。

让我举一个例子。我们听到过有数学天才的人能在极短的时间内解答出算法难题。就数学计算来说,这些数学天才的大脑是在一个不同的时间系统中工作,这个时间系统不仅和我们的时间系统不同,而且和他们自己的生活的其他方面的时间系统也不同。似乎他们思维中的数学部分是生活在彗星中,而其他部分却是这地球的居民。因此,他们的思维飞奔到结果的过程,不仅我们看不到,甚至他们自己也看不到。

众所周知的一个事实是,我们的梦,常常在一个不同于清醒时的时间标准中流动。我们梦眠王国中的50分钟可能相当于我们日常钟表的5分钟。如果可以从清醒时的时间角度来注视这些梦境的话,那么它们就像一列特快火车飞驰而过。或者,如果可以从飞驰的梦境的窗口来观察我们清醒时的缓慢世界的话,那么可以看到它在快速地倒退,远离我们而去。实际上,倘若别人头脑中活动着的思想向我们暴露,我们对其的感知就会和他们自己不同,这是由于精神时间的差别。如果我们能够随心所欲地调整我们的时间焦点,我们将会看到飞瀑静止,而松林却像绿色的尼亚加拉大瀑布一样急速奔驰。

如此说来,这世界就是我们所感知到的那样,这说法几乎是一种陈词老调。我们想象我们的思想是一面镜子,它或多或少地准确反映了我们身外发生的事物。但是,事实并非如此。我们的思想本身是创造的基本要素。在我们感知这世界的同时,它又在时间和空间上不断被创造着。

创造物之所以纷纭多样是由于思想在时间和空间的不同焦点上观察各种现象。当思想在密度很高的空间观察群星的时候,它们是彼此接近并且是不运动的。思想在密度很低的空间观察行星的时候,它们就显得彼此分离并且是运动着的。如果我们有足够的视力能够在一个极为不同的空间里看到一块铁的分子,那么可以看到它们是在运动。但是,由于我们是在各种不同的时间和空间中看事物,因而对我们来说,铁就是铁,水就是水,云就是云。

众所周知的一个心理事实是,通过调节我们的精神状态,似乎改变了事物的性质,原来我们喜悦的东西变成了使我们痛苦的东西,反之亦然。在思想狂喜的状态下,人们用肉体的苦行可以得到愉快。这方面的极端例子就是殉教。殉教被我们看作是高尚的情操,因为我们未曾经验过的这种精神状态在那种思想影响下,不仅使殉教成为可能,而且使它成为我们的一种追求。在印度,很多人都看到过渡火[1],尽管不曾对这种现象进行过科学的调查。关于信仰疗法的效果如何,可能其说不一,各持己见,但是,信仰疗法表现了精神对物质的影响,早在人类历史的曙光出现之时,人们就接受了这个疗法的真理性,并在实际中应用。我们的道德培养方法是以下述事实为基础的:依靠改变我们的精神焦点,改变我们的看法,从而也就改变了整个世界,并且由于事物价值的改变,原有世界也就成了不同的创造物。因此,当一个人作恶的时候,对他来说,有价值的事物,比他从善时的那些无价值的事物更坏。

[1] 渡火:赤脚行走在烙热的石块上的一种宗教仪式。

沃尔特·惠特曼在他的诗里表明了他善于通过改变思想来改变他的世界,使之区别于他人的世界,善于以不同的命题和形式来重新确定事物的意义。他的思想的流动性破坏了那些建立在习俗基础上的事物。因此,他在一首诗中说道:

  我听见对我的攻击,说我要破坏那些组织;
  可我确实既不赞成也不反对那些组织;
  (我和它们到底有什么共同之处——
  抑或它们的毁坏与我又有什么相同之点?)
  我只是想,在你这吗哪啥塔中,并在这些州的每一座城市中,在内地和沿海,
    且在田野和森林中,在大大小小的、航行在水面的各条舟船之上,
  不用高楼大厦,不用规则,不用托管人,也不用任何辩论,
    建设同志们珍贵爱情的这个组织。

那些建造得实实在在的、坚固厚实的组织,在这位诗人的世界里变成了虚幻的东西。它如同一个X光射线的世界,对它来说,世界上不存在任何坚固的东西。另一方面,日常世界中的流动的同志们的爱,尽管它看起来就像天空中飘忽的云彩,不曾在天

空中留下一丝痕迹,但对诗人的世界来说,它比一切组织机构更为稳固。在他看待事物的时间里,山峰像影子一样掠去,而看来是暂时的雨云却是永恒的。在诗人的世界里他感到,这同志们的爱,宛如不需要有坚实基础的浮云,但它又是稳固的、真实的,它不用房屋、规则、托管人或辩论就能建立起来。

像沃尔特·惠特曼这样的诗人,他的思想是在与众不同的时间中运转,他的世界不一定由于错位而化为虚无,因为在他的世界中心存在着他自己的人格。这个世界所有的事实和形状都同这个中心创造力相联,因此它们自然而然地相互联系在一起。他的世界像是群星中的一颗彗星,其运动不同于别的星辰,然而由于这中心人格的力量,便使它具有自己的一致性。它可能是一个大胆的世界,甚至是一个疯狂的世界,沿着无际的轨道,用它那奇特的尾巴扫过去,然而它还是一个世界。

但是,它与科学不同。科学力图全部取消那中心人格,认为这样世界才是世界。科学建立了非人格的、不变动的时空标准,这不是一个创造的标准。因此,在它那致命的撞击中,世界的实在迷乱得如此毫无希望,以至于这实在消失在一个抽象之中,在那里,万物完全变成空无。实际上,世界不是原子,不是分子,也不是放射作用或其他力量,金刚石不是碳,光不是以太的振动。依靠那种肢解观点来沉思,你将永远也不能进入创造的实在。科学不仅剥夺了世界的实在,而且剥夺了神的实在,科学把神放在我们人格联系之外的理性实验室中去分析,然后把结果描述为未知的和不可知的。如果我们完全忽略那些能够而且正在认识神的人,从而得出神是不可知的结论的话,那么这仅仅是一句赘言。这与吃东西的人不在时说食物是不能吃是一样的。那些干巴巴的道德家为了使我们的心灵放弃它们所追求的目标,对我们玩弄同样的诡计。他们不是为我们创造这样一个世界,在这个世界中道德理想找到了理所当然的美的地位;他们是在破坏那虽不完美但却是我们自己建造的世界。他们以道德的格言来代替人格,并通过向我们提出事物消解的观点,来证明事物显现的背后隐藏着恶劣的欺诈。然而,当你被剥夺了事物现象的真实性时,你就失去了事物中最美的那一部分。因为现象是一种人格关系;它是为我的。事物的现象看来是表面的东西,但它带着内在精神的信息,你们的诗人曾说:

  开始我的研究,这第一步便使我欢欣鼓舞,这单纯的事实,意识——这些形式——运动的力。

  这最微小的昆虫或动物——感觉——视觉——爱情;

  我说,这一步使我畏惧,又使我欢欣鼓舞,

  我难以继续前行,

  我不敢奢望继续前行,

  只得停下来,消磨时光,并且用心醉神迷的歌儿赞美它。

科学世界是理性世界。科学有它的伟大、用处和吸引力。我们准备向它表示它应该获得的敬意。然而,当它声称为我们发现了真正的世界并嘲笑一切思想纯朴之人的世界时,我们必须说,它就像一个被权势冲昏头脑的将军,想篡夺他君主的王位。因为

世界的真实性属于人的人格,而不属于理性,尽管理性是有用的、伟大的,但它不是人自身。

如果我们能够完全了解了贝多芬内心的音乐是什么,我们自己也可以成为贝多芬。然而,由于我们不能掌握其奥秘,因而我们可能全然不信任贝多芬在奏鸣曲中的人格要素——尽管我们十分清楚,它的真正价值在于它有力量触到我们自己人格的深处。如果只对在钢琴上演奏的奏鸣曲作一番考察的话,那就过于简单了。我们可以计算键盘上黑键和白键的数目,测量琴弦的相对长度,手指运动的强弱、速度和先后次序,然后扬扬自得地断言:这就是贝多芬的奏鸣曲。不仅如此,我们可以预言无论何时何地,只要我们观察到的情况符合我们上述的经验,同一的奏鸣曲就会准确地出现。总是从这种观点出发来处理奏鸣曲,我们就会忘记人格是这奏鸣曲的本原和目的,手指和琴弦相互之间无论多么准确和有秩序,它们也不能理解这首乐曲的最终实在。有人在比赛的地方,才会有比赛。当然,比赛有它自己的规律,对我们来说分析它、掌握它是有益处的。然而,倘若断定它的实在就在规律之中,那是我们所不能接受的。因为比赛是比赛者所认为的那种东西。比赛的诸方面会随比赛者的性格的变化而变化:有些比赛者的目的在于贪得求利;有的为了获取声誉;有的为了消磨时光;有的为了满足他们的社会本能;也有人纯粹出于好奇心理而研究它的奥秘。虽然比赛有诸多方面,但这比赛的规律却保持不变。因为实在的本性就是它的一致性的多样性。对于我们来说,这世界犹如这种比赛——对我们大家来说它是同一的,然而又是各不相同的。

科学涉及同一性,涉及到规律的透视和颜色的调和,但不涉及到这样一些画面——这些画面是人格的创造,并显现在欣赏它们的那些人的人格面前。科学所做的是将创造的人格排斥于研究领域之外,而把注意力只集中在创造的中介上。

这中介是什么?它是限定的中介,它是无限存在,为了自我表现而放在他面前的东西。它表示自我限定的界限——时间和空间的规律,形式和运动的规律。这规律就是理性,它是普遍的——是引导创造性思维的无尽和谐,是在其不断变化的形式中正确显示自我的理性。

我们个体之心灵是宇宙之心保持和谐颤动的琴弦,它在时空的音乐中回荡。我们心弦的音质、音量和强度互有差异,它们的音调也未达到完美的地步,然而它们的规律同样是宇宙之心的规律,这规律是定音器,永恒的演奏者便在此基础上演奏他所创造的舞曲。

由于我们拥有这精神的乐器,我们也就找到了我们作为创造者的位置。我们不仅创造艺术和社会组织,而且创造我们的内在本质和外部环境,它们的真实性在于它们与这宇宙之心的和谐一致。当然,我们的创造只是神关于宇宙的伟大主题的各种变调。当我们产生不协调的杂声时,它们或是终结在和谐之中,或是终结在静寂之中。作为一个创造者,我们的自由在把它的声音贡献给世界音乐会中得到了最高的乐趣。

科学理解诗人的圣洁,但她不承认无限采取有限之形式的悖论。

在答辩中,除了这种悖论比我还要古老得多以外,我没有其他话可说。这种悖论以存在为根基,它像我意识到这堵墙一样既神秘又简单,它是永难解释的一种奇迹。

让我回到《伊莎奥义书》的圣贤那儿,听听他关于无限和有限矛盾的议论。他说:"那些只忙于认识有限的人们进入了黑暗的区域,那些只忙于认识无限的人们进入了更加黑暗的区域。"

那些为追求有限的认识而追求有限的认识的人们不能发现真理。因为它是一堵死墙,阻挡了它以外的知识。它只是知识的堆积但不能启发照耀。它宛如一盏无光的灯,一把无乐音的提琴。依据测量、称重和点清一本书的页码、分析它的纸张,你是不能认识这本书的。一只好奇的老鼠可能会咬穿钢琴的木架,把所有的琴弦咬断,然而离音乐却越来越远,这就是为追求有限而追求有限。

但是,依据这部"奥义书"所说的,单纯追求无限会走向更深的黑暗。因为绝对的无限是空无。有限倒是有某种东西的,它好像是一本在银行没有帐户的支票簿。然而绝对的无限既没有现金,甚至也没有支票簿。原始人也许是很无知的,他们在生活中确信:每一个苹果是由于个别的难以预料的原因才落在地上的,但是和那个在没有苹果或其他东西落在地上的情况下就沉思引力规律的人相比,他们的无知就算不了什么了。

因此,《伊莎奥义书》在下述诗偈中说:"那个知道有限的认识和无限的认识是合为一体的人,借助对有限的认识,他超越了死亡,借助对无限的认识,他达到永生。"

有限与无限的合一正如歌唱与歌曲的合一。歌唱是不完全的;由于不断的中止,它只得放弃完全的歌曲。而绝对的无限则好似一首没有确定音调的音乐,因而是毫无意义的。

绝对的永恒没有时间性,因而那是没有任何意义的——它仅仅是一个词而已。永恒的实在在于,它在它自身之中包含着所有时间。

因此,《奥义书》说:"那些追求暂时的人们进入了黑暗的区域。然而那些追求永恒的人们进入了更加黑暗的区域。那知道暂时和永恒结合在一起的人,借助暂时越过死亡的台阶,借助永恒达到永生不死。"

我们已经看到,事物的形式及其变化全然没有绝对的真实。它们的真理寓寄于我们的人格中,只有在我们的人格中它才是实在的,而不是抽象的。我们已经看到,如果我们的思想运动在时间和空间中变化了,一座高山和一条瀑布可能会变成其他某物,或对我们来说完全成为虚无。

我们还看到,我们的这个关系世界不是人为的。它既是个别的,又是普遍的。我的世界是我的,它的要素是我的心灵,它整个儿又不同于你的世界。因此,这个实在不是蕴含在我自己个体的人格中,而是蕴含在一个无限的人格中。

然而当我们以规律取而代之的话,那么整个世界就会成为抽象的碎片;于是,这世界就成了要素和力,离子和电子;它失去了它的模样,失去了它的触感和味道;这世界戏剧连同它那美的语言都悄然遁去,音乐沉默了,舞台机械在幽暗中变成了它自己的鬼魂,一个无法想象的空影孤独地站立着,在它面前没有一个观众。与此相关,我再次引用美国诗人——预言者沃尔特·惠特曼的话:

  当我注视着学识渊博的天文学家,
  当证据、数字成群结队地排列在我面前,

当我看到那些图表,综合、分析和对它们的测量,
当我坐在会堂里听着那天文学家滔滔不绝、备受赞扬的讲演时,
立刻会莫名其妙地变得疲倦和厌恶,
直至我站起来踱出门外独自徘徊,
在这神秘的湿润夜空中,我不时抬头仰望,静静地注视着群星。

关于星球的规律可以在教室里用图表解释,而关于星球的诗歌则是在光明与黑暗的汇合点上,通过灵魂与灵魂的默默碰撞产生的,在那里,无限在有限的额头上留下了它的吻痕;在那里,我们可以听到那巨大的创造之琴,通过它那无数的音簧,在不尽的和谐中奏鸣"我是伟大的"的音乐。世界是运动的,这是一个完完全全的事实。(在梵文中世界一词的意思就是"运动中的物体"。)世界的一切形式都是暂时的,然而这仅仅是它消极的一面。在它所有的变易中,世界是一根永恒的、联系的锁链。在一本小说中,句子是连续不断的,但这本书的积极因素是故事中句子之间的联系。这种联系显现了该书作者的意愿人格,这意愿便会与读者的人格产生一种共鸣。倘若这本书是一些无运动、无意义、互不关联的词汇的堆积,那么我们就有理由说,这本书只是个偶然性的作品,在这种情况下,它不会引起读者的人格的反响。同样,对于我们来说,世界的所有变化不仅仅是一个逃遁,而且,它的运动还向我们显示了某种永恒。

为了揭示思想,形式是绝对必需的。然而无限的思想不能在绝对有限的形式中表现出来,因此,形式总在运动和变化,它们必须以它们的死亡去显现那不朽。作为有限的表现必须是确定的,它只能处于它的形式中;同时,作为无限的表现,它必须是不确定的,它只能处于运动中。因此,当世界成形后,它总是在超越它的形;它总是毫不在意地流露出它的意义比它所能包含的还要多的想法。

道德家忧伤摇首地说,这个世界是空。但是,空不是空无——真理就在于空之中。倘若世界保持静寂并成为终极,它将成为孤独事实的牢房,那些事实都丢弃了真理的自由,而这真理是无限的。因此,现代思想家的那些说教只是在下述意义中才是正确的,即万物的意义存在于运动中——因为那意义并非全部存在于事物自身之中,而且也存在于由超出它们之外的其他物体之中。《伊莎奥义书》所说的话就是这个意思。《伊莎奥义书》说,无论是暂时的还是永恒的,单独来说都没有任何意义。只有当我们知道它们处在相互和谐之中时,我们方能借助于这种和谐跨过暂时并实现永恒。

《伊莎奥义书》的教诲说道,由于这世界是无限人格的世界,因此我们生活的目标是与这世界建立完美的、人格的联系。所以《伊莎奥义书》以下列诗偈开篇:"应该知道,在这运动着的世界中,运动着的万物都是由神的无限所掌握的;并享受由神所弃绝的一切,而不欲求其他的东西。"

这就是说,我们应该认识到,世界运动并非全然是盲目的运动,它们是与上帝的意志相联系的。单纯对真理的认识是不完美的,因为它是非人格的。然而欢乐是人格的,且我的欢乐之神是运动的;这神是活跃的;这神是有献身精神的。在这献身行为中无限具备了有限的性质,所以成为真实,于是我能在其中享受欢乐。

在我们理性的熔炉中,现象世界消溶了,我们将其称为虚幻。这是消极的观点。然而我们的欢乐是积极的。一朵花,当我们分析它时,它是无,但当我们欣赏它而感到欢乐之时,它就是一朵花。这种欢乐是真实的,因为它是人格的。完美的真理只有依靠我们的人格才能完美地认识。

因此,奥义书说:"心灵回到了困惑,言语亦是如此。但实现梵之欢乐的人无所畏惧。"

下面是《伊莎奥义书》中有关无限的受动(所)和能动(能)的诗句:"他没有污点,没有身体,因而没有形体的损伤,身体上没有表现力量的器官,他纯正,不与任何邪恶接触,但他无处不在。他是诗人,他是心灵的主宰,他随和,他是自生的,他使一切完美无缺,至于无穷岁月。"

在消极方面梵是静寂的;在积极方面梵在任何时候都是活跃的。他是诗人,他将思想作为乐器,他在有限中显示自我,这种显示出自他的极乐而非出自某些外界的需要。所以,他能在无穷岁月中献身,满足我们的需求。

由此我们找到了我们的理想。永恒的献身是生命的真理。它的完美就是我们生命的完美。我们须得使这生命的一切表现成为我们的诗篇;它一定能充分显示我们无限的灵魂,而不仅仅显示自身并无意义的所有物。我们乐意充分地献身就证实了我们有无限的意识。因此,我们的工作是自制禁欲的过程,那是与我们的生命合而为一的。它就像江河的流动即是河流自身一样。

让我们生活吧,让我们享受真正的生活欢乐吧,那是诗人将自己倾注在他的诗歌中的欢乐。让我们在我们周围的万物中,在我们所做的劳作中,在我们所用的器物中,在我们交往的人们中,在我们对周围世界的享乐中,表达我们的无限性吧。让我们的灵魂浸透我们周围的一切,并在万物中创造它自己,以满足一切时间的需求来显示它的丰裕富足。我们的生活充满了赐福神的赠礼。群星为它歌唱,晨光为它每日祝福,果实为它成熟香甜,大地上铺展绿草的地毯供它歇息。让它像个乐器,随着那无限灵魂的触动,充分迸发出它灵魂之乐。

为此,《伊莎奥义书》的诗人说道:"在这个世界中工作,你应希望活一百年。这样,它与你同在,而不是相反。不要让人的工作附着于他。"

只有充分地生活着,你才能比它活得长。当果实充分忠实于它的任务,从枝叶上吸取汁液,随风起舞并在阳光中成熟的时候,它在果核中感到外界的召唤,并准备开始更为广阔的生命历程。然而,生活的智慧在于为你提供舍弃它的力量。死亡是永生之门,所以,做你的工作,但不要让你的工作黏着于你。因为当工作随同你的生命一起流动时它能表明你的生命,当它附着于你之时,就会阻碍你,而且不是显示生命,而是显示它自己。如同河水携带的泥沙一样,它会堵塞灵魂之流。肢体的活动是在肉体生命的自然中;倘若肢体在抽搐中运动,那么这运动就会与生命不协调,就会变成疾病,正如工作附着于一个人并扼杀他的灵魂一样。

不,我们决不应该杀害我们的灵魂。我们决不应该忘却生命在这儿要表现我们心中的永恒之物。倘若我们或因怠惰,或因热衷追逐那些毫无自由可言的东西,从而窒息我们的无限意识,那么,我们就会像已经坏死的果实一样,将返回到无形状态的原初幽

暗之中。生命就是不停地创造；当它在无限中超越自身，它就具有真理。然而，当它终止、贮藏并返回自身之时，当它失去它对外界的观察力之时，它必然会死亡。于是它从生长的世界中消失，并随同它全部附属物一齐化为微尘。关于这种生命，《伊莎奥义书》说道："扼杀其灵魂的人，将由此走向无阳光的黑暗世界。"

"这灵魂是什么？"关于这个问题，《伊莎奥义书》是这样回答的："它是'一'，它虽不运动但比心思还神速；感官不能触及它；当它静止不动时，它能超过其他奔跑之物；在这个'一'之中，生命的灵感保持着生命的流动力。"

心灵有它的局限性，各个感官分别专注于它们面前的事物，但我们之中存在着"一"的精神，他超越心灵的思想和感官的活动，它在它出现的刹那间带来整个永恒，同时通过它的存在，生命灵感不断鼓舞生命力向上。因为我们意识到，这个"一"远远超过它的所有附属物，它永远活着而无片刻死亡，所以我们不相信它会死的。由于它是"一"，由于它多于它的各个部分，由于它是持续不断的生存、永不遏止的溢流，我们感悟到它是超越一切死亡界限的。

意识到这"一"超越了一切界限也就意识到了灵魂。关于这灵魂，《伊莎奥义书》说："它运动。它不运动。它在远处。它在近处。它存在于万物之中。它存在于万物之外。"

这就是说，灵魂超越近和远、内和外的。我认识到，这是奇异中的奇异，是自我中的"一"，对我说来，它是一切实在的中心。然而我不能停留于此。我不能说，它虽超越一切界限却会被自我所束缚。因此《伊莎奥义书》说："他看到灵魂中的万物，并且看到万物中的灵魂，他决不再隐藏。"

我们隐藏在自我中，如同真理隐藏在许多孤立的事实中。当我们认识到，我们中的这个"一"即是万物中的"一"的时候，我们的真理就显现出来了。

然而关于灵魂统一的知识决不是一个抽象。它不是一种既不属于此也不属于彼的消极的普遍主义。它不是一个抽象的灵魂，它是我必须在他物中实现的我自己的灵魂。我必须认识，倘若我的灵魂单纯是我的，那么它就不是真实的；同时，倘若它不是我的，它也就不是实在的。

我们不能通过逻辑的帮助达到如下的真理，即作为我之中统一性原则的灵魂，会在与他物的统一之中找到它的完美。但我们已经通过对这一真理的喜悦认识了它。我们的喜悦是由于我们在我们之外实现了自我。当我爱之时，换言之，当我感到在某物中比在自我中我更为真实的时候，我感到喜悦，因为在我之中的那个"一"通过与他物的统一而实现了它真理的统一性，并有它的乐趣。

因此，神里面的"一"的精神为实现这统一性必然有着多种方式。神献身于万物之爱。《伊莎奥义书》说："你应享受神正弃绝的东西。"他正在弃绝；当我感到他正在放弃自我的时候，我便得到了欢乐。因为我的这种喜悦是爱的享受，而这爱来自他对自我的放弃。

《伊莎奥义书》教导我们享受神的弃绝，它说："切勿贪求他人的所有物。"

因为欲望是妨碍爱的。它是与真理背道而驰的运动，它走向这样一种迷妄，即自我

是我们的最终目标。

因此,我们灵魂的实现有其道德的一面和精神的一面。这道德的一面表示无私的培养,欲望的控制;精神的一面表示同情和爱。应该将它们结合在一起,不能将它们分开。单纯培养我们素质的道德一面,就会把我们引向狭窄的黑暗境地,使我们的心肠冷酷无情,引向善德的偏执自负;单纯培养素质的精神一面,则会使我们放纵于狂思幻想,把我们引向更黑暗的境地。

依据《伊莎奥义书》诗人的启示,我们明白了一切实在的意义,在实在中,无限通过有限显示其自我。实在是人格的表现,它像一首诗,像一件艺术作品。最高存在在它的世界中显示其自我,我把它变成我自己之物,如同由于我在一首诗中找到自我从而实现了这首诗一样。倘若我自己的人格离开了我的世界中心,那么,它就立即失去它所有的特质。由此,我知道我的世界存在于与我的联系之中,并且我还知道,通过人格的存在,我的世界已被赋予了人格之我。这给予的过程只能用科学而不能用天赋来加以分类和概括,因为天赋是灵魂之灵魂,所以它只能在灵魂的欢乐中得到实现,而不能用逻辑的理性来分析。

因此个性的人的要求就是认识超人,人类从他历史的初始就一直感觉到一切创造物中的个性的影响,并且努力赋予它以名称和形式,将它编织在关于他的生命和他种族的生命的传说中,崇拜它,通过数不胜数的仪礼形式建立与它的联系。这个性影响的感觉给人以离心要求,并在一个无穷无尽的反应之流中,在歌曲、绘画和诗中,在偶像、庙宇和祝宴中迸发出来。同时也有向心力,它把人吸引进入团体、氏族和公社组织。当人们耕地和织布、婚配和生育、为财富而拼搏和为权势而苦斗之时,他仍不会忘记以严肃正经的语言、神秘的象征、庄严威赫的石雕来正式宣告:他已在他的世界的中心与不朽之人相遇。在死亡的伤悲中,在失望的痛苦中,当信任被出卖,爱情被玷辱,当存在变得索然无味和毫无意义时,人们站立在他希望的废墟之上,伸开双臂,向着苍天,越过黑暗的世界,去感受那不朽之人的影响。

人不是通过形式和变化的世界,不是通过具有时空广延的世界,而是在意识的内在的寂静中,在真诚和深奥的境界中认识凡人与那超人的直接沟通的,正是这种交汇,使他感知到一个新世界的创生。一个没有语言而只有寂静的音乐组成的光明和爱情的世界创生。

诗人对此唱道:

  呵,我的兄弟,这里有一个无尽的世界。
  并且有个无人能说出的无名的存在。
  只有他知道谁到达了那种境界:
  它超越一切所闻所说。在那儿所见的是,无形,无体,无长,无宽:
  我如何才能告诉你它是什么?
  加比尔说:"口中的语言说不出它是什么样子,纸上的文字也写不出它是什么样子:
  它像一个品尝甜物的哑人——怎样才能解释这甜物呢?"

不,它不能被解释,它只能被亲证;当人如此做的时候,诗人唱道:
　　内部和外部变为一个天界,
　　无限和有限合而为一:
　　我沉醉于这大全的景致。

在这里诗人达到了不可言状的实在,在这里一切矛盾调和了。因为这最终的实在只能在人之内而不可能在规律和实体之中。人一定会感觉到,倘若这宇宙不是超人的显现,那么,对于人来说,它势必成为巨大的欺骗和持续的侮辱。人处在于这样一种离间的重压之下,他的人格会在最初就被压出它的形状并消泯在毫无意义的抽象之中,而这个抽象甚至连它概念的思维基础也没有。

《伊莎奥义书》的诗人在一篇韵文中突然迸发出他最后的教义,这首简朴的韵文带来了抒情般的寂静,像是沉默的大地凝视着朝阳。他唱道:"在这金轮里掩藏着真理的面目。啊,你这恩泽的施主,为我们这些必须认识真理法则的人们,移开遮盖,让我们看到它的真容吧。啊,你这恩泽的施主,你独自移动,精心规定造化,你是万物创造主的精神,请收拢光线,聚合你的光辉,让我注视着你,一切形式中最神圣者,——这超人就在此处,谁在此处,谁就是我所是。"

然后在结尾中,这位具有不朽人格的诗人这样歌唱死亡:"生命气息是不死的气息。肉体终会化为灰尘。啊,我的愿望,记住你的功绩。啊,我的愿望,记住你的功绩。啊,神;啊,火,你晓得一切功绩。引导我们通过善途到达成就。使我们远离欺诈堕落。我们向你敬致祝辞。"

《伊莎奥义书》的诗人到此戛然而止,他从生命旅行到死亡,又从死亡回到生命;他有胆量在把梵看作无限的存在的同时,又把它看作有限的变易;他宣告,生命通过工作,而工作表现灵魂,他的教义是通过弃绝自我,并与万物合一而在超然存在中实现我们的灵魂。

《伊莎奥义书》的诗人对这深邃的真理做出的表达是,纯朴思想的真理是在深切的爱和实在的奥秘之中,并且不能相信逻辑的结论,其分解的方法只会把宇宙带到毁灭的边缘。

当我的心突然充满了爱,确信世界与我的灵魂合一的时候,难道我不知道那日光会渐次增辉,月光会更加温柔吗?当我歌唱云彩冉冉升起时,雨点便在我的歌声中找到了它的悲伤。自晨曦在我国历史上升起之日起,诗人和艺术家们就把他们灵魂的色彩和音乐融入生存的结构之中。由此,我确知,大地和天空是用人心的纤维编织而成,它们同时又是宇宙之心。倘若这不是真的,那么,诗歌便是虚伪,音乐便是幻觉,缄默的世界就会逼迫人心堕入终极的沉寂。伟大的主人游戏;这气息是他自己的,而这乐器是我们的心,通过我们的心,他唱出创造之歌,因而我认识到,在我生存的旅程中,我不仅仅是一个在这世间路旁的客店里留宿的过客,我还生活在其生命与我自己的生命结合在一起的世界里。诗人已经认识到,世界的实在是人格的,故而他唱道:

　　大地是他的欢乐;他的欢乐是天空;

他的欢乐是日月的光辉；

他的欢乐是开始，中间和结束；

他的欢乐是眼睛，黑暗和光明。

大海和波涛是他的欢乐；

他的欢乐是沙罗室伐底河神、朱木拿河神、恒河女神[1]，

这主人是"一"：生命与死亡，

结合与分离都是他的欢乐。

[1] 沙罗室伐底河、朱木拿河、恒河是印度境内三条著名河流，均被印度教崇拜为神。

【选自康绍邦译《泰戈尔集》，上海远东出版社，2004年第2版】

【赏析】

泰戈尔是第一位获得诺贝尔文学奖的亚洲人，时间在1913年，典型代表作是诗歌《吉檀迦利》。与此相关，他的诗性散文也有较高成就。《人格的世界》就是其中值得认真体会的一篇代表作。此篇写作于科学大发展的时代，其用意是探求科学之外"人的自处"，不能因为科学的巨大价值而忽略关于人的"人格世界"，不能囿于科学对外部世界的认识，而忽略人的"内部世界"。人之有格，犹躯之有体。躯体之功能如何，有赖于骨架的"局势"。这是人之"立为人"的生理基础，譬如万丈高楼，板砖、门窗、外包材料固然不可少，但这些都附着在钢筋混凝土构成的框架上。"海拔"高可观远，"形态"巧多活跃。这是"现象"的"物理事实"，却是人的心、志可以调适的空间。厘清"人格的世界"对于人的意义，是在"现象膨胀"的科学时代，关注人的心、志内涵，促成个体与社会的共生与健康发展的题中应有之义。作者从不同行为主体对待"现象"的比较中，尤其是以科学和科学家为参照的比较，试图说明理性世界之外的"非理性"，属于"人性"，而不属于"物性"的空间的价值。

智性或者智识的生活并不是我们的普遍和终极目标，更不是唯一的目标。如《庄子·养生主》所说"吾生也有涯，而知也无涯，以无涯随有涯，殆矣"，固然有其"反智"之蔽，理当取其精华去取糟粕。但包括荷尔德林在内众多中外哲人，提倡"诗意的栖居"，在现时代更可以成为我们防范科学至上、湮没"人性"价值的屏障。

# 蓝色的还是带条的

[俄]格里高利·戈林 李冬梅译

事情经过是这样的：去年秋天，单位派我来莫斯科出差。我到了莫斯科，先找一家旅馆安顿好随身带的东西，然后在一家小饭店吃过午饭后就去忙正事儿——逛街去了。我在一家百货商场门前，看见那儿正排着一个长长的队伍。我很高兴，猜想那儿肯定是在卖什么好东西。后来我又仔细观察了一下,确信那儿现在正卖的东西肯定难得一见,因为队伍非常长,从街上就开始了,然后又沿着一楼的楼梯往上排,都看不见尽头。

我急忙朝队尾走了过去,问边上的一个女人:"谁是最后一位?"

那个女人回答:"我是最后一个。"

我又问:"这儿卖什么呢?"

那个女人说:"到底卖什么呢,我也不知道。只是有人出来说,后来的就不要再排了,已经没有这么多了。"

可我还不死心:"那他们卖的那个东西多少钱啊?"

那个女人如实相告:"20个卢布。"

我一听很高兴:"价格还行,就排一会儿吧。"

我站在队尾耐心地等待着。

陆陆续续又来了一些人站在我的后面。我站在队伍中间,感觉舒服多了,因为后面有人给我挡风了。

只是我心里没底,不知道大家在这儿到底排什么呢?我找机会问了几次周围的人,这儿到底卖什么呢?是吃的、穿的、还是用的?

没人回答我。一半是跟我一样,不知道;另一半是知道却不说,故意让我们这些不知道的着急。

那我也还是不想走开。

突然,上面走出一个售货员大声说:"大家听清了:只剩下15号的和16号的了!"

说完,她转身就回去了。

人群里一阵骚动。我的心也悬了起来,不知道剩下的这两个号是不是合适。不过也没什么了不起的,我想,办法总是有的。要是小,就撑大点儿,要是大,就改小点儿。要是用电的东西,我们就安个变压器。

不管怎么说,我是等定了。

一个小时后,突然传出来一个消息说,这个东西也可以去一个什么三号柜台买,不用排队。

既然不用排队,那就挤吧。于是众人蜂拥而上,我被连推带拥地挤到了三号柜台前。

一个女售货员朝我大喊:"你要什么?"

我喘着粗气说:"就要你现在卖的这个东西!"

她一听更火了:"我是问你要蓝色的还是要带条的?"

我不得不央告她说:"求求你了,你先给我看看什么样吧。"

可她真不给面子:"你想的倒美!这都包着呢!"

我已无可奈何:"那就蓝色的和带条的各来一个吧。"

我交了钱,抱着两个盒子又开始往出口挤。感觉一个盒子重一点儿,一个盒子轻一点儿,里面好像有什么东西在晃动……周围的人还在挤来挤去,推推搡搡,一不留神就得被挤倒。

突然一个乌兹别克老头拦住了我的去路:"好孩子,你卖给我一个吧。就为这个东西我这都是第四次来莫斯科了!"

我说:"老爷爷,也许我能卖给你一个,只是你得先告诉我,我买的这是什么东西。"

可老头的回答让我大失所望:"这个东西用俄语我不会说,用乌兹别克语译不过来。"

我只好对老头说:"那你还是自己去挤吧。这个东西我自己也需要。"

老头还想和我商量。我为了躲开老头,往旁边一侧身,结果脚被什么东西绊了一下,我从楼梯上滚了下去……

第二天我在医院里醒过来后,马上问值班护士:"护士,我的东西呢?"

"什么东西?"护士问。

"就是我买的那两个东西。"

"你买了两个什么东西?"

"什么东西,"我说,"我也说不清楚。"

"那你什么时候想起来,我们什么时候让你出院。"

【选自《离天堂最近的监狱》,湖南少儿出版社,2013年版】

【赏析】

人生天地间,受日月之哺育,得山水之滋养。"天下熙熙皆为利来,天下攘攘皆为利往",司马迁已认识到支配人活动的,是人的物质欲望及追求生活满足的要求,他把壮士勇于战斗、闾巷少年劫财盗墓、歌妓舞女出卖色相、渔夫猎人冲风冒雪、赌徒彼此争胜打斗、农工商贾各项经营等不怕苦、不怕死的行为都归结为"奔富"。

人的行为、行事,一般来说,都有比较明确的指向性、目的性。但人世间总有一些好事之徒,出人意表地做出荒唐而令人啼笑皆非之事,或出于兴趣,或出于炫弄,或其他动机,也都有其目的。还有一些人,就是本文所写的,其行事却显得十分的盲从,或者说是受好奇心的驱使,有点贪心,带着占便宜的心理排队买东西。

排队买东西,是日常司空见惯的现象。作者以此为线索,娓娓道来。看见人家排队买东西,而且队伍非常长,他揣测卖的东西肯定难得一见,于是也跟着排队。到底卖什么、排什么呢,是吃的、穿的、还是用的?强烈的好奇心使他找机会问周围的人,结果,"一半是跟我一样,不知道;另一半是知道却不说"。从头到尾,都不知道自己在跟着别人排队买什么。如此,作者完成人生中一个小插曲的叙述,读者莞尔一笑。

文章叙事平实,以情节变化突出作者的心情起伏:见百货商场门前正排着一个长长的队伍,猜想肯定在卖什么好东西,"我"高兴;听说剩下不多了,"我"还不死心;听说卖得只剩下15、16号,人群里一阵骚动,"我"的心也悬起来;央求售货员先给看看,她说"你想的倒美","我"无何奈何;老头没办法告诉我买的是什么,"我"大失所望。

人人都极为关注生命的意义,生命正如水一般流淌,永远不会回头。花开一季,应时凋谢;生命的绚烂如此,风光只能一时,最多的还是平平淡淡。这个滑稽可笑、荒诞而

有趣的故事,每个人可能都经历过,社会上总有这样病态的人。直到结尾,读者越想知道那到底是什么东西,作者越是不说,实际上,"什么东西,我也说不清楚"。留下一个悬念,给读者以巨大的想象空间。是不是说,当我们回首人生时,也是一无所知。

蓝色的还是带条的,也不见得有多么深刻的寓意,或说可以是我们当下所追求的一切价值之隐喻。问题不在于那东西是什么,而是嘲讽人们盲目的从众心理,不假思考,盲目追求是一种通病。这样的文章就是通过文学形象给人们提出一点思考,一些启示。现实生活中,我们应当坚持自己,不要跟风,不要随波逐流,不要人云亦云。而不经思考即付诸行动,其代价就是:你得说清楚是什么东西,我们才能让你出院!

# 第二版后记

2014年12月,《文史通识教程》初稿完成,次年6月,由南京大学出版社正式出版。2016年12月,被评为南通大学2016年度优秀教材;2018年,遴选为"十三五"江苏省高等学校重点教材(修订)。教材初版之际,我们编制了文史通识课程教学大纲和质量标准,组建了文史通识教学研究团队,其中汉语言文学、历史学专业教师合理搭配,注重交流,致力于探索和完善文史通识教学与人才培养模式。

文史结合是中国文化的优良传统。研究文学,必须熟习当时的历史背景;而研究历史,如能联系文学作品,则对问题往往有深刻而新颖的看法。治学者如果只知深入还是不够的,同时又要求能站得高,看得远,从大处着眼,要有远见卓识。这是缪钺先生的治学经验。唐德刚先生则云:"六经皆史,诸史皆文,文史不分,史以文传。"然而近现代以来,文史分途,独立发展。合则并美,分则两损。尤其在当今社会中,作为传统的基础学科,文学和史学都面临着相似的境遇,如何保持旺盛的生命力,使之科学、持续地发展,适应经济社会对应用型、创新型人才的需求,是亟待解决的课题。有鉴于此,南通大学文学院整合汉语言文学与历史学专业,形成中国语言文学专业类,并于2012年被确立为江苏省高等学校本科重点专业类;2015年,我们的汉语言文学又被列为江苏省高校品牌专业工程一期项目。在立项建设过程中,学院以"厚基础、宽口径、高素质"为旨归,不断推进文史专业融合与人才培养模式改革。本教材就是在课程与教材建设方面加强文史互通的一种改革尝试,集中体现了基础性与人文性的统一,系统性与开放性的一致,专业性与融通性的谐和;突出知识的丰富性和多样性,更注重学生人格和文史知识的内在统一,其核心是对中国人文传统的继承与发扬。

2015年9月以来,文史通识课程已在我校2014—2018级汉语言文学、中文师范、秘书学、新闻学、历史学等专业开设,共涉及31个班级1300多学生。本教材打破文史分离的传统格局,融知识性、理论性、当代性、现实性为一体,以文史叙述为纲,注重文史理论与作品解读,二者互为表里,各章自成体系。体例上创新,将文学、历史与文化统一,起到融通古今的效果;结构上合理妥帖,体现文学创作与理论、史学撰述和理论的密切结合;逻辑上严明自然,从"明道载道"等八个主题切入,贯穿文史,融通互证,开发学生心智,注重文史学科的完整性、系统性。课程教学效果良好,尤其是新生入学后即接触本

课程,能较早地树立文史合一观念。本教材经过初版的尝试,取得了一定的成绩,其首创性和文史融通的开拓意义得到一致的肯定。通过近年多次教学实践的检验,教材使用效果良好,在学生中有积极的反响,相关专业研究生阅读后还写出书评,如许应田《融通千万里合流本自然》、周一帆《评〈文史通识教程〉》、陆旻《读〈文史通识教程〉》等。

当我们把教材置于教学中考量,便会发现不足之处。事实上,一部好教材的诞生,总是在教学实践与反复修订的循环中得以完善,需要通力合作。本教材的编写、修订,在周建忠教授的关心下,由南通大学文学院的教授、博士组成编委会,经过集体反复论证,确定了编写提纲、修订体例。绪论及第三章由崔荣华执笔、修订,第一章由王育红执笔、修订,第二章由陈春保执笔、修订,第四章由张小芳执笔、修订,第五章由徐燕执笔、修订,第六章由范建华执笔,丁富生修订,第七章由徐静玉执笔、修订,第八章由邵志华执笔、修订。最后由王育红和办公室张小芳老师统稿,主编定稿。

本次修订,首先坚持精品意识,充分考虑教学对象的实际,重视构建文史合一的知识体系,突出简洁、灵活、基础、实用特点,总体上有利于学生能力的培养。其次,继承以往的编写思路,维持原有的主题思想、内容框架、编排体系,总体上保持教材已有的特色。第三,本次修订特别强调各部分内容的充实完善,注意章节逻辑关系的科学性,各节的内在联系做到紧密配合、前呼后应。

具体修订内容,正文部分,重新审查原文,进行了必要的增补删改;吸纳最新的研究成果,适当补充文史学科国内外研究新材料;力求做到层次分明,条理清楚,文从字顺,用语准确,行文流畅。凡所遇见之错别字、误用标点等硬伤,皆做改正。仔细核查比对了书中所引用的文字,保证和原文一致,并在页下注中增补了数十条参考文献。此外,每章后各补出五个"思考练习题",以便学生掌握本章要点。

精读文选部分,我们也做了必要的调整。原自选篇目十七篇,删去一篇,替换二篇,且重新作注。每篇选文后增补撰写了欣赏文字,字数多寡、篇幅长短不限,赏析角度基本与本教材的宗旨契合,贯彻文史之融通合一。

本教材在编写、修订过程中,我们参考、吸收了国内外学者相关的学术研究成果,或有未加详细注明者,谨此说明并致以诚挚的谢意。在教学实践中,部分学生以作业等方式指出教材存在的一些问题,我们及时记录并改正,在此表示感谢。教材修订版电子稿经由2018级研究生刘佳同学核查,表示感谢。本次出版得到南京大学出版社、南通大学教务处的支持,一并致谢!

虽然我们追求尽善尽美,但因水平所限,问题在所难免,如内容的取舍、表述的方式,特别是程度深浅的把握上尚有粗疏之处,敬请方家指正。

编 者<br>2019 年 4 月